Annemarie Nikolaus. La República Real
– Mundo en llamas –

La República Real. – Mundo en llamas –
Título de la edición original en alemán: "Königliche Republik", Colección "Welt in Flammen"
© 2012-2021 Annemarie Nikolaus. F-03240 Tronget/Allier
Portada 012-2021 Foto Annemarie Nikolaus, diseño Jasmin Weigelt
Traducido por Silvana Castro Domínguez
Todos los derechos reservados
ISBN 9782902412945

ANNEMARIE NIKOLAUS

La República Real

– Mundo en llamas –

Novela histórica

Nápoles

Jueves, 18 de julio de 1647

"Se debería haber dejado al pescador yacer donde la plebe lo enterró." El secretario del virrey español torció las comisuras con desprecio. Lanzó una última mirada al cortejo fúnebre que cruzaba la plaza frente al palacio. Una docena de hombres con gorros frigios conducía a la ensombrecida multitud, como si quisieran recordarles a todos que Masaniello había sido uno de los suyos. Los gritos de los hombres llegaban ahogados desde el *largo di Palazzo*, pero suficientemente claros: "*Viva il Re di Spagna; mora il malgoverno.*"

"Mientras permanezcan fieles a su rey, pueden gritar todo lo que les plazca." Rodrigo de Arcos volvió a colocar indiferente la pluma en el tintero y esparció arena sobre el documento que acababa de firmar.

El secretario cerró las pesadas cortinas y envolvió el cuarto en el crepúsculo. Una lámpara de aceite le otorgaba al conde de Arcos, virrey de Su Católica Majestad en Nápoles, la luz necesaria para escribir. Su visita, en cambio, el arzobispo de Nápoles, se convirtió en una sombra en el fondo del cuarto de trabajo.

"No comparto vuestro parecer, Don Rodrigo." Ascanio Filomarino se puso de pie y su rosario desapareció entre los pliegues del hábito de cardenal. "Con Masaniello la revuelta ha perdido ciertamente a su cabecilla, pero no su cabeza."

"Eso es responsabilidad vuestra, monseñor." Filomarino había jugado el rol de mediador entre los insurrectos y el virrey; ahora de Arcos podía echarle en cara el resultado.

"El cortejo fúnebre les ha proporcionado la oportunidad de amotinarse."

"Habéis jurado otorgar los privilegios que el consejo os ha reclamado." Filomarino se paró frente a la ventana y volvió a descorrer una de las cortinas. La mitad de Nápoles se había reunido allí afuera, mortificada por el asesinato de su capitán-general. Quien fuera que se hiciese cargo ahora del mando, no traería paz.

"Mas ahora que vosotros habéis levantado otra vez la gabela sobre los frutos, el pueblo se siente engañado."

"Habremos superado aquello. Tan pronto Su Majestad envíe refuerzos. Hasta entonces..." De Arcos levantó los hombros. "¡El rey me ha encargado una misión y la llevaré a cabo exitosamente!"

"¡Comprometeos, Don Rodrigo! Dad a los hombres la impresión, de que comprendéis sus necesidades."

"No hagamos esperar a los invitados por más tiempo."

El secretario extrajo un paquete envuelto en seda de uno de los cajones de la biblioteca, antes de abrir la puerta a los dos hombres y luego seguirlos.

A lo largo del magníficamente iluminado corredor que conducía a la sala del trono, había dos alabarderos del Tercio de Nápoles de guardia en cada puerta. Los soldados se quitaban sus sombreros adornados de plumas y saludaban; pero el virrey negaba con la mano.

A causa del calor veraniego, las ventanas de la galería permanecían abiertas y de nuevo se colaban a través de estas las voces de los napolitanos. Uno de los alabarderos abrió la puerta de la sala; la música sobrepasaba ahora el canto del cortejo fúnebre y seguramente también podía escucharse desde la calle.

"¡Cerrad la ventana!"

El soldado obedeció, pero ya estaban los primeros parados bajo las ventanas alumbradas y miraban hacia arriba. Los hombres levantaban los puños; las mujeres apretaban las manos en jarras contra las caderas. "¡Viva el rey de España! ¡Muera el mal gobierno!"

Filomarino miró con expresión adusta abajo hacia el *largo*. "Habéis hablado de enviar refuerzos."

"No podemos sofocar la revuelta solamente con los soldados de la guarnición."

"¡Ya la habíais terminado, Don Rodrigo! La gente estaba harta de los excesos."

El mayordomo junto a la puerta de la sala golpeó dos veces con su bastón de ceremonia; la música se detuvo. "Su excelencia Rodrigo Ponce de León y Álvarez de Toledo, duque de Arcos, marqués de Zahara, conde de Casares, señor de Marchena, vizconde de Bailén y señor de Villagarcía, virrey de Su Católica Majestad el Rey Felipe IV de España." Tuvo que parar para tomar aire. "Monseñor Ascanio Filomarino Della Torre, arzobispo de Nápoles."

El virrey midió con sus pasos la fila de invitados y saludó a algunos con una breve inclinación de cabeza, a otros con un par de palabras. Nadie del patriciado de la ciudad de Nápoles se había atrevido a faltar al baile. Incluso habían concurrido varios barones de la provincia.

De Arcos se quedó parado delante de una joven señorita con un vestido de seda lila.

"Estáis cada día más encantadora, *signorina*." Inclinó la cabeza a los dos hombres que estaban parados detrás de ella. "Me alegro de que hayáis aceptado mi invitación, *signor* Scandore."

"Es para nosotros un honor", respondió el mayor.

"Pronto habéis de pertenecernos." De Arcos se volvió nuevamente hacia la señorita. "Mi sobrino os a enviado algo."

Su secretario, que lo había seguido a algunos pasos de distancia, le entregó a Mirella Scandore el paquetito.

Un fino rubor se adueñó de sus mejillas. "Estoy... Él es tan generoso."

De Arcos meneaba impaciente la mano. "¡Pardiez! Sin falsa timidez. ¡No os conviene!"

Ella enrojeció aun más.

"Sin duda habéis reflexionado sobre ello, antes de dejaros hacer la corte por Felipe."

De la proximidad llegó una risilla apagada; una mujer de cabellos oscuros levantó rápidamente el abanico para cubrirse el rostro.

Mirella apretó los dedos alrededor del paquete y estiró la barbilla, mientras el virrey se alejaba.

"¿Quién se cree que es?", siseó el joven detrás de ella.

Enzo Scandore le apoyó la mano en el brazo. "Contrólate, Dario." Inclinó su rostro hacía él. "Aún lo necesitamos."

Por más bajo que había hablado, Mirella lo había oído. Se dio vuelta. "No por mucho tiempo. Cuando yo sea la duquesa de Toledo, de Altamira y León ..."

El rostro de Dario se oscureció aun más. "Deberías haber elegido el primer pavo real disponible."

"Es casi tan encantador como tú." Con un coqueto revoleo de ojos, Mirella se colgó de su brazo. "Baila conmigo. Eres el único joven con el que aún puedo divertirme sin generar escándalo."

"Como ves; ya estás en la jaula de oro." Pero igualmente la escoltó al salón de baile, luego de que la orquesta hubiera empezado nuevamente a tocar.

Tras dos corteses courantes, el *maestro* Giovanni Trabaci hizo una seña a las flautas y al tambor. La orquesta empezó a tocar una *tammuriata*.

Mirella se arrojo con un giro travieso en los brazos de Dario: ese era su baile. Apenas un minuto después las demás parejas retrocedieron una tras otra hacia las orillas del salón. Dario soltó a Mirella y le dejó a ella sola la pista de baile. Ella estiró la cabeza aun más alto, recogió sus faldas hasta los tobillos y le hizo un guiño al director de orquesta. El *maestro* Trabaci asintió con una amplia sonrisa y marcó tocar un poco más rápido.

Los primeros bucles resbalaron del artístico peinado alto de Mirella hacia sus hombros y una horquilla de plata cayó tintineando suavemente al piso de mármol.

Luego terminó el baile. Mirella rió divertida y giró una vez más. Sus mejillas se habían calentado, pero su respiración era regular como antes.

El virrey se le acercó. "*Signorina*, impondréis una nueva moda en la corte de Su Católica Majestad, ni bien el rey os vea bailar."

Mirella rió. "Lo preferiría en gran medida a ser incinerada como hechicera." Volvió a colocar sus rizos. "¿O por fin se tiene la intención de suprimir los autos de fe?"

"Me temo que en estos tiempos difíciles son más necesarios que nunca." Él le ofreció su brazo, para escoltarla fuera de la pista de baile. Tras un gesto suyo, la orquesta comenzó a tocar nuevamente.

"¿Significa eso que queréis volver a imponer la inquisición en Nápoles?" Mirella tragó saliva. "El pueblo ha sido suficientemente golpeado."

"¿Estáis entonces de parte de los revoltosos?"

"¡Excelencia!", susurró ella. No hubiera debido hacer ese comentario. "Soy una fiel súbdita de la corona."

"Pues deberíais. De lo contrario, estaríais poniendo en juego vuestro compromiso."

Con este tema, Mirella se vio nuevamente en aguas seguras. "El amor por vuestro sobrino está para mí por sobre todo."

De Arcos parpadeó. "¿Verdaderamente?"

Mirella se pasó la punta de la lengua por los labios. "¿Vuestra Excelencia duda de mi sinceridad?" Sonrió con coquetería, para dejar ver sus palabras como si de una broma se tratara, en caso de ser necesario.

"De tu sinceridad no, mi niña. De tu experiencia." Se despidió con una inclinación de cabeza.

Mirella se tomó los cabellos con ambas manos, para recogerlos nuevamente. "¿Por quién se toma?" Insoportablemente arrogante era ese hombre. "¡Experiencia!"

"¿Por qué rezongas así, hermanita?" Dario estaba a su espalda y apoyaba la frente en su hombro. "¿Te ha hecho enojar?"

"Sí." Le hubiera gustado dar rienda suelta a su enojo y patalear; sus músculos ya se contraían. "Parece creer... desconfía de mi experiencia."

Dario rió sin alegría. "Si la tuvieras, serías inaceptable como prometida de un grande español."

Ella tomó su mano. "Hagámonos servir algo para beber."

Al pasar por una de las ventanas, Mirella echó un vistazo hacia afuera. En el crepúsculo naciente, las primeras antorchas iluminaban el callejón que conducía a la *Basilica del Carmine.* "Él habló de la revuelta. Y de la inquisición."

"No necesitamos temerle a la inquisición. El arzobispo la mantiene alejada de nuestros cuellos."

Ella siguió mirando abajo, hacia el *largo.* "Cuando me imagino..."

"Ninguna hoguera volverá a arder en Nápoles. En ello Filomarino está de acuerdo con la Santa Sede, créeme." Se dio vuelta y miró rebuscando alrededor. "Mataremos a nuestros enemigos."

"Pero no tenemos ninguno."

"Pues sí." Dario señaló afuera. "La plebe no conoce ley. Y en un estado sin ley perdemos todos." La tomó por la mano y la llevó a la próxima sala.

El banquete estaba montado sobre largas mesas – empanadillas y aves, sobre todo, y cantidades opíparas de pastelería española; además vino dulce español, el burbujeante *Blanquette de Limoux*, recientemente de moda, y el *Anglianico* tinto de la Basilicata, que el virrey había escogido como el vino de su casa.

"Pero esto no es así. Simplemente quieren pagar menos impuestos y volver a tener los antiguos privilegios."

"¿Y la matanza de los últimos días? Créeme, aún no ha terminado." Señaló hacia atrás, al trono del virrey en el fondo de la otra sala. ¿No los has escuchado durante el cortejo fúnebre? Me temo que Don Rodrigo ha cometido un gran error."

Se hizo servir por uno de los lacayos una copa de *Blanquette*. Como también Mirella estirara su mano, él la sujeto con firmeza. "El alcohol no es para las damiselas."

"Pronto estaré casada."

"Pero aún no llegas a los quince."

Ella lo miró enfadada, alzó el pecho para lanzar una réplica encolerizada.

Dario rió divertido. "Sírvale también a la futura duquesa de Toledo, de Altamira y León medio vaso de eso."

El lacayo se apuró a escanciar el vino y Mirella brindó con Dario con un giro animado. "En menos de un año beberé tanto como quiera."

"Sepa Felipe prevenirlo. Ya estás ahora fuera de quicio."

Mirella se lo bebió en dos tragos y devolvió la copa. "Bailemos. Si hubieras de tener razón, podría ser este el último baile en un largo tiempo..."

"En realidad..."

"¡Ahora ven! Ya podrás bailar lo suficiente con Stefania."

Él la siguió suspirando, pero entonces fue detenido por un hombre mayor, cuya chaqueta celeste se estiraba a punto de estallar sobre su panza.

"Scandore, ¿puedo hablar con él?"

Dario los miró a Mirella y a él alternativamente. "Ahora mejor no."

El hombre miró a Mirella de arriba abajo con ojos entrecerrados. "Entiendo." Con un movimiento de cabeza, que podía ser tanto un saludo como una señal para Dario, pasó de largo.

"Ese no es de aquí. ¿Quién era?"

"Uno de los clientes de nuestro padre, ¿quién más?"

Mirella se dio vuelta y lo observó detalladamente sin miramientos. "Tiene mucho dinero."

Dario encogió los hombros. "Le encanta pavonearse con las joyas de la familia."

"Entonces son los diez anillos en sus dedos posiblemente todo lo que tenga." Ella soltó una risotada.

"Ahora ya estás ebria."

En lugar de bailar con ella otra vez, como ella había esperado, la llevó de vuelta con Enzo. "He encontrado a alguien..."

Mirella hizo un mohín. "Esto es una fiesta, no una oficina."

"Le he permitido beber un trago." Dejó caer la cabeza. "Lo siento, padre."

Enzo le palmeó el hombro. "No puedes mantenerla alejada de todo eternamente."

"Tampoco yo soy eternamente la hermana pequeña."

Sonriendo le jaló Dario uno de los mechones sueltos. "¿Y qué eres entonces? ¿La mayor?"

Los tres rieron.

"¿Te gustaría tener, pues, una hermana mayor?"

Dario sacudió la cabeza. "Mirella está perfecta así como está." Se alejó con determinación; sabía evidentemente dónde lo esperaba el de la chaqueta celeste.

"Ve a bailar, mi niña. Quién sabe cuándo tendrás nuevamente la oportunidad de hacerlo."

Los malos agüeros de ambos empezaron a arruinarle el buen humor; Mirella frunció la nariz. "Ahora habla también igual. Revuelta... matanza... inquisición... "

"¿Quién habla de la inquisición?" Enzo sonó alarmado.

"Nadie." Se apantalló nerviosamente con el abanico. En realidad había sido ella la que había hablado de eso. "En todo caso, no en Nápoles."

Enzo la miró a la cara interrogativamente. "¿Has entendido bien?"

"Dario dice que el arzobispo no lo permitirá."

"Nos enfrentamos a tiempos difíciles. Quién sabe por cuánto tiempo podrá imponerse.

"Pero Su Santidad..."

"...quizás se ubique del lado de Francia, pues ha sido vencido en el conflicto con Mazarino."

"¿Qué tienen que ver las gabelas con Francia?"

"Mucho, mi niña."

Ella se quedó mirándolo; ¿se refería a la guerra en Flandes? "Pero nosotros le pertenecemos a España."

"Eso no fue siempre así."

Mirella prestó atención un momento a lo que pasaba afuera; pero en el *largo* estaba ahora silencioso. Los hombres se habían ido a la iglesia – o a sus casas.

"Nadie lo cuestiona."

"Hasta ahora. – No abiertamente."

"Dario dice que Don Rodrigo ha cometido un error. ¿Piensa que si se obstina...?"

Enzo le acarició el brazo. "Ve a divertirte; estos no son temas para una jovencita."

Ella lo observó desde atrás, mientras él también abandonaba la sala del trono. Siempre la dejaba sola cuando intentaba comprender algo.

Su mirada tropezó con la de un joven patricio; en sus ojos se leía asombro. Pero cuando ella le sonrió, se dio vuelta apurado. Probablemente otro de aquellos que, desde su compromiso, ya no se atrevían a bailar con ella. No obstante para los jóvenes de la nobleza española, seguía siendo una simple burguesa. Solo los mayores, ellos querían adornarse con ella – y al hacerlo le pisaban permanentemente los pies.

Malhumorada, se dejó caer en un sillón; estaba harta de no pertenecer en ninguna parte.

De lejos llegó un estampido – casi sonaba como un arcabuz. Mirella giró la cabeza. En ese momento vino otro. Este era inequívocamente un disparo. Por lo visto Dario tenía razón; la revuelta continuaba. Curiosa, se levantó y atisbó por la ventana.

El *largo* estaba abandonado en la oscuridad. Pero sobre Santa Lucia se había vuelto más claro; allí empezó un fuego a expandir su luz. Rápidamente se hizo más grande.

"¡Se incendia!" La voz de Mirella tenía un dejo de histeria; desmesurado – estaba, por cierto, bastante lejos. Pero ella se estremeció.

"¿Qué sucede?" Stefania d'Oliveto, su noble amiga del convento, apareció de repente detrás de ella.

Mirella señaló hacia afuera. "Otra vez han encendido un fuego." Se dio vuelta.

"¡Qué tontería! Solo se hacen daño a ellos mismos." Stefania posó su brazo en el talle de Mirella. "¿Por qué no dejan los hombres que haya paz?"

"Son pobres e ignorantes."

"Ignorantes – lamentablemente, eso vale también para el virrey. No ha entendido nada de Nápoles en este año y medio. Cabrera ya sabía, por eso se hizo relevar."

"¿Tú también crees que el levantamiento aun no ha terminado?"

"Puedes verlo por ti misma." Stefania señaló de vuelta la ventana. "Ya estaban hartos del pescador desquiciado; pero están todavía más hartos de ser exprimidos."Mirella la miró con asombro. "Eres tan sabia como Dario. Mi padre no habla conmigo sobre política. Si no tuviera a Dario... "

Stefania rió. "Tu hermano es un buscapleitos. ¡Qué lástima que no tenga ningún título de nobleza!"

"Quieres decir..." Mirella observó a su amiga. Los refulgentes ojos de Stefania no dejaban duda. "Desde cuándo..." Tomó aire.

Stefania le apretó la mano. "Solo estamos esperando a que tú te cases. Entonces él será al menos el cuñado de un grande de España."

Mirella se acaloró. Que la felicidad de su amiga pudiera depender de la boda con Don Felipe de Toledo de Altamira y León, nunca se le había ocurrido. Miró al piso; ojalá todo saliera bien. "Qué hermoso sería, si pudiéramos vivir sin orgullo de estamento." Entonces todos los hombres bailarían con ella, de eso estaba segura.

Stefania asintió. "Como nosotras dos. – Pero quiénes han ido como nosotras juntas a la escuela." Llevó a Mirella frente al próximo espejo. "Incluso nos parecemos: los mismos bucles negros, los mismos ojos verdes." Se apretó la punta de la nariz hacia arriba. "Y la misma nariz mirando al cielo."

Las dos rieron frente al reflejo.

Una de las españolas abrió la ventana siguiente y se inclinó hacia afuera. Luego se dio vuelta y sacudió las manos.

"Fuego... " Las palabras siguientes salieron muy precipitadas como para ser entendidas. Algunas mujeres acudieron diligentes y comenzaron a agitarse.

Mirella captó una mirada de reojo hostil, que le hizo correr un escalofrío por la espalda. Pasó a hablar en napolitano. "Las españolas parecen tener poca confianza en sus tropas. Tienen miedo."

Asombrosamente Stefania no lo encontró divertido. "No tienen suficientes soldados. Si mi padre tiene razón..."

Dario se acercó a ellas; Stefania le extendió la mano. "¿Dónde ha estado escondido toda la noche? "

"He bailado con mi bella hermana." Pero no toda la noche – ¿por qué no quería decirle nada a Stefania sobre el extraño? Mirella lo observaba con ojos atentos. Dario sonrió con parsimonia. "¿Me hace el honor?"

Cuán bien disimulaba. Ni siquiera ella habría sospechado algo. ¿Acaso Stefania se dejaba besar por Dario cuando no los miraban? Le preguntaría a Stefania y no toleraría rodeos. Inesperadamente se le escapó una risotada: Experiencia – aquí la obtenía al menos de segunda mano.

"Si puede sobrellevar mis pisotones. Sabe que no soy la mitad de grácil que Mirella." Stefania le hizo un guiño; luego le ofreció el brazo a Dario.

El bajó la cabeza sumiso. "He de ser valiente." Sus ojos brillaban con anhelo.

Así se traicionaba. Mirella detrás les sonrió triunfante.

Domingo, 11 de agosto de 1647

De la cocina le llegó a Mirella el penetrante olor del repollo. Disgustada, arrugó la nariz al entrar a la casa. ¿Ni siquiera los domingos había otra cosa?

Gina estaba parada en medio de la cocina frente a la mesa y sacaba repollo blanco de una olla alta para dejarlo escurrir en el colador. Trabajaba concentrada, como si estuviera preparando un plato lujoso.

Con un maullido lastimero el viejo gato pasó furtivamente delante de Mirella y se escabulló en el patio, antes de que ella volviera a cerrar la puerta. Aparentemente había renunciado a la esperanza de una pata de gallina y quería ahora buscarse un pajarillo vivo. Quizás tuviera más suerte que ella con la comida.

En el corredor la chocó Dario, que venía olisqueando el olor del repollo y abrió la puerta del comedor levantando los hombros. "¿Vas al oficio divino esta tarde?"

"Pero si eso hago todos los domingos."

"Bien." Ladeó la cabeza. "Te dejo en la iglesia."

"¿Adónde vas?"

Con una mirada atenta a los padres, Dario se apoyó un dedo en la boca. Como si eso fuera menos llamativo que contestarle.

Mirella sonrió divertida; no debía ir solo a casa de Stefania. Ella podía reemplazar para ellos a la chaperona.

Enzo se paró junto a Rita y abrió una botella de *Tarausi*.

Dario se quedó sorprendido. "¿Hay algo para festejar, padre?"

"Que es domingo." Su expresión seria hablaba, pero no de que quisiera festejar algo. "Esperemos que la prédica de Filomarino haya calmado los ánimos." Se sirvió una copa hasta la mitad y la sostuvo en alto. Al balancearla lentamente, la luz cubrió el vino con reflejos granates.

Mirella siguió irritada su exagerada devoción. "No lo comprendo. ¿Qué quiere la gente, pues?"

"Libertad para hacer desmanes." Enzo degustó el vino y chasqueó gozoso con la lengua. "Los brigantes aprovechan la agitación para sus objetivos."

"¿Y cuáles son?" ¿Debía seguir tomando agua? Con rápida decisión, Mirella le ofreció también su copa. "¿Puedo? Un trago, para expulsar por fin el sabor del repollo."

"Gina se ha esforzado: Ha podido comprar pescado." Rita apretó los labios.

Dario se ató la servilleta al cuello. "Desde la muerte de Masaniello ya no hay nadie que pueda conducir a la gente. Genoino se ha vuelto poco fidedigno."

"Lo ha manejado sin tiento; pero en verdad no ha actuado pensando en sí mismo."

"Pero sí", lo contradijo Dario vehemente. "Todo esto es la venganza de un hombre viejo que vio venir su hora. Antes de hundirse en la tumba, debía aún hacerse pronto de un nombre."

"Ya lo tenía, indudablemente. Se le erigirá un monumento sobre las ruinas de la *Reggia*."

"Ya es suficiente." Rita alargó su mano hacia Enzo. "Nada de política en la mesa. Me alcanza con que la comida nos recuerde todo el tiempo las condiciones en la ciudad."

Gina entró al comedor balanceando la enorme fuente de plata de la herencia familiar de Rita. El olor a repollo se expandió. Depositó la fuente en medio de la mesa. Entre opíparas cantidades de berza y col blanca yacían cuatro pequeñas caballas en finísimas rebanadas de pan.

"¡Muy bello!" Enzo asintió a Gina con aprobación. "Tus esfuerzos dieron sus frutos."

Gina hizo una reverencia con los ojos iluminados y le colocó en el plato una de las caballas. Luego le sirvió a Rita un pescado y amontonó al costado berzas y col.

Mirella puso la mano sobre su plato cuando Gina se acercó bordeando la mesa. "Solo un poco de col blanca."

"¿Pescado no?" Dario sonaba divertido.

"De hecho, únicamente pescado. Aunque me temo que eso solo no me saciará.

"Come, Mirella", ordenó Rita. "Ponte contenta de que todavía haya tanto."

"¡Tenemos la despensa entera llena de coles!" El intenso olor le provocaba náuseas. "En lo que a eso respecta, no necesitamos preocuparnos. Alcanzará hasta el invierno."

"Hasta el invierno. Justo. Sabes qué viene después?"

Rita ya estaba extendiendo su mano por Enzo de nuevo. "Pero, ¿qué estás diciendo?" Lo miró visiblemente aterrada. "¿Temes acaso que prendan fuego a los campos?"

"¿Quién puede saber lo que sucede afuera en el país?" Dario giró el tenedor entre las berzas que entretanto Gina le había puesto en el plato.

Enzo levantó las cejas. "Si tú no lo sabes..."

"Nadie puede decir cuánto ha de durar", insistió Dario. "Ya no queda nadie que gobierne a la plebe."

"Este armero, que se ha preocupado por que los hombres guarden sus armas, aun cuando Don Rodrigo ya ha aceptado los viejos privilegios..."

Dario resopló. "Annese es peligroso. Agita los ánimos contra los españoles."

"¡El rey lleva a Nápoles a la ruina!" Enzo golpeó la mesa con el puño. "¡Un millón de ducados!"

"No se puede evitar que necesites dinero para entrenar una armada y protegernos."

"¡A nosotros! Nápoles no tiene enemigos."

Dario ladeó la cabeza. "Puedo nombrarle un puñado entero: Venecia, las tropas francesas en la Toscana..."

"¡Terminad con la política en la mesa!" Rita habló mucho más bajo que la vez anterior. Ahora estaba realmente furiosa. "Ve a la biblioteca. Allí puedes seguir razonando con tu padre el resto del día, tan pronto como terminemos con la comida."

Dario enmudeció y frunció los labios; su tenedor seguía empujando las coles.

Enzo se estiró sobre la mesa y se lo quitó. "¡Obedece!"

Dario miró a Enzo horrorizado; luego volvió la vista a Rita. "¿Lo ha dicho en serio?", murmuró.

"¿Me veo como si estuviera bromeando?" No, realmente no se veía así.

Dario miró nuevamente a uno y a otro; luego se paró y salió con su copa.

"¿Significa eso que tiene prohibido salir?" Mirella estaba tan azorada como Dario. Que justo ahora Rita insistiera tan férreamente en las reglas de la mesa: ¿entonces no le parecía importante entender lo que sucedía con Nápoles?

"Ese no es asunto tuyo, niña." Rita sonaba de nuevo cálida y amorosa. "¿Quieres salir una vez más, pues?"

Ella asintió.

"Fabrizio te acompañará."

Cuando Mirella entró en la biblioteca, Dario estaba sentado en el acolchado alféizar y hacía girar la copa entre sus dedos. Seguía exactamente igual de llena que antes.

"Le diré a Stefania por qué no vas."

Él levanto la cabeza, su mirada era una única pregunta. "¿Cómo llegas a Stefania?"

Mirella sonrió burlona y se sentó a su lado. "¡No hagas eso! Ella me contó de vosotros dos."

Una luz refulgió en los ojos de Dario y por un instante se vio joven y vulnerable. Luego sacudió la cabeza. "Stefania sería confinada en un monasterio si la marquesa se enterara de algo." Con ternura, le dio un apretón en la nariz. "¡Chica lista! Pero estás pensando en la dirección equivocada. No nos encontramos en secreto."

"Pero ¿entonces adónde querías ir?"

Él sacudió de nuevo la cabeza; esto se estaba volviendo sin duda en un nuevo hábito suyo. "Eso no te lo puedo decir."

Ella se apartó. "Nunca tuviste secretos conmigo. Y ahora dos a la vez."

Dario rió con gana.

"Qué tiene de gracioso?"

"Hermanita, creo que estás celosa."

"Para nada. – ¿Quién te esperará en vano esta tarde? Yo puedo al menos avisarle."

Dario sonrió ante sus celos. "Ciertamente sería más cortés que mandara mis disculpas." Hundió la cabeza. ¿Había algo más que reflexionar? "No, a ti no puedo enviarte. No allí. Por más que lo haría con gusto."

"¡No confías en mí!"

Se inclinó hacia ella y le dio un beso en la frente. "¿Por qué no habría de confiar en mi propia hermana? ¡En quién si no en ti!"

Enzo entró con la botella de vino en la mano. "¿Tú también estás aquí?" Fue hacia el pupitre y sacó su pipa. Mientras la llenaba, los examinó. "¿Os he interrumpido?"

Mirella vaciló; esperaba la réplica de Dario. Pero este simplemente hizo girar el vaso entre los dedos. "Después del oficio quería ir a lo de Stefania y también visitar a la vieja Giuseppina." Aun cuando Dario no quisiera decirle lo que tenía planeado; quizás pudiera liberarlo del arresto domiciliario. "No es apropiado que Fabrizio solo me acompañe. ¡Qué pensaría la gente! Se vería como que voy a pasear con el cochero. ¿O quizás deba recorrer el último tramo sin compañía?"

"No seas infantil." La voz de Enzo era inusualmente áspera. "Si no te cuadra, quédate en casa, pues." Se acercó a la estantería de libros y sacó algunos infolios encuadernados en cuero. Finalmente le alcanzó uno a Dario. "Lee esto. Quizás te haga un poco más sensato."

Mirella miró el lomo del libro. "¿Dante?"

"Lo he leído más de una vez. No me dice nada."

"Entonces léelo una vez más. Y hazlo reflexivamente."

Dario torció el gesto, sin embargo, abrió obediente el libro en el sitio marcado por Enzo.

"Lee para nosotros."

Dario bebió un trago, apoyó el vaso y obedeció con un suspiro.

"¡Oh! ¡de mortales insensato anhelo,
que con sus defectivos silogismos
hace arrastrar tus alas por el suelo!..."

Tras media hora, Enzo se puso de pie. "Suficiente por hoy."

Cuando hubo abandonado la biblioteca, Dario y Mirella se miraron confundidos.

"¿Qué fue eso?"

"Una lección." Dario resopló. "Realmente había pensado que al final me dejaría ir." Vació la copa, se paró y tomó la botella que Enzo había dejado. "¡Ya vendrán tiempos mejores! ¿Quisieras también un trago?"

"¡Estás raro hoy! ¿Entonces?"

"Ve a tu oficio. ¡Y a lo de Giuseppina!" Antes de abandonar la biblioteca, giró una vez más hacia ella. "Dile a Fabrizio que venga a verme antes de llevarte."

Enzo pasó por delante de la ventana en dirección hacia el jardín de rosas, tijera en mano. Allí se puso a cortar flores marchitas; de vez en cuando separaba unas ramas y contemplaba las hojas. Probablemente las rosas tuvieran otra vez pulgones. Y él se preocupaba más por sus flores que por sus hijos. Aunque...

Mirella tomó el infolio y leyó una vez más lo que les había leído Dario. Él parecía haber entendido lo que le había querido decir Enzo. ¿Por qué era ella tan estúpida para entenderlo?

Cuando la grava delante de la ventana crujió, Mirella levantó la cabeza. Enzo regresaba. ¿Qué diría de que ella quisiera, después de todo, salir con Fabrizio?

Abrió la ventana, libro en mano. "Padre, ¿por qué debía leer Dario a Dante?"

Él le alcanzo la canasta con las rosas. "Para no perderse en cosas inútiles."

"Pero..."

"Haz que distribuyan las rosas en los jarrones."

Mirella hundió la nariz en la cesta. "¡Qué perfume! ¿Puedo llevarle algunas a Giuseppina?"

"¿Así que has cambiado de parecer?"

"Todos saben que..." Entonces le ganó el deseo de provocarlo. "Es su nombre, padre, el que mancillo, cuando paseo por los bosques del Vesubio con el cochero."

"Llévale todas las flores que quieras." Le sonrió irónicamente. "No es necesario que las lleves en persona." Silbando una canción burlesca, siguió su camino. Ella ni siquiera sabía que la conocía.

Fabrizio estaba parado al lado de los caballos y guardaba un papel lacrado en el bolsillo de su chaqueta, justo cuando más tarde Mirella entró en el patio.

"¿Cuánto tiempo se demorará en la iglesia, *signorina*?"

"Eso no lo sé aún." Mirella seguía despechada por el secretismo de Dario. "Lo sabrás cuando vuelva a salir."

Una sombra cayó sobre el rostro de Fabrizio y sus labios se movieron un momento, como si quisiera replicar. En cambio, Tiró de los cierres de su chaleco a través de sus bucles y se desenrolló las mangas de la camisa. Luego ayudó a Mirella a subir al carruaje.

Cuando se detuvieron delante de la *Basilica del Carmine*, Mirella se reprochó la impertinencia: entraba ahora en la iglesia y era al mismo tiempo desagradable con un sirviente.

La *piazza del Mercato* yacía abandonada bajo el sol radiante. Y eso mismo era inquietante. A un verdadero domingo pertenecían los comediantes en la plaza y otros pasatiempos.

"¿Por qué querías saber cuánto me demoraría en el oficio? ¿Tienes algo de lo que ocuparte?"La mano de Fabrizio resbaló hacia el bolsillo de la chaqueta. "Gina..." Se trabó, como si se le hubiera ocurrido que ella se daría cuenta si él inventaba algo acerca de los pedidos de Gina.

Ella lo miraba expectante; con una sonrisa que esperaba lo alentara a hablar.

"Su hermano me ha encargado entregar una carta."

"Puedes hacer un rodeo cuando volvemos a casa, de ser necesario." Se dio vuelta e ingresó en la iglesia

Mirella amaba la basílica de *Santa Maria del Carmine Maggiore*, ya que dos capillas estaban dedicadas a los santos patrones de sus abuelos. Pero cuando pasó frente a la tumba de Masaniello, de camino a la capilla del santo Gregorio, la recorrió un escalofrío. En lugar de rezar por las almas de sus abuelos, debería rezar por Nápoles; los vivos tenían mayor necesidad.

Mirella torció a la derecha, a la *Madonna del Carmine*. Mientras se arrodillaba ante la imagen de la *Virgen Morena*, no se le iba de la cabeza el interrogante de adónde iría Fabrizio después con ella. Dijo sus oraciones a prisa como pocas veces y se apuró a salir.

"No hace falta que esperes al regreso a casa. Entrega ahora la carta, de camino a lo de Giuseppina. No deberían esperar en vano a Dario."

Fabrizio asintió; ¿estaba aliviado?

El objetivo de Fabrizio no quedaba de camino. En lugar de doblar en dirección al Vesubio, lo hizo hacia la Pizzofalcone y condujo por uno de los estrechos pasajes. Se detuvo frente a una *trattoria*; pero no entró allí, sino que golpeó en la puerta de la casa vecina.

Para su decepción, la puerta de la casa le obstaculizaba a Mirella la vista del hombre con el que hablaba Fabrizio. Las cortinas en la planta baja estaban abiertas y también una de las ventanas; sin embargo, no se podía reconocer desde el coche lo que ocurría allí.

Fabrizio se dio vuelta; su mirada buscó la de ella "Solo un instante, *signorina*." Luego entró en la casa.

"*Gallo bianco*". Seguramente no había por allí ninguna otra *trattoria* con ese nombre; encontraría de vuelta el camino.

Realmente no demoró mucho hasta que Fabrizio volvió a salir y subió al coche. El pasaje se acababa detrás de la esquina próxima; dobló. Mirella se cambió rápido al otro lado del coche y miró hacia afuera.

Voces fuertes de hombres se escapaban del *Gallo bianco*, mientras ellos volvían a acercarse. Sonaban viejos. Y excitados. O enojados. Pero las ruedas traqueteaban muy fuerte sobre el empedrado, como para poder entender.

Mirella estaba por recostarse en los cojines del coche cuando se abrió la puerta. Dos hombres salieron. Uno de ellos llevaba un costoso paño en el verde de moda y una camisa con amplios encajes venecianos en los puños, que había doblado sobre las mangas de la chaqueta. Ella ya había visto ese rostro. Entonces le resonó su risa quejosa y lo reconoció. "¡El chivo!" ¿Qué hacía uno de los Maddaloni en semejante lugar? ¿Tendría algo que ver con él la carta de Dario? Claro que Fabrizio la había dejado en la casa vecina, pero eso no decía nada.

Mirella rió por lo bajo. Averiguaría el segundo secreto de Dario, así como había hecho con el primero.

***

Ya en casa trepó corriendo las escaleras hacia la habitación de Dario y abrió la puerta de un tirón sin siquiera golpear.

Dario estaba parado junto a su secreter, inclinado sobre una pila de papeles y se dio vuelta sobresaltado.

"Fabrizio entregó tu carta en el *Gallo bianco*." Se regodeó un instante en la expresión asustada de su rostro. "En la casa de la izquierda, quiero decir. ¿Estaba bien así?"

Dario asintió. "¿Cómo sabes eso con tanta precisión?" Dejó una hoja blanca sobre la pila de papeles y avanzó hacia ella, como si quisiera impedir que la viera.

"Miré por la ventana, ¿qué crees?"

Él arrugó la frente; pero no dijo nada.

Ella se sentó en el borde de la cama y balanceó las piernas. Dario seguía parado en medio de la habitación.

"¿Te he interrumpido?" Señaló el secreter. "Continúa trabajando. Ya sabes que me gusta verte."

"No hay prisa." Finalmente se sentó junto a ella y tomó su mano. "¿Cómo es que te contó Stefania sobre lo nuestro?"

"Soy su mejor amiga; ¿acaso no lo sabes? Entre amigas

no hay secretos." Le retiró la mano y se la llevó a la cadera. "Aunque aparentemente entre hermanos sí. Últimamente." Suspiró. "No puedo ayudarte, si no sé lo que te traes."

"No necesito ayuda."

"¿No?" Como si estuviera ofendida, se apartó de su lado. "¿En serio? Con la carta, no has podido arreglártelas por ti mismo."

Él sacudió la cabeza. "Eso es cosa de hombres."

"Por cierto... ¿Sabes a quién he visto? Al nuevo duque de Maddaloni. Salió del *Gallo bianco*, justo cuando pasaba por ahí." ¿Se engañaba o se había puesto Dario verdaderamente pálido? "¿Y por qué no? Lo habrá vencido la sed. Antes bien, lo extraño fue que estuviera acompañado por una figura algo oscura." Sonrió irónicamente. "Lo reconocí por su inconfundible risa. A Maddaloni, no al otro."

Dario se apoyó contra el poste de la cama. "¿Y por qué habría de ser extraño? Los *lazzari* son hombres del todo honorables."

"¿Cómo llegas a ellos?"

"Acabas de decir..."

"Yo hablé de una figura oscura, no de un *lazzaro*."

"¿A quién si no te referirías?"

"¿Brigantes? ser un rincón oscuro. Tan apartada."

Él hizo una mueca. "¡Sí que estás buscando aventuras! ¿No has tenido suficiente excitación estas últimas semanas?"

"Pero no me dejas absolutamente nada." Ya se conseguiría ella de que él la necesitara.

"Estás tramando algo, hermanita." Mantuvo la cabeza inclinada, examinandola atentamente; esta vez no sonreía.

Que se guise. "Aun tengo algo que hacer. Madre me espera."

Él se apoyó el dedo en los labios. "No le digas nada de Stefania."

Mirella se quedó parada en la puerta. "Se alegraría. Y podría ser tu aliada."

Por un instante pareció que él no la hubiera escuchado; su mirada se dirigía hacia alguna parte, a las nubes, que no había en el techo de su habitación. "Ahora no. Cuando hayamos dejado atrás todo esto."

Entonces ella se acercó otra vez a él y volvió a sentarse. "¿No será entonces más difícil?"

"¿Qué quieres decir con eso?"

Ella se retorció.

"Stefania me dijo que vosotros contáis con mis nupcias. ¿Pero seguirá teniendo alguna importancia cuando yo esté en Madrid y Don Rodrigo ya no sea virrey?"

"Entonces habrá algún otro. Felipe no necesita ser el sobrino del virrey."

¿Y si la boda ya no pudiera concretarse? No; mejor que no lo intranquilizara con tales pensamientos. "¿Cómo sabía Fabrizio a quién debía entregarle la carta? ¿Ya había estado otras veces allí?"

"Por Dios, sí que estás curiosa hoy." Dario sonaba verdaderamente enfadado.

Averiguaría ella sola, entonces, qué tenía de particular esta *trattoria*. "Si no te gusta, no me pidas que te haga favores."

"Le hice el encargo a Fabrizio, no a ti."

En la puerta, se dio vuelta una vez más. "Y tampoco era justo que no me pudieras enviarme allí. Es una casa completamente normal, al lado de una posada completamente ordinaria."

***

A la mañana siguiente Mirella se hizo llevar por Fabrizio otra vez al Pizzofalcone.

Inusualmente mucha gente se había reunido en la calle, enredada en acaloradas conversaciones. Dado que también Salerno se había levantado, incluso la prédica de un cardenal perdía ostensiblemente toda influencia.

Cuanto más se acercaban al centro, más transeúntes parecían dirigirse hacia el mismo lugar. Poco después sonaron dos disparos. Sobresaltada, Mirella hizo detener a Fabrizio; pero como no siguió ningún otro, quizás fuera seguro continuar. Pese a ello, él se desvió del camino e hizo una gran vuelta por la *piazza del Mercato*.

En el Pizzofalcone, en cambio, reinaba la tranquilidad. Dos veces debió Fabrizio hacer un rodeo, porque carruajes con arena y piedra de toba fueron descargados en los estrechos callejones y les bloqueaban el paso. Aun en estos barrios alejados las casas se sobreedificaba, porque dentro de los muros de la ciudad ya no había terrenos disponibles.

Mirella se bajó delante del *Gallo bianco*. El sol se reflejaba ahora en los vidrios de la posada y le impedían ver el interior. Bajó lentamente el picaporte. Pero la puerta estaba cerrada con llave.

Enfrente chirrió una ventana. Sin pensarlo dos veces, cruzó la calle y golpeó allí.

Después de un rato se abrió la ventana y una anciana sin dientes la miró desde arriba. "¿Qué hay?"

"Disculpe, pero... ¿A qué hora abre el *Gallo bianco*?"

"¿Qué quiere la señorita ahí?" La anciana se alisó el delgado cabello hacia atrás. Entrecerró los ojos y señaló a Fabrizio. "¿No estuvo aquí ya ayer?"

Mirella sintió que la habían descubierto. Se afirmó; pues se dio cuenta entonces de que podía aprovechar la oportunidad. Si lograba parecer suficientemente inocente, seguramente obtendría bastantes respuestas. "Pero me he olvidado algo y por eso..." Como sin quererlo, dejó de hablar y bajó la vista aparentemente avergonzada al suelo. "A veces soy un poco despistada."

"Pero no se preocupe, niña." De pronto sonaba la vieja mucho más amigable. "El posadero vive a la izquierda. Vaya y golpee allí." Se estiró fuera de la ventana. "A esta hora generalmente ya está despierto. Creo que en un día como este..." Así que el *Gallo bianco* y la casa vecina eran de hecho la misma propiedad. Seguramente habría una puerta que conectara las dos casas.

Antes de que la vieja la ahogara en su mar de palabras, Mirella se despidió rápidamente con una cortés reverencia. Se recogió las faldas y salió corriendo con paso danzante.

"Fabrizio, ¿a quién le diste ayer la carta de Dario?"

Fabrizio pareció irritado. "¿He hecho algo mal? El *signore* dijo que estaba bien; que él la entregaría."

"Pero estuviste efectivamente en la casa."

Él asintió "Seguro. ¿Acaso debía darle la carta al niño que me abrió la puerta?"

"No. Todo estuvo correcto."

"¿Qué hacemos aquí entonces?"

"Dario espera una respuesta", se le ocurrió contestar. "Pero en verdad no queremos demorarnos mucho tiempo. Así que si supieras por quién debo preguntar..."

Fabrizio balanceó consintiendo la cabeza. "Pregunte si el hidalgo ha dejado algún mensaje."

"¿El hidalgo?" Hubiera pensado que él estaría mejor informado.

El celo de Fabrizio aumentó. "¿No lo ha visto ella misma?"

¡El chivo!

Mirella se dirigió a la casa del posadero y tiró de la campana. Aquí estaba todo tan calmo – ¿se habrían ido todos a la plaza? Al final había algo más importante que aprender allí.

Finalmente se abrió la puerta. Una mujer con un vestido descolorido de burdo tejido de cáñamo la miraba con cara hosca. "¿La *signorina* nos busca a nosotros?"

"Mi hermano hizo entregar ayer aquí una carta y debo preguntar si hay alguna respuesta."

"No sé de ninguna carta." Se volteó y gritó hacía el pasillo: "¡Giacomo! ¿Giacomo, te entregaron ayer una carta?"

En alguna parte se arrastró un mueble sobre el piso de piedra. Luego crujió algo y un pájaro chilló. Al final del pasillo salió por una puerta un hombre con barba de días en las mejillas y una perilla en el mentón.

Aquí reinaban las cabras, se le vino a la cabeza a Mirella. Se llevó rápidamente la mano a la boca para ocultar la risa.

"¡No recibí ninguna carta!" Bostezó sin miramientos, mientras se arrastraba por el corredor. Sus dientes estaban cubiertos de manchas oscuras y le faltaba un colmillo.

"Scandore. – Nuestro cochero ha entregado aquí ayer una carta. Para el hidalgo, que era su invitado."

"De eso no sé nada."

Mirella intentó ocultar su impaciencia con una sonrisa forzada. "¿Ha regresado?"

"¿Quién?"

"El hidalgo. Se marchó poco después de eso."

El posadero se acercó, atándose los pantalones mientras caminaba. "¿Cuándo se supone que ocurrió todo esto?"

"Después del mediodía." Mirella se balanceaba de un pie al otro. ¿Era el hombre tan tonto o no quería desembuchar lo que sabía? "Por favor, es importante. Mi hermano espera una respuesta."

"A la tarde estuve en la posada.

"Justamente." Aspiró profundamente. "Y el *duca* de Maddaloni estuvo a la tarde con él."

Él abrió los ojos de par en par cuando ella pronunció el

nombre. Pero solo por un segundo; luego pareció tan adormecido como antes. "El duque ha honrado mi modesta *trattoria,* como de costumbre, cuando se encuentra con su gente." Eso ya sonaba más amable. "Pero, pese a ello, no sé nada de una carta." Se levantó de un tirón los pantalones. "¿Está segura de que el duque ha recibido la carta?"

"¿Quién si no él?"

"Le preguntaré cuando vuelva." Al menos ahora había terminado con las contrapreguntas; quizás sí le contaría algo después de todo. Eso que Dario le callaba.

"¿Cuándo?"

Giacomo la miró de arriba abajo mientras cavilaba, hasta que su mujer le dio un empujón en el costado. Ojalá la vieja la tomara por una niña inocente; si no, le lavaría la cabeza ni bien ella se fuera y adiós a la ayuda de él. Tales hombres estaban siempre bajo el pulgar, ya sea de su misma esposa o de su suegra.

"Vuelva mañana al atardecer, entonces podré darle la respuesta del duque. Siempre y cuando tenga una para su hermano." Se escarbó la nariz y observó luego la crosta de moco entre los dedos. "Pero una chica joven como ella debería quedarse en su casa al atardecer. ¿Por qué no viene él en persona?"

Ella levantó la cabeza. "Lo considera demasiado sospechoso."

Por su rostro pasó el asomo de una sonrisa. "Hombre precavido, su hermano." Avanzó otro paso y miró afuera. "Pero entonces debería también ella ser más precavida y no venir con un coche que cualquiera podría reconocer."

Mirella asintió. "A lo mejor tenga razón. Mañana a la tarde haré el último tramo a pie. En este callejón seguramente viven solo personas honradas." Como él, se contuvo de agregar.

***

Cuando regresaban, al principio las calles estaban vacías. Poco antes de la *piazza del Mercato*, sin embargo, el coche fue detenido por un hombre con una alabarda.

"¡No puede seguir adelante, *signorina*!"

"¿Y por qué no?"

"En la *piazza* hay un tribunal. Regrese."

En estos días todo lo que pasaba en la ciudad podía ser importante. Las campanas de la *Santa Maria del Carmine* recién habían dado la onceava hora; tiempo suficiente para llegar a casa a almorzar puntualmente.

Mirella se bajó en el callejón junto a la iglesia de *Sant'Eligio Maggiore*. Le tocó el hombro a un anciano. "¿Qué está sucediendo?"

"Los tejedores de seda exigen la quita de impuestos."

"¿Y? ¿Obtienen lo que piden?"

"El virrey les quita a algunos los impuestos y en su lugar se los levanta a otros. O inventa nuevos." Sacudió la cabeza. "Eso no se hace.

Se abrió paso entre la muchedumbre en dirección a la *piazza*. Mirella lo siguió veloz, antes de que se cerrara de vuelta el camino frente a ella. Cosechó algunas miradas de desconfianza: con su fino brocado, llamaba la atención. En el aplastamiento a la *piazza* perdió a su guía y ya no pudo avanzar; nadie quería hacerle espacio. Pero la gente que presionaba detrás de ella, la empujaba con codazos y pisotones hacia adelante. Uno incluso la agarró del talle, como si con eso la hiciera más delgada. Ahora ya no podía regresar; tenía que confiar en que para muchos la comida era más importante que el espectáculo.

Desde los días de Masaniello había un podio junto a la fuente del Delfín en la *piazza*. Desde ahí graznaba el viejo Genoino con los brazos extendidos hacia la gente abajo. Pero su voz ronca no era rival para los gritos de esta.

Un hombre joven, que llevaba la gorra roja de los pescadores le saltó encima. Tomó el brazo de Genoino e intentó bajarlo.

"¡A casa! ¡Vete a casa!", farfullaban algunos alrededor de Mirella.

Ella se sobresaltó, pero obviamente no lo decían por ella, sino por los que estaban en el podio. O uno de los dos.

Un tercer hombre subió de un salto. Se puso en la orilla y sacó una pistola de su fajín. Un disparo en el aire; la gente enmudeció.

"No nos dejemos engañar más." El hombre estiró sus manos hacia las personas. "Trabajamos siete días a la semana desde que sale el sol hasta que se pone; y aun así no alcanza para alimentar a nuestras familias. ¡Terminemos con esto!"

Bramaron asentimiento; muchos agitaron garrotes o hachas y alguno también un arma de fuego.

"¡Pero apenas sería mejor sin la gabela! Debemos impedir que los precios se sigan hundiendo."

"¿Cómo pretendes lograrlo?" Genoino detrás de él había recobrado su voz.

El hombre se dio vuelta hacia él. "Ya lo verás." Agitó los brazos y señaló al puerto. "¡Vengan!" Luego bajó de un salto y desapareció entre la multitud.

Más y más personas abandonaban la *piazza*. Mirella fue empujada a un lado. La mayoría parecía querer pasar justamente a través de ella. Por fin logró llegar al portal de la basílica y se detuvo en su amparo.

Entonces emergió frente a ella el hombre que había exhortado a la gente a acompañarlo. Por un momento se cruzaron sus miradas; él le sonrió desafiante. ¿La conocía?

Mirella entró a la iglesia y salió por una puerta lateral. También en el callejón en el que aguardaba el coche se apiñaban hombres indignados. Les sería difícil alejarse.

Fabrizio sostenía los caballos por el bocado con firmeza y les hablaba para tranquilizarlos. Su mirada se iluminó cuando la vio. "Estaba preocupado, *signorina*. Vayámonos de aquí, antes de que alguien la reconozca." Abrió la puerta del coche y estiró su mano hacia ella.

Ella sonrió. "A lo mejor uno me reconoció."

Fabrizio la miró sobresaltado.

"¿Qué hay de malo en eso?"

"Ella es la hija de Scandore." Por supuesto, había llamado la atención; pero no se le hacía nada a una muchacha joven. En retrospectiva, podía mofarse de las miradas torcidas.

Subió al coche, mientras él vigilaba atento alrededor. "¿No ha comprendido lo que pretendían?"

"Pues sí. Quieren más dinero para sus familias."

Él sacudió la cabeza. "Quieren sacarse de los hombros a la competencia." Antes de que ella pudiera preguntar qué había querido decir con eso, saltó al pescante. Cuando hubieron dejado atrás a la turba, Fabrizio apuró el coche por los callejones a una velocidad que Mirella nunca había experimentado. Frenó tan abruptamente delante de la casa que los caballos relincharon enojados. Bajó de un saltó y corrió las escalones arriba hacia la entrada. Allí literalmente se arrojó contra la puerta en vez de golpear debidamente.

Cuando desapareció dentro de la casa, Mirella se recogió sus faldas y bajó sola del coche.

Dario pasó volando delante de ella, seguido de Fabrizio. Luego vino también Enzo.

"Quédese en casa, padre. Yo me encargaré." Dario se metió en el coche y Fabrizio salió a toda prisa, antes de que Enzo pudiera terminar de bajar los escalones.

"¡Padre!"

Él se volvió hacia ella. "¡Dile a Gina que no es necesario que nos espere con la comida!"

"Pero, ¿qué está sucediendo?"

"Haz lo que te digo."

Inmediatamente después estaba Enzo en el patio y llamó a todos los sirvientes. Los dos jardineros, los mozos de cuadra y el viejo valet tomaron cada uno un cubo y salieron corriendo. Enzo ensilló él mismo su caballo y los siguió.

Gina los observaba a través de la puerta de la cocina y tironeaba del repasador que sostenía entre los dedos. "No van a solucionar nada. ¡Llegan demasiado tarde!"

"Pero ¿qué es lo que sucede?"

Gina la miró desconcertada. "¡Tú misma estuviste ahí! ¿Es que no lo has comprendido?"

"Pero..." Mirella vio al hombre de la *piazza* ante sí y ahora lo ubicó: lo había visto en la oficina; era uno de los proveedores de Enzo. Una vez en carnaval le había traído unas *chiacchiere* que había horneado su mujer.

Gina picaba con un rostro tan severo las cebollas que parecía querer matarlas a cuchillazos. En sus ojos había lágrimas. Se limpió la mano en el delantal y luego con el delantal, el rostro. "¡*Madonna*, que son picantes las cebollas!"

Mirella la miraba recelosa. "Deja que yo lo haga."

"Eso no es apropiado." Mirella le quitó el cuchillo.

Gina sollozaba, mientras Mirella tomaba para sí la tabla de picar. "Te estropearás el vestido."

Ella se miró instintivamente. "Pero si es solo..." Tela florentina. ¡A eso se refería Fabrizio con la competencia!

Miró a Gina horrorizada. "¡Los tejedores de seda incendiarán nuestro depósito!"

Dio un salto. "Debemos ayudar a los hombres a extinguirlo."

Gina sollozaba más fuerte. "¡Quédate aquí! ¡Es peligroso!"

"¡Precisamente!" Mirella tomó el cubo que estaba bajo

la pileta. Por un momento, dudó; luego tomó la salida por el patio, para no toparse con Rita. A lo mejor, la madre podría querer detenerla.Con el cubo en la mano corrió por la calle. El vidriero de enfrente, Antonio Varese, ponía en marcha en ese mismo momento su coche por la calle. Mientras el cochero le sostenía la puerta, Mirella intentó pasarlos corriendo.

"¡Despacio!" Varese la atrapó por uno de los volados del vestido.

Mirella le quitó la mano. "¡Déjeme!"

"¡Suba, llevamos el mismo camino!" Estiró la mano para tomar el cubo.

En el coche estaban sentados tres de los sirvientes de Varese, con cubos sobre el regazo o entre los pies. Mirella se subió y Varese se apretujó a su lado.

"Me temo ante todo que lleguemos demasiado tarde. ¿Por qué no nos pidió su padre ayuda inmediatamente?"

Las calles estaban todavía llenas de personas. Se demoraron bastante, hasta que llegaron al muelle en el que estaba el depósito. El olor del humo le subía a Mirella por la nariz. Los rostros de los sirvientes se tornaron ásperos, porfiados.

Metal chocaba con metal; hombres rugían. Luego un grito prolongado le envió un estremecimiento helado por la espalda.

Varese hizo a un lado la cortina y echó un vistazo afuera. "¡Quédese aquí, *signorina*!"

"Pero..."

"No discuta. Su hermano me mataría si le sucediera algo."

Se bajó antes de que el coche se hubiera detenido completamente e hizo una seña al cochero. "Cesare, ocúpate de que la *signorina* permanezca aquí." Los otros hombres lo siguieron.

Mirella se levantó.

"*Signorina*, por favor."

Le regaló a Cesare una sonrisa. Él era apenas mayor que ella; debía poder embelesarlo. "¡Pero si puede dejarme bajar! Me gustaría ver lo que está pasando allí."

La expresión de Cesare permaneció dura. "Pues mire por la ventana." Apoyó la mano sobre el picaporte.

"¿No quisiera también ayudar?"

Él asintió. "Ella me lo ha impedido."

Mirella bajó por un momento los ojos como avergonzada y hundió la voz. "Lo lamento." Levantó otra vez la mirada. "Pero vaya. Tome su cubo y ayude. A mí no me ocurrirá nada."

Él levantó de hecho el cubo; pero luego afirmó ambas manos sobre el asa y pegó los brazos firmemente al cuerpo. Le respondió sin mirarla. "Le obedezco al *padrone*."

Mirella apoyó los codos en el marco de la ventana y estiró la cabeza hacia afuera.

Frente a los depósitos al final del embarcadero, cuchillos y sables relampagueaban al resplandor del fuego. ¿Dónde estaban Dario y Enzo?

Empuñó el picaporte, pero Cesare lo sostenía firme desde afuera. Rápida como un rayo, se inclinó hacia afuera y lo mordió en el brazo desnudo. Asustado, se echó hacia atrás y soltó; ella abrió la portezuela de par en par y lo golpeó en la cabeza. Él se tambaleó y ella saltó afuera.

Pero cuando se enderezó, él ya estaba a su lado y la atrapó. "¡Se queda aquí!" La apretó fuerte contra sí, rodeándola con ambos brazos. Ella lo pisó y pataleó, pero no sirvió de nada. Él era más fuerte, la levantó en el aire y la obligó a volver al coche.

Sus cabezas entrechocaron. En sus ojos hubo un centelleo – y luego la besó. Al principio mantuvo su boca fuerte en la de ella, luego sus labios se volvieron suaves y blandos como si fueran de terciopelo.

La soltó abruptamente. "Perdóneme, *signorina*, si es que puede. Olvidé mi posición."

Ella lo miraba fijamente, con la boca entreabierta. Ahora debía darle una cachetada.

Lentamente levantó la mano. Luego se llevó la punta de los dedos a los labios y siguió mirándolo fijamente.

Una luz aún brillaba en los ojos de Cesare y no era el reflejo del fuego.

Mirella jadeaba. "Suceden muchas cosas inapropiadas en estos días."

Su mirada resbaló hacia los depósitos. Los hombres parecían haber entrado en razón y habían terminado los encuentros. Formaban cadenas y empezaban a pasarse los cubos para apagar el fuego. Ya no luchaban por el depósito de los Scandore, sino que intentaban impedir que el fuego se extendiera a los edificios colindantes.

"Ambos deberíamos ayudar. Ya no están luchando."

Cesare se dio vuelta hacia el fuego. Luego asintió. "Nos pararemos en el extremo de la cadena de agua."

Aliviada, Mirella se dejó ayudar por él a bajar del coche. Otra vez estaban bien cerca. De su cabello se desprendía un perfume dulce que por un momento sobrepasó el olor del humo que soplaba hacia ellos. ¿Felipe también la besaría así?

Tomaron sus cubos y corrieron hacia los ayudantes al muro del muelle.

Mirella buscaba una y otra vez con la mirada alrededor mientras hacía pasar cubo tras cubo, que Cesare y otro hombre llenaban en el mar. Pero no veía ni a Varese ni a Dario ni a Enzo.

Entonces hubo un ruido sordo, como una explosión. Cesare empujó a Mirella al suelo y se arrojó sobre ella. La fachada ardiente del depósito se derrumbó hacia adelante; un dardo de llama crepitó fuertemente y se elevó. Una ola de calor le pasó por arriba.

Cuando Cesare rodó a un lado y la ayudó a levantarse, le ardían las rodillas. Pero tuvo pudor de levantarse la falda para mirarlas.

"Es más peligroso de lo que pensé. La llevaré de vuelta al coche."

Esta vez ella no objetó nada; ya estaba todo perdido. Le dio la mano y se esforzó para no cojear mientras se acercaba a él. Él no debía reprocharse nada. Sin embargo, cuando dobló la rodilla para subir al coche, se le escapó un gemido. De todos modos, él pareció no darse cuenta.

Cesare se apoyó en el coche, con la vista hacia el foco del incendio.

Ella levantó cuidadosamente la falda para que la tela no se le pegara a las magulladas rodillas. Le dolían los hombros por la carga desacostumbrada de numerosos cubos. Y estaba cansada; solamente deseaba poder arrastrarse inmediatamente a la cama.

Era de noche cuando los hombres depusieron finalmente los cubos. La luna bañaba con su luz una pila de escombros humeantes, de la que se levantaba al cielo el esqueleto de una sola viga.

"¿Acaso podrán salvar algo de las mercancías?"

Cesare se dio vuelta hacia ella. "A duras penas. Lo que no se haya quemado, lo habrá arruinado el agua."

Poco después regresó Varese con sus hombres. Miró primero a Cesare de arriba abajo, luego a Mirella y frunció el entrecejo con desaprobación. Pero entró al coche sin decir nada.

"¿Ha visto a Dario? ¿O a mi padre?"

Asintió. "Están quitando los escombros, para encontrar nidos de incendio."

Mirella tragó saliva; luego se atrevió a hacer la pregunta que le quemaba en el corazón: "¿Qué ha se ha salvado?"

Varese le pasó el índice por la mejilla. "¿De dónde viene el hollín?"

"No ha contestado mi pregunta."

"Nada, niña."

***

A la madrugada llegaron Enzo y Dario a la casa. Parecían discutir mientras subían las escaleras.

Mirella se deslizó de la cama y se agachó en busca de sus pantuflas. De sus brazos colgaban pesas de plomo y cada movimiento de las rodillas le hacía correr un dolor punzante por todo el cuerpo. Arrastró los pies hasta la puerta y la abrió.

"¡Tiene que haber un fin!" Dario golpeaba la baranda con el puño.

"De alguna manera vamos a sobrellevar los daños. Estemos contentos de que no hubo ningún muerto."

"Ya habrá alguno la próxima vez. O la siguiente."

Enzo se quedó parado en el rellano de la escalera. "Si piensas así, entonces debería ser de tu interés llevar a cabo el acuerdo con el virrey. En lugar de eso..."

"¿Padre?" Mirella se apoyó en el marco de la puerta. "¿Están bien?"

"Lo suficiente." Dario se acercó a ella con tres rápidos pasos. "¿Nos has estado esperando?"

Tenía el rostro cubierto de manchas negras; ella estiró la mano titubeando y lo rozó. Solo hollín. Suspiró aliviada. Pero entonces vio la rasgadura en su manga derecha: el borde tenía costras de sangre. "Estás herido."

Él puso su mano sobre la rasgadura. "No es nada. No todos estaban de acuerdo con que quisiéramos apagar el fuego."

"Eso vi." Asustada se apretó la boca con la mano.

"¿Cómo?" Enzo avanzó hacia ella y la miró fijamente. "¿Estuviste allí?"

Primeramente, asintió con timidez; luego enderezó el mentón. "¡Yo también puedo pasar cubos! *Signor* Varese me ha llevado. Y traído de vuelta a casa." El calor le subió al rostro con el recuerdo de los labios de Cesare en su boca. "Uno de sus hombres ha velado por mí y se ha ocupado de que me quedara a la suficiente distancia."

"Mi valiente pequeña. Entonces debes estar muerta de cansancio." Enzo le dio un beso en la frente. "Vuelve a la cama."

Gina subía las escaleras con dos aguamaniles humeantes. "Los he estado esperando, *padrone*."

Entró primero al dormitorio de Enzo, luego al de Dario. "¿Debería calentar más agua?"

"Ahora no." Enzo movió los hombros lentamente, hacia adelante y hacia atrás. "Mañana nos dolerán todos los huesos. Prepara la sala de baño." Le hizo un gesto de su mano a Mirella para que volviera a su habitación. "Continúa durmiendo."

Ella cerró obedientemente la puerta desde adentro y se quedó escuchando con atención. Cuando las bisagras de la puerta de Enzo chirriaron, empezó a contar. Al llegar a cien, se escabulló fuera de su cuarto y fue de puntillas con los dientes apretados al de Dario.

Él estaba delante del espejo, con el torso desnudo, y se lavaba con cuidado la herida del brazo.

"Te ayudaré." Mirella le quitó el paño y lo empapó en el agua tibia. "¿Cómo ocurrió esto?"

Dario frunció el rostro cuando ella presionó el paño sobre la herida. "Los tejedores de seda. Creen que si nos arruinan, podrán vender sus telas más caras."

"¡Pero si es así!"

"¡Al contrario! Si se excluye al intermediario, los españoles traerán sus telas directamente de Florencia. Entonces la presión será aún mayor."

"Entiendo." Pero en realidad no entendía. Abrió un cajón de la cómoda para buscar un lienzo con que vendarlo.

Él la paró en seco. "Aquí no encontrarás nada."

Rápidamente volvió a cerrar el cajón, pero ella ya había visto entre la ropa blanca dos cartas que llevaban un blasón.

Hizo una mueca. "Has escondido mal las cartas de amor de Stefania."

Por un momento, pareció confundido; luego asintió con una sonrisa. Pero permaneció tenso. "Puede ser. Pero Gina no le diría una palabra a nadie y mamá ya no pisa mi cuarto."

Algo extraño se le ocurrió; él bostezaba no solo de cansancio. "¿O estas no son de Stefania?

"Entonces hubiera tenido verdaderamente una razón para esconderlas, ¿no lo crees?" Abrió el armario y sacó una sábana. "Toma esto."

Mirella rasgó dos tiras anchas y las dobló juntas, para que los bordes deshilachados pasaran al interior. Dario estiró el brazo y ella empezó a enrollar una tira sobre la herida.

Las puntas de la tela las anudó sobre el hombro. Entonces tomó una segunda tira y probó si era lo suficientemente larga como para que Dario llevara el brazo en un cabestrillo.

"Ponte algo encima." La camisa rasgada estaba en el piso hecha un bollo. Mirella se dio vuelta y antes de que Dario se lo pudiera impedir, había abierto la cómoda y con un movimiento ágil sacaba una nueva. Con ello cayó una de las cartas al piso. El blasón que llevaba no era el de los Oliveto. Volvió a ponerla en la cómoda. "Ciertamente, deberías esconderla."

"¿Por qué? Después del asalto a nuestra oficina, nadie

más en esta casa se pondrá del lado de los insurgentes." Se pasó la camisa por sobre el brazo sano y se dejó ayudar por Mirella con el otro.

"Pero recién estabas disputando con nuestro padre: al menos él no comparte tu opinión."

Suspiró. "¿Acaso alguna vez estuvimos de acuerdo en algo?"

Se sentó junto a él en la cama y le acordonó la camisa. "El duque de Maddaloni – ¿qué hace en Pizzofalcone?"

Él la miró silencioso, como si no supiera la respuesta.

"Parece entrar y salir del *Gallo Bianco* como si nada."

De nuevo Dario permaneció callado.

"Tú y Maddaloni, vosotros estáis planeando algo. Las cartas no son de Stefania."

"No necesitas saberlo todo."

"Puedo ayudarte." Rozó cuidadosamente su brazo. "Pasará un tiempo hasta que puedas utilizarlo nuevamente."

"Puedo esgrimir casi tan bien con la izquierda."

Asustada, dejó caer el cordón que estaba por atar. "¿Esgrimir?"

Dario asintió. "No podemos fiarnos del virrey. Sus tropas han engrosado y, además, hace tiempo confraternizan con los napolitanos. Los barones, en cambio, quieren y pueden detener todo esto."

"¿Y tú formas parte?" No podía respirar. "Pero los hombres tienen razón en resistirse a los impuestos."

Él le levantó el rostro y la miró inquisitivo. "¿Acaso no estás prometida con un español?"

Ella le quitó bruscamente la mano. "¿Qué tiene que ver eso?

"¿Tienen también razón en incendiar el depósito de nuestro padre?"

Mirella bajó la cabeza.

"¿La próxima vez, quizás nuestra casa?"

"No."

"Sin los españoles... Sin ellos no tenemos ningún futuro."

"Quién sabe si tenemos alguno con ellos. Tú y yo quizás." Mirella cerró los puños. "Pero Nápoles está hambriento."

"Lo hace ahora también. ¿No tienes en claro que nuestro padre está casi en la ruina? Los pescadores y los armeros no compran tela florentina. Y los tejedores de seda quieren más dinero por sus miserables telas." Le alcanzó los cordones sueltos y Mirella los ató apretando los labios con bronca.

"Fuiste muy valiente esta noche. Quizás pueda verdaderamente usar tu ayuda. Siempre y cuando no te ponga en peligro." La movió del borde de la cama. "Ahora, déjame dormir por fin."

***

Mirella parpadeó por el sol que le pegaba de lleno en la cara. Ya era media mañana. Seguro que Dario y Enzo ya estaban hacía rato en el depósito. Ciertamente también podía ella ayudar.

Con cuidado se arrastró fuera de la cama; le dolía cada músculo.

Llamó a Gina y luego buscó en el ropero un vestido que fuera lo suficientemente viejo como para no conjurar la furia de Rita en caso de que lo arruinara.

Gina observó con desconfianza la falda por la que se había decidido finalmente. "¿Qué te traes?"

"¿Sabes cuánto tiempo estarán fuera padre y Dario?"

"No vendrán a almorzar; les he preparado tartas de verduras."

Mirella se acercó a la ventana y arrastró consigo a Gina, quien tenía entre los dedos un rizo a medio atar que no quería dejar ir. Sobre el Vesubio las nubes se apilaron en forma de yunque. "Parece que viene una tormenta. Pero quiero visitar a los Oliveto esta tarde. Házmelo saber, si Fabrizio regresa."

"¿Y por eso te vistes así?" Gina la miró a la cara de costado. "Ya estuviste ayer temprano en lo de Stefania, ¿o no?" Su voz sonaba desconfiada.

"No fui. Primero quería averiguar a qué se debía el tumulto en las calles. Y luego..."

"Entonces le entendí todo mal a Fabrizio."

Sí que era tonta: así que Fabrizio no había soltado palabra y ahora ella sólita iba y se delataba. Y lo comprometía a él. ¡Qué fastidio! "Quizás estés vieja, querida."

Gina suspiró. "Puede ser; cada vez siento más mis huesos." Estiró sus dedos nudosos. "Coser se me hace cada día más difícil."

Hasta ese momento, nadie en la casa había pensado que se deberían preocupar más por Gina; se lo diría a Rita. "Entonces deja que la muchacha haga los trabajos que te resultan muy pesados. Aún tienes bastante que hacer."

Gina cerró con un movimiento impetuoso el siguiente gancho. "Te traes algo entre manos. O has hecho alguna pillería."

"¡Pero Gina!" Mirella le apartó las manos y se dio vuelta. "Ya no soy una niña. Y tú... Realmente me das qué pensar."

"Ya está bien." Gina retomó su actividad en la espalda de Mirella.

"¿Cómo voy a la ciudad?"

"No vas. Tu madre no lo permitirá. Deberías haberla visto cuando tu padre le contó que tú también habías estado en el muelle."

"Mamá siempre se desmaya enseguida." Mirella arrugó

la nariz. "Pero si no me pasó nada. No a mí." ¿Pero para qué le decía eso a Gina? Para Rita debía ocurrírsele algo. O no. Todavía faltaba un rato para la tarde.

Después del desayuno, Mirella tomó su labor de bordado y se sentó junto a la ventana del salón.

De golpe llegó de afuera un sonido extraño; sordo, retumbante. Esa no era la tormenta.

Abrió la ventana. Ahí estaba el sonido de nuevo. Venía del otro lado de la casa. Desde la ciudad. Detonaba numerosas veces, una después de otra. Eran disparos de arcabuces o mosquetes. Entonces el otro sonido era un retumbe de cañón. Pero ¿quién le disparaba a quién? ¿Y dónde? Quizás desde el patio pudiera verlo.

En medio del pasillo estaba Gina y retorcía las manos. Literalmente. Al tiempo, murmuraba un Ave María.

"Pero, ¿qué te pasa?" Allí estaban a salvo después de todo; los cañones españoles no llegaban tan lejos.

Rita salió de su cuarto, perfectamente peinada y vestida. "¿Adónde vas, niña?"

"Afuera. Quizás pueda ver algo desde allí."

Rita suspiró. "Se disparan unos a otros. ¿Has oído los cañones? Parece que la jauría quiere tomar la guarnición por asalto para equiparse mejor." Primero Gina; ahora Rita: Debería estar seriamente preocupada si sabía lo que estaba pasando en la ciudad; no le cuadraba para nada.

"¿Pero para qué pues? Don Rodrigo sí ha hecho lo que ellos querían."

"Eso aún no puedes entenderlo, niña." Rita la tomó de la mano. "¿Qué estás haciendo?"

"Entonces explícamelo, *mamma*." Mirella la cogió por el brazo.

Pero Rita sacudió la cabeza. "Eso es política, pregúntale a tu padre. O a Dario."

"Dario dice que, en la política, cada uno piensa solo en sí mismo."

Pese a todo, Fabrizio regresó durante el almuerzo. "El *padrone* quiere comida para todos los que están ayudando."

Como era de esperarse, Gina golpeó las manos por encima de la cabeza. "¿Por qué me entero sólo ahora? ¿Y de dónde se supone que saque las cosas?"

Esta fue la oportunidad de escapar; Mirella se levantó. "Yo te ayudo." La mirada de Rita decía que por esta vez le perdonaba la mala conducta.

Junto con Fabrizio saqueó la despensa: queso, panceta y salami; también una canasta con duraznos y otra con melones. "Nosotros compramos pan en el camino."

"¿Nosotros?" Gina la miraba sorprendida.

"Yo también voy. Después de todo se necesita a alguien que reparta la comida."

Ojalá Rita no lo considerara muy peligroso. Pero en la última media hora, no había habido más disparos; quizás por hoy hubieran terminado. "Fabrizio, ¿qué pasaba hoy a la mañana en la ciudad?"

Él cargó las canastas en el coche, luego regresó y le pusieron los quesos en los brazos. "Se está formando ahora una verdadera milicia. Un armero ha tomado la dirección. Sabe lo que se necesita y puede enseñar a la gente a disparar."

"Y vender sus armas." Lo que había dicho Dario sobre la política tenía aquí un buen ejemplo.

Fabrizio rio irónicamente. "¿Con qué habría de pagarlas la gente?"

Eso también era correcto. Ella realmente tenía poca idea.

Todavía no se había terminado el mediodía cuando se pusieron en marcha. No solo las mujeres, también hombres se juntaban en pequeños grupos. A juzgar por los gestos vehementes, estaban sumamente excitados.

Mirella abrió la ventana y se inclinó hacia afuera, para capturar algo de las conversaciones mientras pasaban.

Dos nombres aparecían una y otra vez. Annese: ese debía ser el armero; Dario había mencionado el nombre el domingo. Y el nombre de Genoino, en los grupos de hombres a menudo unido con una imprecación. ¿Pero por qué? ¿No le debían a él todo lo que habían logrado? La nueva libertad, la renovación de los privilegios.

Fabrizio debió parar en dos panaderías para comprar suficiente pan. Si esto seguía así, pronto no tendrían nada más para comer.

Del depósito quemado seguía saliendo humo de lugares aislados. Allí había hombres con cubos arrojando agua. Otros sacaban los escombros del medio, apilaban las vigas ennegrecidas, paleaban las cenizas en carros y las tiraban en la dársena. Unos veinte hombres habían acudido a ayudar.

La mayor parte del edificio se había quemado hasta el suelo. Todavía quedaba una esquina mirando al muelle; estas paredes habían sido levantadas con ladrillos. La oficina se encontraba allí.

Enzo estaba descubriendo un baúl con guarniciones de hierro. Parecía en cierta medida haber salido ileso del fuego. Dario había sacado el brazo del cabestrillo y usaba ambas manos, con el rostro partido de dolor, para ayudarlo.

Mirella pidió a Fabrizio que descargara la comida y fue hacia ellos. La manga de Dario estaba traspasada de sangre. Con tanta gente ayudando, ¿cómo podía permitir Enzo que él participara? Pero si ella decía algo ahora, Dario saldría a defenderlo.

"No sabíamos que tuviera tanta gente. No alcanzará."

Enzo levantó la cabeza brevemente. "Si tan solo cada

uno obtiene algo..." Sacó una llave del bolsillo de la chaqueta. "Qué bueno que no la dejo nunca en la oficina."

Cuando Enzo agarró una manija, Mirella empujó a Dario a un lado y se unió. Ponen el baúl razonablemente erguido, luego Enzo se arrodilló delante. Parecía costarle meter la llave en la cerradura. Cuando intentó girarla, solo logró moverla un poco. "¡Está torcido!"

"¡Tanto mejor!" Dario sonaba sarcástico. "Entonces sigue estando todo ahí, al menos."

Enzo se volvió hacia Mirella: "Dile a Fabrizio que lo lleve a casa."

"¿Qué hay ahí dentro? ¿Dinero?"

Dario sacudió la cabeza. "Los libros. Pero es tan bueno como dinero, en lo que a las cobranzas impagas respecta."

"Solo que en este momento apenas si podemos cobrarlas." Enzo entrelazó una soga alrededor del baúl y lo llevó junto con uno de los ayudantes fuera de las ruinas. "Alguno de los vecinos los ayudará a descargarlo. Simplemente déjenlo en el patio; ya no podrá ser utilizado luego."

Cargaron el baúl entre tres en el coche. Nadie se preocupó de que estaban embadurnando los cojines con hollín y suciedad. Luego Enzo pidió a Mirella que repartiera la comida que Fabrizio había colocado sobre la tapia del muelle.

Dario tomó el pan que ella le ofrecía y se sentó junto a Enzo en la tapia del muelle. "Ten cuidado cuando vuelvas hacia casa. Tomad por el Pizzofalcone; es ciertamente un desvío y los caballos tendrán trabajo con el pesado baúl. Pero así seguramente esquivaréis la milicia."

Mirella creía entender lo que él quería decirle. Pero en presencia de Enzo, era mejor mantener las apariencias. Concentrada, siguió rebanando el queso. "¿Por qué habría de resultarme peligrosa la milicia? No soy, por cierto, ninguna *gabelliere*."

"Nuestro padre tampoco; sin embargo, los tejedores de seda han incendiado nuestro depósito."

"Annese se trae algo entre manos, además de suprimir los impuestos." El hombre que estaba junto a Dario hizo una mueca. "Nuestros hijos no seguirán muriendo en Flandes, en una guerra que no es la nuestra."

Mirella bajó el cuchillo y lo miró atónita. "¿Eso quiere decir que lucha contra los españoles?"

"Ya irá a parar en eso." A Enzo no parecía gustarle. "Por supuesto, ya no tengo nada para venderles." Regresó con paso cansino hacia las ruinas.

"Volveremos a construirlo. Más grande que antes", le aseguró Dario, mientras se alejaba. "Ni bien se termine lo peor. Y también continuaremos vendiendo tela florentina."

Enzo no reaccionó. Aleatoriamente movía parte de los escombros aquí y allá. Era tan inútil como una conversación sobre sus preocupaciones. ¿Cuánto dinero podría ser que les quedara aún?

Mirella cargó las canastas vacías. Luego se apretujó en el coche. "Has oído a Dario: volveremos a casa por el Pizzo-falcone."

Fabrizio asintió con rostro sombrío. "No creo que sea menos peligroso. Aunque sí mucho más arduo para los caballos."

Sin embargo, el camino estaba, en efecto, despejado, mientras que en otras partes de la ciudad, el tiroteo había comenzado nuevamente. A dos cuadras del *Gallo bianco*, Mirella hizo detener el coche y se bajó.

Su falda superior estaba llena de hollín. Intentó quitar la suciedad, pero solamente la empeoró, pues el agua de apagado había convertido el hollín en una mugre repugnante. Ojalá no se hubiera filtrado demasiada agua en el baúl, si no los libros serían ilegibles.

"¿Adónde va, *signorina*? No podemos dejar el coche aquí sin vigilancia." Por supuesto: Fabrizio quería acompañarla.

"¿Quién podría llevarse el baúl? Pero tienes razón, quédate aquí."

"Es peligroso andar sola por esta parte."

¡Qué gallina! No hubiera pensado que un hombre adulto pudiera ser tan miedoso... "¿Aquí? ¿En este barrio? Aquí vive gente honrada." Solo que sí; él había visto al posadero.

Mirella se recogió las faldas y se apuró.

El *Gallo bianco* estaba a oscuras, como el día anterior. ¿A esta hora no debería ya haber abierto?

Una ventana se abrió chirriando enfrente. "Pronto estarán de vuelta. ¿Ha venido a pie hoy? ¿Quiere esperar mientras tanto en mi casa?"

Mirella se dio vuelta. La anciana la invitaba a cruzar con una seña. Por lo visto, se colgaba día y noche de la ventana; quién sabía todo lo que podría contarle. Mirella aceptó agradeciendo el ofrecimiento; sin pensar siquiera en que la esperaba Fabrizio.

Con curiosidad entró en la angosta casita. Constaba solo de un cuarto: cocina y habitación a la vez. Una escalera conducía al techo; probablemente arriba estuviera el dormitorio. Mediante una ventana angosta entraba desde el patio una luz escasa; de seguro era diminuto y oscuro. Por el contrario, el sol resplandecía a través de la ventana abierta que daba a la calle y hacía brillar los herrajes del reloj que estaba sobre la repisa de la chimenea.

"Es muy amable, *signora*."

"Cristina. ¿Puedo ofrecerle algo? ¿Un chocolate?" Le indicó una silla acolchada de amplios brazos, cerca de la ventana. "Ese es el lugar más cómodo; ahí me siento yo siempre."

"Entonces no voy a quitárselo. Y tampoco le beberé el chocolate."

"Pero desde ahí puede ver en seguida cuando regrese Giacomo. – El posadero." Atizó el fuego en el brasero. "Quedan todavía brasas del almuerzo. Sigo cocinando tanto como cuando vivía mi querido esposo."

Mirella se sentó en el lugar junto a la ventana. Desde aquí no se le escapaba a la mujer verdaderamente nada. Se veía el callejón hasta la desembocadura; nadie podía ir o venir sin ser notado. "¿No sería mucho más cómodo", señaló hacia afuera, "comer enfrente?"

"Puede ser. Pero la gente allí..."

"¿Por qué?" Mirella se reclinó en la silla; no quería parecer muy curiosa. "¿Qué hay con ellos?"

"Extraños. Todos hombres de afuera. No espero nada bueno de ellos." Puso una olla con leche en el fogón y tomó una pequeña caja de madera y un cuenco con azúcar del armario cercano a la ventana del patio. "Ciertamente, pronto será difícil comprar chocolate. Así que aprovechemos mientras podamos." Llevó una silla cerca de Mirella. "Yo soy vieja; no me queda tiempo como para reservar algo para después. Mi Adriano murió de un día para el otro. Un accidente en el puerto. Él era siempre muy ahorrativo. ¿Y de qué le sirvió?"

"¿De nada?" Mirella asintió comprensiva. "Tiene mucha razón. Por eso, en su lugar, yo tampoco me preocuparía por quién más va a esta posada."

"Sin embargo, es para pensarlo. Quizás debería incluso informar a la *Reggia.*"

"¿Por un par de brigantes? Mirella rió. "¿No era un contrabandista incluso señor de la ciudad no hace poco?"

"Pero estos son diferentes. Masaniello era uno de los nuestros. Y últimamente aparecen cada vez más seguido señores elegantes. Con blasones en los coches."

"¿Qué tipo de blasones?"

Cristina alzó los hombros. "No lo sé. Uno tiene una

corona encima. Un conde o un duque." Se levantó de un salto, con una agilidad sorprendente para su edad. "¡La leche!"

Retiró la olla al borde del fogón y sacó una cucharada de cacao de la cajita de madera; luego empujó de nuevo la olla al medio del fogón y revolvió. El aroma del chocolate se extendió por la habitación.

"¿Qué busca aquí alguien así?" Cristina agregó un montón de azúcar a la leche. Puso dos tazas sobre la mesa y también el cuenco con azúcar. "En caso de que no esté lo suficientemente dulce para ella."

"Seguramente, el posadero pueda contestarle esa pregunta."

"Cierto. Pero ese es una tumba. Y su esposa se cree la gran cosa. Una nariz parada." Lo que probablemente significara que la posadera no tenía tiempo para chismes.

Mirella aceptó una taza y sorbió con cuidado el chocolate humeante. Empalagoso, como se lo temía. Tragó con fuerza; luego, valientemente, bebió media taza, antes de dejarla.

Cristina la había estado mirando atentamente y le alcanzó el azucarero. "Siempre me quedo corta con el azúcar. Ya mi Adriano se quejaba de que el chocolate estaba demasiado amargo."

Mirella sonrió. "Para mí es suficiente azúcar. Por lo demás..." ¿Qué le decía siempre Gina las pocas veces que preparaba chocolate? "¿Quizás habría que cocinarlo directamente con el cacao?"

El rostro de Cristina se ensombreció; su voz tomó un tono chillón. "¿Está insinuando que no sé cómo se prepara el chocolate? Yo trabajaba ya en la cocina del virrey cuando ella todavía se mojaba en los pañales."

Mirella enrojeció. "Eso... no es lo que insinuaba. Quise decir que..." Se mordió los labios. ¿Qué era lo que efectivamente había querido decir? ¿Que el chocolate estaba demasiado dulce? La anciana debía de estar profundamente ofendida.

"¿Por qué no se lo termina entonces?"

Mirella contuvo un suspiro y volvió a tomar la taza; en ese momento resonó el traqueteo de ruedas por el callejón.

"¡Ahí viene el posadero!"

"¿Reconoce su coche por el sonido de las ruedas?"

"Eso es un carro; ¡cómo iba a tener un coche!"

Mirella depositó la taza. "Le agradezco mucho por su hospitalidad."

Cristina se levantó y se acercó a la ventana. "De nuevo se ha venido con algunos." Chistó con desaprobación.

Mirella le hizo una reverencia y se despidió apurada, para no tener que tomarse el resto del chocolate.

Cuando salió a la calle, el carruaje estaba abandonado. Ojalá viera en la *trattoria,* a quienes había traído consigo el posadero. La puerta de la posada estaba un tanto abierta y de allí llegaba un poco de luz.

Mirella empujó la puerta lo suficiente como para poder mirar dentro de la taberna. La mitad de las mesas estaban preparadas para comer, muy elegantes, con manteles coloridos: sorprendente. ¡Y ella había creído que la *trattoria* era sórdido! Pero no había nadie ahí, ni siquiera detrás del mostrador.

Empujó un poco más la puerta. En la oscuridad, al final del cuarto, había una segunda puerta. Debería haber mirado por la ventana, antes de salir a la calle. De ese modo, sabría ahora en qué casa habían entrado los hombres.

Sigilosamente cruzó el comedor y abrió. Ahí detrás había un pasillo oscuro, que conectaba con tres puertas. Una llevaba seguramente a la cocina; la segunda, con la hoja de vidrio, daba al patio. ¿Y la tercera de la derecha? La casa del posadero estaba a la izquierda del edificio. Aquí, por este pasillo, no se podía llegar. Una escalera angosta llevaba a una despensa y, con una espiral, al piso de arriba.

Sobre Mirella hubo un crujido; asustada, retrocedió hacia el comedor. Pero la venció la curiosidad y se quedó parada en la puerta.

Las maderas de arriba crujieron más fuerte; entonces aparecieron dos pies desnudos en las escaleras, que se metían en unos pantalones deshilachados. Bajó un hombre fornido. Traía una saya azul oscuro, de cuyas mangas sobresalían los sucios volantes grises de una otrora elegante camisa. En un fajín rojo de seda traía un sable corto.

Sonrió amigable. "¿Se ha perdido, *signorina*?"

Por poco no hizo Mirella una reverencia ante el amable saludo. "Estoy buscando al posadero."

Él hombre señaló hacia abajo. "Debe estar en la bodega. Al menos, le sería aconsejable."

"¿Por qué?"

El hombre la miró sorprendido; se rascó detrás de la oreja. "Porque queremos beber algo mejor que lo que suele vender."

Un fuerte olor a ajo le subió a la nariz cuando él se puso frente a ella. Él la tomó del brazo. Ella se estremeció; allí no había nadie que pudiera ayudarla, si él... ¡Qué insensatez venir aquí completamente sola!

La empujó a través de la puerta de vuelta al comedor. Allí le levantó el rostro con la mano y la contempló. "Es de las buenas, tiene ojos sagaces."

Sorprendida por esta observación, toleró su tratamiento en lugar de oponerse.

Él volvió a sonreír. "Si yo tuviera una hija, debería verse como ella."

"¿Quién es él?" profirió ella finalmente.

De nuevo se rascó detrás de la oreja. "¿La envió aquí su hermano?"

"¿Qué sabe de mi hermano?"

"Una niña como ella, ¿qué podría querer aquí, si no es que alguien la envió?"

¿Acaso no había sido al duque de Maddaloni a quien se había dirigido la carta de Dario? Pero él tenía escritos con un blasón de la nobleza en su cómoda. Desconcertada, se sentó en la silla más cercana. ¿Debería contestarle? "Busco al posadero."

"Eso ya lo ha dicho. Si no quiere esperarlo, deberá molestarse hasta la bodega." Rió con sorna; luego pasó detrás del mostrador y regresó con una botella y dos vasos. Dejó la botella sobre la barra y uno de los vasos sobre la mesa de Mirella. Entonces sostuvo el otro contra la luz. "Pasable." La miró. "Seguramente aún no le dejan tomar vino. ¿Qué le gustaría?"

Mirella sacudió la cabeza. "Nada, gracias. Recién tomé un chocolate."

Su sonrisa se agrandó. "Aquí no debe de haber ninguno." Se sirvió el vaso hasta hacerlo desbordar. El hecho de que se rociara con el vino tinto cuando lo cogió, no parecía preocuparle.

Desde el pasillo llegó un ruido de traqueteo; el hombre apoyó el vaso y abrió la puerta de un tirón. Junto con el posadero hicieron rodar un barril de cincuenta litros a través del comedor hasta la salida, donde lo volvieron a enderezar.

Para su sorpresa, el hombre examinaba el barril por todas partes. Y Mirella se asombró aun más: ¿cómo era que el vino no gorgoteaba? Tan pesado como parecía, no podía estar vacío.

Él retiró la tapa del barril. Luego tomó una vela de una de las mesas y la encendió.

"¿Estás loco?" Como un rayo el posadero lo agarró y le tiró la vela de la mano.

Mirella empezó a divertirse con el hombre. "¿Quizás debería probar el vino antes de llevarlo?"

"¿El vino?" Puso una cara bastante zonza.

Ella no quiso dejarlo ahí, añadió. "Al final, tiene solo vinagre."

"Quizás sea eso lo que quiero." Él se acercó a ella y pareció sopesarla otra vez. "Es muy atenta."

¿Acaso eso le afectaba en algo? Ya era hora de retirarse de allí. "Mi hermano..." Movió la vista del hombre al posadero y de vuelta, insegura de si podía hablar en presencia del extraño.

"Pastina es uno de los nuestros. – ¿Cómo es que Dario la manda ya ahora?"

"Espero que su comensal de anteayer..."

"¿Qué comensal?", la interrumpió Pastina. Apretó los puños a los costados y entrecerró los ojos.

"Lo he visto cuando abandonaba la posada." Su mirada desconfiada se había dirigido al posadero. Aun así, la intimidó; así debía ser cuando uno era interrogado.

"No obstante, tengo algo para su hermano." El posadero dejó el cuarto; pasó un rato hasta que regresó. Puso una arqueta de cuero sobre la mesa y sacó una pequeña bolsita de lino de su camisa.

"Dele esto a su hermano". Buscó una vara de lacre del bolsillo de su pantalón y encendió una de las velas.

Pastina enrolló la bolsita y el posadero hizo gotear el lacre sobre el borde de la abertura. "No la abra." Aclaración ciertamente innecesaria a la vista del procedimiento dispensado.

"No confía en mí." Frunció la boca.

"Las cosas podrían caer en manos no autorizadas antes de que se las entregue a Dario."

"Entonces el lacre tampoco servirá de nada." se burló

Mirella. Él quería evitar, por supuesto, que ella examinara el contenido. "¿Piensa que me atracarán en este callejón, antes de que llegue al coche?"

"No, pues la acompañaré." Pastina imitó una reverencia elegante. "Espero no avergonzarla demasiado con mi aspecto."

¿De pronto le preocupaba su apariencia? Mirella se regocijó divertida.

El posadero tomó a ambos por los brazos. "Ya es suficiente. Seguramente están esperando a la señorita en su casa."

***

Otra vez regresaron los hombres a casa recién cuando oscurecía. Enzo fue al patio a su baúl; Dario subió las escaleras porque Mirella lo había enviado allí con un movimiento de cabeza.

Como la noche anterior, él estaba con el torso desnudo frente al lavabo cuando ella entró. Se paró detrás de él y pasó las manos por sus anchos hombros. ¿Cómo se vería Felipe sin ropa?

"¿Tienes un mensaje de Maddaloni para mí?"

"Probablemente no, pero tengo otra cosa." Avanzó hasta la cómoda y sacó la arqueta y la bolsita de entre la ropa del cajón. "Pensé que era mejor esconderla. Quién sabe cuándo se le ocurra ordenar a Gina."

"Niña astuta. Déjalo sobre la cama."

Mirella se mordió los labios; con gusto le hubiera preguntado si no quería abrirla. Pero como él se había enfadado tanto por su curiosidad, prefirió dejarlo.

"¿Me ayudas otra vez?" Buscó la tira con la que ella había anudado el vendaje sobre el hombro.

"Traeré una tela de lino limpia."

Cuando regresó, el sello de la bolsita estaba roto; una llave plateada estaba puesta en el cerrojo de la arqueta.

Le quitó de la mano a Dario el vendaje, que él entretanto había desenrollado desde el hombro, y examinó la herida. Los bordes estaban enrojecidos. "Deberíamos tratarlos. Buscaré a Gina."

Él la detuvo. "No; está bien." Sonrió. "No duele para nada."

Entonces ella empezó a vendarlo nuevamente. "¿Qué está ahí dentro?"

"¿Dónde?" Siguió su mirada hacia la cama. "No hay nada para ti, hermanita."

Pero, a pesar de ello, ella tenía que preguntar. "¿En qué andas con esta gente? Había uno allí que parecía un brigante de la provincia."

"Entonces probablemente lo fuera. Después de todo, es una posada en la orilla de la ciudad." Él la tomó de la barbilla y levantó su rostro hacia sí. "¿Te estuvo molestando?"

Instintivamente se le vino una sonrisa. "Era agradable. Cortés. Parecía conocerte."

Dario asintió. "Pastina."

"¿Quién es?" Por fin iba a averiguar algo.

"Dirigió el levantamiento en Salerno. Un buen estratega."

"Lo dices como si estuvieras hablando de un general." Anudó el vendaje.

Dario se pudo una camisa limpia encima y ella lo ayudó a abotonarla.

"Tranquilamente podría serlo."

Mirella paró de abotonar y lo miró a la cara. "¿Qué significa eso? Dario, ¿de pronto estás del lado de los insurgentes?"

"Eso no."

"¡Gracias a Dios!" Se dejó caer en la cama. "No pueden hacer nada contra los españoles. No a la larga." Como él se sentara junto a ella, se acurrucó contra su pecho. "Prométeme que no harás nada que te ponga en peligro."

"No puedo hacerlo."

"¡Hazlo por mí! ¡Por favor!" Aparecieron lágrimas en sus ojos. "No podría soportarlo si te pasara algo."

"Entonces ayúdame." Le pasó la mano por el cabello. "Has visto el incendio. No depende de mí que sea o no peligroso."

"¿Qué te traes?" No entendía cómo congeniaban Pastina y el duque de Maddaloni; pero no se animó a preguntarlo. Estaban en diferentes bandos después de todo; al menos eso creía.

Él la contempló largamente. Luego se levantó, se acercó a la ventana y le dio la espalda. "El virrey comete un error tras otro. Primero cede y luego... Así no va a reinstaurar el orden."

"Pensaba..."

"¿Qué pensabas?" Se sentó de nuevo junto a ella. "Pequeña, no te rompas la cabeza. Obtendrás a tu príncipe. El rey es más astuto que Don Rodrigo. Quizás incluso mande de nuevo a Cabrera. Él ha entendido que uno no mata a la vaca a la que quiere ordeñar."

"Pero el pueblo ya no quiere ser ordeñado." Se le apareció la imagen de los tejedores de seda. "Y más que eso."

"Pero eso es la anarquía."

Ella suspiró. "Gina ya casi no se atreve a salir a la calle. Y a mamá le gustaría encerrarme cada vez que oye disparos." Hizo un mohín.

"¿Has visto a Stefania en estos días?"

Ella sacudió la cabeza.

"Pero si querías pasar por su casa."

No debería haber mentido. Ahora tenía que inventar otra cosa; ojalá él no tuviera oportunidad de constatarlo. "No estaba allí."

Él fue hasta el secreter, trajo pluma y papel y quitó el tapón del tintero; todo con la mano izquierda. Sería ilegible: no podía escribir con la izquierda en absoluto.

"¿Ha cambiado algo?" Ella se levantó y bizqueó sobre su hombro.

Entonces, él volvió a dejar la pluma, en lugar de hundirla en la tinta. "Espero que no." Alargó la mano detrás de él por el brazo de ella. "¡No seas tan curiosa!"

Ella refunfuñó. "Si tengo que ayudarte..."

Él se dio vuelta y la alejó un paso de sí con la mano. "Habla con la *marquesa*. Dile que ella y Stefania deberían abandonar la ciudad. En la casa de campo estarán más seguras."

"La *marquesa* nunca dejará solo a su marido. Es un matrimonio verdadero. Mamá tampoco lo haría."

Él sonrió irónicamente. "Exacto. Mandarán a Stefania sola al campo. Con su institutriz quizás."

"Ya no tiene una."

Él sonrió todavía más. "Lo sé."

Mirella le dio un empujón a Dario. "Te estás burlando de mí."

"Pero no. Te ayudo a prevenir posibles objeciones."

"Puedo pensar sola." Todavía no estaba pacificada. En todo caso, leer los pensamientos no puedo. Y si me ocultas lo que tienes en la cabeza..."

Él le hizo un guiño. "Espera un poco; algún día lo sabrás."

Mirella estaba segura de que otra vez estaba diciendo algo diferente de lo que pensaba.

Jueves, 22 de agosto de 1647

Truenos retumbantes despertaron a Mirella al amanecer. Tras escuchar atentamente se dio cuenta de que no se trataba de una tormenta. Además, estaba inusualmente claro y la luz no era tan fría y blanca como siempre a la madrugada. Probablemente hubiera otra vez un incendio en alguna parte.

Se sentó en la cama y buscó a tientas la yesca junto a la lámpara de aceite. Pero luego desistió de encenderla se levantó. Con los pies desnudos fue a tientas hasta la ventana y la abrió.

Debajo de ella, el gato le cantaba a un rival atigrado; un instante después, le tiró un zarpazo bufando. Entonces el rival se alejó a toda velocidad; el gato lo persiguió.

Desde el puerto se levantaba siseando un proyectil ardiente hacia el cielo y por un momento eclipsó todo. Santa Lucia respondió con cañonazos; acompañados por el sonido seco de los arcabuces. Entretanto, ella podía distinguir las armas.

De nuevo un día en que Rita le prohibiría salir. Se sentó junto a la ventana y miró afuera hasta que el sol se elevó poco a poco sobre el horizonte por el cielo despejado.

Mirella llamó a Gina y le pidió que la ayudara a vestirse. Luego fue a ver a Dario.

"Esto ya me está hartando. ¿Puedes convencer a papá de que me deje ir a visitar a Stafanía?"

"¿Quieres dejarme solo?"

"Entonces, ven. Stefania se alegraría."

Dario tomó su mano y besó las puntas de sus dedos. "Hermanita, te necesito aquí en la ciudad, ¿entiendes?"

"Pero ¿para qué?"

Sacó el brazo de la eslinga. "¿Me ayudas a cambiar el vendaje?"

Mirella refunfuñó; eso podía hacerlo cualquier otro tanto como ella.

Dario sonrió al ver su rostro enojado. "Todavía, todo esto es sólo el comienzo. Annese ha asumido el comando; y es en serio."

"Pero no logrará nada. El rey enviará más tropas, simplemente."

"Puede ser – pero hasta entonces... Y Stefania ya tendrá lo suficiente de mí."

"¿Eso quiere decir que has pedido su mano?" Se le arrojó al cuello. "¿Por qué no lo dices entonces? ¿Cuándo os casáis?"

"¡Despacio!" Le quitó la mano de sus hombros. "Nada de eso." Dario alzó las cejas en señal de advertencia. "Y por lo que más quieras, ni una palabra a su madre; volverían a traerla inmediatamente a la ciudad."

Mirella tomó aire. "Conduces en secreto hacia ella. Allí vas cuando te escabulles de la casa por las noches."

Para su asombro, Dario no repuso nada. ¿Porque no quería mentirle?

Cuando bajaron a desayunar, el resplandor de la artillería llegaba repentinamente desde otra dirección. Esos no eran los cañones de Santa Lucía.

"¡Genoino nos ha traicionado! ¡Ya lo sabía!" Enzo entró tronando en el comedor. "Qué idiota."

Rita levantó cansada la cabeza. "Nada de política en la mesa. Por favor."

Enzo se dejó caer en su silla. "Esto no tiene nada que

ver con política, amor mío. Esto es guerra. Genoino se ha atrincherado con el virrey en el *Castelnuovo*."

Dario rechinó los dientes enfurecido. "Entonces le ha cedido el campo a la plebe de Annese. ¿Qué he dicho? Genoino les ha hecho flaco servicio. a los españoles."

"¿Qué significa eso?", murmuró Mirella.

Rita la fulminó con la mirada, pero Enzo no se dejó inmutar. Apoyó su mano en el brazo de Mirella. "Que no festejarás tu boda aquí, sino en Madrid." Alzó las cejas, como si no le gustara lo que leía en el rostro de ella. Pero no le dijo nada más, sino que se dirigió a Rita. "Amor mío, ¿también eso cuenta para ti como política?"

Mirella revolvió con tal fuerza la leche, que se desbordó por la taza. El desagradable chocolate le trajo a la mente aquel que había bebido en Pizzofalcone. "Entonces... entonces mis damas de honor deberían viajar con nosotros también a Madrid." Miró a Enzo desafiante. "Seguramente el palacio de Felipe es más formidable que el *Castelnuovo* y el *Palazzo Reale* juntos." Una boda en Madrid: no, eso era impensable. Siempre se había visto rodeada de sus amigas.

"Y que nuestra casa." Dario había torcido las comisuras en una sonrisa irónica, que no cuadraba con su mirada preocupada. De seguro, consideraba ahora las consecuencias que traería para él y Stefania. Mejor que no le preguntara ahora si amaba a Felipe.

"Nuestra casa es la más formidable de todas", repuso ella veloz.

"Esperemos que lo siga siendo." La expresión de Enzo era lúgubre, como si él mismo no confiara en sus palabras.

"¿Acaso temes que no estén satisfechos con haber incendiado el almacén?

Mirella se sintió muy angustiado por la pregunta de Rita. Ahora sí que ya no necesitaba preguntar si podía salir de la casa. "Pero si prenden fuego solamente a las casas de los *ga-bellieri*."

"Hasta ahora. Mientras el levantamiento estuvo dirigido contra los impuestos. Pero Annese quiere deshacerse de los españoles."

Rita se paró y empujó su silla contra la mesa. "Ya no tengo hambre."

"Pero *mamma*, no ha comido..."

Dario también se levantó. "No somos ni *gabellierei* ni españoles. Se nos dejará en paz, mientras no retome su negocio. Y entonces..."

"...entonces llegaré a un nuevo acuerdo con los tejedores de seda."

"Eso no funcionará, padre." Sacudió la cabeza. "Quieren el monopolio; y no puede avenirse a eso. No ganaría lo suficiente con el resto de las telas."

"¿Pero para qué necesitamos tanto dinero? ¡Si ya tenemos todo!"

Dario le pasó la mano por el pelo a Mirella. "Para tu boda, por ejemplo, hermanita. Y algún día..." Miró a la lejanía, como si mirara hacia el futuro.

"Algún día Dario deberá mantener a su propia familia con el negocio."

"¡No lo tendrá!" Mirella se tapó la boca con la mano cuando Dario de repente le tiró del pelo. "Quiero decir, él puede también hacer otra cosa."

"¿Como qué? ¿Ir a pescar? – Sí, si no se hubiera negado a estudiar."

"Soy un buen contable; eso siempre ha sido suficiente para él."

"Eso nunca me pareció suficiente para ti, hijo mío." De pronto, Enzo sonrió. "Siempre he deseado más para ti que verte pasar la vida entera, día tras día, sentado ante una pila de libros polvorientos."

Mirella contempló atónita a Enzo. ¿Tenía él un sueño oculto al que había debido renunciar? ¿Quería pasárselo a Dario?

"¡Contable!" Rita volvió a sentarse. "Si no llegue dinero pronto a la casa, llegará la escasez. Todo está cada vez más caro en el mercado." Señaló al tocino. "Ciertos comerciantes ya están subastando sus productos."

Enzo asintió. "Lo sé. – Ahí ves, niña, para qué se necesita dinero."

"Esta mañana, Gina no ha podido comprar pescado. La flota pesquera fue tiroteada por Giannettino Doria."

"Se pondrá peor." Enzo asió su taza, pero volvió a dejarla inmediatamente. "Dario tiene razón. Amor mío, debes arreglártelas con lo que tenemos."

Al día siguiente, Mirella estaba terminando con sus ejercicios de clavicémbalo, cuando de pronto todo se volvió extrañamente silencioso: ya no se oían más disparos.

Fue hasta la ventana. A los pies del Monte Echia resplandecía un fuego; en las cercanías de San Elmo salía un humo espeso; pero, fuera de eso, todo parecía en paz. Los pinos, sobre los que se elevaba el cono del Vesubio, se veían como siempre. Desde el piso superior quizá podría ver más. Salió corriendo.

En la escalera se topó con Gina.

"¿Estabas en el mercado? ¿Oyes qué tranquilo está todo? ¿Eso qué significa?"

Gina resopló. "Otra vez no había pescado. Y por la carne se estuvieron aporreando las cocineras de la *marchesa* d'Oliveto y del *conte* di Sarno."

"¿Por qué ya no disparan?"

"Los españoles quieren negociar."

Mirella se dejó caer en los escalones con un suspiro. "Gracias a Dios. Entonces todo tendrá por fin un cierre."

Gina gruñó. "No me imagino que los doctores puedan escribir en cincuenta y tres horas nuevas capitulaciones de privilegio que conformen a todos."

"¡Me da lo mismo!" Si tan solo Dario terminara con sus actividades peligrosas. Y sus excursiones nocturnas al campo. No podía entender que él se arriesgara permanentemente, solo para ver a Stefania. Sobre todo...

"¿Piensas que Stefania vendrá entonces de vuelta a la ciudad?"

"Eso sería deseable." La expresión de Gina indicaba que ella también había notado las expediciones nocturnas de Dario. Tomó otra vez su canasta y se dirigió a la cocina.

Mirella corrió detrás de ella. "Te ayudo." De seguro Gina le contaría entonces un poco más.

Mientras desembolsaban, las voces acaloradas de Dario y Enzo sonaron en el patio.

"Pero padre, si no me necesita ahora."

"Debemos aprovechar la tregua."

"En dos días no podrá siquiera estar en la posición de hacer que le envíen maderas de construcción. ¿De dónde habrían de llegar? Las calles hacia Nocera y Aversa siguen estando bloqueadas."

"Ya debes saberlo."

En las losas resonaron cascos; el caballo de Dario resopló.

Mirella corrió afuera. "¡Dario!"

Enzo siguió, con el rostro lleno de preocupación, cómo Dario cargaba las alforjas y alargaba los estribos.

Ella se acercó a Enzo y se colgó de su brazo. "¿Adónde quiere ir, padre?"

"Aprovecha el armisticio a su manera."

Mirella aspiró profundamente, para no soltar. Nadie le decía nada.

Dario montó al caballo y les hizo un guiño. "Vuelvo pronto."

Sin embargo, tampoco regresó después de que el armisticio hubo acabado y el virrey hubo firmado las nuevas capitulaciones.

Nadie sabía qué estaba haciendo.

Lunes, 30 de septiembre de 1647

Mirella y Rita estaban sentadas en el patio y bordaban manteles y servilletas para el ajuar de Mirella.

Cuando necesitó un nuevo hilo, Rita se detuvo y contempló a Mirella, hasta que esta alzó la cabeza. "Te vas de maravilla otra vez."

Mirella asintió. "Ahora que no hay nada que interfiera con mi boda... pronto Felipe se hará a la mar. Probablemente venga junto con Don Juan de Austria. – Solo falta Dario."

"No fijaremos la fecha de la boda hasta que él no haya regresado."

"Me gustaría casarme en primavera, espero que Felipe esté dispuesto a esperar hasta tanto." Rita sonrió. "Si no... festejaremos tu boda después."

"¿Después de qué?" Mirella parpadeó confundida. Entonces se le ocurrió qué podría haber insinuado Rita. "Pero, *mamma*..." Felipe nunca se atrevería a acercársele tanto como si fuera uno del populacho. El recuerdo del beso de Cesare le hizo correr un cosquilleo cálido por la espalda: le permitiría a Felipe que la besara. ¿Quizás debiera incluso animarlo?

De pronto Rita le acarició la mejilla. "¿Y por qué no? Ya eres suficientemente grande. Solo que no debes quedar embarazada antes de que os caséis. El niño podría caer bajo la sospecha de ser un bastardo. Y en estos tiempos inciertos..."

"Pero si ya se ha terminado. Los únicos que no parecen estar contentos son los barones. Pero, ¿qué tienen que meterse ellos con lo que sucede aquí en Nápoles? ¿No tienen bastante con sus propias ciudades?"

Rita asintió. "Me parece que entiendes más de eso que yo. Enzo ha sido un buen maestro."

"Porque nunca se interesó por eso, *mamma*. Pero es importante."

"¿Por qué?"

"Incluso mi boda estaba en peligro."

Rita tomó la siguiente servilleta de la pila de blanco y le clavó la aguja con tanta vehemencia, que Mirella la miró sorprendida. "*Mamma*, ¿qué le sucede?"

"Me pregunto... Siempre has sido ambiciosa. ¡Pero esta boda! Apenas lo conoces, no sabes nada de la vida en la corte española. Dicen que tiene un ceremonial muy estricto: ¿cómo te las arreglarás allí?"

Felipe seguramente se ocuparía de que ella no chocara. Como tan a menudo, Rita se preocupaba por las cosas equivocadas. "La mayoría de las mujeres de los mejores estamentos apenas conoce a su marido antes de casarse con ellos." Mirella le sonrió con ternura. "Los padres de Stefania. También eran desconocidos y, aun así, se tienen tanto cariño como ella y papá."

Rita rió con ganas. "Hablas como si fueras una matrona. Tales palabras me corresponderían más bien a mí. Y, sin embargo, ni siquiera las pienso."

"Ya sé que nunca me entregaría."

"Y también Dario debería ser feliz con tu amiga." Como Mirella tomara aire asombrada, ella rió. "¿Crees que una madre no nota esas cosas?" Dejó la labor de bordado aparte. "Y, sin embargo, también he notado... Te gusta Felipe." Se mordisqueó los nudillos. "Pero todavía hay más. Y he deseado que tú lo conozcas. El gran brillo." Levantando los hombros, volvió a tomar la servilleta. "Pero quizás llegue de todos modos. Felipe te ama mucho."

El gran brillo – eso era probablemente lo que había visto en Stefania. Y en los ojos de Dario. En los de Felipe también; y eso había calentado su corazón. Haría un magnífico esposo.

Mirella bajó los párpados y elevó el rostro al sol, que ya salía por la esquina de la casa. Pronto se acabaría este verano. Un verano al que el levantamiento le había robado toda belleza.

¿Extrañaría algo? No, para eso seguramente no tendría tiempo. No en la corte de Madrid. Como esposa de un grande de España tendría acceso a los aposentos de la reina y quizás sería nombrada Dama de Honor. Se imaginó cómo se vería el vestido que llevaría cuando Felipe le presentara a los reyes: de la más bella tela florentina de Enzo y con puntilla veneciana. Sonrió absorta. Sería maravilloso.

"La *principessa* d'Oliveto." Gina se detuvo con gran ceremonial en el umbral de la puerta de la cocina e invitó a Stefania con un ampuloso movimiento de la mano a pasar al patio.

Stefania sonrió y bajó los escalones con paso exageradamente formal, hizo una reverencia a Rita y estiró luego los brazos a Mirella.

"¡Por fin has vuelto!" Mirella apartó la costura, se levantó y se besaron las mejillas. "Es hermoso que hayas venido tan rápido a verme."

Stefania la retuvo y le murmuró al oído: "Tengo algo para ti."

Rita puso su labor en el costurero y luego la de Mirella. "Asumo, por cierto, que no seguirás bordando mientras está aquí tu amiga." Con la canasta bajo el brazo, entró en la casa.

En la puerta se cruzó con Gina, que balanceaba en equilibrio una bandeja con leche, *mustacciuoli* y *zeppole*. "¡Masas! La *principessa* nos mima."

Stefania observó a Gina, que depositaba la bandeja en una mesa de jardín cercana e intentaba servir la leche. "Gracias, Gina, nosotras nos encargamos." Ostensiblemente, quería deshacerse de ella.

Gina miró inquisitiva a Mirella, quien asintió, y regresó a la cocina.

"¿Os habéis prometido oficialmente?"

El rostro de Stefania se ensombreció. "En este momento... Dario volverá a aprovechar la casa de campo, con el permiso de mamá. Tiene un mensaje para ti: quémalo ni bien lo hayas leído.

"Pero, ¿qué está haciendo? ¿Por qué no viene a casa?" Mirella estaba consternada. "Tú lo sabes, ¿no es cierto?"

"Seguro. Y lo que tú deberías saber, te lo ha escrito."

"¿Por qué estos secretismos?"

"De hecho, en el campo era todo mucho más bonito que aquí." Hablaba de pronto en voz muy alta. "Un poco aburrido; pero Nápoles tampoco está de humor festivo, según parece."

Entonces chirriaron los goznes de la entrada del patio; Fabrizio volvía – y a pie. ¿Dónde había dejado el coche?

"Buen día, *principessa*." Se quitó la gorra ante Stefania. Luego tomó su mano en sus garras y la apretó. Ella torció el rostro de dolor y se la quitó rápidamente. "Me alegro de que a ninguno de vosotros os haya pasado nada."

Fabrizio negó vehemente con la mano. "Los artilleros de Doria son incapaces. Se podía pensar que querían hacer explotar el Vesubio."

"Pero igual fue peligroso. En nuestro sector hubo varios impactos."

"Y muertos, lo sé." Fabrizio asintió y apretó los labios; había perdido a uno de sus amigos. "Debo continuar con mi trabajo, *principessa*."

"¿Dónde has dejado nuestro coche?"

"Con el carretero. Eso es; se ha roto una rueda. Tomará dos o tres días para que esté lista."

"¿Tanto?" Stefania sonaba escandalizada. "¿Acaso Mirella deberá ir a pie?"

Fabrizio levantó los hombros. "No quedará otro remedio. O podrá permanecer en casa."

"No importa; no tengo que salir. Y tampoco hay ningún baile a la vista."

Stefania seguía igualmente con rostro preocupado. "Pero mi casa está bastante alejada."

Mirella no encontró nada malo en eso; ya había ido caminando más de una vez hasta Montecalvario. Stefania siguió mirando a Fabrizio, quien se dirigió al establo, sacó un caballo y lo ensilló. "Podrías cabalgar."

¡Como que fuera tan importante! Ciertamente, Stefania podía venir a visitarla como en ese momento... Debía tener algo que ver con Dario. "Tengo un vestido nuevo. Ven a verlo." Mirella se puso de pie y se adelantó.

Arriba Stefania se quedó parada en la puerta y sacó un papelito cuidadosamente doblado del bolsillo de su falda.

"Siéntate."

"Será mejor que vigile que no venga nadie."

Mirella arrancó de prisa el sello y abrió la carta. "Has conocido a Pastina en el *Gallo bianco*. Confía en él; es el intermediario. Él te dirá lo que debes hacer."

Mirella levantó la vista. "¿Sabes tú lo que ha escrito?"

"Puedo imaginarlo." Stefania buscó la yesca en la mesa de noche y se la alcanzó a Mirella. "Quémala." Como Mirella vacilara y continuara mirando la carta, directamente se la quitó y la encendió ella misma. Luego dejó el papel en llamas en la palangana. "Es mejor que no quede nada escrito."

"Pero ¿por qué? Acaso Dario... ¿Está Dario a punto de hacer algo malo?"

"Más de uno podría verlo así", respondió Stefania al susto de Mirella.

"Pero no tú."

Stefania miró al techo, como si viera los frescos ahí arriba por primera vez. "Estoy con él, haga lo que haga." Se sentó en la cama y atrajo a Mirella junto a ella. "No lo sé, a decir verdad." Como si Dario no hubiera hablado con Stefania sobre eso. "Pero debemos ayudarlo. Si no..."

"¡Es peligroso!" Enzo no debería haber dejado ir a Dario; ella lo había presentido. Y ahora que Stefania había vuelto, ya no quedaba nadie que pudiera atemperarlo.

Stefania asintió. "Se ha unido a los barones. Están juntando un ejército en Aversa. Pero no puedo imaginarme para qué pueda servir eso."

"Por supuesto, están en contra de que el virrey haya consentido que se les quite poder. ¿Esperan acaso que el rey español se ponga de su parte?"

Stefania frunció los labios. "Dario dice que sí, si lo considera menos dañino que darle libertad de acción al virrey."

"Pero, ¿qué tiene que ver Dario con todo eso?" No había nada, por cierto, en lo que pudiera serles útil a los barones. ¿O sí? Y Stefania aceptaba todo lo que hiciera. Mirella se mordisqueó el labio pensativa e intentó ocultar su creciente descontento.

"La casa de campo es su base de operaciones, pero ni siquiera mis padres saben lo que sucede allí. Mi padre también se opondría."

"Nuestro padre probablemente también." Mirella sacudió la cabeza. "¿Por qué lo hace?"

"Por nosotras. Por ti y por mí, querida. Tú debes conseguir a tu príncipe para que nosotros también podamos casarnos."

El levantamiento seguramente no impediría a Felipe casarse con ella; Dario lo sabía. Mirella resopló enervada. "¿Qué debería hacer ahora?"

"Pastina te lo dirá, probablemente."

"¿Cómo he de encontrarlo?" Mirella volvió a sacudir la cabeza. "Fabrizio estará sorprendido si sigo yendo al Pizzofalcone. Seguramente me delataría en algún momento; aunque no sea a propósito."

"Tenemos que poner a Fabrizio de nuestro lado."

"Entonces habría uno más al tanto de los planes de Dario. Eso no sería bueno." Pero Fabrizio ya sabía mucho; quizás daba lo mismo.

Miércoles, 2 de octubre de 1647

Mirella estaba sentada con Enzo en el sótano, que él seguía usando aún como sustituto de la oficina. Frente a ella estaba un libro de cuentas, en el que iba anotando lo que él le dictaba a partir de los viejos documentos, chamuscados e hinchados. Era un trabajo penoso, que parecía no tener fin.

Enzo sostenía un libro en la mano cuyos bordes en parte se combaban. Con cuidado, dio vuelta a la siguiente página, pese a ello se soltó un pequeño trozo de papel quemado. "Entrega: cien *perche* de brocado carmesí. Destinatario: sastrería Matteo Ri..." Arrugó la frente. "Podría haber sido 'Rivera'." Sostuvo la página contra la luz, como si eso la hiciera más legible.

Mirella hundió la pluma en el tintero y se puso a escribir; luego volvió el libro dos páginas atrás. "¿Está seguro? Dos semanas antes ya había enviado brocado a Rivera."

Él resopló. "Le preguntaré a Dario."

¿Acaso había olvidado que Dario estaba fuera de alcance? Mirella tragó saliva. "¿Sería demasiado problema si no lográramos transcribir todo al pie de la letra?"

Fabrizio abrió la puerta de un tirón. "¡Los españoles!" Jadeaba y, con la manga, se secó la frente empapada de sudor. "Los españoles han desembarcado."

Enzo bajó el libro. "Ahora planearemos tu boda." Le guiñó el ojo.

Mirella no podía compartir su entusiasmo espontáneo: la agitación de Fabrizio no prometía nada bueno. Miró insegura a uno y después a otro. "Pero... Fabrizio, ¿qué clase de barcos son, que te agitas de esta manera?"

"Es una flota entera, *signorina*." Miró a Enzo. "*Padrone*, son barcos de guerra, y muchos."

Enzo encogió los hombros. "Pues, bien. Ahora tenemos las nuevas capitulaciones. Palmeó a Fabrizio en el hombro. "Ahora el virrey ya no necesita la flota." Quitó a Mirella los utensilios de escritura y esparció arena sobre la página a medio escribir. "¡Suficiente por hoy! Vayamos al puerto. Seguramente estará allí también tu Felipe."

Más tarde estaba Mirella con Enzo en el muelle. Lucía su vestido de día más hermoso, con una inserción de encaje de flandes y una cadena de plata sencilla que le había regalado Felipe para el compromiso.

La superficie del depósito incendiado había sido despejada; en la orilla del muelle quedaban vigas carbonizadas. Dos carpinteros las aserraban y apilaban lo que todavía se podía utilizar.

"Voy a montar una bodega." Enzo dejó atrás a Mirella, que no se atrevía a acercarse más al sitio de construcción con el vestido bueno.

Ella intentaba contar los barcos mientras esperaba. Había por lo menos cien puntas de mástiles, que se apuntalaban hasta el horizonte del golfo.

Fabrizio había tenido razón: de verdad se trataba de una flota de guerra. El buque insignia parecía inofensivo con su ornamento maravillosamente colorido y las banderas variopintas. Pero los dos barcos que lo escoltaban habían abierto las portas cañoneras y en las bocas oscuras se amenazaban sus cañones.

Enzo habló con los albañiles; luego mandó traer un barco que los llevara hasta el buque insignia.

A Mirella le corrió un escalofrío por la espalda cuando pasaban por delante de uno de los dos galeones. Los barcos de Doria hubieran sido inofensivos contra estos.

"Qué bueno que se haya terminado." Enzo le tomó la mano, como si intuyera lo que estaba pensando. "Contra estos no hubiéramos tenido ninguna posibilidad."

"¡Ojalá!" A los barones no les hubiera gustado que la flota volviera a irse y ellos no recuperaran sus antiguos puestos de consejeros.

El tono agudo de un silbato marinero resonó en el buque insignia y entonces fueron llamados.

Enzo se enderezó a medias. "La futura condesa de Toledo di Altamira y León."

Fue muy efectivo: Inmediatamente apareció un oficial en la amurada y saludó. "Os anunciaré a Su Alteza."

Mirella se tapó la boca con la mano, para no reventar de risa.

Hicieron descender una escalera de cuerda y una canasta acolchada. Enzo ayudó a Mirella a acomodarse en la canasta, y mientras la subían, trepó por la escalera.

La canasta se balanceaba por sobre la amurada. "Pido permiso para abordar", dijo ella cortésmente, y el oficial la ayudó a salir de la canasta.

Felipe apareció en la cubierta. Tomó su mano y la apretó. "¡Querida mía!" Sus ojos resplandecían. "¡Qué alegría por fin volver a veros! He pensado en Vos día y noche."

"También yo, mi querido Felipe. Y la esperanza de que estuvierais a bordo, me impulsó a apurarme a venir aquí." Sonaba tan exagerado lo que decía. Hundió la mirada; ¿no pensaría él que ella estaba fingiendo algo que no sentía?

Para su alivio, Felipe se volvió hacia Enzo para saludarlo. Irradiaba una afectuosidad que avergonzaba a Mirella. Se sentía como una impostora. Solo que no sabía por qué.

Un joven de cabellera larga y oscura llegó a la cubierta. Felipe tomó a Mirella de la mano y la condujo hacia él.

"Vuestra Alteza, ¿puedo presentaros a mi amada novia? Mirella Scandore."

¿Así que este era el hijo bastardo del rey, Don Juan de Austria? Por si acaso, Mirella recogió sus faldas y se hundió en una profunda reverencia ante él.

Él le extendió la mano. "Es para mí un gran placer. Pero el privilegio de mostraros mi barco, debo probablemente cedérselo a mi primo. De lo contrario se enfadaría conmigo." ¿Felipe su primo? Entonces se casaría más alto incluso de lo que había supuesto.

"¿Ya habíais estado en un barco como este?" Felipe indicó a Enzo que los acompañara.

Mirella negó llena de expectante curiosidad. Pero Felipe no la condujo mucho por el barco, sino hacia un camarote que en dimensión y equipamiento no tenía nada que envidiarle a un salón. De pasada le había ordenado a uno de los marineros que se ocupara de las bebidas. Felipe estaba nervioso. Algo ocultaba su esplendor, pero no quiso decir nada en presencia de Enzo.

"¿Dará Don Rodrigo un baile para Don Juan?" preguntó ella al fin. "¿O una recepción? Una verdadera fiesta..." Observaba a Enzo, no a Felipe.

"Nápoles todavía sufre."

"Don Rodrigo no organizará ninguna otra fiesta en la ciudad." Felipe dudó un instante, apretó los labios. "Juan es el nuevo virrey."

Por eso, entonces, estaba Felipe tan deprimido. ¿Pero acaso no era él tanto el pariente de uno como de otro? "Y así quedará. ¿Y vosotros?" Ella esperaba que su mirada fuera lo suficientemente iluminada como para parecer llena de esperanzas.

"Festejaremos nuestra boda aquí en Nápoles, amada. Tan pronto como termine todo esto." Otra vez se lo veía más preocupado que feliz. Se levantó. "Mandaré que los lleven a tierra."

Durante todo el tiempo que estuvieron sentados en el bote, Enzo no pronunció palabra y miró al piso; entonces también Mirella calló. Pero en el coche ya no pudo contenerse. "Padre, ¿por qué está enojado?"

Él la miró, como si regresara de profundos pensamientos. "No me enojé; ¿por qué piensas eso?"

"Pone una cara tan lúgubre."

Él asintió. "Preocupaciones, sí. Ya has oído a Felipe, pues."

Ella frunció el entrecejo, intentó adivinar qué de lo que había dicho Felipe había sido tan inquietante. "¿Sonaba como si la boda no fuera a ser tan pronto?"

Una sonrisa breve se deslizó por el rostro de Enzo. "Si solo esa pudiera ser nuestra preocupación... El relevo de Don Rodrigo significa que el rey no reconoce las capitulaciones."

"¿Guerra?" Gimió. Morirían de hambre todos juntos, si esto continuase por más tiempo. "Los napolitanos no aceptarán una recusación."

"¡No, eso sí que no!" Enzo estiró la barbilla, como si aún encima estuviera orgulloso de esta tontería."

"¡Pero no tienen ninguna oportunidad contra una flota entera!"

"Eso lo veremos." Se inclinó hacia ella y bajó la voz, como si Fabrizio o algún otro pudiera oírlo desde afuera, a pesar del traqueteo de las ruedas. "¿Qué sabes de Dario?"

Ella retrocedió asustada, pero él le tomó la mano y se la apretó. "Estoy seguro de que Stefania te ha contado algo."

"Pero..." No quería mentirle y hundió la cabeza. "Padre, discúlpeme." Aunque él le pegara, no diría una palabra."

Enzo suspiró. "Está bien, niña. Pero avísame si llega a

necesitar mi ayuda." Soltó su mano y miró hacia afuera. "Hazle saber que puede confiar en mí. Aun cuando quizás no vea con buenos ojos lo que él hace. Somos una familia."

Jueves, 3 de octubre 1647

Mirella se sobresaltó. Afuera chascaban las ramas bajo su ventana. Justo después tintineó una piedra contra la hoja de vidrio, luego otra. Se levantó y se echó un chal sobre el camisón. Reflexionó por un momento si debería encender una luz. Luego decidió mirar primero.

De nuevo tintineó contra el vidrio.

Abrió la ventana. Abajo había dos figuras vestidas de color oscuro, una un poco alejada en el patio, la otra directamente junto a la pérgola.

Mirella se inclinó por delante; ¿debería silbar o algo así?

La figura debajo levantó la cabeza y susurró: "Voy a subir." Tomó la espaldera y trepó por los travesaños.

Dario – ¡por fin! ¿Pero por qué venía en secreto?

Mirella dio un paso atrás.

El ramaje crujió varias veces y ella comenzó a temer que se cayera. Aun más, se preocupaba de que pudiera despertar a otros con estos ruidos.

Tanteó en busca de la yesca y prendió la lámpara de aceite que estaba sobre la mesita de noche.

Justo después, una mano enguantada se asió al alféizar.

¡Pastina!

Mirella lo miró fijamente y apretó más su chal.

"Apague la luz, niña."

Se balanceó dentro de la habitación. Descalzo, como

en el *Gallo bianco*, esta vez con un fajín verde para su sable. "¿Por qué no has venido al *Gallo bianco*?"

Ella se puso furiosa. "Cómo se le ocurre..."

"Si ella no viene a mí, tengo que venir yo a ella."

"¿Qué es lo que desea?" Si ahora llamara a Enzo, Pastina lo mataría. Dio dos pasos hacia atrás.

"Me envía Dario, ¿cómo si no hubiera llegado hasta aquí?"

Eso era probablemente cierto. Contuvo su furia. "Siempre que nos hemos cruzado en la ciudad, ha hecho como si no me viera."

"Por supuesto." Se sentó en el alféizar y echó una mirada afuera. "Tiene acceso al virrey. Debemos saber qué es lo que está planeando."

"¿A qué virrey?"

"¿Qué?"

"Don Rodrigo ya no es virrey de Nápoles."

"¿Entonces?"

Otra vez había meditado lo que estaba diciendo. ¿Y si aún no debía saberlo nadie? Por amor a Felipe, no quería contestar la pregunta. "Parece que el rey lo mandó reemplazar, pues no quería reconocer las nuevas capitulaciones. O piensa que Don Rodrigo comete demasiados errores."

Pastina bajó del alféizar. "Entonces el nuevo virrey está a bordo del buque insignia. ¿Quién es?" Se acercó a ella y le tomó el rostro, para mirarla a los ojos. "Debe saberlo; estuvo allí."

Él quería poder observar si decía la verdad. Ella le quitó la mano. "El príncipe de Austria comanda la flota."

"Eso se sabe." Él seguía mirándola fijamente. "Ajá. Ya veo."Ella no lo había traicionado, intentó tranquilizar su consciencia. Él se había dado cuenta solo. "No sé qué se traen los españoles." Ella se sentó; fugazmente le vino la idea de que la cama no podía ser un lugar seguro en presencia de un hombre. "Ya están negociando con Genoino."

"Pero no con Annese. Genoino ya no habla por el pueblo." Él volvió a sentarse en el alféizar, dejó una pierna colgando hacia afuera y miró abajo. "Ya nadie pregunta qué está negociando." Era posible, pero ella no entendía qué conclusiones sacaba Dario de eso. "¿Algo más?"

"Dígale a Dario que padre está de su parte." Pero Enzo sabía tan poco como ella qué parte era esa. ¿Y qué hacía Pastina en todo esto?

"Esa es una buena noticia. Cuanta más gente tengamos en el secreto... " Balanceó la otra pierna hacia afuera y saltó abajo.

"Dario." Se estaba metiendo en dificultades. ¿Qué se traía esta gente? No podían ganar nada contra una flota de cuarenta navíos. Stefania debía convencerlo de que volviera.

Sábado, 5 de octubre de 1647

Lo primero que Mirella oyó, fue un retumbar de fuego de artillería.

Otra vez. Se quedó mirando el amanecer; luego se tapó la cabeza con la colcha. No servía de nada, pero ¿qué otra cosa podía hacer sino esperar?

Poco después, Enzo abrió la puerta.

Mirella se enderezó sobresaltada.

El rostro de Enzo estaba gris tras una noche en vela. "Esta vez es serio. Vístete y ven abajo."

Antes de que él volviera a cerrar la puerta, vio a Rita salir de su dormitorio en ropa de viaje. Tan rápido como pudiera sin la ayuda de Gina, empezó a vestirse. Entonces entró la doncella de Rita precipitadamente en el cuarto. Sin decir una palabra, Concetta se ubicó detrás de Mirella y le ató el corpiño.

"¿Sabes tú qué está pasando?"

"El *padrone* quiere enviarnos a todas al campo."

"Pero ¿adónde pues?" ¿Y si Dario la necesitara aquí? Empujó a la doncella hacia la puerta. "Dile a padre que no quiero. Me quedo aquí."

Concetta la miró asustada. "No puede quedarse. Los españoles están bombardeando la ciudad entera."

"¡Ve!" Retuvo a la doncella. "No, termina de vestirme. Rápido. Se lo diré yo misma."

Aún sin arreglarse el pelo, los cabellos sueltos sobre los hombros, bajó entonces a buscar a Enzo.

En el sótano él empacaba sus libros contables en un pesado arcón.

"Padre, no tengo miedo. Felipe va a..."

"Te vienes con nosotros." Con cuidado sacudía las cenizas de uno de los libros que aún no había sido copiado. "Dario quiere..."

"Dario", lo interrumpió ella agitada. "¿Dario ha dicho eso? ¿Cómo lo sabe?"

"Está en el establo, presumo."

Lo miró incrédula y luego salió corriendo.

Dario estaba junto al coche y ayudaba a Fabrizio a levantar un baúl sobre el techo.

Corrió hacia él y le tironeó de la manga.

Él miró en torno suyo. "Todavía no estás siquiera peinada. Apúrate."

"Pero, Dario." Se atascó, levantó la vista hacia Fabrizio. ¿Cómo podía enterarse de lo que había sucedido? "¿Por qué? ¿Adónde vamos? Pensé que..."

Sonrió. "No te preocupes. Los Oliveto nos esperan en su casa de campo. Ya llegaron ayer por la tarde."

"¿Nos quedaremos todos allí, hasta que se termine? ¿Todos?"

"Ya veremos. Pienso que sí."

Torció el gesto, a lo que le dio un golpecito en la nariz. "Debemos esperar a ver qué pasa." Le alcanzó soga a Fabrizio para que pudiera asegurar el baúl. "Apróntate."

Regresó animada. Si estuvieran todos juntos de nuevo y también Stefania estuviera allí, entonces Dario terminaría con sus actividades peligrosas. Eso era más importante que todo que quería lograr la *Reggia*. O los barones. Para qué arriesgar algo, si los españoles de cualquier forma iban a limpiar en la ciudad.

***

Pero los españoles no limpiaron; los levantamientos resistieron.

Los napolitanos primero ahorcaron al príncipe de Massa, Francesco Toraldo, porque lo sospechaban de traición. Luego eligieron a Gennaro Annese en su lugar como nuevo capitán-general de la ciudad. Y Annese declaró república independiente a la provincia y ciudad de Nápoles.

Enzo estaba aún más trasnochado y pálido que de costumbre, cuando regresó de Nápoles después. Llamó a Mirella al dormitorio de Rita y envió a Gina a ayudar a la cocinera de la marquesa. Luego cerró cuidadosamente la puerta.

En Mirella crecía la ansiedad mientras lo observaba. Nunca antes Enzo había tenido secretos.

Caminaba murmurando de aquí para allá; de repente abrió la puerta de par en par y echó un vistazo al pasillo. "¡Bien!" Volvió a cerrar. "Escúchadme bien: nadie, nadie debe enterarse de que Dario no se estuvo quedando todo en tiempo aquí, en la casa de campo." Levantó la mano para impedirles que hablaran. "¡A partir de hoy es alta traición!"

"Pero..." Mirella volvió la mirada de él a Rita. "Pero eso lo saben muchos: Fabrizio, los Oliveto..."

"El marqués va a callar. Stefania no los perdonaría nunca, si llegaran a extraditar a Dario."

Mirella empezó a sollozar. No debería haber cedido a Dario. Quizás lo hubiera reconsiderado, si ella no lo hubiera ayudado. "Debemos hacer algo."

Enzo la miró con gravedad.

Se enjugó las lágrimas. "Yo..."

Enzo sonrió compasivo. "No, niña, no hubieras podido evitarlo. Él es responsable de sí mismo."

"Pero no lo entiendo " Mirella continuaba sollozando. "Pastina es el intermediario de Dario; y ahora es el general de Annese. ¿Entonces cómo puede estar Dario en peligro?"

"Porque Pastina no es ningún hombre honrado, aunque es un brigante." El rostro de Enzo expresaba su total desprecio. "Pastina es uno que cuelga su bandera en el viento. Ya verás cómo se hace humo rápidamente, cuando las cosas ya no van bien."

"Pero, sin embargo..."

"Han ahorcado al príncipe de Massa; también van a ahorcar al próximo que sospechen de traición. Sin proceso. Esta no es ninguna república; es la anarquía. Deberíais haber estado presentes esta noche." Hundió la voz. "Stefania debería hacer entrar en razón a Dario. Annese cuenta con la ayuda de los franceses, los barones no pueden resistirse a ellos."

Dario volvió recién dos semanas más tarde, después de que hubieran regresado a Nápoles. Simplemente estaba allí otra vez, no les contó nada ni a Mirella ni a Enzo de lo que había hecho entretanto. Y tampoco Stefania parecía saber nada esta vez.

Enzo estaba excepcionalmente satisfecho de eso. "Cuanto menos sepamos, menos dificultades tendremos."

Sábado, 16 de noviembre de 1647

Mirella despertó con frío. El fuego en la chimenea se había vuelto una pila de rescoldos; se arrastró aún más bajo el edredón y se ovilló.

De afuera llegaba la voz cantarina de un joven; ¿qué le ocurría tan temprano por mañana?

¡Habían llegado los franceses! Mirella saltó de un tirón de la cama. El muchacho de afuera tenía una buena razón para cantar.

Abrió la puerta de golpe. "¡Gina, ayúdame a vestirme!"

La escalera crujía, mientras Mirella tomaba un vestido tras otro del ropero y lo arrojaba sobre la cama. Con un vestido de algodón verde oscuro se paró frente al espejo. "No." Se puso delante el vestido rojo de terciopelo con los apliques negros de piel en las mangas. "¡Este está bien!"

Gina entró con el aguamanil vaporoso y la inspeccionó con el ceño fruncido en señal de desconfianza. "¿Con eso quieres ir a la iglesia? ¿Con un vestido rojo como el pecado?"

Mirella se dio vuelta sonriendo. "Pero hace frío. Tendré la capa puesta sobre él."

"¿Y para qué quieres arreglarte tanto, si nadie lo verá?"

"¿Quién sabe?" Se pasó la camisa de batista por sobre la cabeza. "Seguramente aparecerán las damiselas francesas en el servicio. ¿No deberíamos mostrarles que una napolitana no les es inferior en nada?"

"Por tu altanería, irás a parar al infierno."

"Al menos allí hace calor."

Gina vertió el agua en la palangana. Una nube de vapor empañó el espejo y la ventana mientras Mirella empezaba a asearse. Pasó la mano por el espejo, pero pronto volvió a opacarse.

"No hay ninguna damisela francesa. El duque ha venido a la guerra, no al baile."

"¿A guerrear?" Mirella se dio vuelta indignada. Mientras giraba, tiró con el codo la palangana al piso. Sin inmutarse atravesó a Gina con la mirada. "Lo hemos llamado para que finalmente reine la paz. Uno ya no puede siquiera fiarse por la calle."

"¡Ah, niña!"

"¡Ya no soy una niña!" Mirella se estiró para alcanzar la toalla.

Gina dejó los fragmentos de fuente sobre la cómoda y tomó una segunda toalla. "Deja que yo lo haga."

"¡Ya no soy una niña! ¡Sigue limpiando!"

Apenas estuvo fuera la criada, Mirella apartó la toalla, se deslizó en las enaguas y pasó con cuidado el vestido rojo por sobre la cabeza. Una vez lo tuviera puesto, Gina se daría por vencida.

Cuando Gina regresó con la bayeta, Mirella estaba sentada en la cama enrollándose la primera media de seda.

"No es clima para medias de seda." Gina se arrodilló y absorbió el agua derramada que aún no se había filtrado entre los maderos.

Mirella suspiró. ¿Ya había llegado la anarquía hasta ellos en el *palazzo*, que Gina era tan irrespetuosa?

Después de que Mirella se hubo puesto la segunda media, Gina se secó las manos, le anudó el corpiño entre quejas y rezongos y cerró los ganchos del vestido.

Mirella se sostuvo la falda y dio una vuelta frente al espejo. "Ahora pronto volverá a haber bailes." Se dejó caer sobre la cama. "Eso era lo peor."

Gina volvió a rezongar. "Lo peor es que ya casi no hay carne. Y los españoles no se van a impresionar por un par de hombres."

Mirella se colocó frente al espejo e infló los cachetes. "Sí. Comer razonablemente le vendría bien a mi rostro."

Enzo abrió la puerta y miró adentro hacia ella. "¿Cómo es que aún no estás lista? Va a estar lleno. Todos quieren estar presentes, cuando de nuevo un Anjou se haga cargo de la protección de la ciudad."

Mirella bajó a los saltos las escaleras. Tomó la capa negra de lana del armario del corredor y se cubrió el pelo con la capucha. Luego corrió afuera hacia Dario.

Coches y carrozas avanzaban lentamente en una larga fila por la calle y se congestionaron en el cruce hacia el puerto. Las personas, que pasaban a toda prisa a su lado, tenían una sonrisa en el rostro. Fabrizio estaba de pie junto a la portezuela del coche y silbaba una canción burlona a los españoles.

Varese salió de la puerta de enfrente, acompañado por sus dos hijas. "¡Buenos días, Enzo! ¿Ha visto?" Señaló con su bastón al cielo. "El sol se empuja a través de la niebla. Si eso no es un buen augurio..."

Dario gruñó. "Sobre todo, significará que los españoles pueden ver otra vez adónde es que disparan." ¿Cómo era que no compartía la alegría generalizada?

Llevó una media hora en el espeso tráfico hasta que llegaron a la catedral. El último tramo del camino lo hicieron a pie hasta una de las entradas laterales que estaba cerca de su banco en la iglesia.

Las personas conversaban de un lado a otro de la nave, como si estuvieran en el mercado. En la parte trasera estaban de pie, muy apretujados; en los bancos estaban sentados, amontonados como atunes en una caja demasiado llena. Los niños más pequeños gimoteaban en los regazos de sus padres. Esta no sería una misa ordenada ni solemne.

Se abrieron paso entre los visitantes que estaban de pie en la nave lateral. Los Oliveto ya estaban sentados en su banco. La *marchesa* tenía un pañuelo blanco de encaje entre los dedos y se retocaba los ojos. ¿Acaso estaba llorando?

Stefania se dio vuelta cuando Mirella se arrodilló detrás de ella, y le hizo un guiño.

Mirella se juntó sus manos frente al rostro y susurró: "¿Ya los has visto?"

"No." Stefania sonrió burlona. "¿Todavía sigues buscándome un novio?"

Rió divertida en voz baja, hasta que la *marchesa* golpeó a Stefania con su abanico en el brazo.

Mirella se acomodó en el banco. Ni siquiera para la misa de pascua había visto jamás la iglesia tan concurrida. Incluso estaban presentes algunas de las familias españolas; y ni siquiera era domingo. Don Rodrigo ocupaba su lugar tradicional. Por cierto era un perdedor mucho más noble de lo que Dario lo hubiera creído capaz. El futuro tío político de Mirella; cuando sus miradas se encontraron, ella le saludó con un asentimiento. Él respondió el saludo con una inclinación de cabeza, pero desde esta distancia, en la semioscuridad de la iglesia, no llegaba a descifrar la expresión de su rostro.

Entonces la luz del día inundó la nave a través del portal principal. Mirella se irguió a medias, para poder ver más allá de Enzo hasta la entrada.

Dos hombres de la milicia de Pastina se ubicaron respectivamente a derecha y a izquierda de las puertas de la iglesia. Uno con la espada desenfundada, el otro con un estandarte: dos leones rampantes, un escudo de armas en las zarpas, adornaban el pendón del duque. Estos leones eran la única diferencia con la bandera de Nápoles, que tenía la cruz del rey de Jerusalem y un lambel de tres pies. Y las flores de lis doradas de la casa de Anjou, en cuyo descendiente depositaban ahora los napolitanos toda su esperanza.

El cardenal Filomarino salió de la sacristía, acompañado de dos monaguillos, que traían la cruz y el incienso. Pasaron junto a la gente, que ahora cuchicheaba por lo bajo, hacia el portal.

Mirella se irguió un poco más.

Allí Enzo se puso en pie con una sonrisa. "Siéntate en el borde, metomentoda."

Desde afuera resonaban gritos de entusiasmo; los primeros en la iglesia se les sumaron. Filomarino los hizo callar con un movimiento de la mano. Esta era la casa de Dios.

Enrique, duque de Guisa, entró en la catedral.

Era increíblemente joven; en la mitad de los treinta quizás – ¿cómo había podido llevar a cabo en su corta vida todas las cosas de las que ella había oído hablar? Arzobispo en Reims, dos matrimonios, una conjuración contra el rey de Francia, una reconciliación y una nueva conjuración. Y ahora aquí por los intereses de Francia. ¿O por los suyos propio?

El duque besó el anillo del obispo, como correspondía; a continuación, los dos hombres se dieron la mano. De Guisa sacó su espada y se la entregó a uno de los milicianos. Luego pasó por delante de Filomarino hacia el altar.

Sus soldados, que habían entrado en la iglesia detrás de él, lo siguieron uno tras otro. Filomarino saludó a cada uno de ellos con un apretón de manos, después de que hubieran besado igualmente su anillo.

"¡Traidor!", siseó Dario.

Mirella se dio vuelta hacia él sorprendida.

"Parecen conocerse bien."

Enzo le puso la mano en el brazo. "Seguramente Filomarino lo ha recibido ya ayer."

Uno de los jóvenes soldados pasó tan cerca de Mirella, que la rozó con el codo doblado. Este no había dejado su espada, sino que agarraba el pomo como si estuviera preparado para desenfundar en cualquier momento. ¿No confiaban en los napolitanos? Dario detrás de ella gruñía alterado. Se volteó hacia él, cruzó su mirada oscura. Quizás no estaban tan equivocados.

El joven soldado subió los escalones hacia el altar y se colocó junto al duque. Siempre con la mano en la espada.

Las dos docenas de hombres del séquito se sentaron en los bancos delanteros, que el sacristán había mantenido desocupados. Filomarino empezó a leer la misa.

Mirella se arrodilló para el acto penitencial.

Entonces Stefania se echó hacia atrás. "Atildado luce, el duque."

"No solo él", susurró Mirella, los ojos dirigidos al hombre que estaba a su lado.

Stefania siguió su mirada. "¿Ese te gusta? Tiene como mucho veinte años; ciertamente un mocoso, un barbiponiente."

"¡Pero no tiene ninguno!" Mirella contuvo una risilla en su garganta. "El duque ya está casado."

"Su último matrimonio justo fue anulado."

Mirella reventó de risa, lo que le valió un fuerte empujón de Enzo en la espalda y una mirada furiosa de la *marchesa* d'Oliveto. Pero en el desarrollo siguiente de la misa, apenas si escuchó; posteriormente no hubiera sido capaz de decir sobre qué había predicado el cardenal. También se habría perdido el momento de la comunión, si Enzo no la hubiera empujado del banco.

Mirella se concentró y pronunció el consabido "amén". Después su mirada volvió al joven soldado que estaba al lado del duque. El hecho de que su escasa barba apenas si cubría la parte inferior de sus mejillas lo hacía parecer efectivamente muy joven; como mucho en mitad de los veinte. No, menos; seguramente era más joven que Dario. Pero llevaba dos condecoraciones. Y parecía ser el guardia personal del duque. Tenía la mirada dirigida hacia la multitud, sus ojos iban atentos de aquí para allá.

Luego la misa llegó a su fin.

De Guisa se puso de pie y avanzó hasta el borde del presbiterio.

Parecía querer captar la mirada de cada uno en particular, de tanto que estuvo parado inmóvil, dejando que su mirada viajara por las filas de los asistentes.

Uno de los monaguillos sacó una pesada Biblia de la sacristía, que tenía una encuadernación de cuero tachonada de oro. El cardenal Filomarino se la recibió y se acercó al duque.

De Guisa apoyó la mano sobre la Biblia y pronunció el juramento de los dux napolitanos. Su hermosa voz sonora llenaba sin esfuerzo toda la nave de la iglesia. Hablaba el napolitano con un acento fuerte, pero en ningún momento se trabó; posiblemente se hubiera aprendido el parlamento de memoria. Luego se arrodilló ante el cardenal, en un banco adornado con terciopelo rojo.

Filomarino tomó la corona de rey de Nápoles de la mano de un segundo sacerdote y se la puso al duque. Luego retrocedió un paso y levantó las manos para bendecirlo. Pero antes de que pudiera hacerlo, de Guisa se levantó y se dirigió de nuevo hacia la multitud.

"Os agradezco el honor de confiarme la protección de vuestra joven república. Os prometo defenderla hasta mi último aliento y respetar y salvaguardar los derechos de cada uno de los ciudadanos."

"¡Eso es lo que aparenta!" Dario dejó escapar un gruñido indignado y se levantó a medias de su lugar. "¡Petimetre!"

"¡Tienes prejuicios!" Enzo lo contuvo. "Antes espera a ver qué pasa."

"Para eso no hay tiempo." Dario había levantado la voz y varias personas se dieron vuelta hacia él.

"¡Silencio!", siseó el *marchese* d'Oliveto desde adelante.

Dario resopló otra vez lleno de indignación; luego volvió a sentarse.

Gennaro Annese subió los escalones hacia el altar, sobre un almohadón de terciopelo negro, una copia sobredimensionada de la llave de la ciudad.

Se hincó en una rodilla delante de Enrique de Guisa. "*Seigneur*, en nombre del Consejo, os hago entrega de la llave de la ciudad, que es el centro del reino de Nápoles." Pero volvió a pararse, antes de tenderle la llave. El movimiento con el que Filomarino quiso mantener a Annese arrodillado llegó demasiado tarde.

Entonces los soldados franceses abandonaron sus lugares y se colocaron a ambos lados del pasillo, antes de que de Guisa, la corona sobre la cabeza, abandonara la catedral.

Los soldados refrenaron a los feligreses que querían dejar sus bancos, mientras el nuevo dux estaba aún delante de la catedral. Les hablaba a las personas que se habían quedado afuera. Sus palabras debían de gustarles, ya que era interrumpido una y otra vez por los aplausos.

"Ya se van a asombrar", bufó Dario.

"¡Modérate!" Enzo sonaba iracundo. ¿Cuántas veces a lo lardo de esta mañana había debido intervenir para mantener a Dario a raya?

Mirella se dio vuelta hacia ellos. "Dario, eres un aguafiestas. ¿Qué podría él proponerse con sus pocos hombres?"

Finalmente, los soldados abandonaron la catedral y los feligreses los siguieron hacia afuera.

También Mirella quería salir al portal principal, pero Enzo la detuvo. "Fabrizio espera en la calle secundaria."

"Pero allí no veo a nadie."

Enzo la empujó hacia la salida lateral. "Si tanto te va en ello, entonces te llevaré conmigo cuando vaya al *Palazzo Reale*."

Afuera pasó el coche del cardenal por delante de ellos; junto a Filomarino se sentaba de Guisa con el rostro crispado. Iban flanqueados por caballeros de la milicia urbana. A continuación, seguía el nuevo príncipe de Massa, después los hombres del duque.

"¿De dónde sacaron los caballos, pues? Pensé que habían venido en una chalupa."

"Adivina de quién son los caballos." Dario resopló con desdén.

La mirada de Mirella se encontró con la del joven soldado. Sus mejillas ardieron, seguramente se había ruborizado.

Stefania apareció detrás de ellos junto con sus padres. "Padre dice que Filomarino ha invitado para esta tarde, para que el nuevo dux conozca a los nobles y patricios de la ciudad. ¿Venís vosotros también?"

"¡No!", dijo Dario.

"Eso espero." Mirella miró a Enzo. "¿Hemos recibido, pues, una invitación?"

"Seguro. Y asistiremos. También tú, Dario."

"Será mortalmente aburrido", dijo la *marchesa*. "Se hablará sobre la guerra y los negocios y las mujeres adornaremos la mesa. Y por fin volveremos a comer hasta estar llenas." Se abanicaba alrededor del rostro con brío. "Pero estos son los nuevos señores."

"Nos protegen de los españoles, querida."

"¡Bah!" La *marchesa* siguió de largo.

D'Oliveto sonrió burlonamente a Enzo. "Está ofendida porque había esperado que Stafanía tuviera tanta suerte como su Mirella." Tomó a Stefania de la mano y siguió a su mujer.

En el coche esperaba también Gina. Hizo un guiño a Mirella. "Ninguna damisela, ¿has visto? Y nadie te prestó atención."

"Pues sí" se vio tentada a contradecir. Se mordió el labio. "¿Qué hay para almorzar?" Con la cabeza arrogantemente en alto entró detrás de Dario en el coche, mientras que Gina se ubicó en el pescante.

En el camino a casa Mirella iba mirando todo el tiempo afuera del coche, en contra de su costumbre. Los primeros comerciantes ya habían abierto sus tiendas y ponían afuera parte de los bienes a la venta. Delante de la puerta de un sastre ondeaban al viento faldas de lino. Un zapatero incluso se había instalado frente a su taller junto con sus aperos. Conversaba con una mujer joven mientras trabajaba en una bota.

"La ciudad zumba", constató Enzo tras un par de minutos. "Como si desde ahora mismo algo hubiera cambiado."

"Eso mismo ha sucedido." Dario no intentaba ocultar su sarcasmo.

"Si esta noche no te comportas, que Dios se apiade de ti. ¡Y de nosotros!"

"¡Padre! ¿Acaso quiere hacer negocios con ellos?"

"Por supuesto. ¿Quieres vender en lo sucesivo la tela florentina a los pescadores?" Enzo se reclinó. "Es una oportunidad inestimable de hacerle competencia a las sedas de *monsieur* Colbert."

"Para mí la honra es más importante que los negocios."

"Pero no puedes comprar nada con ella."

"Sin embargo..." Mirella no estaba segura de si debía seguir hablando. Miraba a uno y a otro; Dario le daba ánimos con la mirada. Pero ella sacudió la cabeza.

***

Ya en casa, lo primero que hizo Mirella fue subir a su habitación, sacó algunos vestidos del armario y fue con ellos hacia Enzo, que estaba en la biblioteca. "Padre, ¿cuál me recomienda?"

Él la miró perplejo. "Eso debes preguntárselo a tu madre."

"Madre no entiende nada de negocios." Dejó la pila de vestidos sobre el piso y sacó tres. "Estos están hechos con nuestras telas."

Enzo rió. "Ya lo veo."

Él siguió sonriendo mientras ella sostenía uno tras otro delante de sí. Luego se los quitó todos de la mano. "Ponte el vestido de baile lila. La *marchesa* se equivocó. El maestro Trabaci va a dirigir esta noche."

Enzo dio la vuelta al escritorio. "Ven conmigo." La llevó al vestidor de Rita. "No deberías llevar las joyas de Felipe; alguien las reconocería. Y si alguno hiciera un comentario..." Abrió un cofrecito de la cómoda de Rita. "Podría entenderse como una afrenta."

"Pero todos saben que me casaré con Felipe."

Enzo se quedó mirándola. "¿Realmente lo amas?"

La cara de Mirella se acaloró. "¿Por qué?" Se pasó la lengua por los labios. "¿Qué clase de pregunta es esa?"

"Entonces, no. Eso es lo que pensaba." Rápido le colocó un dedo sobre los labios. "No me contradigas. Sé muy bien cómo se ve una muchacha enamorada." Le pasó la mano por el pelo. "Aún eres tan joven."

100

¡Y eso a qué venía ahora! "Madre también tenía solo quince, cuando se casaron."

"¡Seguro!" Le puso una pequeña cadena de plata en el cuello, que llevaba engarzadas varias esmeraldas. "Como si tus ojos se reflejaran en ellas. Y, aun así, no demasiado ostentosa."

Mirella la tanteó y se colocó frente al espejo. "¿Cree que mamá no se molestará? Es su joya predilecta."

"Pues por eso mismo la joya te pertenece ahora a ti, pequeña." Rita salió del dormitorio. "Voy a ir de encaje negro, como una matrona."

"Hacéis tanto aspaviento." Mirella sacudió la cabeza. "Y entretanto..."

"De Guisa nos garantiza la libertad." Enzo se veía muy satisfecho.

"¿No es lo mismo estar subordinados a un español o a un francés?"

"Si fuera eso..." Enzo fue hacia la puerta. "Aún eres joven. Con el correr del tiempo lo entenderás."

Mirella lo siguió con la mirada. "¿Pues qué le pasa a padre?"

Tras el almuerzo, que no era ni una pizca mejor que en los últimos meses, Rita envió a su propia doncella para que peinara a Mirella. Ella se maravilló aún más que antes por todo el despliegue.

Mientras estaba sentada frente al espejo y miraba a Concetta cepillarle el pelo, llegó Dario. Primero caminó impaciente de un lado a otro; luego le ordenó a Concetta que saliera. "Tengo que hablar contigo."

Pero Mirella retuvo a la doncella. "Puedes hacerlo mientras Concetta me peina. ¿Dónde estabas, exactamente, durante el almuerzo?"

Él se sentó en el borde de la cama.

"¿Y bien?"

Echó una mirada a la doncella. "Vuelve en diez minutos."

Concetta dejó el cepillo; Mirella asintió resignada. "En diez minutos."

Una vez que Concetta hubo salido, ella se sentó junto a Dario. "¡Ya no entiendo nada de nada!"

"Quizás no esté para nada mal lo que hace padre." Él tomó uno de sus rizos entre los dedos y lo retorció. "Dime, ¿cuánto te importa Felipe?"

"Algo parecido me ha preguntado hoy padre. ¿Qué os sucede?"

Él se echó hacia atrás y se apoyó en las manos. "¿Tienes en claro que la boda ya no entra en discusión, como están las cosas ahora? Además de que te irías a Madrid y nunca volverías." Se puso de pie, tomó el cepillo y empezó él mismo a peinarla. "¿Está bien así?"

"En cualquier caso, he de vivir en Madrid y Barcelona cuando sea la duquesa de Toledo d'Altamira y León." Le gustaba el sonido de los muchos nombres. "¿Pero por qué no habría de regresar a Nápoles?"

"Porque se te arrestaría como espía."

Mirella se atragantó de la risa. "Dario, estás loco."

"¿No lo crees?" Apartó el cepillo. "Pero no es de eso que quería hablar contigo." De nuevo empezó a caminar de un lado a otro. Ahora no estaba Concetta y Dario parecía no tener idea de lo que quería decirle en verdad. Se quedó parado junto a la ventana, mirando hacia afuera. "Un contacto amistoso con los franceses podría ser de utilidad... para tus planes."

¿Qué tenía que responder ella a eso? Si una entendiera la forma de razonar de los hombres. Le parecía absurdo.

"Acabo de encontrarme con el *duca* di Nocera. Quiere saber qué se traen los franceses."

Ella se encogió de hombros. "Se lo contarán esta noche."

"No ha sido invitado. Y si fuera a ir, lo apresarían inmediatamente. ¿Crees que Annese y el príncipe de Massa no han dejado las cosas claras?"

"Entonces deberían apresar a más de uno esta noche."

"Quizás lo hagan." Dario rió irónicamente de manera imprevista.

"¿Y para decirme esto es que has hecho salir a Concetta?" Volvió a llamar a la doncella "Termina de aprontarme el cabello."

"No me has oído bien." Ya en la puerta, Dario giró una vez más. "Piénsalo; para otras cosas sueles ser más lista."

Concetta le levantó el cabello con horquillas de plata; luego soltó alrededor un par de mechones y los rizó. "Está noche causará sensación a todos, *signorina*."

Eres la mejor bailarina... un contacto amigable podría ser de utilidad... esta noche causará sensación a todos... ¿Con qué la estaban cargando? Con desconfianza siguió los movimientos de Concetta mientras recogía la mesa de peinado y guardaba cepillos, peines y hebillas en la cómoda. ¿Había tenido madre una intención oculta al cederle hoy su propia doncella?

Cuando bajó del coche frente al *Palazzo Reale*, abundantemente iluminado, Mirella ahuyentó todas las preguntas de su cabeza. Por fin había de nuevo una fiesta y pronto sería Navidad.

Por fuera el *palazzo* se veía como siempre. Solo que no había españoles en la puerta sino hombres de la milicia urbana. Ningún soldado extranjero; esa era probablemente la libertad a la que se había referido Enzo. Cuando pasó por delante de los soldados, no fueron detenidos como sucedía antes. En su lugar, uno de ellos le hizo un gesto con la cabeza a Mirella: Pietro, el hijo del mercader de verduras en *vicolo del Vo*. Tenía una sonrisa orgullosa en el rostro.

La fila de los invitados delante de ellos era larga y tuvieron que esperar casi un cuarto de hora hasta que pudieron entrar al palacio.

"La sopa se enfriará", remarcó entretanto Dario.

Enzo le echó una mirada iracunda; Mirella, una sorprendida. ¿Sería que no había entendido bien sus comentarios mientras la peinaba?

El dux mismo estaba de pie en el vestíbulo, junto a él Annese y soldados de su séquito. Saludaba a los hombres dela ciudad con un apretón de manos y a las mujeres con una gentil inclinación de cabeza. Más de uno intentaba hacer una reverencia, pero él siempre se negaba.

"*Buona sera.*" De Guisa le sonrió a Mirella. Gennaro Annese, a su lado, presentó a la familia."*Très enchanté, Madame. – Os he visto hoy en la catedral, Mademoiselle.*" De Guisa dio la mano a Enzo y una inclinación de cabeza a Dario. "*Signor* Scandore, mañana al mediodía quiero ver en mi casa a los comerciantes de la ciudad."

Esa era una orden, indudablemente. Y Enzo obedecería; eso también era indudable. Por primera vez en la vida rompería su costumbre de ir a jugar antes de la comida del domingo.

Los lacayos en el comedor eran los mismos que antes habían servido a los españoles. Llevaban incluso la misma librea. Pero en los revestimientos de las paredes había grandes manchas claras. Las insignias de los españoles aún no habían sido reemplazadas por las de Nápoles o las de Anjou.

Uno de los sirvientes los condujo a sus lugares, sorprendentemente cerca de la cabecera de la mesa. Al pasar Mirella echó un vistazo a las tarjetas de mesa cerca de los vasos: la nobleza y simples patricios se colocaban alternativamente. Sin embargo, todavía más la sorprendió leer nombres franceses entre ellos. Su propio lugar estaba entre Enzo y Dario.

La mesa estaba decorada profusamente con naranjas, manzanas y uvas; debían haber barrido la ciudad al máximo para conseguir todo eso. Y también habían saqueado la bodega del palacio: junto con vino de la Basilicata y de la Campania, había botellas de España.

"¿Les gustará nuestro vino?" Dario rió irónicamente. "Se dice que los franceses están mimados."

Mirella señaló las garrafas de agua. "Quizás no beban alcohol en absoluto esta noche. Tengo la impresión de que están alerta."

"¿De dónde sacas eso?" Sonaba sorprendido.

"¿No has visto que el duque ha ubicado a su séquito entre nosotros? Siempre que hablen napolitano, entienden todo lo que decimos."

"Y apuesto a que más de uno lo entiende. Eres muy atenta." Le hizo una inclinación de cabeza en señal de reconocimiento.

Un francés rubio de gran estatura con un bigote oscuro se ubicó enfrente de Mirella detrás de la silla. "Soy Albert de Grignoire, *chevalier* de Verzy." Sonaba como si debieran saber quién era.

Mirella lo saludó con una sonrisa parca; otro más, que apenas si era adulto. ¿Cómo esperaba de Guisa vencer con semejantes soldados al Tercio de Nápoles, que fue considerado uno de los mejores ejércitos del mundo?

En la puerta, los invitados se hicieron de pronto a un lado. Dos soldados entraron en la sala, a continuación, de Guisa. Lo flanquearon mientras él iba hasta su lugar en la cabecera de la mesa.

Mirella buscó con la vista las manos de los hombres: efectivamente abrazaban los pomos de las espadas. "Parecen no confiar en nosotros."

Enzo le dedicó una mirada de las cejas levantadas.

"*Mademoiselle*, en vosotros confía de seguro todo el mundo. Pero nosotros sabemos muy bien, que hay quienes anhelan el regreso de los españoles." Albert de Grignoire la miraba con un destello en los ojos.

"En eso tiene razón", refunfuñó Dario en napolitano.

Mientras los hombres restantes de de Guisa entraban en la sala, Mirella los inspeccionaba atentamente, uno tras otro. Algunos eran de la edad de de Guisa, muchos bastante más jóvenes. Por cierto, el viaje no había sido para ancianos. ¿Dónde estaba el soldado de la iglesia? Sacudiendo la cabeza, se preguntó por qué eso le interesaba.

Contacto amigables, había dicho Dario. Le sonrió al que tenía enfrente. "He oído que vinieron por el mar, *chevalier*. ¿No fue riesgoso en esta estación?"

De Grignoire pareció dudar un momento. "Vuestra preocupación la honra, *mademoiselle*. El camino de tierra hubiera sido, sin embargo, un riesgo mucho mayor."

"¿A qué le habríais de temer?" Dario acechaba al francés indisimuladamente.

Este lo inspeccionaba igual de indisimuladamente. "No nos apreciáis particularmente, *signore*; ¿estoy en lo cierto?"

Dario sacudió la cabeza. "No lo sé. No sé qué debo pensar de todo esto." Con un movimiento amplio abarcó la sala entera. "No les tenía ningún aprecio a los españoles, de eso estoy seguro." Acarició el brazo de Mirella. "Mi hermana lo sufrió en carne propia." Volvió a soltarla. "Confío en alguien sólo una vez llego a conocerlo."

De Grignoire asintió. "No os equivocáis tanto, *signore...*"

"Scandore. Dario Scandore." Le tendió la mano al francés por sobre la mesa. "Mi hermana Mirella. Nuestro padre comercia con telas." Dario señaló el vestido de Mirella. "Mayormente de Florencia, el Imperio Otomano y los estados berberiscos."

"No sabía que estaban en condiciones de confeccionar buenas telas. Colbert vende su paño leonés allí."

"Siempre y cuando los piratas lo dejen."

Albert asintió. "Siempre y cuando... aunque nuestra flota es mejor que su fama." Sonrió ampliamente.

Se sirvieron los primeros platos, a pesar de que el otro extremo de la larga mesa aún estaba libre.

Mirella comía con lentitud, para que no se notara cuánto ansiaba volver a comer carne por fin. De los entrantes, solo tomó las patas de cabra con guarnición de lupinas; de la *minestra* pescó lo más disimuladamente posible los trozos de filete y el tocino y desdeñó la lechuga mezclada.

Mientras tanto seguía fascinada la charla de Dario con el joven francés: esa era una faceta de él que rara vez utilizaba tan extensamente: ser complaciente. Se traía algo entre manos. ¿Pero qué?

Un grupo de milicianos entró en la sala y se ubicó en el extremo de la mesa. Con el virrey hubiera sido impensable que el pueblo raso se sentara en la misma mesa con los patricios ni mucho menos con los nobles. Pero el nuevo dux incluso se puso de pie, levantó su copa ante ellos y pronunció un brindis en su honor, como los defensores de la ciudad.

"Oportunista", murmuró Dario en napolitano.

"¿Por qué?", preguntó Albert de Grignoire.

Dario enrojeció.

Albert sonrió inocentemente. "Hay muchos italianos entre nosotros en Francia. Y la mayoría de los que siguen al duque hablan italiano. Esa fue una de sus condiciones. Por eso entendemos también un poco de vuestro napolitano." Indicó hacia la puerta con un movimiento de cabeza. "Cuando no se tienen otras capacidades o el entusiasmo del marqués."

Allí estaba el joven soldado de la iglesia. Miró a su alrededor y luego se acercó al dux.

"¿Quién es ese?", se le escapó a Mirella. "Me llamó la atención en la iglesia."

Albert la miró interrogante.

"Porque..." De pronto se le secó la boca y estiró la mano de prisa hacia la copa, para disimular su turbación. "Parece tener una posición particular. Mientras tanto, se ve como... parece ser aún muy joven."

Albert la observaba insistentemente; sonreía abiertamente divertido de su turbación. Pero cuando después contestó, vibró una nota de tristeza en su voz. "Algunos deben convertirse en adultos antes de lo que les convendría. Los italianos pueden considerarse afortunados de que las ideas de un Lutero o de un Calvino no han hecho pie en esta tierra."

"No se necesita religión para hacer la guerra." Mirella señaló con su copa hacia la ventana. "¿Os habéis tomado el tiempo de echar un vistazo a nuestra ciudad?"

"Pero este enemigo viene de afuera."

Dario le apoyó la mano en el brazo, como si quisiera hacerla callar. "Mirella quiere decir que la destrucción es la misma, no importa cuál sea la razón por la que se libra la guerra."

Eso no era lo que había querido decir; pero igualmente calló. Aparentemente había tocado un punto sobre el que Dario no quería que se profundizara.

Albert sacudió la cabeza. "El enemigo en la propia familia es peor."

Mirella lo miró con espanto. "Eso no se hace."

"¿Habéis olvidado a quién mató Abel?"

Ella contuvo la respiración y miró al joven marqués. "¿Qué...?"

"El rey hizo decapitar a su padre, aunque se decía su amigo. De Guisa se ha hecho cargo de él cuando era arzobispo en Reims. Y luego Alexandre lo ha seguido."

Alexandre. Mirella aventuró aún una tímida mirada.

De Guisa apartó sus cubiertos y lo siguió tras una disculpa a los invitados. Cuando el marqués se dio vuelta hacia la mesa, ella se hundió rápido en su plato y levantó la cabeza solo cuando vio con el rabillo del ojo que había abandonado la sala junto con de Guisa.

Mientras se servían las *sfogliatelle* rellenas de ricotta y canela, sonaron, a través de las puertas abiertas del salón de baile, los sonidos de instrumentos de cuerda que estaban siendo afinados. O sea que Enzo había tenido razón. Mirella levantó involuntariamente los talones y movió los pies al son de una música imaginaria. Puesto que el dux invitaba a bailar, seguramente no contaba con la guerra.

Un lacayo entró y le susurró algo a Enzo; este se levantó.

"Divertiros, niños. Tengo que hacer." Siguió al sirviente hacia afuera.

También Albert de Grignoire se levantó. "¿Bailáis, *signorina* Scandore?"

Mirella asintió y lo miró radiante.

Albert avanzó en dirección al salón de baile y se volvió a ella solo en la puerta. Pero ella continuaba sentada en su lugar y no sabía bien si no era muy precipitado que se parase ahora.

"Diviértete, hermanita. Felipe está bien lejos."

Mirella se sobresaltó; Enzo le había advertido que no mencionase su relación con el sobrino del virrey.

"Entonces no me estoy acordando de él", cuchicheó, con la esperanza de que Dario entendiera. Pero ahora sí se levantó.

Albert seguía esperándola. Cuando estuvo muy cerca de él, le llamó la atención una cicatriz delgada y blanca que se extendía desde su oreja derecha hasta el pescuezo.

"Debéis enseñarme los bailes napolitanos, pues tengo en vista quedarme aquí largo tiempo." Sus dedos finos resbalaron suavemente por parte de su brazo y la miró con insistencia.

Pues bien; si él quería cortejarla, entonces ella lo disfrutaría.

"Me esforzaré. Pero de vez en cuando me dejo sacar de compás."

"¿De los hombres que os pisan los pies por su torpeza?" Miró hacia abajo, a sus zapatos altos de brocado. "Intentaré esforzarme."

Desde el salón de baile sonó una pavana. Mirella le sonrió a Albert. "Los dos tenemos suerte. Para la primera, la orquesta ha decidido honrar a los compositores franceses."

"¡Qué aburrido!" Parpadeó. "Para esto me hubiera podido quedar en París."

Ella bailó la pavana con él, luego la subsiguiente gagliarda.

Después de eso se le acercó uno de los franceses mayores, un hombre de la edad de de Guisa. "Albert, ¿me permites también el placer?" Él se apartó de Mirella. "Por supuesto, solo en caso de que estéis de acuerdo, *mademoiselle*."

Mirella arrugó la frente; ¿por qué no le había preguntado primero a ella?

Albert le presionó la mano, que aún no había soltado, cuando se apagó el último sonido. "Conde de Módena, la *signorina* Scandore."

El conde de Módena se quitó el sombrero. "He leído vuestro nombre en la tarjeta de la mesa."

Albert la soltó y la miró interrogante. Con gusto hubiera preferido decir que no. Si solo no hubiera tenido el encargo de Dario. En lugar de eso, encogió los hombros; luego le tendió la mano a de Módena. "Será un gusto, *monsieur*." Ojalá.

El conde demostró ser un mejor bailarín que Albert; pero para la alemanda que sonaba ahora, era lo mismo quién fuera de hecho su compañero. Cuando bailaba una figura con Albert, este le preguntó cuidadosamente si se había enojado. Lo negó honestamente con una risa. Estaba bailando, todo lo demás le era igual. Pero, por la mirada de él, vio que a él eso tampoco le gustaba.

Entonces Trabaci hizo sonar la introducción de una *tammuriata* y Dario se le acercó.

"Observaré muy atentamente", anunció Albert.

Dario le sonrió y, tras el baile, acompañó a Mirella de vuelta hacia él. "¿Os atrevéis?"

"El atrevimiento quedaría sin duda por parte de vuestra hermana."

"Tenéis mucho talento, *chevalier*", exageró ella, ferozmente decidida a divertirse. Había sido demasiado tiempo de guerra.

Albert sacudió la cabeza. "Requeriría más coraje del que podéis reclamar de un simple soldado."

Ella rió guturalmente. "Pero vos no lo sois."

"¿Puedo traeros primero siquiera una copa de vino?"

"Si me prometéis, que os dará más ánimos."

Albert buscó riendo un lacayo con copas. Mirella miró tras él y fue entonces cuando su mirada se encontró con la del joven marqués. ¿Acaso la había estado observando? De pronto se sintió incómoda; como si hubiera hacho algo inapropiado.

Albert intercambió un par de palabras con él, cuando

regresaba a la sala, seguido de un lacayo con una bandeja. "Aquí llega el vino. Tantas copas no puedo cargar." Tomó una copa de la bandeja. "Y eso tampoco se hace."

Tras una mirada a la botella, Mirella sonrió divertida. "¿Vino francés? Ahora comprendo por qué habéis venido con el buque." Tomó la copa que le tendía el lacayo.

"Lamento decepcionaros, *signorina*. También este proviene de las bodegas del virrey."

Ella sorbió el vino. "Por cierto. Conozco el sabor."

Albert alzó las cejas. "¿Erais invitada del virrey?"

De prisa tomó ella otro trago. Más bien debería escuchar y no hablar tanto ella misma.

Dario la ayudó a salir del aprieto. "Padre era proveedor de la corte. No podíamos seleccionar con quién nos codeábamos."

Albert parecía haberse tragado esta extraña explicación.

"Bueno, ¿os atrevéis ahora a la *tammuriata*?" Ella encendió su sonrisa más seductora para distraerlo definitivamente del tema.

Él rió. "¡Ciertamente no he de rechazar a la muchacha más hermosa de todas!" Le tendió su brazo. "Si no, ya nunca volveréis a bailar conmigo. Y como he mencionado; tengo la intención de quedarme aquí un largo tiempo."

"Necesitaremos vuestra protección, *chevalier*. ¿Pero cómo nos ayudará el dux sin una armada?"

"Ya habrá una, no os preocupéis, *mademoiselle*", sonó una voz cálida detrás de ella. El pelo de la nuca se le erizó al oírlo.

El joven marqués se paró a su lado. Albert tuvo una sonrisa de corazón para él, que atestiguaba una profunda amistad. "El marqués Alexandre de Montmorency." Presentó a Mirella y aludió a las telas de su padre."

Alexandre asintió. "Lo sé. Henri está acordando con él la entrega de tela para los uniformes."

Mirella, sorprendida, abrió los ojos de pura sorpresa; pero antes de que pudiera decir algo, él continuó andando.

"Él nunca baila."

"Oh", fue todo lo que se le ocurrió decir. Qué pena.

Cuando Trabaci hizo tocar de nuevo una *tammuriata*, siguió decididamente a Albert e ignoró igual de decididamente las varias veces que la pisó durante el baile.

"¿Estuvo muy mal?", preguntó él al final.

Ella sacudió valientemente la cabeza. "Deberíais practicar un poco más."

"¿Seguís estando disponible para mí?" Sonaba tan inesperadamente tímido, que ella asintió riendo.

Pero, el destello en sus ojos que le siguió, la hizo tragar saliva. Hubiera querido insinuar que estaba prometida. Pero él preguntaría más y entonces tendría que hablar sobre Felipe.

Poco después Dario la llevó a un costado. "Lo estás haciendo bien, hermanita. Mantenlo cálido contigo."

En consecuencia, se sintió como una engañadora cuando Albert volvió a sacarla a bailar. En realidad estaba siendo simplemente fiel. Fingió cansancio, lo que le valió una mirada escéptica de él. Ahora sí que tenía mala conciencia. Poco después tuvo éxito en endilgárselo a Stefania. Estaba aliviada – y buscó con la vista al marqués de Montmorency. Pero no estaba por ninguna parte.

Se le había arruinado el buen humor; algo que nunca antes le había pasado en un baile. Cuando Rita llamó para volver a casa, estaba más que lista para hacerlo.

Enzo estaba, en cambio, de un ánimo magnífico y Rita estaba sentada con rostro satisfecho junto a él. Habló ininterrumpidamente; aún, cuando llegaron a la casa. Que hombre tan noble que era de Guisa y que ahora el comercio iba a florecer de nuevo. Y la república obtendría su propio dinero...

Mirella se acordó del comentario de Alexandre. "¿Le suministrará la tela para los uniformes?"

Enzo la miró sorprendido. "¿De dónde sacas eso?" Los miraba alternativamente, a ella y a Dario. "Probablemente. Si logro satisfacer sus condiciones."

"¿El dux le ha puesto condiciones?" La voz de Dario temblaba de ira contenida.

Enzo parecía aún más sorprendido. "Seguro. Para confeccionar uniformes no cualquier tela es apropiada. Y tambén debo poder suministrar una cantidad suficiente." Levantó la mano. "No hables sobre ello; puede llevar a problemas."

Dario cerró los puños; las aletas de su nariz se inflaron. "Me lo puedo imaginar", murmuró mientras subía las escaleras; lo suficientemente fuerte como para que Enzo lo oyera.

"¿Cómo sabías eso?"

Mirella se encogió de hombros. "Lo escuché al pasar." Se podía decir así, ciertamente. Pero igualmente tenía la sensación de estar ocultándole algo a Enzo.

La mirada con la que él la inspeccionó por ello, le decía que él tenía la misma sensación.

Se quitó los zapatos de baile y los dejó para limpiar cerca de la puerta de la cocina. El brocado blanco tenía ahora muchas manchas.

"Me parece que has tenido un mal bailarín esta noche." Rita le estiró uno de los rizos. "¿Al menos era agradable?"

En un primer momento se le vino Alexandre a la cabeza. Pero Rita había preguntado por su compañero de baile. "Seguro. Lo ha visto: el francés rubio, que estaba sentado a la mesa enfrente de mí."

"No le presté atención." Subió las escaleras hacia el dormitorio, mientras Mirella se fue a la cocina a buscar un vaso de agua.

Cuando llegó al piso superior, Enzo estaba parado ante

la puerta de Rita y hablaba con ella, mientras Concetta le cepillaba el cabello.

Mirella se quedó de pie. "Si suministra las telas, ¿quiere decir que tendrá acceso a la corte como con los españoles?"

Rita rió. "¿Ya estás esperando invitaciones para futuros bailes, niña? Seguimos estando en guerra."

"¡Pero pronto será Navidad!"

"Y eso es bueno", replicó Enzo. "De Guisa necesitará tiempo para formar sus tropas."

Mirella resopló indignada. "¿Eso quiere decir que todo sigue igual? Ya no nos queda ni suficiente para comer." Antes de entrar en su cuarto, se dio vuelta una vez más. "¿Y si no puede suministrar las telas?"

"No se necesitan uniformes para combatir."

Enojada, Mirella cerró la puerta de golpe.

Gina, que como siempre la había estado esperando, se levantó de la silla sobresaltada. "¿Qué tienes?"

"Todos quieren guerra. Siempre únicamente guerra."

"¿Acaso tendríamos que rendirnos?" Gina se puso de pie.

"Nos iba mejor antes." Mirella le dio la espalda y Gina empezó a desabrochar el vestido.

"A vosotros, probablemente."

Gina sí que era muy simple. Mirella apretó los labios, para no emprenderla con ella. Como si a los pescadores y a los comerciantes les fuera mejor si estuvieran muertos.

Miércoles, 27 de noviembre de 1647

Enzo había encontrado un intermediario en Latina, que le podía propiciar la tela encargada para uniformes. Una semana más tarde, Dario debía pasar a retirar el paño.

Mientras enjaezaba el carruaje en el patio junto con Fabrizio, Mirella salió a despedirlo.

Dario la acercó a sí. "Escucha, hermanita. El conde de Módena está formando un ejército. Intenta averiguar dónde se reunirán. Regresaré en un par de días."

"¿Qué?"

Dario le puso el dedo contra la boca. "Silencio."

"Pero, Dario, sigues estando..."

Apretó sus labios con toda la mano "¡Que te calles!" Saltó sobre el pescante junto a Fabrizio. "¡Ábrenos el portón!"

Enzo estaba sentado ante los libros, cuando ella entró en el sótano.

"Padre, ¿es prudente enviar a Dario?"

"Lentamente me voy poniendo demasiado viejo para estos viajes. Además debo ocuparme del nuevo depósito. Dario procurará también material para la construcción; hemos recibido un magnífico adelanto."

"Me preocupa."

"¿Por qué, niña?" Dejó la pluma a un lado y levantó la mirada. Ahora por fin la escuchaba con atención.

"Ha dicho hace un par de semanas que era mejor que él estuviera presente."

Enzo sonrió divertido. "¿Es eso? Pero ahora tenemos nuevamente un gobierno auténtico." Desparramó arena sobre la página que acababa de escribir y se puso de pie. "Ven conmigo. Tengo una entrevista con el sastre; a continuación le presentaremos los diseños al dux."

"Entonces espere, no puedo acompañarle así."

Enzo rió. "¿A quién quieres impresionar? De Guisa ya está casado." Le hizo un guiño. "¿O quizás ahora ya no? Quién estará también!" Enzo centelleaba directamente de alegría, como si de pronto volviera a ser joven. Debía considerar el encargo del dux como la salvación para la familia.

Matteo, el sastre, barrió todos los bosquejos de la mesa cuando Mirella entró en el taller detrás de su padre. "¿Un vestido nuevo, sí? Los uniformes vienen después de eso."

Mirella se dejó caer en la silla que estaba cerca de la entrada. "No, hoy no. Hoy solo estoy aquí para observar. Quizás aprenda de paso alguno de sus secretos."

Matteo se golpeó el pecho. "Juro que no tengo ninguno. El único secreto es su belleza, *signorina* Scandore. Hace de cada uno de mis vestidos una obra de arte."

"Entonces debemos temer que los soldados del dux se vean como espantapájaros." ¡Qué chiste salió de la boca de Enzo! Mirella sofocó la risa.

Enzo se inclinó junto a Matteo en busca de los diseños. Los levantaron y los estiraron sobre la mesa.

"Ante todo, durante los próximos meses, deben resistir también al invierno."

"Ese es asunto mío, Matteo. De Guisa ha decidido qué tela quiere."

"Seguro. Pero lo que aún falta son las capas. Ved." Rebuscó en los diseños y sostuvo uno ante la luz. "Fieltro. No has ordenado fieltro. Y, sin embargo, lo necesito."

"¡Entonces, díselo al duque!" Enzo sonrió irónicamente al ver el rostro consternado de Matteo. Hojeó velozmente los diseños. "Escribe debajo cuánta tela necesitas respectivamente."

Mirella se hundió en una colección de bocetos coloridos mientras Matteo hacía las cuentas murmurando por lo bajo. Dado que el duque había pagado un adelanto, podía desear un vestido nuevo para Navidad. Quizás, si eligiera una tela que no fuera tan cara... No, los tejedores de seda no se merecían que se les comprara nada. Después de todo lo que les habían hecho. "¿Piensa que habrá un baile de Navidad este año?"

No obtuvo respuesta, así que no. Matteo debía saberlo, pues eso implicaba encargos para él. Se volteó, con los bocetos en la mano, hacia los hombres que apiñaban sus cabezas y metían telas de distintos colores en una caja.

Un reloj de una torre de iglesia dio la hora completa.

"Al dux no le gusta esperar." Enzo se puso de pie. "Vamos, Mirella."

En su lugar, fueron ellos los que tuvieron que esperar. De Guisa residía ahora, como antes el virrey, en el *Palazzo Reale*. Antes de la sala del trono, en la que de Guisa mantenía su audiencia, fueron interceptados por Albert de Grignoire.

"El duque os ruega indulgencia." Señaló la larga fila de personas esperando ante la sala. "Hay tantos que desean hablar con él."

A juzgar por las vestimentas austeras, casi todos eran gente sencilla. Mirella incluso conocía algunos rostros; por ejemplo, las dos ancianas vendedoras del mercado, con las que ya a menudo había discutido el precio de los huevos. "¿El duque habla personalmente con todos ellos?" ¿Cómo podía tener tiempo para todos?

"Pues, sí. Quiere saber, qué problemas tiene la gente y cómo puede ayudar." Albert indicó en la otra dirección, hacia el largo corredor. "Pero vosotros no deberíais esperar a que haya escuchado a todos. Seguidme, por favor."

Albert los condujo al primer piso, a una habitación con una gran chimenea, en la que un imponente fuego dispersaba su calor. Ante esta, dispuestas en semicírculo, había tres sillas macizas con respaldos acolchados; junto a ellas, una mesa baja con frutas y vajilla de té. Tomó una manzana y la frotó en su manga. "Os dejo en compañía del marqués de Montmorency."

Mirella estiró las manos frías hacia el fuego. "¿Ese es el que todo lo sabe?"

Detrás de ella sonó una risa baja. Ella se volteó. El marqués de Montmorency había entrado a través de otra puerta y la cerró. ¡Qué vergüenza que hubiera oído su comentario entremetido!

"Tenéis una opinión interesante sobre mí, *signorina*. Pero os equivocáis." Cambió al italiano para saludar a Matteo, y demostró de inmediato que, después de todo, ella tenía razón. "Él es, entonces, el sastre. El duque está ansioso por ver sus diseños. Y nosotros, los soldados, también."

Poco después resonó un paso apurado en el mármol del pasillo. La guardia abrió la puerta. Al entrar, de Guisa soltó el fajín de su talle, que sostenía la espada. El marqués tomó ambos y los dejó sobre una cómoda.

De Guisa giró los hombros. "Sin formalidades, por favor, Alexandre, hazle compañía a la *signorina*, mientras nosotros nos ocupamos de nuestros negocios." Sonrió. "Antes de decidir, te haré ver los diseños." Rogó a los hombres con un ademán que lo siguieran y se dirigió hacia la puerta por la que antes había ingresado Alexandre.

Enzo iba al lado del duque, que lo superaba en una cabeza. Matteo los seguía, casi tropezando con sus propios pies a causa de la excitación. Apenas cruzaron la puerta, sacó los diseños de su bolso y, de hecho, una parte de ellos se le cayó al piso.

Al ver al anciano, Mirella sonrió. "Es uno de los mejores sastres de Nápoles. Pero este probablemente sea el mayor encargo de su vida."

"Así que no tiene ninguna manufactura. Necesitará mucha gente para llevar a cabo el trabajo."

Mirella buscó una réplica que no sonora demasiado zonza. Lo mejor, una pregunta. "¿De dónde vienen los soldados del duque?"

"Los enganchamos. El conde de Módena tiene varios miles de hombres para equipar."

"Los napolitanos luchan con todo lo que tienen. No es necesario engancharlos."

Alexandre asintió. "Ellos luchan por su libertad. Pese a ello, igual necesitan un salario."

"¿Y vosotros?" Eso ya era otra vez indiscreto. Pero ahora que había comenzado; podía terminar la oración. "¿Por qué estáis dispuestos a dar vuestra vida por Nápoles?"

Los ojos grises de Alexandre se oscurecieron. "Los napolitanos son un pueblo valiente. Tenéis merecido ganar esta lucha."

Eso no respondía su pregunta en absoluto. Pero, sin embargo, ahora no se atrevía a repetirla. ¿Había tocado algo, que era mejor no despertar? Alguien debía poder consolarlo; era tanto más joven que Dario.

Cohibida, clavó la vista en el fuego. "Pronto habrá que añadir más leña. Las noches pueden ser amargamente frían en esta estación."

"Seguro no tan frías como entre nosotros. ¿Alguna vez nieva aquí?"

"Apenas. A veces." Sacudió la cabeza. "¿Dónde es eso, 'entre vosotros'?" Por fin había encontrado un tema inofensivo.

"En realidad, en el Languedoc. Pero yo he crecido en la Champaña. ¿Tenéis conocimientos de la geografía de Europa central?"

Ella irguió el mentón involuntariamente. "Por supuesto. Sé leer y escribir y he sido criada en una escuela conventual."

Mientras ella aún estaba hablando, él alzó las cejas. "No era mi intención ofenderos."

"Pues, no." Se afanó. "¡Cómo podíais saber lo que se enseña en los claustros de Nápoles!" Cuando se le ocurrió que lo estaba defendiendo de sí mismo, de inmediato volvió a desconcertarse. ¿Cómo era que la hacía perder así la compostura? Siempre sabía, empero, cómo comportarse con los hombres. "La Champaña, ¿ese es un territorio fronterizo, verdad?"

"Está rodeada de castillos y dividida en innumerables dominios pequeños."

"¿Están tan reñidos como los nuestros?" Se atrevió otra vez a mirarlo.

Él sonrió y en su comisura derecha se formó un hoyuelo. "¿Entendéis algo de política?" Estoy sinceramente impresionado. Hay pocas mujeres que se interesen por este tema." La sonrisa despareció de su rostro. "En ocasiones ni siquiera las que deberían."

"Mamá le prohíbe incluso a padre hablar sobre política en la mesa. Y Dario desprecia la política."

"¿De dónde salen, entonces, vuestros conocimientos?"

Ella alzó los hombros. "A pesar de todo el desprecio — quizás inclusive por ello — Dario siempre me ha explicado las cosas."

"Vuestro padre también hace política." Señaló, con un movimiento de cabeza, la puerta tras la que los hombres habían desaparecido. "De lo contrario, no se habría avenido a este negocio."

"¡Oh, no! Él es un comerciante. Este encargo ayuda a la familia a comenzar de nuevo." Parpadeó para evitar que salieran las lágrimas, pero fue en vano. Se pasó el dorso de la mano por los ojos. "La chimenea humea."

Alexandre levantó casi imperceptiblemente la ceja izquierda. Era burdamente descortés mostrarle tan abiertamente su incredulidad.

No obstante, ella se esforzó por contestarle amigablemente. "Durante la revuelta, nuestro depósito fue quemado."

"¿Pese a que él estaba de parte de los insurgentes?" ¿También sabía eso? Quizás era ese el motivo por el que Enzo había recibo el encargo de de Guisa.

"El levantamiento se organizó en contra de los impuestos. El incendio no tuvo nada que ver con eso."

Alexandre asintió. "Alguien aprovechó las revueltas."

¿Qué debía responder a eso? El *chevalier* de Grignoire había dicho que el duque quería saber qué afectaba a los napolitanos. "Las gabelas no eran el único problema. Pero solo estos se habrían resuelto con el reconocimiento de los viejos privilegios."

Él asintió de nuevo. "Efectivamente, entendéis algo del tema."

Mirella tragó nerviosamente. "Solo soy una muchacha." Tan acostumbrada como estaba a ser admirada, los reconocimientos de este tipo le eran extraños. Alexandre la intimidaba.

"Sois demasiado modesta. En Francia hay muchas mujeres que cautivan con su lucidez." Una sombra pasó por su rostro. "En estas tierras, parece ser poco apreciado."

"No lo sé." Pensó en Dario. "Mi hermano me toma en serio."

"Habéis bailado con él la *tammuriata*. Os veíais muy bella."

Gracias a Dios, esa era por fin la clase de cumplidos con la que sabía cómo manejarse. Inclinó la cabeza, para que el resplandor del fuego modelara más visiblemente su delicada nariz y, un momento después, levantó su abanico delante del rostro. "Cualquier mujer se ve bella cuando baila la *tammuriata*." Él se había criado en casa de de Guisa, por lo que probablemente debía dominar el juego de los cortesanos.

Sin embargo la decepcionó. "Puede ser", fue su lacónica respuesta. Otra vez se opacó su mirada; eso no era lo que ella había querido. ¿La tomaba ahora por coqueta o frívola? Hubiera querido preguntarle si lo aburría. "¿Dónde habéis aprendido italiano?"

"¡Sí que sois curiosa!"

Con eso había desafiado su porfía. Bajó el abanico y lo miró descarada y sin ninguna sonrisa en el rostro.

Él sonrió. "Así me gustáis más."

Qué hombre particular. Ella se mordió los labios para no preguntar con coquetería "¿Más que...?"

Alexandre se puso de pie y agregó leña de una gran canasta que estaba al lado de la chimenea. Tan oportuno como pudiera parecer, lo hacía ahora seguramente porque no sabía qué otra cosa podía hacer o decir. Definitivamente no tenía nada de cortesano.

La madera crepitó al prender el fuego.

"¿Quisierais beber algo?" Alexandre señaló la mesa.

Él mismo sirvió, como si fuera un oficial de ordenanza, y le llevó una taza. Su mano rozó la de ella cuando se la alcanzó. Involuntariamente la mirada de ella se quedó en su mano.

"¿Sois buen cimbalista?"

"¿Cómo llegáis a ello?"

"Vuestros dedos..." ¿Desde cuándo una mujer le hacía cumplidos a un hombre? ¡Sí que era una niña!

Su mano rodeó la espada. Se rió moderadamente; era la misma risa cálida que antes, cuando había entrado. Una tibieza extraña se extendió en ella. "Soy soldado."

"Pero no siempre se está en guerra."

De nuevo la sombra en sus ojos; ahora con seguridad lo había vuelto a poner triste. "No puedo recordar que hubiera una época sin guerra."

"Entonces deberíais vivir aquí." Respiró aliviada; ahora estaba de vuelta en terreno conocido. "Hasta ahora... Hasta este verano había aquí paz. Los viejos estragos que veis en Nápoles provienen del gran terremoto. Y fuera de la ciudad, del Vesubio."

"Eso es más peligroso que la guerra. De los poderes de la naturaleza no hay posibilidad de defenderse."

"El monte se hace sentir en tiempo. Mis padres y Dario pudieron huir de las nubes de cenizas; hacia abajo, al mar en Pozzuoli. Pero yo estoy contenta de que haya sido antes de mi nacimiento. Ya pasaron dieciséis años desde que el Vesubio despertó por última vez. Desde entonces se lo ve tan descopado. La erupción ha hecho saltar la cima del monte." Buscó un lugar para dejar la taza. Como hiciera el ademán de dejarla en el suelo, él se la tomó de la mano. Estaba segura de que esta vez la había tocado intencionalmente.

Mientras él colocaba la taza en la mesa, ella se reclinó en la silla. La sobrefalda se deslizó hacia arriba y sobresalió por lo bajo la punta de un zapato. No se le ocurrió retirarlo. "¿Os quedaréis aquí en Nápoles con el duque?"

"Sois verdaderamente curiosa." Esta vez no sonaba como un desplante y ella se lo perdonó.

Hizo sonar una campana para llamar a un sirviente.

También este lacayo se había estado al servicio del virrey. Edoardo encendió los candelabros que colgaban en las paredes y los que se apoyaban en las cómodas.

Alexandre lo observaba, al igual que ella misma. ¿No habría aprendido cómo comportarse con desenvoltura en cada situación? Felipe no se habría quedado ahí sentado, en silencio. En todo caso, no lo había hecho nunca en su compañía; siempre había tenido una anécdota que contar o un chiste. Mientras miraba a Alexandre, de pronto ya no pudo acordarse con precisión del rostro de Felipe.

"¿Quiere que Edoardo le traiga algo?" Era impresionante cómo cambiaba de nuevo al italiano sin esfuerzo aparente.

"Señor marqués, Su Excelencia acaba de ordenar preparar la cena para sus invitados. Probablemente estén todavía un tiempo... Si gusta entretener a la *signorina*... La *signorina* Scandore es una aventajada jugadora de billar." Edoardo bajó la mirada. "Perdóneme, *signorina*, si he dicho algo inadecuado."

"¿Dónde se puede jugar billar en este castillo?"

Mirella se incorporó de un salto. "Yo le mostraré, si así lo desea."

Alexandre rió con su risa cálida. Lo cambiaba por completo. ¿Cómo habría sido de muchacho? ¿Antes del ajusticiamiento de su padre?

Tomó uno de los grandes candelabros y se volvió a Edoardo. "Tenga a bien avisarnos cuando esté lista la cena."

Edoardo les abrió la puerta y Mirella señaló hacia la escalera. Pero tras dos pasos se quedó vacilando. "Me temo que no han encendido allí el fuego." Si bien ya había estado a solas con él; pero la antesala del dux no era ninguna sala de billar aislada en un castillo casi abandonado.

Lunes, 2 de diciembre de 1647

Por orden de Rita, Mirella acompañó a Gina a hacer las compras. Rita ya no confiaba en ella para conseguir precios razonables.

Enfrente de la *Basilica del Carmine*, un campesino había instalado una pequeña cerca en una esquina de la plaza en que el sus gansos anadeaban de un lado para el otro. Mirella se quedó parada ante la valla. Al instante vinieron los gansos embistiendo con las alas a medio extendidas y estiraron graznando sus pescuezos hacia ella.

El campesino se levantó de su taburete. "¿Cuántos gansos desea la *signorina* para su familia?" Se agachó para tomar una y la sostuvo en alto por el pescuezo. "Aún bien joven. Bien tierna."

"Y bien flaca." Mirella rió. "¿Cuándo fue la última vez que la alimentó?"

La expresión del campesino se ensombreció. "Eso no lo diga, *signorina*. Los gansos están bien conmigo."

"¿Y por qué los vende ahora entonces? ¿No los ceba hasta Navidad?"

"Para venderlos aquí en la ciudad. Antes de que las reclame alguno, ¡que ojalá lo parta un rayo!"

Se apretujó bajo el brazo el ganso revoloteando y lo sostuvo frente a su rostro. "Esto es pura carne, buena carne, bajo las plumas. Y luego puede rellenar también su almohada para el invierno."

"¿De dónde viene?"

"De Nocera."

Con cuidado estiró la mano; la cabeza del ganso se soltó hacia ella e intentó atraparla. Asustada, Mirella retrocedió un paso. "Tenga cuidado con cómo habla de su señor. Aquí hay más de uno que está de parte de los barones."

"¿Cuánto pides por el animal?" Gina tocó desde el costado la panza del ganso.

El campesino las miraba de una a la otra, parecía tasarlas. "Diez *carlini*."

Gina puso los puños en las caderas y empezó a chillar. "Eres un ladrón. ¿Por un pajarraco medio muerto de hambre?"

Mirella titubeó. "¿No has pagado siempre lo mismo últimamente?"

"¿Os he servido un esqueleto?"

Mirella estiró con cuidado la mano hacia el animal, esperó por si le tiraba otro mordisco. Pero ahora el campesino sostenía el pico firme y apretaba la cabeza del ganso en su pecho.

Ella acarició al ganso bajo el ala. "Sin embargo, se lo ve bastante decente."

El campesino asintió. "*Si, signorina*. No tiene nada de grasa; es buena carne firme."

Detrás de ella traqueteaban cascos sobre el empedrado. Una voz clara refrenó al caballo. "¿Cuántos gansos tiene él?"

El campesino soltó el pico; el ganso estiró el pescuezo. Rápidamente, Mirella saltó hacia atrás y chocó contra el cuerpo del caballo. Una mano la tomó por los hombros; vio el rostro sonriente de Albert.

"¿De compras, *mademoiselle*? Les dejo uno de los animales." Se dio vuelta hacia el campesino. "¿*Alors*?" Luego pareció intentar contar los animales en la cerca.

"Veintitrés, *capitano*; incluido este."

Albert se empujó el sombrero adelante sobre la frente."¿*Mademoiselle*?"

"Sería agradable de vuestra parte, que no cediera un animal." Estiró precavida un dedo hacia el ganso que estaba bajo el brazo del campesino. "Este me llevo."

"Nos las arreglaremos."

El campesino retorció el pescuezo del ganso. Mirella se estremeció cuando los huesos del cuello crujieron. Gina hizo un gesto hosco, pero alcanzó al campesino los diez *carlini*, antes de tomar el ganso y meterlo en su cesta.

El campesino atrapó el siguiente ganso del cercado y Mirella se dio vuelta rápidamente. Detrás de ella, los gansos graznaban escandalizados.

"Hemos pagado demasiado."

"Puede ser. Pero será aún más caro cuando los franceses acaparen todo."

"El soldado te conocía." Se le notaba a Gina que reventaba de curiosidad.

"Por supuesto." Mirella intentaba sonar casual. "Estaban todos presentes en la recepción del nuevo dux."

"¿Y quién es este?"

Mirella rió. "Ve e intenta conseguir cebollas y castañas para el relleno. Veré si hay harina."

Cuando llegaron a casa, Dario ya estaba de vuelta.

"Me quedo", aclaró, cuando Mirella se arrojó en sus brazos. "Si prometes no estrangularme."

"¿Dónde estuviste tanto tiempo?"

"No seas tan curiosa." Sonaba casi como Alexandre; hombres que no querían hablar de sí. ¿La rechazaría Enzo así a Rita? "¿Qué es lo que te divierte tanto, hermanita?"

Pero entonces ella tampoco tenía por qué contarle

todo; se colgó de él. "Vayamos a la mesa. Si no Gina se molestará con nosotros y no volverá a preparar risotto de calamar."

"¿Algo como eso podéis volver a conseguir en el mercado?"

Mirella sacó una pieza de plata refulgente del bolsillo de su falda. "Mira, de Guisa ha puesto la ceca en funcionamiento. Ahora volvemos a tener dinero."

Él le quitó la moneda y la dio vuelta. "Sin figura. Al menos no es vanidoso." Se encogió de hombros al devolvérsela. "O no cree que su reinado dure mucho tiempo."

"¡Pero Dario! Es *nuestra* república!"

"¡Por gracia del rey de Francia! Si Felipe de España o Luis XIV, ¿cuál es la diferencia? Incluso los dos son católicos."

En el comedor, los esperaban el risotto humeante y una disgustada Gina. "Me siento honrada de que sus señorías consideren dignificar mi modesta comida."

Dario la ignoró y se inclinó hacia Rita, que lo saludó con la señal de la cruz en la frente. "¿Dónde está padre?"

Gina resopló.

"Fue a comer otra vez con el dux."

Gina resopló aún más contrariada.

Mirella se sentó y le pidió a Gina que la sirviera. "Estoy contenta de que tu enojo no sea por nosotros."

"Padre te espera en la oficina. Está contento de que hayas vuelto." Rita tomó los cubiertos. "Y yo también. Me he preocupado por ti."

"Ahora me quedo. Los barones no me necesitan en su armada. Ni bien se dieron cuenta de que soy un chupatintas, han renunciado agradecidos a mis servicios como soldado."

¿Los barones? Mirella lo miró alarmada de reojo. "He escuchado..." Se paralizó. Tomaban a cualquiera, pues, que

pudiera sostener una trilladora o un garrote. '...como soldado...' había dicho. Eso debía significar algo; él no mentía sin
razón.

Cuando más tarde volvió junto a Enzo, estaba de excelente humor. "Este francés quizás no sea tan malo, después de
todo." Sonrió ante la mirada sorpresa de Mirella. "Al menos
es de utilidad... Con el equipamiento de su armada, podemos
reconstruir nuestro depósito en dos meses."

Riendo divertido sostuvo ante ella una vara imaginaria.
"Un uniforme de salida para el conde? ¿Y quizás veamos pronto a un par de damiselas, que necesitan nuevos vestidos?
¿No se dice acaso que el papa ha anulado el matrimonio del
duque? ¿Habrá un baile de Año Nuevo?"

A Enzo le emanaba el alivio por todos los poros. "Así
te mantienes al margen por fin."

"Sí, padre." Dario bajó la cabeza con gesto humilde.
"Tenía razón, como siempre." La voz de Dario tenía un
trasfondo que a Mirella no le terminaba de gustar, igual que el
ahínco que mostraba de repente.

***

Pero efectivamente se lanzó con pasión al comercio de
telas. Aún no había, por cierto, ninguna damisela, pero las
damas de sociedad napolitanas querían vestidos para los bailes
de invierno. Estaban decididas a ignorar los cañonazos de la
flota española, que, después de todo, se habían vuelto más
esporádicos.

Dario abandonó por segunda vez la ciudad, para ir a
buscar en persona telas de Florencia y Lucca. Lo justificaba
diciendo que temía por la seguridad del transporte, en vista de
las permanentes escaramuzas en la provincia. Por otro lado,

no quería ninguna escolta, lo que igualmente justificaba con las escaramuzas: si marchaba solo con el carro, era menos llamativo y no hacía suponer una carga valiosa. Y de hecho regresaba con los bienes intactos.

Por la tarde, tras su regreso, entró en el cuarto de Mirella. Cerró la puerta tras de sí, pero se quedó de pie. "¿Aún quieres ayudarme?"

Mirella se asustó. Así que sus sospechas se confirmaban: los había engañado a todos.

Probablemente leyó lo que pensaba, pues se acercó y se acuclilló ante ella sobre sus talones. Tomó sus dedos, giró sus palmas hacia afuera y acarició el anillo de Felipe. "Aún tenemos dos bodas planeadas, ¿no es verdad?"

Ella observó el anillo. Ya hacía semanas que no pensaba más en Felipe. Igual que antes, esperaba él al lado de Don Juan en el buque insignia. "¿Sigues temiendo que no obtendrás a Stefania, si yo no llego a ser duquesa?"

"¿Es que ya no quieres serlo?"

La pregunta la hizo tragar saliva. "Pues claro." Sonaba demasiado indiferente. "Pero los tiempos..."

"Dado que los Sarno y los Oliveto dan sus bailes", se puso de pie, "también podemos nosotros celebrar bodas. Seguramente los franceses dejarán entrar a Felipe a tierra para eso."

"¿Cuándo quieres pedir su mano?"

Dario suspiró. "Lo habría hecho hace tiempo..."

¡Si solo se trataba de eso! "¿Pero? Necesitas mi ayuda." Respiró aliviada.

Él asintió. "No con la marquesa. Quisiera tener acceso a la corte, como tú. Llévame contigo, cuando vayas al *Palazzo Reale*. Me ganaría un mayor reconocimiento con los Oliveto."

"Eso no es problema. Faltan buenos jugadores de billar." Sonrió irónicamente. "Contra mí se gana muy fácil."

"¿Con quién juegas?"

"Ya he jugado con casi todos los del séquito de de Guisa. Los lugares liberados quedan bajo la protección de soldados napolitanos; sus hombres se aburren mientras esperan un clima más propicio."

"¿También con el conde de Módena?"

"¿Por qué preguntas?"

Dario encogió los hombros. "Recuerdo que ha bailado contigo."

"El conde está casi siempre de viaje. Es él quien engancha a los soldados." Sonrió divertida. "Para que alguien lleve los uniformes de Matteo."

"El dux es muy pródigo con el dinero de su rey."

"Es su propio dinero, Dario. Mazarino no lo respalda en serio. Creo que de Guisa ha decidido fiarse solamente de sí mismo."

"¿Cómo lo sabes?"

"El marqués de Montmorency... Los oficiales hablan mucho durante nuestras partidas."

"Eso mismo creo." Le tiró de la trenza. "Y puesto que eres curiosa. Así que está bien; cuéntame siempre todo lo que averigües."

"¿Por qué?" Le quitó la trenza de la mano.

"Es interesante."

Nuevamente creció en ella la desconfianza. "Dario, dime la verdad: sigues estando involucrado en algo. Por eso te vas de viaje con tanto esmero. ¿A quién ayudas?" No le mentiría, de eso estaba segura.

Dario se acercó a la ventana. "¿Has visto? Annese se ha atrincherado allí abajo en la torre del *Carmine* y ya no quiere seguir a de Guisa. ¿Qué crees, cuánto más se puede mantener?"

"¿Annese?"

"De Guisa." Volvió hacia ella. "Si es verdad que Mazarino no lo respalda, no puede ganar esta guerra." Por un instante pareció no saber si debería decir más. Hizo rechinar los dientes. "¿Deberíamos permitir que sigan disparando hasta dejar la ciudad en ruinas, una y otra vez por nada? ¿No sería mejor que el horror acabara lo antes posible? Y casarnos en paz."

"¡Sigues participando en alguna cosa! ¿Estás acaso del lado de los barones? A ellos solo les importa su poder en la ciudad; por eso hacen la guerra contra su propio pueblo." Lo llevó a su lado sobre la cama y lo miró insistentemente "¡Dario! ¿Cómo puedes llamar bueno a eso?"

"No lo hago. Pero los españoles necesitan respaldo para terminar con la guerra. Las victorias del ejército de de Guisa no nos traerán la paz."

Indignada, Mirella se levantó de un salto y puso los puños en las caderas. "¡Eso es traición!"

"¿A quién?" ¿Qué nos importan los franceses? Dario resopló desdeñosamente.

"Con de Guisa la gente está mejor que antes. ¿No estuviste siempre contra aquellos que utilizan la política en su propio beneficio?"

"¿Se te ha metido el dux en tu cabeza? Se dice que ya no está casado..."

Mirella pataleó. "¡No deberías burlarte de mí todo el tiempo!"

Para su sorpresa, Dario no se rió, sino que la miró pensativo. "Viceversa no sería lo más tonto."

Ella ignoró su particular comentario y continuó con su propio razonamiento. "De Guisa es diferente. Los impuestos son bajos y es el Consejo, no él, quien decide en qué se empleará el dinero. Además equipa la armada con su propio dinero, en lugar de cargar con ello al tesoro de la ciudad."

"¿El Caballero Noble, entonces?"

"Al menos... Los hombres que pertenecen a su séquito no son mercenarios. Luchan por Nápoles, porque están convencidos de que nos hemos merecido nuestra libertad. El marqués de Montmorency, por ejemplo. Ya has oído lo que Albert contó sobre él aquella vez."

"Cómo no." Dario encogió los hombros. "Pero la flota que ha enviado Mazarino se ha retirado después de tres insignificantes balaceras. Don Juan ha perdido una sola nave en esta... batalla... naval. Aunque no ha tenido ni siquiera suficiente pólvora como para enviar todos los barcos al combate."

"Y los mercenarios españoles le venden sus armas a Annese. Por eso... los venceremos con sus propias armas." Ella brillaba triunfante. "¡Imagínalo!"

"Bien, entonces, ¡lucha y guerra!" Dario soltó una carcajada; sonaba muy cínica.

"¿Deberíamos morirnos de hambre?"

"¡Nosotros! Mirella, nosotros nunca no tuvimos problemas; y eso cambiaría solo si los tejedores de seda se impusieran con su prohibición a la importación. Por eso necesitamos a los barones. Ponen a España bajo la presión de tener que continuar la lucha."

Martes, 24 de diciembre de 1647

Dario no había regresado del tercer viaje como se preveía. El comienzo repentino del invierno habría hecho intransitables los pasajes en los Apeninos, por lo que él habría debido tomar el camino mucho más largo siguiendo la costa. Pero Rita revoloteaba por la casa de aquí para allá como una gallina espantada, mientras supervisaba los preparativos de la Navidad. Y a Enzo, la espera al regreso de Dario con las telas, también le ponía más nervioso día a día. Stefania preguntaba por él dos veces a diario y ocultaba su preocupación con un mal humor que solo la mantenía a raya en público.

Por eso Mirella acudía regularmente al *Palazzo Reale*. Ahí ella estaba a salvo de la inquietud hogareña y Stefania se comportaba como una persona normal. Stefania nunca se había interesado por aquello antes, pero como Dario también jugaba cuando estaba en Nápoles, practicaba ahora todos los días. Entretanto habían formado, con los jóvenes del duque, una especie de club de billar.

También en la mañana de Navidad pasó a buscar a Mirella.

"¿Por qué todavía no regresó?", le preguntó, como de costumbre. "Ya casi es Navidad." Pero, pese a ello, rezumaba buen humor, bromeaba con Gina, mientras Mirella se vestía y tarareaba una canción de Navidad cuando abandonaron la casa.

En el coche, abrazó a Mirella por el cuello. "¡Tengo un magnífico regalo para Dario!"

Pasmada, Mirella pensó en la conversación con Rita. "...Acaso no habrán..."

"¿Y qué?" Stefania rió gozosa. "Todos lo hacen."

"Así que ya han... ¡Pero si aún no están casados!"

"¡Pero pronto!" Stefania aspiró profundamente. "Pronto seremos hermanas. Mis padres han dicho que sí. Finalmente, me atreví a preguntarles." Se rió entre dientes y se apartó un poco de Mirella. "Ellos lo supieron; todo el tiempo, los secretistas."

Mirella rió. "Pero también vosotros lo sabíais."

El coche frenó abruptamente. Tonio, el cochero de los Oliveto, tenía otra vez su "día cansado".

Stefania se rió aún más. "Probablemente ya ha celebrado ayer la Navidad."

Mirella no lo encontraba para nada gracioso. "Uno de estos días va a llevar a alguien bajo las ruedas. Deberíais conseguir otro cochero."

"¿Y qué será de él?" Stefania sí tenía razón, pero igualmente...

La niebla subía desde el puerto y se agrupaba en densas gavillas sobre el *Largo*. A Mirella se le puso la piel de gallina y se sacudió, cuando descendieron delante del *Palazzo Reale*. Nunca le había gustado la niebla, pero esta mañana ocultaba algo malo: las naves españolas afuera en el golfo.

Edoardo las esperaba en el hall de entrada. "Los señores ruegan a las *signorine*, tengan un poco de paciencia. Vendrán a la sala de billar, tan pronto como Su Excelencia les permita retirarse."

Avanzó hacia ellas con suma dignidad. En épocas del virrey, nunca caminaba con tanto orgullo.

"La gente ha cambiado en las últimas semanas. Se ve que se sienten más libres."

"Mientras tanto, la vida se ha tornado más difícil. Imagínate, Matilda no ha podido conseguir un ganso para mañana. Toda mi vida ha habido ganso en Navidad."

Mirella sonrió burlona. "Entonces tus padres deberían hacerse invitar por de Guisa. Me temo que ha comprado todos los gansos aún vivos de la ciudad. Menos el que me dejó Albert."

"Estoy contenta de que no haya ganso. No me gusta la asquerosa grasa."

Riendo bajo, entraron en la sala de billar.

Edoardo dejó las bolas sobre la mesa revestida de azul y les alcanzó los palos de billar.

Stefania sacó del bolsillo de su tapado un fino cordón. "Para practicar."

"Si miraras directamente hacia adelante, no lo necesitarías. Además, ¿cómo vas a hacer después sin él?"

"Si me dejaras al marqués de Montmorency, podría ganar una vez."

"Pero no sola contra mí."

"Ya veremos." Stefania le echó una mirada rápida a Edoardo, que estaba parado junto a la pared y esperaba sus órdenes. Anudó uno de los extremos del cordón en mitad del portal, a través de la que quería jugar la bola. Finalmente lo estiró por sobre esta hasta el borde de la mesa, para encontrar la ubicación desde la que debía golpear. Luego se colocó en posición.

"¡Mi Dios!" Sacudiendo la cabeza, Mirella seguía sus complicados preparativos. "Quizás deberías también marcar la ubicación con tiza, para no equivocarte."

Stefania la miró reluciente. "Es una buena idea." En verdad, no había entendido la burla. "¿Tenemos tizas, Edoardo?"

"No, *signorina*. Y tampoco creo que las haya en cualquier lugar del palacio." Probablemente había observado mejor de lo que aparentaba.

Mirella seguía sonriendo irónicamente. "Empieza de una vez."

Stefania agarró firme el palo. Tan firme que no podía darle impulso al golpe. La bola rodó parsimoniosamente sobre la tela y se detuvo un trecho delante del portal elegido. "El ángulo es justo. Ahora la tienes fácil."

Mirella le palmeó el brazo de pasada. "La próxima partida hago yo la apertura." Un giro con la muñeca y la bola rodó por el portal, sonó fuerte contra la siguiente y la hizo saltar sobre la tablilla, detrás de ella.

"Très bien", sonó la voz del conde de Módena desde la puerta.

Edoardo se apresuró a hacer una inclinación.

Detrás de de Módena, Alexandre entró en la sala. Su mirada estaba tan ceñuda como pocas veces.

Stefania se apuró hacia él y recogió sus faldas, como si quisiera hacer una reverencia, pero naturalmente no lo hizo. "*Monsieur le marquis*, ¿me hará hoy el honor? Mirella tiene un día generoso."

Alexandre asintió, sin disimular una mueca. Se acercó a Mirella y ella le estiró la mano sonriendo. "*Signorina*, tengo algo que comunicaros." Su voz era áspera; le indicó la galería.

"Hablad con franqueza; no tenemos secretos entre nosotras."

Pero él fue hacia la galería y no le quedó otra opción que seguirlo. Cerró la puerta tras de ellos. Con la mirada, parecía querer asesinar a alguien. Mirella se asustó. Un escalofrío le corrió desde la nuca por toda la espalda y la dejó tiritando.

"¿Qué tenéis hoy? ¿Por qué tanto secreto?"

Señaló un sillón y se sentó luego frente a Mirella. Hablaba bajo, como si alguien pudiera estar espiando. "Mirella, han llevado a vuestro hermano al calabozo en el *Torrione*."

Como ella se levantara, él la contuvo firme en su movimiento. "Controlaos."

Lo miró espantada. "¿Pero por qué? ¿Quién hace eso?"

"Las milicias de Annese lo han pescado *in flagranti*. Hacía tiempo que se le había echado el ojo."

El espanto le impedía respirar. De ninguna manera tenía que hacer el papel de llorona ahora. Alexandre no se lo creería. Tragó nerviosa. Pero su voz se quebró y graznaba, al borde de las lágrimas. "¿*In flagranti* en qué?" Ojalá él no viese en su cara que ella lo intuía.

Su mirada finalmente se ablandó; en sus ojos había compasión. "¡Traición!"

Mirella hundió la cabeza. Cualquier palabra que dijera podría ser un error, y de ninguna manera debía él sospechar que ella pudiera haberlo sabido. "Pero..."

Alexandre le tomó las manos. "Vuestro hermano deberá enfrentar un proceso. Henri ha evitado que hoy temprano directamente se lo decapite." La apretó los dedos. "En Francia, desde hace tiempo, se debe hacer un proceso antes de ajusticiar a nadie. Pero eso no cambia nada." ¿Como con su padre?

"Pero, ¿si el tribunal no puede probar que sea culpable?"

"Alcanza con que confiese."

Si lo hacía... ¿y si no? Empezó a temblar. Ya se encargarían ellos de que confesara. "Tengo que decírselo a Stefania."

La mirada de Alexandre se dirigió a la mesa de billar. El conde de Módena justo conducía la mano de Stefania para mostrarle el ángulo correcto de golpe. "Es mejor que no habléis con nadie sobre ello."

"Pero... ella debe saberlo. Están prácticamente prometidos."

Alexandre alzó una ceja. "Entonces vuestro hermano es más que tonto."

"¡Entonces también creéis que mi hermano es un traidor!"

Él la miró como si quisiera con la vista penetrar en su cráneo. "¿Qué sabéis de ello?"

"Yo..." Si le contestara, correría peligro de decir algo equivocado. "¿De qué?"

"Dario estaba viajando, oficialmente, con un encargo de vuestro padre. ¿Extraoficialmente también?"

"¿Extraoficialmente?" ¿A qué se refería con eso? Se le entrecortó la respiración cuando entendió lo que quería decir: que Enzo no solo sabía de eso, sino que era cómplice. "¿Cuándo fue apresado Dario?" Se aferró al primero que se le presentó: obtener informaciones claras; respuestas de Alexandre, no de ella.

"Hace tres días."

"¿Por qué no me habéis dicho nada?" Eso era descarado; se dio cuenta en el mismo momento en que hubo pronunciado la pregunta. No tenía derecho en absoluto a que la informaran de ello.

Pero él permaneció amable. "Porque no lo sabía, Mirella. Incluso Henri lo ha sabido recién ayer por la noche. Cuando le fue presentada para firmar la condena de muerte." Se atrevió de nuevo a mirarlo. La sonrisa maliciosa en sus comisuras la confundió. "Tiene suerte de que Henri, incidentalmente, sea ferozmente hostil con vuestro armero. Para mostrarles a todos, quién es el señor en la ciudad, ha insistido en un proceso judicial." Su sonrisa se entibió y alcanzó sus ojos. "En caso de que vuestro hermano no haya confesado, quizás aún no esté perdido."

Tímidamente, ella respondió su sonrisa. "Os lo agradezco. ¿Qué puedo hacer yo?"

"¡Debéis agradecer al dux! Por vanidad, Henri pone toda la empresa en peligro." Su mirada volvió a oscurecerse. "Estrictamente hablando, es Annese el verdadero traidor a vuestra república. Uno de estos días será capaz de..."

Eso no le interesaba ahora para nada. Lo interrumpió retirándole las manos. Al momento lo lamentó; sin la tibieza de sus dedos, se sentía de pronto desprotegida. "¿Qué puedo hacer?"

Él miró de nuevo a la sala de billar. "No lo sé. Vuestra amiga no debería enterarse."

"¿Pero el proceso no será público?"

"Eso depende de quién se imponga. Puede ser que Henri no lo considere astuto. Después de todo, vuestro padre es el que equipa nuestra armada."

"¡Y por eso es que Dario estaba viajando!"

"¿Estáis segura de eso?"

"¡Sí!" En este momento, creía verdaderamente en lo que decía. Y parecía haber sonado convincente.

"Quizás eso ayude a vuestro hermano." Su mirada era cálida. "Ya veremos." Se paró y le tendió la mano. "Vuestra amiga se preguntará por qué hemos estado aquí tanto tiempo... Eso no es bueno. No deberíais veros en el apuro de tener que mentirle."

Pero ella rechazó el movimiento con el que él buscaba llevarla de vuelta. "Habéis preguntado si Dario estaba de viaje extraoficialmente por encargo de padre. Eso significa que también a él se lo incrimina."

Alexandre asintió. "Vuestro padre tiene enemigos, ¿no es así? Tales asuntos sirven fácilmente de pretextos..." Los músculos de su rostro se contrajeron al apretar los dientes. Seguramente pensaba en la muerte de su propio padre; esta debía haber ocurrido de manera similar. Dario le había explicado más de una vez que la guerra, fuera cual fuera el pretexto, en verdad solo servía para conquistar más poder y asegurarse nuevas riquezas.

¡Pero Nápoles no era así! ¡Nápoles luchaba por su libertad!

Mirella jugó peor que nunca. Logró perder, primero con el conde de Módena, luego también con Alexandre.

Stefania mantenía su mirada desconcertada cada vez más sobre Mirella en vez de sobre la mesa de juego. "Nunca habías jugado tan mal", dijo finalmente en amplio napolitano.

"Tampoco tú", retrucó Mirella con intencionada insolencia. Inmediatamente después apoyó su brazo en torno al hombro de Stefania. "Lo siento. Verdaderamente, hoy no estoy con la cabeza en el juego."

Stefania, igualmente, estaba enfadada; frunció las comisuras. "¿Entonces, dónde?"

Mirella contuvo un momento la respiración. "En Dario." Echó una mirada alerta a Alexandre, quien probablemente no hubiera entendido nada, excepto el nombre de Dario.

No era mentira. Le había dado a Stefania una razón con la que podía empatizar y quizás incluso la hubiera distraído de preguntar por su conversación con Alexandre. Se recompuso y siguió jugando, con la suficiente concentración como para ganar una partida junto con el conde de Módena.

Alexandre cabeceó en señal de reconocimiento, mientras que Stefania arrugaba juguetonamente la nariz. "¡Y yo estaba convencida de que con vosotros juntos yo era imbatible!"

"Mañana es Navidad, ¡qué pena!", dijo de Módena. "Les hubiera ofrecido con gusto una oportunidad para la revancha."

"Con que reciba la oportunidad en este mismo año, estaré satisfecha." Traviesa, Stefania le regaló una coqueta mirada.

De Módena puso una expresión de arrepentimiento y

fingió estar contrito. "Me temo que no está en mi poder decidirlo. Los españoles planean algo. Probablemente no estén interesados en esperar el año nuevo sentados en sus buques." Sin embargo, a pesar de las sombrías palabras, no dio la impresión de estar inquieto por ello.

Mirella cerró los puños. Y de nuevo se ganó una mirada preocupada de Alexandre, que le mostraba su vigilancia. ¿Acaso tenía miedo de que ella fuera a cometer un error? Su preocupación le hacía bien; se aferraría a lo que pudiese venir por parte de él. "La Navidad dura aquí entre nosotros solo un día. Santo Stefano no cuenta mucho más." Mantuvo lo más disimuladamente posible su mirada en Alexandre.

De Módena rió. "Nos adaptaremos con gusto a las costumbres napolitanas."

"¿Quizás podemos, pese a todo, no decírselo a nuestros padres?"

El ceño de Alexandre se frunció. "¿Secretismos? ¡Mejor no!" Ojalá ella lo entendiera bien y no cometiera ningún error cuando pusiera al corriente a Enzo y a Rita.

"Yo también voy", dijo Stefania, cuando el coche se detuvo frente a la casa de los Scandore. "Quiero desearles felices fiestas a tus padres."

Mirella reprimió un suspiro, aunque Stefania seguramente lo hubiese encontrado inocente. "Eso los alegrará. Tendremos pocos invitados este año." Recién ahora entendía lo bueno que era eso.

Stefania parpadeó. "Sabes bien que en realidad quiero saber cuándo vuelve Dario a casa. Él sí será suficientemente atento como para anticiparlo con un mensajero."

Saltó sin elegancia del coche y subió la escalera hacia la casa. Mirella, al contrario, se tomó su tiempo y dejó que Tonio la ayudara a descender de los estribos.

Stefania, sacudiendo la cabeza, la esperaba ante la puerta.

En realidad, debería invitar a Tonio a pasar a la cocina; después de todo, era Navidad. Pero un cochero pasando frío podría hacer que Stefania se viera en la necesidad de apurarse más. En caso de que la regañaran por sus malos modales, podría afirmar que no había querido respaldar la inclinación de Tonio por el alcohol. Pero Rita le arruinó el plan: ella misma salió para enviar a Tonio a la cocina. Y Stefania aceptó la invitación a almorzar.

Más tarde, cuando Gina sirvió el café, Rita sacó un paquetito envuelto en seda azul. "Para ti, mi niña." Besó a Stefania en la frente. "Sabemos muy bien de vuestros planes y estamos de acuerdo. Me alegro de acogerte en nuestra casa." Su mirada recayó en Mirella. "Como reemplazo de la hija, que pronto perderé en un país extranjero."

Las lágrimas subieron a los ojos de Mirella. Bajo la mesa, se enterraba las uñas en las palmas de la mano tanto que dolieron.

Stefania tomó el regalo cuidadosamente. "Estoy emocionada y atónita."

También Enzo se puso de pie, le dio primero la mano y luego un beso en la frente. "Bienvenida a nuestra familia. Aunque, de todos modos, ya hace tiempo que aquí estás casi como en casa." Le hizo un guiño con alegría. "¿Debería hablar con tu padre?"

"Esa es mi sorpresa de Navidad para vosotros." Los ojos de Stefania brillaban de placer. "Ellos lo saben y dan su consentimiento. En realidad, no quería revelarlo sin Dario."

Mirella se tapó la boca con la mano para apagar un sollozo que no pudo reprimir. Sorprendidos, todos giraron hacia ella. Entonces ya no pudo impedir que las lágrimas le corrieran por el rostro.

"Dario debería ser el primero en saberlo", repitió Stefania desconcertada. "Pero ahora me habéis sorprendido de tal manera y él no está presente..." Se le apagó la voz; repentinamente, parecía un poco desamparada.

Mirella se ahogaba. No decirle nada a Stefania; qué terrible. Eso no iba más.

Enzo se paró y le ordenó a Gina que trajera una botella de *Blanquette*. "Un compromiso mal se puede celebrar sin el novio, pero bien podemos brindar por el agrandamiento de la familia."

Las lágrimas de Mirella goteaban en su copa; se acabó el vino prácticamente en un solo trago. Acto seguido, Rita le quitó el vaso. "No estás acostumbrada a eso, niña. ¡Detente!"

"Pero es Navidad", replicó Mirella en un arranque de rebeldía insensata.

La mirada de Enzo era más de incomprensión que de reproche. Le tendió su pañuelo. "¡Ahora bien, no exageres así!"

Ella hundió la mirada y esperó callada a que se fuera Stefania.

Enzo, un poco achispado, entretanto, no dejó que le quitaran el placer de acompañar a su futura nuera al coche.

Apenas salieron, Rita se sentó junto a Mirella y la tomó en sus brazos. "¿Qué sucede contigo? ¿Ya no quieres casarte con Felipe? ¿Es eso lo que te aflige? Simplemente dínoslo, antes de lanzarte a un matrimonio equivocado. Lo sospecho hace tiempo. También tu padre lo entenderá..."

Por primera vez en mucho tiempo, Mirella agradecía a su madre la locuacidad. Dejó que sus palabras le resbalaran y esperó a que volviera Enzo. Pero en vez de hacerlo, este llamó a Fabrizio; La inquietud probablemente lo alejaba también a él en esta tarde. Mirella juntó todo su coraje. "Por favor, decidle a padre, que debo hablar con vosotros. Antes de que vaya al solar."

"Ya lo pensaba." Rita asintió y fue hacia la puerta.

¡Si tan solo fuera eso! Mirella la observó con desesperación mientras salía. Eso era también, ¿no? Sintió la presión de las cálidas manos de Alexandre en sus dedos.

Viernes, 27 de diciembre 1647

"Cuanto menos gente lo sepa, más libertad de acción nos queda", había dicho el conde de Módena, cuando le concedió a Enzo el permiso para la visita de Mirella en el *Torrione*. Por eso Enzo mismo conducía ahora el coche.

Junto a Mirella estaba sentada Rita. Había insistido en ir con ellos y ahora llevaba a Mirella al borde de la locura con sus lamentaciones.

"*Mamma*, ¡detenla de una vez! ¡Ya casi no puedo pensar!"

"¿Cómo me hablas así?" Rita la fulminó con la mirada. "Has estado compinchada con Dario todo el tiempo!"

Mirella cerró los ojos. "¡*Mamma*! ¡Por favor!"

Rita calló por fin. Solo cuando Enzo ayudó a Mirella a salir del coche frente al *Torrione*, volvió a abrir la boca. Pero ahora le tocaba a Enzo echarle una mirada que la hiciera callar.

Mirella lo siguió hasta la puerta; con cada paso, crecía su miedo. ¿Qué le esperaba adentro?

Él hizo sonar la pesada aldaba; luego se volvió hacia ella y la apretó fuerte entre sus brazos. "Te esperamos aquí" Temblaba más que ella misma cuando la abrazó. "Mi valiente pequeña. Ten cuidado con lo que dices. Quizás todo dependa de eso."

Una viga pasante chirrió al ser retirada. Luego giró rechinando una llave.

A Mirella le temblaban las rodillas. Aun así se liberó de los brazos de Enzo y se puso recta.

Un miliciano de Annese estaba junto al portón, detrás un hombre vestido de negro. Una mancha de tinta junto a la boca lo delataba como escribiente.

La guardia se hizo a un lado.

"*Signore,* ¿qué desea?"

Enzo sacó el salvoconducto del bolsillo del abrigo y puso el sello ante la cara del escribiente. "Mi hija tiene el permiso del dux para hablar con su hermano."

El escribiente tomó el papel que Enzo le tendía, sacó un quevedo y se lo puso. Estudió el papel, murmurando, mientras tanto, las palabras varias veces, como si quisiera aprenderlas de memoria. "¡Esto nunca se vio!" Inspeccionó a Mirella de arriba abajo. "¡Se ensuciará sus finos vestidos! Una dama como ella, nunca hemos tenido." Se rascó detrás de la oreja. "No se ve muy parecida a él. ¿Es verdaderamente su hermana?"

Enzo empezó a enrojecer, una señal segura de que estaba a punto de perder los estribos.

Mirella se asustó; rápidamente, se puso delante de él y levantó un poco más la cabeza. "Ahora bien, ¿obedecerá la orden del dux y me dejará pasar?"

Casi hubiera sonreído triunfal cuando el escribiente retrocedió medio paso atrás y se inclinó ligeramente. "Por supuesto, *signorina.* Por aquí, *signorina.*" Nunca antes había hablado así con alguien. Era cierto entonces, que la arrogancia daba sus frutos.

Pero inmediatamente después volvió a crecer en ella la angustia.

El escribiente la condujo a través de un corredor oscuro a una larga escalera, sobre cuyos escalones de piedra, sus pasos retumbaban fuerte. Como si quisiera hacerles eco, su corazón latía más impetuosamente con cada paso. Pronto sus manos estaban húmedas de sudor; se las frotó una contra otra.

El sótano era, por el contrario, de tierra apisonada; un suelo barroso, sobre el que había agua en muchos sitios. El pasillo estaba escasamente iluminado por aisladas antorchas humeantes y recorría varias esquinas. Por momentos, el escribiente desaparecía de su vista y ella solamente escuchaba el tintineo de sus llaves. Ella se apuraba para mantener el paso, pues él no la tomaba en consideración. Las paredes se acercaban cada vez más a ella a medida que avanzaban. Por eso le había dicho que se ensuciaría los vestidos. Ella se juntaba las faldas, pero parecía servir de poco. De vez en cuando, una gota le caía en el rostro. Sus zapatos se empaparon por completo y sus pies se helaron. Después descendía un declive, que a la luz de las antorchas, brillaba húmedo y grasiento. Instintivamente, estiró la mano en busca de una baranda para no resbalarse en él; pero, por supuesto, no había ninguna.

Miró hacia atrás y un escalofrío le corrió por la espalda. Si este hombre no quisiera, ella jamás encontraría el camino de salida.

Por fin se detuvo frente a una alta reja de hierro y colgó la antorcha en la pared del costado. Soltó el manojo de llaves de su cinturón y utilizó ambas manos para abrir el duro cerrojo. Tal esfuerzo para girar una llave, por cierto, podía requerirse únicamente para abrir una puerta raramente utilizada. ¿Adónde la conducía? Luego volvió a tomar la antorcha del sostén y siguió andando. Mirella se recogió aún más las faldas y avanzó dando grandes pasos, para no volver a perderlo de vista, cuando él doblara los siguientes recodos. Le que más hubiera querido era preguntar si todavía estaban lejos; pero eso no hubiera estado a tono con una pose arrogante.

En alguna parte chapoteaba bajo y luego chirriaba ante sus pies. En un recodo más adelante vio, a la luz de la antorcha, una gorda rata que se apartaba de un salto. Se sacudió de asco.

Por fin el pasillo volvió a ensancharse; desde detrás de otra esquina les llegó un resplandor. Entonces se detuvieron frente a otra reja. Dos guardias estaban sentados detrás de ella y jugaban al Tarot. A la luz de sus velas brillaban las nuevas monedas de la república sobre la mesa. Uno de ellos levantó la vista y luego jugó la próxima carta.

"¡Eh, ustedes! ¡Abrid!"

El otro vigilante tiró su carta; luego tomó la baza. "El juego lo gano yo, mi amigo." Se inclinó a un costado y se puso de pie con una llave en la mano. "¿Qué tenemos aquí?" Sopesó a Mirella con una sonrisa obscena, antes de abrir el cerrojo.

"Llévala junto al prisionero. Orden del dux."

Para horror de Mirella, el escribiente permaneció detrás de la reja, mientras el guardia la tomaba de la cadera y delante de sí la empujaba hacia la oscuridad. Cuando la soltó, ella permaneció quieta. No se atrevía a darse vuelta.

¡Arrogancia! Enderezó la cabeza. "¿Dónde está mi hermano?" Lamentablemente, su voz ya no sonaba arrogante, sino muerta de miedo.

El guardia apareció junto a ella con una vela flameante, cuyo pábilo prácticamente se ahogaba en la cera. Ella aspiró profundamente y lo siguió.

Se detuvo frente a una puerta pesada con un postigo de hierro. Abrió el postigo y echó un vistazo. "Sigue ahí", refunfuñó; luego volvió a cerrar.

El hedor de paja en putrefacción la golpeó. Estaba completamente oscuro. Un ruido rasposo, luego tintineó una cadena.

Mirella permaneció de pie en la puerta. "¿Dario?" Su voz era un graznido casi inentendible.

Un gemido fue la respuesta; la cadena hizo un ruido metálico más fuerte. "¡Mirella! ¡Por el amor de Dios!" La luz flameante le mostraba únicamente su contorno.

El guardia le puso la vela en las manos. Cera caliente se derramó sobre sus dedos; ella aguantó el aire, hasta que el dolor cedió. Luego levantó la luz y dio valientemente un paso hacia adelante. Tras ella se cerró la puerta.

La figura oscura que era Dario se enderezó a medias y se apoyó contra la pared. "¿Qué haces aquí?" Su voz estaba ronca, quebrada de dolor.

Ella se quedó mirando espantada su rostro lacerado. Estiró la mano que tenía libre y rozó cuidadosamente un lugar, que no estaba cubierto de costras de sangre ni amoratado. "¡Oh, Dario! ¿Qué han hecho contigo?" Las lágrimas le subían a los ojos; apoyó un brazo en su hombro, para apretarlo contra sí.

Él contestó con un gemido y ella lo soltó asustada.

"¿Cómo es que estás aquí?"

"De Guisa me ha otorgado un salvoconducto."

"¡Ah, sí!"

Ella lo miró fijo. "¿Qué les has dicho?"

Dario entrecerró los ojos a dos rendijas. "Nada. No les he dicho nada."

Suspiró aliviada. "Eso es bueno." Con delicadeza apoyó los dedos sobre sus labios lastimados. Entonces se le ocurrió una pregunta apremiante. Susurró: "¿Qué es lo que querían saber de ti? ¿De qué te acusan, en verdad?"

"De que proveo información a los españoles."

"¡Los españoles!" Olvidó que quería hablar bajo, en caso de que el guardia estuviera escuchando detrás de la puerta. "¡Los españoles, a los que nunca pudiste soportar!" Se le alivió el corazón. Un reproche, que a todas luces era falso; no podían hacer nada contra él. "¿De dónde lo sacaron? ¡Pero si eso es absurdo!"

Él miró detrás de ella, en el aire; ella volvió la mirada. Brillaba luz detrás del postigo. Había, efectivamente, alguien ahí atrás espiando.

Por eso, ella levantó la voz, para que pudiera escuchar mejor. "¿Acaso te reprochan mi compromiso?"

Él levantó los hombros en un gesto infinitamente cansado. "Apenas." Su rostro se distorsionó; eso probablemente fuera una mueca irónica. "Debió haberse divulgado que detesto a Felipe."

"Alexandre dice..."

"¿Alexandre?" En sus ojos refulgió algo, que podía ser enojo.

"El marqués de Montmorency... Cree que es una conspiración en contra de nuestro padre." Esa era solo su muy libre interpretación, pero tampoco debía estar tan errada.

Dario tragó con dificultad. "Eso..."

"Se te hará un proceso."

"Lo sé. De Guisa quiere un veredicto."

"¡Con eso te ha salvado la vida! Se negó a firmar la condena a muerte que Annese presentó en tu contra."

"¿Y dónde está la diferencia?" Gruñó exasperado.

Ella bajó la voz. "Ellos no tienen nada en sus manos contra ti, ¿verdad?"

Él permaneció callado y miró al piso. Ella le levantó el mentón. ¿Podían probar algo en su contra? No se atrevía a preguntar. Ya se lo tenía entre ojos hacía tiempo, había dicho Alexandre. "Si dejas que te arranquen una confesión, no podrá salvarte ni el mismo De Guisa."

En sus ojos había desprecio; no le creía. "Lo sé", gimió.

Ella le apoyó su mano suavemente en el hombro. "Debes resistir; prométemelo", susurró en su oído.

"Si eso es cierto, que se conjuraron en contra de padre", volvió a gemir, "entonces todos vosotros estáis también en peligro."

Ella aún no lo había pensado hasta ese punto. Era cierto. El tribunal embargaría todas las posesiones de la familia, si Enzo también llegaba a ser acusado y juzgado. El padre, ¿resistiría en caso de que se lo torturara? "¿Qué podemos hacer por ti?"

Dario sacudió la cabeza. "¿Rezar?" Tomó la mano de Mirella en la suya. "¿Qué hay de Stefania?"

"No creo que esté en peligro."

"¿Qué... ha dicho?"

"Sus padres aprueban vuestro casamiento. Así como los nuestros." Le pasó la mano por el pelo. "Ella no lo sabe. Es mejor que nadie sepa de tu detención."

"¿Quién lo dice? ¿Para que se me pueda quitar de en medio lo menos llamativamente posible?", cuchicheó.

"Alexandre... el marqués de Montmorency..."

"Pareces estar muy familiarizado con él, entretanto, ya que os llamáis por el primer nombre."

"¡No, para nada!" Él estaba celoso, aun en este momento. Aun aquí. "Con Albert también nos llamamos por el primer nombre." En sus pensamientos, llamaba ella a Alexandre por el nombre; pero, a diferencia de Albert, le parecía impensable dirigirse a él de esa manera. "Está de nuestro lado. Fue él quien me consiguió el permiso para visitarte."

"¿Y tú, qué crees, por qué?"

Ella lo miró perpleja.

"Para ponerme bajo presión. Para intimidaros." Maldijo impetuosamente. "No obtuvieron nada de mí cuando me torturaron. Ahora lo intentan mediante la extorsión. O un acuerdo."

Mirella jadeó espantada. "¡No lo creo! Él nunca haría algo así; él mismo sabe..."

"¡Piénsalo, Mirella! La milicia de Annese me ha apresado. Pero es de Guisa, quien me lleva a proceso."

"Pero... de esa manera te salva." Ojalá.

"Has mordido el anzuelo que te tira Montmorency. Si Annese creyera que pacto con los españoles, no me haría nada. Si estos le resultarán más útiles que de Guisa, te asombrarías de lo rápido que se arrastraría de vuelta bajo sus alas."

Annese como el verdadero traidor; también Alexandre había dicho eso. ¿Quién decía aún aquí la verdad? Cada vez estaba más confundida. Dario, ¿también mentía? ¿Cuando decía que trabajaba para los barones? ¿Cuando despotricaba contra los españoles? Cerró los ojos aturdida, tendría que reflexionar. "Dime con exactitud: ¿Cuándo y cómo te apresaron? ¿Con qué lo justificaron?"

Dario se resbaló por la pared hasta dejarse caer sobre la paja. "Estaba en Aversa; en la *osteria*."

"¡Eso no está de camino a casa!" Miró hacia la puerta. La luz que brillaba a través de la ranura en el postigo era tan clara como antes. "Ahí", señaló allí con un movimiento de la cabeza y buscó una manera inocente de formularlo, "espera alguien tras la puerta. Pero seguro que nuestro tiempo no tiene un límite."

"Tiene un límite, créeme."

No había que llorar ahora; tragó con dificultad. Pronto debería hacer el papel de arrogante otra vez. Un rostro hinchado por las lágrimas no combinaba con eso. Se acurrucó junto a Dario. De la paja subía a su nariz el olor penetrante a orina. "¿Querías ir a lo de los Oliveto? Pero Stefania he estado todo el tiempo en Nápoles." ¿Era esa la salvación? ¿Si se presentaba como amante secreto?

Dario sacudió la cabeza. "Deja a Stefania afuera de esto. Por favor." Presionó su mano, "¡Y tú también! No te pongas en peligro."

"¿Por qué no les dices por qué tomaste ese desvío?"

"¿Acaso crees que eso le interesa a alguien?"

"¿Con quién te encontraste en Aversa?"

"Con nadie; de hecho, simplemente estaba de paso." Hablaba bajo; sofocando la voz. Pero, de pronto, ella estuvo segura, que se los podía escuchar desde afuera. Había leído sobre construcciones, en las que se podía escuchar, desde los lugares más impensables, lo que se hablaba en ciertas habitaciones. ¿Aquí también sería así? Levantó la vela y miró hacia arriba; pero el techo se perdía a lo lejos, en la oscuridad, Inusualmente alto para un sótano. Debía hablar de eso con Enzo.

Dario susurró un beso sobre sus dedos. "Sé buena, hermanita, y vete ahora. No puedes hacer nada por mí."

Una lágrima se filtró por el ala de su nariz; se la secó rápidamente y apretó los puños contra los ojos, para contener las otras. "Quizás nunca vuelva a verte."

"Pues sí." Su voz explotaba de furia. "Seguramente la ejecución será pública. Los nuevos señores deben demostrar su poder."

La vela se ahogó con una última llamarada. Mirella había cogido demasiado tarde la mecha.

"De Guisa nunca..." Pero Alexandre había dicho que el dux quería precisamente eso: demostrar su poder. Hasta ahora, sin embargo, con el resultado de que no se lo decapitara a Dario. "¿Sabes acaso cuándo te llevarán a juicio?"

La puerta resonó y los inundó la luz. "*Signorina*, ¿por qué ha apagado la vela?"

"Yo..." Mirella se frenó en el último momento. No aclarar nada: arrogancia. "¡Hay corriente en este agujero! ¡Y apesta! ¿No le da vergüenza? ¡Lo trata como un criminal; pero está aquí injustamente!"

"Eso dicen todos." El custodio entró y estiró su mano hacia ella. Rápida, se puso de pie para que no la tocara.

"¡Presentaré una queja!"

El custodio le indicó la puerta balanceando la mano. Si quería evitar que la agarrara, debía abandonar la mazmorra. En la puerta, se dio vuelta una última vez. Dario era una sombra en la oscuridad.

El escribiente la esperaba junto a la reja. Había continuado el juego con el otro guardia y tenía amontonada una docena de brillantes monedas frente a sí. "Allí está, por fin. Ya pensaba que le gustaba tanto nuestra hospitalaria casa que se quedaría."

La acompañó fuera y señaló enseguida una escalera. "Por aquí."

La escalera conducía a un vestíbulo sombrío. Detrás de él, sin embargo, aparecía pronto la galería. Exactamente como lo había pensado: había un camino más corto. Había querido intimidarla cuando la guiaba por los pasillos subterráneos.

La llevó a una pequeña porta; nadie la controlaba. "El resto del camino puede encontrarlo sola."

La puerta se cerró con un chirrido detrás de ella. ¿Por qué no quería que la vieran ir?

Se apoyó en la madera, cansada, sucia, desamparada. Era solo una niña. ¿Qué podía lograr contra esta fortaleza?

Giró de costado y golpeó el muro de la fortaleza con furia; se laceró la mano contra los bordes de las piedras. "Conseguiré sacarte de aquí, Dario. Sin importar lo que tenga que hacer para eso." Se limpió la sangre en su claro abrigo y observó las manchas. Si tan solo él aguantara.

El coche debía estar en dirección al sur. Simplemente, tenía que seguir a lo largo del muro.

En el camino a casa, a pesar del frío cortante, se subió

al pescante junto a Enzo. No podía soportar ahora la lamentación con que Rita la había recibido.

Enzo la miraba de costado una y otra vez, pero no decía nada y no preguntaba nada. Su silencio le hacía bien. Apoyó el rostro contra su hombro, para protegerse del frío, y reflexionó.

Cuando llegaron a Vomero, se enderezó. "Lo sacaremos de ahí."

"Cuéntame todo, con exactitud." Se volvió hacia ella. "Quizás encontremos una manera."

"Debemos hacerlo, padre." Se enroscó en su brazo.

Él tomó las riendas con una sola mano y con la otra le volvió a colocar un rizo, que le colgaba sobre la frente, bajo la capucha.

"Entraré con él en la oficina."

Sorprendido, refrenó el caballo. "¿Por qué?"

"Porque…" No era capaz de aclararle, había sido solo una intuición. "Tenemos que encontrar algo en los libros para probar que estaba en viaje de negocios."

"Pero, por supuesto que lo estaba."

"¿También en Aversa?"

Enzo refunfuñó y golpeó con el látigo al caballo que avanzaba a trote parejo, con exagerada violencia.

✳✳✳

La nueva oficina olía a barniz y aguarrás. Bajo la amplia ventana se encontraba el antiguo escritorio del abuelo de Enzo, que él había traído del sótano de la vía Saliniera. En el piso había un arcón reforzado junto a una abertura en la que sería amurado.

Enzo alcanzó a Mirella un taburete, se arrodilló frente al arcón y sacó los dos primeros libros. "¿Qué deberíamos buscar?"

157

Le estaba confiando la dirección y ella sintió crecer el miedo. ¿Y si lo arruinaba? "Oh, padre, era solo una intuición. ¿Quizás sepamos lo que debemos buscar cuando lo veamos?"

Enzo le pasó la mano por la mejilla. "Mi pequeña niña se ha hecho adulta de la noche a la mañana." Lo dijo sin sonreír. No era un cumplido, sino una afirmación sorprendida.

Dejó uno de los libros abierto sobre sus rodillas. "Aquí están todos los encargos de los últimos dos meses. Aquí tengo las entregas. Pero Dario estaba de regreso. De algún modo."

"¿Dónde quedaron las telas que había recogido en Florencia?"

Enzo refunfuñó. "¿Dónde estarán?"

Entonces, encima de todo, las habían robado. Sin embargo, esa no podía haber sido obra de Annese. No, este hombre era honrado; a pesar de todo. "Debe reclamarlas."

"Tan pronto como Dario esté libre." Es decir, en caso de que lo liberaran.

Mirella hojeó rápido las páginas anotadas. No eran muchas; sin el encargo del dux, el negocio de Enzo habría colapsado.

Empezó de nuevo, leyó cada entrada. "Padre, ¿tiene un mapa por aquí?"

Enzo abrió un cajón y le alcanzó un rollo. Ella lo extendió en el piso frente a sí y aseguró las esquinas con ladrillos. Ahora podía ver cuáles encargos se habían concretado en las cercanías de Aversa. Debían recurrir a uno de ellos como pretexto para el desvío de Dario.

Un aserradero. "¿Qué pasa con la madera para el nuevo depósito?"

"Toda entregada y pagada." Enzo negó con la mano. "No hay motivo para pasar por allí."

La casa de campo de los Oliveto: Le había prometido a Dario no inmiscuir a Stefania. Pero en caso de que fuera su única oportunidad, lo pasaría por alto, sin discusión. Y aunque él le diera una paliza por ello, al menos estaría vivo. Siguió leyendo. Una sastrería. "¿Qué clase de sastre es este?"

Enzo levantó la vista. "Roccone, Caivano. Eso también se completó hace mucho. Fue mi regalo de cumpleaños a tu madre."

Rita casi había llorado de felicidad y sorpresa cuando lo desempacó. Un vestido, perfecto a la última moda francesa. Según Mirella, el vestido más hermoso que su madre había poseído jamás – y Enzo lo había conseguido llevar a cabo en medio de las revueltas. Debía amarla infinitamente.

Mirella siguió leyendo. En los alrededores de Aversa, encontró también un carpintero, un vinicultor y un zapatero. Para cada uno de ellos, podría haber tenido Dario un nuevo encargo. En ninguno de esos lugares había estado efectivamente; pero nadie podría desmentir que hubiera tenido la intención. Pese a todo, no era convincente: no había ninguna razón plausible para que no lo hubiera declarado durante el interrogatorio. "No puede ser nadie que esté en contacto con los barones."

Enzo recorrió con la mano la página abierta de su propio libro y señaló dos entradas. "De estos sé que pertenecen al partido de los señores feudales. Sus sastres trabajaron para un baile en el *palazzo* de Nocera." Suspiró. "Uno no puede seleccionar los clientes. Aún menos en estos tiempos."

"¿Y estos?" Le tendió el libro a Enzo. "¿Los proveedores?"

"A mí me interesa la calidad de sus productos, no su convicción." Tomó el libro y lo colocó sobre el escritorio. "No sé de casi ninguno."

"Pero, ¿de qué habla, pues, cuando se sienta con ellos en una *locanda*?" Mirella se impacientó. "¡Hay que prestar un poco de atención!"

Él volvió las hojas y señaló el nombre del sastre. "Roccone es quizás partidario de los franceses; ¡detesta la moda de las españolas!"

Mirella río. "¡Qué buena razón!" Un sastre, ¿qué podía querer Dario con un sastre de damas? "Le prometí a Dario no inmiscuirla a Stefania.

"Has hecho bien; la pobrecilla. Aun cuando Dario fuera liberado..."

"¿Cree que quedará una mancha?"

"¡Siempre es así!" Volvió a pasarle la mano por la mejilla; hasta ahora, tanta ternura nunca había sido propia de él. ¿Se sentiría tan desamparado como ella? "No veo nada que nos pueda ayudar."

Mirella hundió la cabeza. Su mirada cayó sobre el mapa y lo levantó. "No hay calles dibujadas."

"Aquí a lo largo está la calle de Florencia." Efectivamente, Dario había tomado un desvío considerable. "De Aversa hasta aquí hay dos caminos." Los señaló. Uno pasaba por Caivano.

"¿Puede imaginar alguna razón por la que Dario pudiera querer ir a ver a Roccone?"

Enzo siguió hojeando el libro de proveedores. Apretó los labios, luego la miró con el ceño fruncido. "Si no queremos hablar de Stefania... Sobre esto, sería decisión de sus padres..."

Mirella necesitó solo un segundo para entender. "Un vestido de bodas." Dio una palmada frente a su rostro. "¡Eso es!"

Lunes, 30 de diciembre de 1647

El proceso contra Dario fue público y los napolitanos, que entre Navidad y Año Nuevo encontraban aun menos para hacer que durante el trajín de los meses anteriores, lo tomaron como programa de entretenimiento. Francesco Antonio Scacciavento se había hecho cargo de la defensa. El anterior consejero de Annese se colocaba así en el conflicto entre este y de Guisa abiertamente de parte del dux; esto aumentaba todavía más la curiosidad de la gente.

Stefania había suplicado a Scacciavento que la llamara como testigo. Pero tras consultarlo con Dario, este se había negado férreamente.

Pérfidamente, Enzo había sido llamado por la parte acusadora; cuando abandonó la corte tras el interrogatorio, estaba blanco como la tiza.

Mirella le salió al encuentro. "Padre, ¿Qué le han preguntado?"

Él la tomó en sus brazos y le pasó la mano por la cabeza. "No he dicho nada que pueda perjudicarlo. Pero tampoco podía ponerlos en peligro con una mentira."

Pero ella podía mentir; no le estaría haciendo daño a nadie, sino a ella misma. Pese a ello, se le ablandaron las rodillas y la sala se desdibujó ante sus ojos cuando un oficial de la corte la condujo hacia el estrado de testigo.

A la luz del día, Dario se veía espantoso. Sus ojos miraban apagados y la barba que le había crecido en estos días cubría solo en parte los rastros de lo que le habían hecho. Ojalá Stefania no hubiera podido verlo a la cara desde los bancos de los espectadores.

Mirella miraba fijo a Dario. "...Dios me... ayude." Su voz temblaba. Dios entendería que este perjurio era necesario para salvar la vida de Dario.

Se sentó y echó un vistazo al banco de los jurados. ¿De qué lado estarían estas personas? Quizás no convenía que se mostrara muy desafiante. Cuando miró alrededor buscando a Stefania, reconoció a Alexandre en un asiento cerca del pasillo ¡Le había pasado por al lado y ni siquiera lo había notado! ¿Qué hacía él aquí? La recorrió un escalofrío. Dios podría llegar a perdonarla, pero ¿también podría hacerlo él?

Su interrogatorio comenzó. Al principio Dario tenía los puños cerrados, luego se relajó y varias veces brillaron sus ojos casi llenos deleite, mientras ella contestaba las preguntas más absurdas.

Luego la parte acusadora agotó sus preguntas y se retiró con un gesto de la mano. El defensor de Dario se puso de pie.

Mirella clavó sus manos en la baranda delante de ella. Ojalá en este tiempo Daría no hubiera dicho nada que contradijera su testimonio.

Sciacciavento se puso frente a Mirella y apoyó su mano sobre la de ella. "Tranquila, *signorina*. No tengo ningún apuro. Sea solo lo más precisa posible." Pero ella sí tenía apuro. Hubiera preferido no estar nunca en ese lugar.

Él la soltó y retrocedió un paso. "*Signorina*, se ha acercado a mí con la afirmación de que podía probar que su hermano es inocente. ¿A qué se refería?"

¿Era necesario que lo hiciera tan complicado? Mirella carraspeó para sacarse el nudo de la garganta. "Se acusa a Dario haber dado un rodeo por Aversa para traicionar a nuestra república. Eso no es verdad."

"¿Cómo puede saberlo? Puede leer los pensamientos de su hermano?"

Ella quiso forzar una sonrisa. "Casi. Lo conozco como a la palma de mi mano. Es decir... Nunca me miró por sobre el hombro, solo porque soy una mujer, sino que siempre compartió todo conmigo. Hasta sus pensamientos más secretos."

"Denos un ejemplo que nos convenza."

Ella llevó la vista desde Dario hasta Stefania. Si era necesario... "Por ejemplo, me ha confiado a quién ha rendido su corazón." Ahora sí le resultó verdaderamente fácil sonreír. "Por lo general, los hombres no hablan de sus sentimientos, ¿no es verdad?"

Desde el banco del jurado llegó una risilla contenida; un hombre mayor reía irónicamente sin disimulo. ¿Sería eso bueno o malo para ella?

"Pues sí." Scacciavento miraba un poco ofendido. Eso era seguramente bueno; así no daba la impresión de ser una jugada preparada.

"¿Por eso es que sabe, entonces, que no fue a Aversa para traicionarnos a los españoles?"

"¿Cómo sería posible? En Aversa ya no hay españoles. Las tropas de nuestro nuevo dux los han ahuyentado." A esto hubo una risa entre los espectadores.

"Parece no lamentarlo. ¿No está prometida con un español?"

Mirella tragó saliva; su mirada vagó por un momento hacia Alexandre. Por supuesto que él sabía, como todos los demás, de su compromiso con Felipe, pero esto... tener que hablar del tema frente a él, esto era otra cosa.

"¿Entonces, no va a contestar?

"¡Seguro!" Se pasó la lengua por los labios. "Eso es conocido por todos. Pero no me convierte en una traidora."

Se levantó un murmullo en la sala.

El juez golpeó con el martillo. "¡Silencio! Nadie la está acusando, *signorina*."

Tranquilamente podría haber dicho "por ahora". Ella tironeó el pañuelo que arrugaba entre los dedos. "Pero aparentemente, a partir de este compromiso se llega a la conclusión de que mi hermano podría ser un traidor. Pero, él detesta a Felipe."

Dario sonrió ampliamente; es decir que no había perdido la esperanza del todo.

"Nos estamos yendo de tema." Scacciavento sonaba amonestador, casi impaciente. Ella también quería dejar atrás este momento. ¿Quizás encontrara aún una manera de evitar el falso testimonio?

"¿Y por qué entonces viajó su hermano a Aversa?"

"Supongo que para comer."

El murmullo en la sala se hizo más fuerte; también desde el banco del jurado se levantaba la agitación. ¿Había sido muy descarada? Pero tenía que preparar su golpe.

"¿Para comer?"

"*Sissignore*. Pues iba de camino a Caivano; y ese lleva necesariamente por Aversa, si se viaja desde Florencia. Y, de hecho, lo apresaron apartándolo de la mesa del almuerzo."

"¿Y a qué iba a Caivano?"

Los ojos se le llenaron de lágrimas. Pero ahora no podía llorar; de ninguna manera. Miró de nuevo a Alexandre. Estaba ligeramente inclinado hacia adelante y parecía alerta.

"Iba a vera Roccone, el sastre, quien cose los más hermosos vestidos a la moda francesa." Temblaba tanto que los dientes le castañeteaban. Con la próxima frase, iba a renunciar al amor de su vida. "Tenía que encargar mi vestido de novia."

"¿Y por eso debía ir a Caivano?"

"El maestro Roccone ya ha cosido para mi madre. Es

el único que puede hacerlo." Ojalá no hubiera ningún sastre entre los jurados; si no se habría ganado un nuevo enemigo. Las lágrimas le corrían por el rostro; pero ahora podía ser.

"¿Por qué llora, *signorina* Scandore?"

"Porque..." Se le ahogaba la voz. "Tengo miedo." Se pasó la mano por el rostro y se lamentó con desesperación: "Todo es culpa mía. Yo quería lucirme con el vestido de bodas más hermoso del mundo." Entre sus dedos, el pañuelo se rasgó con un chirrido apagado.

Scacciavento frunció las cejas con desaprobación. "Ahora cálmese." Miró al fiscal.

"No tengo más preguntas para la *signorina*."

"Puede retirarse." El juez goleó con su martillo en la mesa. "¿Quién es el próximo testigo?"

"Ven, niña." Scacciavento la ayudó a bajar el escalón del estrado hacia el parquet. Cuando la soltó, ella se tambaleó. Enceguecida por las lágrimas avanzó titubeando por el pasillo entre los bancos de espectadores. Una mano la atrapó protectora. Alexandre.

"Ahora podéis quedaros, si lo deseáis." Se corrió un poco hacia el lado.

Ella no quería quedarse. Sería insoportable, seguir la continuación del proceso. Pero apretarse cerca de Alexandre en el banco, prometía... Él la seguía sosteniendo y sus dedos se apoyaban cálidos y firmes en su brazo.

Mirella asintió; él la atrajo junto a sí. Pese a la gruesa tela del uniforme le transmitía su calor.. Se atrevió a mirarlo con el rabillo del ojo.

Él miraba fijo hacia adelante, los labios apretados a dos finas rayas. Como si hubiera sentido su mirada, giró por un momento su cabeza hacia ella, con el rostro ensombrecido. Sus ojos estaban más oscuros que nunca. Luego volvió a mirar hacia adelante; concentrado, como si no quisiera que se le escapara ninguna palabra, aunque en realidad no entendía mucho napolitano.

El rugido en sus oídos superaba las voces frente al banco del magistrado. Bajó la cabeza y dejó que las lágrimas gotearan en su falda.

El hombre que estaba ahora en el estrado de testigo hablaba en un napolitano totalmente descuidado. En un momento, una risa se desparramó por la zona de los espectadores. Cuando alzó la mirada, Alexandre tenía las cejas levantadas y ella se dio cuenta de que no había estado escuchando.

Fue llamado el próximo testigo; ¿cuánto tiempo más duraría? De pronto alguien sollozó con indignación: Stefania. Mirella no había captado absolutamente nada de lo que estaba pasando en el frente.

Atontada, levantó la vista, cuando el juez golpeaba una vez más. Los jurados se levantaron de sus lugares y salieron.

Alexandre le tocó el brazo; tenían que ponerse de pie.

"Deberíais decir a vuestro padre que ha comenzado la deliberación." Su voz era neutra, sin ninguna expresión.

Ella se estremeció. "¿Cuánto durará?"

Él miró hacia la puerta por la que el tribunal abandonaba la sala. Dario acaba de ser escoltado por dos soldados. Por como lo habían agarrado, no era capaz de mantenerse solo en pie.

"Hasta que se pongan de acuerdo."

Angustia y terror le anudaban la garganta.

"No podéis hacer nada más. Solo esperar."

Sciacciavento se acercó a ella. Examinó a Alexandre, como si quisiera adivinar qué podía esperarse de él.

"El marqués de Montmorency – *Dottore* Sciacciavento." Su voz sonaba ronca.

"Nos conocemos." El *avvocato* se veía súbitamente furioso.

Mirella se asustó "¿En qué me equivoqué?"

"En nada; ella ha..." La tomó del codo. "Venga, niña. Su padre espera. Iré a averiguar cuándo se reanudará la sesión." La llevó.

Se le erizó el vello de la nuca; ¿la estaría mirando Alexandre?

Enzo estaba sentado y apretaba junto a sí a la sollozante Rita, rígido y enhiesto como una vela, en un banco del corredor. La soltó cuando el *avvocato* se acercó a él. Sus labios se contrajeron como si quisiera hacer una pregunta.

"Venid." Scacciavento miraba a Rita huraño.

Alexandre pasó junto a ellos; sin saludar, le echó una mirada sombría al defensor. ¿Lo culpaba del perjurio de ella?

Mirella bajó la cabeza avergonzada y observó las lágrimas que de su rostro caían al piso.

Cuando volvió a levantar la vista, Alexandre estaba aún parado junto a la puerta; había sido retenido por el conde de Módena. Estaba diciendo algo y de Módena cruzaba la mirada con ella.

Después de que saliera Alexandre, se acercó a ellos. Le ofreció la mano a Rita y tuvo una ligera sonrisa para Mirella; luego le echó una mirada alerta al defensor. "He oído que habéis sido muy valiente, *signorina*. Seguramente vuestro hermano será absuelto." A todo esto miraba con ojos entrecerrados al defensor. Algo no estaba bien; ¿qué era lo que no cuadraba entre el *avvocato* y los franceses?

Luego, cuando de Módena abrió la puerta del despacho del juez, sostenía en la mano un papel que ostentaba el sello del dux.

"Venid, *signori*. Aquí no podemos conversar." Scacciavento les indicó hacia afuera con expresión adusta. Fue delante de ellos hasta una *trattoria* que estaba a dos calles del juzgado y les mantuvo la puerta abierta.

Mirella se quedó parada. "Pero no podemos ahora..."

Scacciavento sacudió incomodado la mano libre. "Los oficiales de la corte saben dónde han de encontrarme. Y los jurados también van a comer ahora. Puede ver cuando traigan de vuelta la vajilla." Señaló a dos sirvientes que empujaban un carrito con platos y cazuelas delante del mostrador.

Mirella siguió hasta la mesa y miró alrededor. Los comensales en la mayoría de las mesas parecían haber estado entre los espectadores en el juzgado. "Dudo que aquí podamos hablar."

"¿De qué quisiera hablar, *signorina*? Ha hecho lo que estaba a su alcance."

Mirella respiró hondo. "¿Lo dice en serio, *dottore*?"

"¡Al contrario de lo que hace mucha gente, lo que yo digo siempre va en serio!" Le hizo una seña al mozo y se anudó sin elegancia la gran servilleta al cuello.

Recién dos horas después los sirvientes trajeron la vajilla de vuelta. Pero nadie vino a decirle al *avvocato* que la sesión se había reanudado. Scacciavento ordenó un segundo postre de *struffoli* y se lo zampó ruidosamente, como si no hubiera comido ya un menú completo. Luego se recostó en el respaldo y cruzó las manos sobre la barriga. "*Signor* Scandore, le agradezco por esta excelente comida." Por supuesto; Enzo debía pagar por todo.

"El placer es mío", murmuró Enzo. "Pero si él ya..."

"Vamos a apelar, eso es claro. ¡Aún no damos el asunto por perdido!" Hizo una seña al mozo para que les trajera el café. "No obstante..."

Bajo la mesa, Mirella apretaba las rodillas una contra otra, para no perder la compostura. Entretanto, consideraba a esta persona insoportable. Solo la mirada de advertencia del padre evitaba que estallara: llevar la conversación era cosa de Enzo.

"¿Qué se ha probado hoy entonces en contra de Darío?"

"¿Probado, *signor* Scandore? No se trata de eso. ¡Se ha mostrado sospechoso!"

"¡Pero eso es absurdo!" A Enzo se le hincharon las venas de la frente. "¡Con una comida en una posada pública!"

"No." El *avvocato* se echó hacia atrás y eructó, al menos tapándose la boca con la mano. "¿Por qué no podía haber dicho que quería ordenar un vestido de novia para la *signorina*? ¿En qué iba a perjudicarle? Después de todo, ella ya está comprometida."

"¿Comprometida?" Mirella ya no podía mantener la boca cerrada. "¡Cómo se le ocurre!"

"Sí, ¿qué habría que pensar, *signorina*, de que no haya renunciado a este desafortunado e innecesario compromiso? Eso solo puede indicar..."

"¿Qué?" Mirella lo calló furiosa. "¡Dígalo, si se atreve!"

Scacciavento le devolvió una mirada igualmente iracunda. "...que hay razones para creer que se considera inaceptable para un hombre de honor."

"¡Pero Mirella!" Que Rita se inmiscuyera era lo último que le faltaba ahora; la fulminó con la mirada. Rita hundió la cabeza entre los hombros y miró desamparada a Enzo.

Mirella se enderezó. "El duque de Toledo d'Altamira y León", por un momento escuchó el sonido de los nombres, "jamás me ha tocado. Felipe es un grande de España, un hombre honorable."

"Pues ya no se estima a los españoles en estas tierras. Y nadie puede imaginarse otra razón por la que quiera casarse con un enemigo de la república."

Mirella temblaba de furia; se paró de un salto y se colocó delante de él con los ojos ardientes.

"¡Mirella!" La voz reprobatoria de Enzo la hizo entrar en razón.

Si solo pudiera decirle a este bruto... Volvió a sentarse y cerró los ojos. Ya no quería casarse con Felipe en absoluto. Demasiado tarde; de pronto, cedió la cólera. Se desplomó. Ahora, efectivamente, no había ningún otro – en todo caso, no este en concreto. "Amor", susurró. Desalentada y exhausta, luchó un momento con las lágrimas, antes de mirar de vuelta al *avvocato*. Las comisuras de su boca colgaban hacia abajo y expresaban toda su desaprobación y su desprecio. Fugazmente se preguntó por qué, pues él aparentemente tampoco se llevaba bien con los franceses. "Lo amo."

El sonido de sus palabras permaneció un instante sobre la mesa. Sonaba bien y Rita asintió con aprobación. Mirella había sonado convincente, pues no había tenido a Felipe delante de los ojos, sino a Alexandre. Las lágrimas subieron otra vez a sus ojos.

"No llores, niña", dijo Rita. "Todo va a estar bien."

Un ujier se acercó a la mesa. "*Dottore*, la suprema corte vuelve a reunirse."

Mirella miró al hombre a través del velo de sus lágrimas. "¿Eso es malo, no es cierto, que los jurados se hayan puesto tan rápido de acuerdo?"

Scacciavento acarició su mano antes de ponerse de pie. ¿Quién se creía que era, que se atrevía a tocarla de esa manera? "Tan fácil no nos daremos por vencidos." Este hombre tenía dos rostros y ahora se había vuelto a poner el rostro público.

Enzo se levantó igualmente. "Es mejor que vosotras esperéis aquí."

"¡No!" Rita parecía de pronto muy resuelta. "Quizás sea la última vez..." La voz se le quebró y Enzo le alcanzó la mano.

Mirella permaneció en su asiento y los miró desorientada. Tenía miedo de volver a encontrarse con Alexandre, aunque él en realidad no tenía ningún motivo para estar presente... Pero eso también hubiera valido en la mañana: ¿por qué había estado ahí en absoluto? Y el conde de Módena, ¿había aparecido casualmente con una orden del dux; con algo que no tenía nada que ver con el proceso? Para de Guisa, este proceso era importante, ¿lo sería también la resolución? Pero no era el juez quien decidía, sino los jurados. Si ellos quisieran decapitar a Dario...

Se levantó de un salto; tenía que saber lo que estaba ocurriendo allí. Quizás aún pudiera hacer algo. Y si para eso tenía que plantarse ante los ojos de Alexandre... lo que pensara de ella, ya no importaba. Él le diría la verdad, incluso si ahora la detestaba.

Justo cuando Mirella entró en la sala, volvía a reunirse la Alta Corte. El oficial en la puerta le pidió que permaneciera quieta hasta que el juez y los jurados terminaran de ubicarse en sus lugares.

Mirella aprovechó el momento para echar un vistazo alrededor. Pero no estaba buscando un lugar vacío, en realidad, estaba buscando a Alexandre. Efectivamente, él estaba otra vez ahí. Le preguntaría que significaba eso – y él se lo diría.

Enzo y Rita estaban sentados bien adelante entre los espectadores; solo una fila de bancos los separaba de Dario y del *avvocato*.

Cerca de Stefania había un lugar libre; debería sentarse junto a ella y no dejarla sola con su pena. Pero ella misma se sentía miserable, como nunca antes en su vida. Alexandre estaba sentado otra vez en el extremo de un banco, con un pie estirado en el pasillo. El recuerdo de su calor la atrajo. Pero en vista del lugar vacío cerca de Stefania, no podía pedirle que se hiciera a un lado. No quiso decidirse, así que simplemente se quedó de pie.

El juez golpeó con su martillo y se extinguió el murmullo. Mirella cruzó los puños bajo las axilas y apretó los brazos contra el cuerpo, pero aun así siguió temblando.

El juez exhortó a Dario a ponerse de pie y los guardias lo levantaron.

Luego un jurado le trajo al juez una hoja de papel doblada.

Minuciosamente se acomodó los quevedos. "Los jurados me han dado a entender tras la pausa de mediodía que no pueden llegar a un veredicto unánime. Pese a ello, las circunstancias requieren que se llegue a una resolución."

Mirella gimió. "¡No!"

Alexandre se dio vuelta hacia ella. Le hizo un gesto con la cabeza; con una ligera sonrisa en los ojos, que ella no pudo entender.

El juez miró enfadado en dirección a ella. "¡Silencio!" Desplegó el papel y contó con los dedos. "Siete: culpable."

¿No había dicho Alexandre que el veredicto debía ser unánime? ¿No hubieran debido seguir deliberando? ¿Podían ajusticiar a Dario? Mirella contuvo la respiración, para no dejar espacio a la creciente esperanza.

"Cinco: inocente." El juez golpeó para acallar la agitación que se extendía por la sala. "En vista de las circunstancias particulares..." ¿Pero qué quería decir siempre con eso? Hubiera podido asesinarlo cuando hizo una pausa, le alcanzó el papel al escribano y esperó a que este lo hubiera asentado en el acta.

El juez miró a Alexandre, mientras continuaba hablando. "El dux ha dispuesto que, ante una minoría calificada, el proceso sea interrumpido hasta que dispongamos de nuevas pruebas."

"¡Traidores!", resonó desde las fila de bancos a la derecha de Mirella.

Junto al que había gritado estaba el hombre de la *piazza del Mercato*, el conductor de los tejedores de seda. Se puso de pie. "¡Esto es una farsa!"

"¡Silencio!" El juez estampó su martillo contra la mesa, pero el tumulto se hizo mayor entre los hiladores.

La milicia entró en la sala, llamada por uno de los ujieres. Los soldados sacaron sus espadines e inmediatamente se apagó el barullo.

Alexandre se levantó; parecía satisfecho. Mirella apretó el puño contra la boca e intentó ahogar los sollozos.

Mientras abría la puerta, una expresión diferente, más cálida, apareció por un momento en sus ojos. "Ya no necesitáis llorar, *signorina*." Entonces era eso: él había seguido el proceso para asegurarse de que la corte, pese a la ausencia de de Guisa, obedeciera sus órdenes.

"En vista de la alta honradez de la familia Scandore, el acusado será liberado de la cárcel hasta que se retome el juicio, quedando en arresto domiciliario, en tanto su padre lo tome a su cuidado. El padre tiene que responder por él."

Enzo se levantó con torpeza. "¡Por supuesto, Su Señoría!"

Un guardia le quitó a Dario las cadenas de los brazos y las piernas. Él se apoyó pesadamente con el codo derecho en la mesa que estaba delante, mientras se ponía de pie. Enzo ya estaba a su lado y le ofreció su brazo.

Stefania se abría paso hacia adelante entre los espectadores. Un ujier la detuvo. Ella se defendió de su agarre y le dio una patada. El hombre miró perplejo al juez. Este declinó con la mano y el ujier la soltó.

Mirella estaba apoyada en la pared, congelada. ¿Había sido innecesario su perjurio?

Lunes, 27 de enero de 1648

El rostro de Dario estaba desfigurado por los golpes; por todo el cuerpo tenía heridas abiertas y quemaduras. Además de eso, le habían fracturado el brazo izquierdo por encima del codo y el médico creía que el hueso se había astillado tantas veces, que ya no soldaría correctamente. Sus piernas mostraban tantas contusiones que aún apenas si podía caminar. Enzo le había ordenado permanecer en la cama y, por una vez, Dario no se había atrevido a contradecirlo.

Mirella ya no bordaba. Le había explicado a Rita que por ahora quería ocuparse de Dario y no podía esperar de él que la mirara mientras bordaba. Rita había tomado nota con una mirada desconfiada, pues también Stefania le hacía compañía permanentemente a Dario.

Ese día, vino con un largo panfleto. Lo había arrancado sin escrúpulos de la pared de una casa. "Don Juan se ha proclamado virrey y de Arcos ha abandonado ayer la ciudad. ¡Ved aquí!"

"Así que tuvo el coraje." Dario se incorporó en las almohadas con gran esfuerzo. "Pronto llegará la paz." Estiró su mano y acarició los dedos de Stefania. "Entonces podremos olvidar por fin todo esto y casarnos." Arrugó la frente. "Pero antes, es probable que efectivamente deba ir a lo de Roccone, a encargar el vestido de bodas de Mirella."

"No lo necesitaré." Mirella se quitó el anillo de Felipe del dedo; debería haberlo hecho hacía largo tiempo. "No me casaré con Don Felipe. ¡No me casaré en absoluto!"

Dario sonrió. "Pero seguro que lo harás. Algún día. Aunque estoy contento de que no sea con Felipe. Nunca lo has amado."

La mirada tierna que intercambió con Stefania, le llenó los ojos de lágrimas. "En una época, yo pensaba que no era importante. Después de todo..."

"¿Y qué fue lo que te hizo convertir?"

Stefania la contempló con una mueca divertida. "La pregunta correcta sería: ¿Quién te hizo convertir?"

Mirella se puso pálida. "Nadie." Enderezó la cabeza. "He llegado sola a esa conclusión."

Stefania no le creía, eso saltaba a la vista. Sin embargo, volvió a dirigirse a Dario. "No obstante, me temo que te equivocas, querido. La ciudad está amotinada. El edicto de Don Juan ha provocado que los buscarruidos hayan reflexionado. Además, de Guisa parece conseguir liberar el camino hacia el puerto de Castel Volturno."

"Así que la guerra continúa." Mirella se levantó. "Y pasaremos hambre, dado que el bloqueo a tierra sigue en pie."

"¡Tiene que haber un final!" Dario se deslizó fuera de la cama y cojeó hacia su secreter. Stefania se levantó de un salto, para darle apoyo, pero él la rechazó. "Puedo hacerlo solo." Luego se inclinó con el rostro torcido de dolor en el secreter. "De Guisa me ha hecho golpear hasta dejarme lisiado."

"¡Dario! Eso no es cierto. ¡Le debes tu vida!" Con ojos chispeantes de furia se dio vuelta hacia Mirella. "Pero qué tipo de vida. Prisionero. Con los huesos destrozados." Su mirada derivó hacia Stefania y el enojo desapareció de su rostro. "Si no estuvieras tú..."

"De Guisa te ha salvado la vida", insistió Mirella.

Dario tomó el tintero, una pluma de su cajón y un pliego de papel de una caja. "Por cálculo personal." Su voz vibraba con desprecio. "De seguro no por generosidad o porque creyera en mi inocencia." Le tendió la pluma a Stefania y ella se levantó y le cortó la quilla.

"¡Pero tú sí eres inocente!" Bajo su mirada, Stefania se estremeció y calló.

Mirella cerró los puños. "El resultado cuenta, Dario. Estás vivo."

Él sonrió con parsimonia. "Ya sé que das todo por ello, hermanita."

¡Qué sabía él! Mirella fue hacia la puerta; era insoportable tan solo pensar en eso.

"¡Espera! Tienes que entregar esta carta. Ya estoy terminando." Dario escribió apresuradamente un par de líneas; luego dobló con dificultad el pliego y lo lacró. "Preferiría ir personalmente. Pese al arresto domiciliario. ¡Si tan solo pudiera moverme hasta cierto punto!"

"No puedes hacerle eso a padre."

"Por eso, todavía tienes que ser tú quien lleve mis cartas al *Gallo bianco.*"

Mirella cerró los puños y lo miró furiosa. "No lo haré."

"Has prometido ayudarme." Sus ojos se entrecerraron. "Y ya no puedes retirarlo. Ahora necesitas que vuelvan los españoles tanto como yo."

Con espanto creciendo en su rostro, Stefania miraba entre ella y Dario. "Qué significa todo esto? ¿De qué estáis hablando?" Se levantó y con un movimiento rápido le quitó la carta de la mano a Dario. Antes de que él, dado su embotamiento, pudiera siquiera reaccionar, ella ya se había retirado y la abría.

Mirella cerró los ojos, como si con eso pudiera bloquear la realidad. "Dario sigue trabajando con los barones amotinados." Miró a Stefania. "La acusación de que haya traicionado a nuestra república con los españoles no es correcto. Pero, aun así, sí se ha conjurado contra el pueblo de Nápoles."

"Nosotros también pertenecemos al pueblo." Eso sonaba indiscutiblemente como una contradicción. Stefania dejó caer la mano con la carta. ¿Qué se proponía?

"¿Cómo puede ser que tú no lo supieras? Vuestra casa de campo ha sido durante todo el verano un punto de encuentro para los conjurados."

"Muchos visitan a padre; y madre organiza con fervor lujosas fiestas de verano."

"Ideal." Seguramente el marqués no respaldaba la conjuración de los barones: había sido demasiado persistente y vehemente al imponer el impulso antifeudal de las capitulaciones de agosto. Pero era, precisamente por ello, muy influyente, pues se llevaba bien con todos y siempre había tenido cuidado de no acercarse demasiado a nadie. De esta forma, la posición abiertamente conocida del marqués, le había proporcionado a Dario la necesaria cubierta.

"¡Eso da igual ahora!" Stefania tendía la carta hacia ella. "Ahora amenaza luchar napolitano contra napolitano. ¿Eso es lo que queremos?"

Mirella sacudió la cabeza.

"Entonces deben volver los españoles." Agitaba insistentemente la carta. "De Arcos ha hecho todo lo que le había exigido el consejo de la ciudad. Y el nuevo virrey otorga un indulto general. ¿Qué más queremos?"

Tampoco Mirella podía decirlo con exactitud. ¿Debería entonces casarse con Felipe? Seguramente, no; Rita la comprendería. "Bien, entregaré la carta. No debe ocurrirle nada a Dario.

Dario hizo a un lado a Stefania y le abrazó a Mirella, mientras Stefania lacraba nuevamente la carta. Con suavidad, le acarició la mejilla. "Queridísima pequeña hermana, sabía que mantendrías tu palabra."

Ella asintió, pero le pesaba el corazón. "¿No habrás puesto debajo tu nombre? Si alguien capturara la carta..."

Le besó el cabello. "No te preocupes. Jamás los pondré en peligro, ni a ti ni a padre."

Y, sin embargo, ya lo había hecho hacía largo tiempo.

Sábado, 1° de febrero de 1648

A ritmo de paseo, Fabrizio hizo rodar el coche por las calles; cada vez se detenía antes de pasar un cruce. Una y otra vez se desvió del camino, para buscar la protección de las callejuelas angostas. Ya hacía media hora que estaban de camino y el recorrido hasta el Pizzofalcone seguía pareciendo interminablemente largo. Dos veces habían sido detenidos en la frontera con los barrios ocupados por los españoles por guardias del Tercio de Nápoles. Pero los soldados habían renunciado a inspeccionar el coche.

Una detonación retumbó en la arcada bajo la que estaban pasando justo en ese momento. Los caballos relincharon asustados. Fabrizio paró el coche y bajó para tranquilizarlos y proseguir luego conduciéndolos a pie.

Entonces resonaron dos disparos secos. No lejos de ellos parecían estar luchando hombre con hombre; rechinaban metales entre sí. Mirella se cubrió el rostro aún más con la capucha, como si así pudiera protegerse. Por delante de ellos sonó un silbido; luego una bala de cañón impactó en una casa y abrió entre dos ventanas una gran brecha.

Si el camino de regreso no fuera tan peligroso como el delante de ellos, le hubiera ordenado a Fabrizio dar la vuelta en ese mismo instante. Al final no habría respuesta para la carta de Dario y se puso a sí misma y a Fabrizio en peligro inútilmente. Pero ahora probablemente era mejor esperar la noche en el *Gallo bianco*. Mirella juntó las manos y, desde el fondo de su corazón, se puso a suplicar protección a la *Madonna*.

Después de que atravesaron el siguiente cruce, Fabrizio volvió a subir al pescante e hizo correr más rápido a los caballos. Iban subiendo la colina y, por un largo trecho, los barrios disputados yacían a plena vista bajo ellos.

En Avvocata llameaba un fuego; en varios sitios, no lejos de la *piazza del Mercato*, humeaba. Pero el humo subía también de dos de los buques españoles que estaban anclados en la bahía. Delante de la entrada, los cañoneros de de Guisa habían colocado una línea de cañones. Parecían más infalibles que los españoles, quienes no conseguían dar en la torre de Annese ni dispersar a los insurgentes de sus posiciones frente al *Castelnuovo*, donde residía el virrey.

Mirella asomó con cuidado la cabeza por la ventanilla; el camino delante de ellos parecía estar libre. Fabrizio hizo trotar a los caballos.

De pronto se multiplicó el resonar de los cascos; Fabrizio condujo el coche hacia el borde de la calle y detuvo a los caballos. Una tropa de soldados españoles pasó al galope; detrás de ellos, un escuadrón de la milicia de Annese. Todavía se distinguían de los soldados regulares de la república porque rehusaban llevar el uniforme de de Guisa.

"Continúa lentamente", instruyó Mirella a Fabrizio. "Aquí no estamos seguros." Qué imprudencia que haya aceptado ser recadera de Dario.

Fabrizio maldijo a viva voz e hizo chasquear el látigo. Cuando la calle volvió a ser plana, dejó incluso que los caballos galoparan. Tenía razón, pues aquí ya no había casas que los protegieran antes de que llegaran al portal del Pizzofalcone.

Una bala de cañón pasó silbando sobre ellos e impactó en el muro del cementerio a la *Santa Anna*. Fabrizio ya no necesitaba incitar a los caballos; corrían por voluntad propia.

Mirella era sacudida; tambaleando, el coche dobló la siguiente esquina. Fabrizio gritó a los caballos y juró a voz en grito. Horrorizada, ella comprendió que ya no los tenía bajo control.

El coche iba a trompicones y se salió del carril. Tambaleando, se estampó contra un muro. El marco de la ventana lateral se astilló y el vidrio se hizo pedazos.

Mirella se echó demasiado tarde hacia atrás; unas astillas la apuñalaron en la sien junto al borde de la capucha. Automáticamente, sus manos se movieron hacia arriba. La izquierda tocó vidrio y la retiró asustada. La sangre se filtraba de las puntas de dos de sus dedos.

El coche se balanceó una vez más, llegó inquietantemente cerca de los cordones de piedra que demarcaban la ladera. Mirella clavó los dedos en el asiento de enfrente para agarrarse. Al hacerlo, metió la mano en un pedazo de vidrio, que se clavó profundamente en su mano. Gimió, pero era más susto que dolor. Decidida, sacó el vidrio.

Fabrizio lanzó un grito de advertencia, aunque ciertamente nadie podía dejar de oír el traqueteo de las ruedas y el ruido de los cascos. Traspusieron un cruce; el camino volvía a empinarse. Eso podría frenar a los caballos, siempre y cuando el coche no volcara antes. Pero los caballos apenas desaceleraron; eran bestias poderosas. ¿Cuánto tardarían en extenuarse?

Nuevamente, algo detonó en las inmediaciones; Fabrizio gritó de nuevo, esta vez con terror. Los caballos continuaban a toda velocidad cuesta arriba.

El sonido de los cascos de un caballo galopante se acercó; ahogando el del traqueteo del coche. Entonces un uniformado en un caballo negro pasó a toda velocidad.

"*Tais-toi; tais-toi!...*" Uno del séquito de de Guisa.

Los caballos del coche resollaron y relincharon, entonces el coche empezó a ir más lento. Y se detuvo. Mirella cerró los ojos y se recostó agotada en el respaldo. Su corazón latía tan fuerte como si quisiera reventar su pecho.

"*Ça va, signore?*"

Mirella se enderezó de golpe. ¡Alexandre!

Siguió una incomprensible respuesta de Fabrizio.

Apartó la capucha y miró al exterior. Alexandre se detuvo junto al pescante y le alcanzó a Fabrizio las riendas de la yunta. Examinaba el coche con mirada de preocupación. "¿Podrá continuar el camino?", preguntó en italiano. Entonces giró su caballo. Sus ojos se dilataron por la sorpresa cuando descubrió a Mirella. Se acercó a ella.

Alexandre. Su mirada era calor y luego preocupación. "Mirella, estáis sangrando."

Ella miró confundida sus manos, se limpió la sangre de los dedos. "No es nada grave."

Él se quitó un guante y estiró la mano a través de la ventana rota. Con dedos suaves le tocó la cara, le pasó por la sien. La piel de gallina la recorrió desde la nuca y bajando por la espalda.

"¿De dónde viene?" En la punta de su dedo había sangre.

"Me temo que he metido la mano en un pedazo de vidrio cuando se astillo la ventana."

Él desmontó, abrió la puertecilla y tomó su mano, la giró. "¡Sal de ahí!" Su voz era áspera.

Ella obedeció.

Alexandre inspeccionó su mano, limpió con su propia manga la sangre de los dedos y palpó con cuidado los pequeños cortes. "Bien. No quedó ningún trozo de vidrio." La soltó. La pesadumbre volvió a su rostro. "No deberíais andar de paseo por estas calles, *signorina*."

En un solo movimiento, saltó encima del caballo y salió al galope.

Mirella se quedó viéndolo atontada. Cabalgaba hasta el Pizzofalcone; detrás del barrio, no había otro lugar donde ir. ¿Qué iba a hacer allí?

Momentos después atravesaban ellos el portal. Fabrizio pasó por el callejón en la que quedaba el *Gallo bianco*. Un mayor número de caballos se encontraba frente a las casas del otro extremo.

Irritada por la desacostumbrada muchedumbre, hizo que Fabrizio condujera hasta la iglesia de *Santa Maria degli Angeli*.

"Ese es el espíritu, *signorina*. Verdaderamente tenemos que agradecerle a la madre de Dios que todavía estamos vivos."

"¿A la madre de Dios?"Se mordió los labios para no pronunciar el herético pensamiento de que era más probable que debieran agradecérselo al marqués de Montmorency. "Ya que ha envíado al francés, probablemente esté aliada con ellos." Miró de vuelta hacia el barrio. ¿Adónde había ido Alexandre? "Ven conmigo a la capilla, Fabrizio."

Se arrodillaron juntos en la capilla lateral frente al altar de la *Immacolata*. Fabrizio sacó un *carlino* de plata del bolsillo y lo contempló de ambos lados, antes de dejarlo en la caja de la ofrenda.

¿Un *carlino* entero? "¡Fabrizio!"

Él torció el gesto. "Probablemente pronto no valdrá nada. Ojalá."

"¿Así que ahora tú también estás de parte de los españoles? Pensé que..."

"Estoy de parte de los napolitanos, *signorina*." Se levantó. "Con este dinero, ya ahora no podemos comprarnos nada."

"Mazarino ha enviado cereales", contestó ella deprimida. "Si no fuera por el bloqueo..." Se levantó y estiró la espalda. "Los barones y los españoles tienen la culpa si tus hijos pasan hambre." Suspirando lo siguió hacia afuera. ¿Era ella la única, entretanto, que defendía la república? ¿Nadie pensaba más allá del día? "Los españoles renovarán la gabela, si los dejamos volver a tomar el poder."

"No lo creo. Ya saben que podemos defendernos." Le tendió la mano para que subiera al coche.

Ella miró de nuevo hacia las casas debajo de ellos; luego sacudió la cabeza. "Espérame aquí."

Fabrizio abrió primero la boca para replicar; luego lo pensó mejor y se sentó sobre una piedra al borde del camino. Ella receló, no por primera vez, que él sabía más de lo que convenía a Dario.

Con pasos rápidos Mirella regresó. Aún los caballos estaban parados en el callejón. Al acercarse, reconoció por los caparazónes que se trataba de caballos del ejército. Un soldado salió de la casa contigua al *Gallo bianco*. ¿Qué hacía allí?

La miró directamente a ella.

¿Si se volviera ahora, se vería sospechosa? Mecánicamente, llevó la mano al bolsillo del abrigo, pero aún estaba vacío. No arriesgaba nada, si solamente caminaba por el callejón.

Se cruzó del otro lado de la calle. Frente a la casa donde vivía la vieja Cristina, se detuvo y miró hacia la *trattoria*. Pero todavía estaba demasiado claro para ver si había una luz encendida en la sala de la taberna. O de si siquiera había alguien allí.

¿Qué pensaría un soldado francés de que una jovencita entrara sola en semejante posada?

Golpeó la hoja de la ventana. Cristina abrió tan rápido, que seguramente estaba al acecho detrás.

Por un momento se la vio confundida, luego echó un rápido vistazo a los cuatro costados. "¡Cómo me alegro de que por fin hayas encontrado tiempo!" Hablaba fuerte, como suelen hacer las personas duras de oído. La ventana permaneció abierta mientras ella desapareció en el fondo de la habitación. En seguida estaba de pie en la puerta de casa. "Ven, niña. Este no es un buen momento para que una jovencita ande sola por la calle."

"¿Por qué?" Mirella pasó delante de ella y entró en la casa.

Cristina cerró la puerta. "Los de ahí afuera están buscando a alguien. Se han llevado a dos prisioneros."

Mirella intentó ocultar su terror. "¿Nos concierne en algo lo que hagan los Señores? Mientras tenga un chocolate para mí, no me importa."

"¿Un chocolate, niña? Sí, seguro. El posadero tiene sus contrabandistas." Abrió el aparador y sacó una olla.

"¿Y para que no lo revela, hay siempre también algo para ella?"

Cristina soltó una risita. "Yo también me callaría si no lo necesitara. Sin embargo es útil."

"¿Puedo?" Mirella señaló al lugar junto a la ventana.

"Por supuesto; ahora te tengo a ti como entretenimiento."

Mirella suspiró; Fabrizio se preocuparía. Pero entretanto parecía sospechar algo; y por cierto tenía en claro que era mejor que no volvieran a la ciudad antes del anochecer.

Cristina vertió agua en la olla y la puso sobre el hogar; después alimentó el fuego. "Por cierto, no tengo más leche para el chocolate."

"¿Leche? Hace ya semanas que no bebo leche." Mirella se volteó de nuevo hacia la ventana y observaba la calle hasta que Cristina vino con las tazas.

"Estos han estado ahí por horas. También pasaron por aquí. Están registrando todas las casas." Cristina sirvió el chocolate y vino luego con el azúcar.

"Es un milagro que aún tenga azúcar." Lamentablemente, prefería el chocolate amargo antes que demasiado dulce.

"También de contrabando."

Mirella señaló hacia afuera. "¿Han dicho qué es lo que buscan?"

"No bienes de contrabando. Abrieron todos mis armarios y no dijeron ni una palabra de mis tesoros."

"Apenas se puede ver el tiempo que sus tesoros han estado en sus armarios." Mirella puso una sonrisa divertida.

"Es cierto; pero andaban buscando otra cosa. Mi secreter les interesó más que nada."

"¿No deberían hablar napolitano para eso?"

"Son napolitanos casi todos." Cristina torció la cara – si hubiera sido un hombre, habría escupido ahora con desprecio.

"¿Crees que podrían leer entonces? ¿Soldados de quién son, en verdad?"

"¿No conoces la flor de lis en los caparazónes?"

"No había pensado en eso." No debería hacerse demasiado la tonta. "Pero ahora que lo dice... los franceses, entonces."

"No, italianos; casi todos."

"¿Pero qué buscan entonces aquí?"

"¿Espías? ¿Conjurados? ¡Quién sabe a quién apoyan, esos que entran y salen del *Gallo bianco*!"

"¿Y por qué se les ocurre buscar precisamente aquí?" Mirella sorbió con cuidado el chocolate caliente. Cocido con agua, sabía aún más repulsivo que la última vez. Pero quizás Cristina le había puesto más azúcar para compensar la falta de leche. Valientemente bebió un gran trago.

"Hay un par de vecinas que tienen la lengua muy floja. Y no todos son neutrales."

Un poco sorprendida, Mirella dejó la taza. "¿Neutrales?" ¿Cómo podía alguien ser neutral?

Cristina asintió de buena gana. "Por cierto; uno no se hace ningún favor – a nadie –, si no se mantiene al margen."

"¿Pero es eso posible, mantenerse al margen? ¿Cuando se está combatiendo por toda la ciudad?"

De una casa salieron dos soldados y luego entraron al *Gallo bianco*. Ahora tenía que esperar sí o sí.

"Pues bien... A alguien como el posadero, de seguro le da lo mismo quién paga los platos rotos." Mirella señaló al otro lado. "Ahora tiene un par de soldados de visita."

"Se han instalado su cuartel general allí." Cristina se encogió de hombros.

"Entonces probablemente no sea neutral después de todo." Pensativa, entrecerró los ojos. ¿Y si...? ¿Quién había sabido que Dario podía encontrarse en Aversa? ¿El posadero lo habría delatado a la milicia de Annese? Por un instante, esta idea le quitó la respiración. Entonces Daría seguía estando en peligro; en un peligro mucho más grande del que hubieran podido imaginarse.

"¿Neutral? Seguro que no, niña."

Tenía que descubrirlo; costara lo que costara. Esta mujer... tal vez fue la salvación de todos ellos.

"Me parece que sabe muchísimo." Mirella la miraba radiante, llena de admiración.

"He morado aquí toda mi vida. Si vieras toda la gente que entra y sale de allí..."

Mirella se echó hacia adelante con interés; prudentemente pero no dijo ninguna palabra.

"Estos caballeros distinguidos; no corresponden en una posada como esta."

"Alguno desciende donde lo lleva su camino."

"¡Pero no en las orillas de una gran ciudad!" Cristina la miraba casi triunfante. "Créeme, niña; yo lo sé mejor."

Mirella bajó la mirada a su taza, jugaba con la cucharita aparentemente avergonzada. "¡Seguramente, *signora*; qué puedo saber yo!" Volvió a mirarla, se mordisqueó el labio. "Pero me ha dejado curiosa. ¿Acaso conoce a los caballeros distinguidos que paran allí?"

"A pocos. Estaba el duque de Maddaloni..." Levantó un dedo. Después el príncipe de Toraldo."

"Está muerto", espetó Mirella.

Cristina asintió. "Igualmente... El conde de Cafaro o Nocera. ¿O ambos?"

Cafaro también había sido decapitado; pero ya por Masaniello, no por Annese ni los franceses. Hasta ahora de Guisa no había hecho ajusticiar a nadie en absoluto. Que solo en este momento le viniera a la mente. Y sin embargo... también debía haber esbirros de España en su entorno; al fin y al cabo, la mitad de la ciudad estaba ya ocupada de vuelta por ellos. Esto no hubiera sido posible sin la ayuda de los napolitanos. Como Dario. Suspiró.

"¿Te aburro, niña? Pensé que te interesaba."

"Perdóneme. Me distraje con mis pensamientos." Como el rostro de Cristina se oscureció, se inclinó rápidamente hacia delante. "La ejecución de Cafaro – por poco no estuve allí." Sacudió enérgicamente la cabeza. "¡Cuánta muchedumbre! En toda mi vida no he visto tantas personas juntas. Ni siquiera en la procesión en honor de la *Madonna del Carmine*."

"La iglesia vale poco hoy en día; no es ninguna maravilla, pues. Se entromete en todo. Fíjate que el arzobispo..." Mirella trató de seguir la catarata de palabras de la anciana lo suficiente como para asentir en los puntos más apropiados, mientras reflexionaba. Tenía que haber una manera de averiguar si el posadero... No, de probarlo, se corrigió. No tenía ninguna concluyente razón; sin embargo, cada vez estaba más convencida de ello. ¿Quién si no podría haber no solo sabido, sino también tenido la oportunidad de informar a la gente de Annese? Además, alguien de afuera hubiera podido a duras penas describir a Dario con la suficiente exactitud.

"¿Qué pasa, niña? ¿Ya tienes que irte?"

Mirella se confundió por un momento; ahora no había estado escuchando en absoluto. "Nono, solo..."

"Ah, sí." La anciana señaló la ventana del patio. "Por la escalera y a la derecha."

Mirella fue hacia afuera. La puerta de la calle estaba entreabierta; la empujó para abrirla más y echó un vistazo. Otra vez entraban dos soldados de de Guisa al *Gallo bianco*.

El posadero la había convocado para esta tarde; pero mientras los soldados estuvieran allí... Pero de todos modos había querido quedarse hasta la noche. Ojalá a Fabrizio no se le ocurriera venir aquí.

Quizás era mejor que vuelva con él y lo intente de nuevo más tarde: en algún momento, se tendrían que retirar.

Por las dudas de que Cristina mirara por la ventana del patio, fue hasta el retrete y entonces volvió a entrar en la casa. El estruendo de muchos cascos sonó desde la calle cuando quiso cerrar la puerta. Cedió a la tentación, regresó y miró a través del portal. El fila de dos, los soldados trotaban hacia el cruce.

"Hacen como si se retirarán." Cristina estaba parada junto a la ventana, cubierta a medias por la cortina, cuando regresó a la habitación. "Pero están esperando a alguien."

"Se retiran", dijo Mirella con insistencia. "Los he visto desde el patio."

"No todos."

Mirella se acercó junto a ella. El callejón estaba vacío. Ahora podía cruzar hasta lo del posadero. Pese a ello, volvió a sentarse; primero debía reflexionar. ¿Cómo lograría descubrir si él había traicionado a Dario? Perpleja, hacía girar la taza entre los dedos.

"¿Otro chocolate, sí? No tengas vergüenza, niña. Te estoy realmente agradecida por tu compañía."

Mirella asintió distraídamente; mejor esperar aquí hasta el anochecer que en la taberna. La gente que aparecería allí al atardecer, seguramente no era para ella una buena compañía.

Después de que hubo tragado a la fuerza la tercera taza del demasiado azucarado chocolate, empezó a oscurecer. El profundo sol echaba sus rayos a través de la ventana y hacía bailar el polvo.

La anciana se paró. "Tengo que juntar madera."

"La ayudaré." Echó otra vez un vistazo al callejón. Parecía que aún no había luces encendidas en la sala de la taberna. "Pero luego debo irme a casa."

"Por supuesto. Ahora ya no es tan peligroso. Solo habrá combates allí donde sigue estando lo bastante iluminado, a causa de los incendios."

Mirella se sintió incómoda mientras se dirigía a la posada después. ¿Cómo iba a averiguar algo y al mismo tiempo no hacer sospechar al posadero?

En la puerta, dudó una vez más; tal vez no debería hacer esperar más a Fabrizio y primero...Alcanzó la manija y la empujó hacia abajo con un movimiento violento.

Sobre una mesa cerca del mostrador flameaba una vela; no había más luz que esa. No era de extrañar que desde afuera la sala de la taberna pareciera estar en la oscuridad.

Allí estaba sentado, con la espalda vuelta hacia ella, un soldado de de Guisa, bien escondido en su capa hecha con el fieltro de Enzo. 'No todos', había dicho Cristina. Debería haberle creído. ¿Y si él le preguntaba ahora que estaba haciendo allí?

Como si así pudiera evitar que él notara su presencia,

cerró la puerta con tanta suavidad como le fue posible y se quedó allí de pie.

Inesperadamente, como de una caja de sorpresas, apareció el posadero detrás del mostrador. "¡La estoy esperando desde hace horas, signorina Scandore!"

El soldado derribó su silla cuando se puso de pie de un salto.

"¡Mirella!" Antes de que pudiera reaccionar, Alexandre estaba de pie frente a ella y la tomaba con ambas manos. "¿Qué estáis haciendo aquí?"

Su mirada derivó al posadero, que tenía una mueca triunfante en el rostro.

Alexandre la tomó aún con más firmeza, su agarre la lastimaba. "¡ Así que es verdad!" Su voz estalló.

Infinitamente más que su agarre le dolía su mirada. El espanto estaba escrito allí... ¿y la desesperación? La sacudió violentamente. "¿Qué estás haciendo aquí?"

"Yo... yo..." Volvió a mirar al posadero que sonreía irónicamente. Una furia fría se extendió en su estómago. Era la palabra de ella contra la de él; y ella ya había mentido convincentemente una vez.

"¡Soltadme!" Dio un puntapié a Alexandre. "¡Me estáis haciendo daño!" Solo un par de horas atrás le había salvado la vida; ¿qué haría ahora con ella? Señaló con la cabeza hacia la puerta. "Quería..."

"¿Qué?"

"Recoger la carta para su hermano, ¿qué si no?"

La voz maliciosa del posadero aclaró definitivamente su cerebro. Como si hubiera cejado en su resistencia, terminó de intentar de liberarse del agarre de Alexandre.

"Mi tía..." Levantó la cabeza y habló mirando hacia el techo. "Ella quiere..."

Él volvió a sacudirla impaciente.

"No tiene más para beber."

Alexandre la soltó y retrocedió medio paso, atónito. "¿Qué?"

"La mocosa miente. No tiene ninguna tía." El posadero se adelantó desde detrás del mostrador. "Aquí, esta es la carta que debía entregarle para su hermano."

Mirella no miraba. De seguro, nadie era tan tonto como para haber escrito en ella un nombre. Le contestó al posadero en italiano. "¡No sé nada de ninguna carta!" Ella dejó que su voz sonara solo un poquito indignada; lo suficiente como para que no sonara coqueta al dar la inocencia perseguida. "¿Qué es lo que quiere, pues, de mí?"

También Alexandre cambió de lenguaje. "El posadero conoce su nombre." Parecía haber recobrado el control de sí. Su voz era helada; su mirada quería asesinarla.

"Por supuesto." Ahora tenía una mirada realmente indignada para el posadero. "No es la primera vez que me ve."

"¿Lo ve? No lo niega."

Mirella se permitió mostrar confusión. "No comprendo... Me resulta penoso, *monsieur le marquis*, que él..." De nuevo señaló la puerta. "Pero mi tía ya no duerme bien sin su vino tinto." Con pudor bajó la mirada a los pies de Alexandre. El cuero estaba desgastado en la cara interna de sus botas; probablemente a de Guisa se le estaba acabando el dinero, ya que sus hombres no podían comprarse unas nuevas.

Alexandre la tomó del mentón y la obligó a mirarlo. Por un momento la contempló. "¿Qué tía?"

A Mirella le subieron las lágrimas a los ojos. Dios la ayude, que le estaba mintiendo de nuevo. "Enfrente; vive en la casa de enfrente."

Desde el posadero llegó un sonido indefinible. Si había juzgado mal a esta mujer, ahora estaba tan perdida como Dario.

El agarre de Alexandre se hizo por un momento más duro; pero luego la soltó y giró hacia el posadero. "¿No tiene ninguna tía, dice él? Ya lo veremos. Venid conmigo." La empujó a la calle y la llevó por el codo al otro lado. "¿Dónde?"

Mirella temblaba; fue hacia la ventana, cerró los ojos y golpeó.

Esta vez tardó más. A Mirella le pareció una eternidad, hasta que la luz se movió dentro del cuarto y Cristina abrió la ventana. Se inclinó hacia adelante, primeramente miró confusa de ella hacia Alexandre; luego sonrió. "¿Eres tú? ¿Qué pasa, niña?"

"¿Conoce a la señorita?"

"Sí, seguro..." Cristina miraba de nuevo un poco confundida. Bien. Alexandre podía creer tranquilamente que no estaba bien de la cabeza. Pese a ello, era mejor que hablara lo menos posible.

"Tía, el señor oficial quiere saber qué he ido a buscar al *Gallo bianco*."

Cristina arrugó la frente. "¿Al *Gallo bianco*? ¿Qué tendrías que ir a buscar ahí?"

"Perdóneme, por favor..." Mirella se encomendó a la *Madonna*. "Le he dicho que estaba allí por su vino tinto."

"¿Qué?"

El agarre de Alexandre se afirmó; no podría escapar de esta.

"No debería haber dicho eso. Pero..." Los sollozos de Mirella ya no eran fingidos. La vergüenza y el miedo le calaban la voz.

Él se acercó con ella un paso más a la ventana. La luz de la habitación iluminaba su rostro fruncido; músculos, que se crisparon con ira. Alexandre se había dado cuenta de que ella mentía. "Signora, ¿es verdad que envía regularmente a su sobrina al *Gallo bianco*?"

Cristina dudó con la respuesta. Mirella la miraba fijo, el miedo la sacudía. ¡Comprende que mi vida depende de ti! ¿La torturarían como a Dario?

Los ojos de Cristina centellearon un momento como enojados. "¡Pero, niña! ¿Cómo pudiste decir eso? – No estuvo correcto de tu parte."

Hacía bien su papel; Mirella estaba de pronto llena de admiración. Esta mujer era astuta. Y estaba de su lado. Se relajó y exhaló lentamente.

Un movimiento de Alexandre le dijo que él lo había notado. "No ha contestado mi pregunta", dijo entredientes.

"Sí", replicó Cristina escueta y lacónica. Así era come se hacía. La anciana no mentía ni un poquito y aun así estaba capaz de protegerla.

Alexandre miró a Mirella; después la soltó. En sus ojos ardía una luz peligrosa. "¿Por qué afirmó el posadero que había guardado la carta del *duca* di Sarno para ella?"

"¡Eso pregúnteselo al posadero!" Mirella enderezó el mentón; era hora de salir triunfante.

"Puede estar segura de que ya lo hemos hecho." El desprecio en su voz la golpeó aun más duro que su enojo anterior. Él no le creía. Pero no tenía nada aparte de la denuncia del posadero.

Alexandre había jurado proteger al dux y a la república. ¡Pero esa era *su* república, no la de él! Permitiría él que la torturen para que confiese y revele los nombres de los conjurados? Sus rodillas se aflojaron; ahora se alegraría de que él la siguiera agarrando fuerte.

Un momento después él la tenía en sus brazos; el rostro de ella reposaba contra su hombro. Su largo cabello le cosquilleaba en la frente y el perfume del jabón le subía a la nariz: él se lavaba con jabón de Marsella. ¡Siendo soldado!

Sus ojos furiosos pesaban sobre ella. "Venís conmigo."

"¿Adónde la lleva?" En la voz de Cristina flotaba la indignación.

Alexandre levantó la vista hacia ella. " Seguramente la *signorina* tendrá a su cochero esperando aquí cerca."

Mirella no se atrevió a resistirse mientras él la condujo hacia su caballo, que estaba en el patio junto a la *trattoria*. Pero de repente se percató de que el posadero la había llamado por su nombre. Alexandre había sabido desde el comienzo que era ella a quien esperaba.

Así que le había tendido una trampa. La ira surgió en ella; ciega, ardiente ira. Dio un puntapié a él. "¡Soltadme!"

"¡Eso te gustaría!" Ira contra ira. La atrapó con rudeza por el talle y la lanzó sobre el caballo. Luego sacó una soga y le ató las manos a la silla de montar.

Una puerta golpeó restellante contra una pared. Llegó un resplandor de luz y la negra crin del caballo brilló junto a su cabeza cuando miró hacia el costado.

El posadero estaba en el marco; naturalmente, quería convencerse de su éxito. "*Monsieur* se acordará de mí, ¿no es verdad?"

Alexandre afirmó la soga aldredor de las muñecas de Mirella; luego metió la mano en una de las alforjas y arrojó una bolsita de cuero al posadero. Tintineó suavemente cuando este la atajó.

Mirella oteó por sobre la pata delantera del caballo. También ella se acordaría, si llegara a sobrevivir esto.

Alexandre salió al trote, una vez que el posadero hubo abierto el portón que daba al callejón. Detrás del cruce continuó andando al galope un trecho más, antes de detenerse. "Dónde habéis dejado al cochero?" Soltó la soga y la enderezó. "No debe estar lejos de aquí. ¿Dónde, entonces?"

"¿Qué queréis de Fabrizio?" Su voz sonaba quejosa. Apretó los dientes para recobrar la serenidad.

"No os hagáis la niña. ¡No os sienta bien!"

Ella empezó a temblar; Alexandre estiró un costado de su capa sobre ella. Dejó que el caballo continuara lentamente. "Apenas puedo llevaros a casa yo mismo."

"Vos... ¿me dejáis ir?"

"¿Qué otra cosa podría hacer con vosotros?"

Besarla. Ella apoyó la cabeza en su hombro. Calentada por su capa, se quedó segura en sus brazos. "El coche espera frente a la capilla *Santa Maria degli Angeli*. ¿Sabéis dónde queda?"

Su cabello la acarició mientras asentía. Subió al galope. Él no podía deshacerse de ella lo suficientemente rápido y ella deseaba que esta cabalgata a través de la noche no llegara nunca a su fin.

***

"¿Y no tienes idea de lo que decía la carta?" Dario estaba furioso. "¡Por todos los santos, cómo se puede ser tan desmañado!"

"¿Pero cómo entonces? ¿Tendría que haberle pedido al posadero, quizás, que me entregara la carta?"

Dario amasó con rabia su colcha. "Montmorency debe saberlo. ¿Él se la llevó consigo, o no?

Mirella debió admitir que no lo sabía. Increíble; efectivamente no había prestado atención a lo que había pasado con la carta, después de que le posadero la había presentado.

"¡Pregúntale lo que decía!"

"¿Estás loco?" Entonces podemos ahorcarnos directamente nosotros mismos; los dos."

"Hazlo discretamente. Ya se te ocurrirá cómo puedes hacer para envolverlo en tus redes."

Indudablemente, era inútil discutir con Dario si podía

hacerlo o no. "¿Para qué?", preguntó en su lugar. "Ya no es actual, ahora que el dux ya conoce el plan."

"¿El plan? Tan lejos no habíamos llegado aún." Él la miró lleno de desprecio. "Y en todo caso, seguramente no lo habríamos puesto por escrito." Se deslizó fuera de la cama, abrió la ventana de par en par y tomó una gran bocanada de aire. "Tengo que irme. Aquí estoy como un prisionero, esto no puede seguir así."

"Pero, Dario, no puedes salir de la casa. Piensa en padre; él tenía que responder por ti."

"Pues por eso. Esto no va a funcionar mucho tiempo más."

"¿Adónde quieres ir, pues?"

"Ellos deben saber que el posadero es un traidor. Y necesitamos otra vía para comunicarnos. – Tú debes hacerlo."

"¿Y piensas que a nadie le llamará la atención?"

"¿Y qué? ¿Quién se preocupa por lo que tú haces?"

"¡Alexandre! Estoy segura de que no me creyó."

"Y entonces, ¿por qué te dejó ir?" Ella también se lo preguntaba. Cuán atento la había calentado con su capa. "¿Quizás porque supone que así llegará hacia los conjurados? Descubrirá qué otras vías quedan, una vez que ha apresado a todos los que se aparecieron en el *Gallo bianco?*"

Dario resopló airado. "Para eso tienen otros medios. Más efectivos." Se agarró el brazo quebrado.

"¿Y si parte de la base de que yo – aún – no sé mucho? ¿De que eres tan poco astuto como para enviarme otra vez a alguna parte?"

Dario se aferró al poste de la cama y se volvió a meter en sus almohadas. "El carnaval; los Oliveto dan siempre un baile de máscaras."

"¿Y allí quieres ir? Dario, es demasiado peligroso; no puedes hacerlo."

Él sonrió irónicamente, la tomó del mentón. "Yo quizás no, pero tú. Ve con Stefania a la casa de campo; nadie sospechará nada si van juntas."

"¿Y luego?"

"Llevarás contigo una carta; para un campesino en Terzigno."

"¿Otro punto de encuentro del que no sabéis si es seguro?"

Quedó perplejo. "Tienes razón. Debe ocurrírsenos otra cosa." Por fin estaba listo a tomar en consideración lo que ella decía.

"Dario, déjalo. Detente."

Él rió. "¿Tienes miedo?"

"Sí." Se desprendió de él y se puso de pie. "Por ahora, te has escapado. Pero en cuanto ellos puedan probar que perteneces a..."

"¡Probar! ¡Eso es!" La tomó por el brazo y la atrajo de nuevo hacia la cama. "¿Funciona también al revés, no?" De pronto estaba de excelente humor. "Ve con mamá a lo de Roccone; encarga tu vestido de bodas." Rió a viva voz. "¡Vamos! Probaremos que has dicho la verdad. Montmorency y Módena deberían de nuevo confiar en nosotros."

"¿Casándome con un grande de España recobraré la confianza de Alexandre?"

"Padre debe invitarlos a todos a tu boda."

"Te has vuelto completamente loco." Enfurecida, lo dejó atrás.

Sábado, 15 de febrero de 1648

Un cañonazo hizo estremecer la casa. A Gina se le cayó de las manos la bandeja de plata con la gallina huesuda.

"¡Levántala!" Enzo escondía su susto con el enojo. "Se enfría la comida, si sigues esperando para servirla."

"*Madonna*, hasta ahora nunca había estado tan cerca." Gina no se movía de su lugar. Temblaba tanto que los dientes le castañeteaban ruidosamente.

Justo después llegaron fuertes gritos desde afuera. Mirella saltó a la ventana. Diagonalmente opuesto, en la casa de los Varese, se abría un enorme agujero en el primer piso. La pared que faltaba revelaba dos habitaciones. Dormitorios, donde presumiblemente nadie había estado a esa hora del día. Pedazos de las vigas colgaban del techo dañado de arriba. Partes de una cama y un sillón habían caído a la calle. De una de las habitaciones salía humo por fuera.

Mirella levanto la vista hacia el techo: Justo arriba había una chimenea; el impacto había dañado el hogar. Cesare apareció en la calle con la camisa desgarrada, sujetando los caballos del coche de Varese, embravecidos por el pánico.

De pronto, Dario estaba de pie junto a Mirella ante la ventana, la mano apoyada en su hombro.

Cesare recibió una coz en el estómago y cayó. Pero seguía sujetando las cuerdas, pese al cascos amenazantes que estaban sobre él.

"Por Dios, debemos ayudar." Dario se encaminó a la puerta.

"¡Dario!", exclamaron Mirella y Rita al mismo tiempo. "No tienes permitido abandonar la casa."

Enzo corrió tras él. En los escalones fuera de la puerta de entrada agarró a Dario por detrás y tiró de él. Los dos hombres discutían con movimientos vehementes; ojalá no pasara justo una patrulla.

Mirella marchó al pasillo, arrancó su capa del armario y se apuró hacia afuera.

Fabrizio pasó corriendo junto a ella hacia Cesare. Se agachó frente a los cascos y tomó una de las cuerdas. Lentamente la fue acortando e intentó que el caballo estuviera quieto.

Dario consiguió liberarse de Enzo y corrió hacia ellos. En el instante en que Dario le tomó el otro caballo de Cesare, uno de los cascos le tocó por segunda vez.

Gimiendo Cesare se puso de lado. Enzo se arrodilló junto a él y lo ayudó a ponerse de pie. Le dio el brazo y lo condujo cruzando la calle, donde le indicó que se sentara junto a Mirella en los escalones.

Pero ella tomó a Cesare de la mano. "Entra en la casa. Gina se ocupará de ti."

Él la miraba con ojos brillantes. "¡Ella! Parece que el fuego está destinado a nosotros.."

Desde el final de la calle resonó un casqueteo; asustada Mirella levantó la cabeza. "¡Dario!" Señalaba al cruce. "¡Milicianos!"

"¡Desaparece!" Enzo le quitó a Dario finalmente el caballo enloquecido.

Mirella ayudó a Cesare a entrar a la casa y llamó a Gina.

"Es mi ángel", susurró Cesare. "Igual de benévola e igual de inalcanzable."

Ella se quedó mirándolo un momento pensativa. Era verdaderamente amable. Se pasó el dedo por los labios. y reprimió la respuesta altiva que ya había tenido en la punta de la lengua. Si Alexandre la besara así... Las palmas de las manos le ardieron y en los brazos se le puso la piel de gallina.

Gina indicó a Cesare que se sentara en el banco de la cocina y que se quitara la camisa. Mirella volvió a salir a la calle.

Dario se había ido; ella exhaló aliviada. Uno de los milicianos se había hecho cargo de los animales espantados. Él mismo a caballo, le resultaba más fácil dominarlos.

Enzo estaba junto a Varese, agachado y completamente mojado. Rompieron con hachas una ventana detrás de la cual salía humo. Otros vecinos habían formado una cadena de baldes y empezaban a verter agua allí dentro. El humo se hizo más oscuro; chisporroteaba fuertemente. Entonces pero una llama parpadeó junto al humo; a través de la ventana abierta, el fuego había tomado aire de verdad. La gente se echó hacia atrás.

Mirella quería volver en la casa para coger también ella un balde. En ese momento se acercó a ella el segundo miliciano. "¿*Signorina*, podemos resguardar los caballos en su patio? ¿Está presente su padre?"

Mirella señaló a Enzo. "¡Allí!"

El rostro del hombre se oscureció. "¿*Signor* Scandore?"

"¿Algún problema?"

Él la miró sorprendido; no había anticipado esta reacción. "Simplemente quería saber..."

Mirella sonrió divertida. La arrogancia daba sus frutos. Abrió el portón para los caballos de Varese. "El mozo de cuadra los ubicará."Mejor, por supuesto, que siguiera ayudando afuera; Dario podía hacerse cargo de los caballos. ¿Dónde estaba?

Volvió a entrar en la casa por la entrada de la cocina. "Gina, has visto..." A ver a Cesare se quedó muda.

"Podrías llevarles algo caliente para tomar a tu padre y a los ayudantes. Aunque esté ardiendo..."

"En seguida, Gina. En seguida vuelvo."

Corrió hacia arriba; Dario no estaba en su cuarto. Tampoco había esperado que se echara atrás por completo en esta situación. Preferiría hacerle compañía a Rita, si no podía hacer otra cosa.

Rita estaba sentada en el salón junto a la ventana, inclinada sobre su bastidor de bordar. Tenía que hacerle entender que su trabajo era inútil. Pero ahora había algo más importante.

"¿Dónde está Dario?"

"No lo he visto. ¿Ya no está afuera?"

"¡Debía desaparecer cuando llegó la milicia!"

"En una situación así seguramente nadie insistiría con el arresto domiciliario. Si es que acaso se enterasen."

"Lo saben, *mamma*; de eso puede estar segura." Apretó los labios y permaneció pensativa por un instante. "Conocen nuestro nombre."

Rita guardó el bastidor, la llevó hacia la ventana y la miró inquisitiva. "¿Qué es lo que te preocupa?"

La presión en el estómago de Mirella se hizo más fuerte. "No lo sé exactamente... ¿Pero si Dario no está con ella?"

"Crees que... No, no le haría eso a padre, que se aprovecharía de la confusión."

Mirella permanecía escéptica. "Hasta ahora nadie controló si efectivamente Dario estaba en casa noche y día."

"Porque de Guisa confía en tu padre."

"Precisamente; eso también es claro para Dario."

"No le llamaría la atención a nadie; ¿por qué justo ahora?" Así era mamá; alejar un problema mientras no fuera imprescindible ocuparse de ello. Levantando los hombros volvió a su labor de punto. "Deberíamos planear con tiempo vuestras bodas. Los padres de Stefania no han retirado su consentimiento, ¿verdad?"

Mirella huyó hacia la cocina y tomó un balde para ayudar.

Ya oscurecía cuando el incendio fue por fin apagado. Habían podido mantener el fuego bajo control a tal punto, que solo en una parte de la casa había ardido con furia. Pero el edificio se veía como si estuviera a punto de derrumbarse.

Enzo llevó a la casa tanto a Varese y su familia como a todo su personal. Gina y Fabrizio comenzaron a calentar agua, para que todos pudieran lavarse por turnos. El agua era casi lo único que tenían aún en abundancia en esos días.

Mirella y Rita revisaban sus roperos y traían vestidos medianamente adecuados para la mujer y las dos hijas adolescentes. Varese, por el contrario, era tanto más ancho que Enzo y Dario, que no tenían nada para él. En el patio se amontonó lo poco que pudo rescatarse de la casa de Varese sin poner en peligro a los ayudantes. Para sus sirvientes se prepararon lugares para dormir en la paja y en una de las habitaciones del sótano.

Varias veces Mirella se encontró con una mirada escrutadora o interrogativa de Enzo. Cada vez logró desaparecer rápidamente, antes de que pudiera preguntarle por Dario. La primeras dos veces, él reaccionó con una expresión malhumorada; luego su mirada se hizo más vigilante: probablemente había entendido que tenían un problema. Ojalá los vecinos y su gente tuvieran ahora demasiadas preocupaciones propias como para notar conscientemente la desaparición de Dario.

Gina preparó la cena junto con la cocinera de Varese. La despensa, sin embargo, además de los ingredientes para una *minestra* sin carne, no ofrecía más que un trozo de pan y algo de queso para todos. Pero entonces Varese tomó una linterna y fue con Cesare una vez más a su casa. Volvieron con una docena de *caciocavalli* manchados de hollín y dos *fiaschi Anglianico*. Una botella la sacó Cesare para el personal; la otra Varese la hizo limpiar por Gina y luego la puso sobre la mesa.

Enzo sacó las copas de cristal venecianas del aparador. "Que todos vosotros hayáis salido ilesos en cuerpo y alma, esa es una buena razón para festejar."

"Sin vuestra rápida ayuda hubiera terminado mal. Si Dario no..." Varese echó un vistazo rebuscando alrededor. "¿Dónde está él, pues?"

La mirada de Enzo se dirigió a Mirella. "No he prestado atención."

"Posiblemente aún tenga cosas que hacer." Rita logró que sonara casual. "Lleva mucho esfuerzo, mantener el comercio en estos tiempos difíciles."

La mirada de Enzo era una súplica; era tan absurdo lo que decía Rita. En ninguna familia podría Dario permanecer alejado de la mesa por esa razón.

Mirella respondió la mirada de Enzo y decidió lanzarse a una huida hacia delante. Simplemente debían confiar en el agradecimiento de los vecinos. "Yo tampoco sé dónde está. De pronto, había desaparecido."

Varese arrugó la frente. "Sigue estando bajo arresto, ¿no es cierto?"

"Correcto." Mirella adoptó un tono de charla. "Pues fue bueno que desobedeciera la orden."

La mirada de Varese se dirigió a su esposa; luego asintió.

Enzo sonrió aprobatoriamente a Mirella. "Asumo que Cesare llevará mañana a su mujer y sus hijas al campo. Si lo desea, puede quedarse con nosotros, para supervisar los trabajos en su casa."

La mirada de Varese se dirigió hacia la ventana, donde la noche, entretanto, ocultaba las ruinas de su casa. "Eso es muy generoso de su parte; pero..."

"No ocasiona molestias", dijo Rita rápidamente. Aparentemente también ella había entendido que debían asegurarse la lealtad de Varese. "Nos apretamos un poco y así tenemos lugar para todos esta noche. Y para su cochero tenemos espacio aún para más tiempo, tanto como para él."

La mujer de Varese puso su mano sobre la de él. "Hazlo, Antonio. En la casa de campo, estamos alejadas y seguras."

Alejadas, sí, eso era lo más importante. Allí nadie preguntaría por Dario.

Pero su preocupación era infundada. Dario regresó cuando Gina servía el café.

Varese lo saludó de todo corazón con una palmada en el hombro. "Querido amigo, me he preocupado por él. Fue muy imprudente. ¿Y si alguien lo hubiera reconocido ahí afuera?"

Dario encogió los hombros. "No me he quedado en Nápoles. Stefania..." Intencionalmente dejó de hablar y se sentó a la mesa.

Enzo lo contemplaba con rostro inexpresivo, mientras Gina traía a Dario un plato de *minestra*. "Ya vivirás por largo tiempo con ella y te cansarás de verla lo suficientemente pronto. Por eso nos has puesto a todos en peligro."

Varese se limpió la boca y dobló la servilleta con parsimonia antes de dejarla junto al plato. "Os deseo a todos buenas noches."

Cuando los Varese se hubieron retirado, Enzo se puso también de pie y le pidió a Gina que les llevará el café a la biblioteca. "Stefania no ha abandonado la ciudad. Vino hace una hora a preguntar por ti."

"¿Qué he dicho yo, pues?" La mirada de Dario se dirigió a Mirella; a continuación Enzo la miró inquisitivo.

"No tengo nada que ver con eso."

"Me parece que, excepcionalmente, esta vez es cierto." Tomó a Dario del brazo y lo condujo fuera del comedor. "Ya es hora de que me aclares un par de cosas. Si me van a ahorcar, entonces quiero saber por qué."

Era tarde en la noche cuando se golpeó a la puerta de Mirella. Se incorporó confundida.

Enzo entró en su cuarto seguido de Dario.

Ya a la luz de la luna, el rostro de Enzo parecía pálido como el de un espectro; pero una vez que hubo encendido la lámpara en la mesilla de noche de Mirella, semejaba aún más a uno que había visto un fantasma.

Dario se detuvo primero en la puerta, pareciendo escuchar si alguno de sus huéspedes estaba despierto. Luego se sentó junto a Mirella en el borde de la cama.

Enzo cerró la ventana. "¡Esta vez verdaderamente no sabías nada!" Bajó la voz. "¿Se han vuelto locos los dos?"

Dario cerró los puños. "Le he explicado todo durante horas. ¿Aún no ve que necesitamos a los españoles para volver a las circunstancias anteriores?"

Enzo resopló. "Las circunstancias anteriores... Nunca volverá a ser como antes."

"¡Pues sí!"

"Ya hemos discutido lo suficiente." Enzo suspiró. "No aceptas órdenes de mí. Así que decidamos cómo proteger a la familia." Miró por la ventana. "Ante todo no debes volver a salir. Es demasiado peligroso."

"De Guisa no ha mandado nunca a verificar si Dario está en casa", se atrevió a intervenir Mirella.

"Eso me asombra hace ya rato." Se sentó en el alféizar. "¿Tienes tú algo que ver en ello?"

"¡Pero, padre! ¿Qué quiere decir?"

"Tengo la impresión de que entre su gente, más de uno te ve con buenos ojos."

Bajo la mirada inquisitiva de Enzo, Mirella se acaloró. Fabrizio seguramente le había contado que Alexandre había detenido a los caballos desbocados; pero ciertamente no podía haber visto que él la había traído del *Gallo bianco*. Sabiamente, Alexandre la había dejado de la curva del camino a la iglesia.

"Como sea. De Guisa pierde influencia con cada aldea que los españoles recuperan. Tú quieres que vuelvan los españoles, Dario; pero hasta entonces debes tener miedo de las milicias de Annese. Después de todo, fue su gente la que te arrestó. Y si por él fuera..."

"Pero, ¿qué tiene con Annese, padre?"

Enzo acarició la cabeza de Mirella. "Nada, niña. ¿Pero has olvidado que los tejedores de seda incendiaron nuestro depósito?"

¡Cómo podría! ¿Acaso Alexandre besaría igual que Cesare?

Cerró los puños y se estiró la colcha por encima de los hombros. "Entonces Dario tiene razón y debemos desear que vuelvan los españoles." Ahogó el sollozo que se apretaba en su garganta. "Pero de Guisa tiene los mejores luchadores. Y si tan solo la flota de Mazarino viniera en su ayuda..."

"¿Cómo en diciembre?" Enzo se puso la mano sobre la boca para apagar exabrupto y volvió a bajar la voz. "Hay un modo de hacernos intocables – sin importar quien triunfe al final: tu boda con Don Felipe."

Mirella se hundió aun más bajo la colcha. ¿Había olvidado – o no había entendido –, que ella ya no quería a Felipe?

"Los señores nobles se mantienen todos juntos, al fin y al cabo. Ni de Guisa ni el príncipe de Saboya atacará a la familia de la duquesa de Toledo d'Altamira y León. Y entonces

Annese tampoco se atreverá. Además se rumorea que estaría dispuesto a llegar a un acuerdo con los españoles."

Mirella intentó comprender la lógica del pensamiento de Enzo. "Pero si Annese negocia con los españoles... Entonces está, después de todo, del mismo lado que Dario. No le hará nada."

"¡Yo no estoy del lado de los españoles!" Dario la miró echando chispas.

Enzo suspiró. "Niña, has olvidado otra vez a los tejedores de seda."

"Annese debe apartarse públicamente de los españoles más aún cuando está pactando con ellos en secreto. ¿Cuál es la mejor manera, pues, de disipar los rumores que circulan sobre él?"

"Entonces no debes darle ninguna razón de adoptar medidas contra nuestra familia."

Dario golpeó con el puño cerrado contra el poste de la cama. "No puedo hacer eso. Significaría... Demasiado depende de mí."

Andaba de un lado a otro; luego se quedó parado frente a Mirella. "Cásate con Felipe. Tan pronto como sea posible." No la miró a los ojos en ese momento, sino que dirigió sus palabras al espejo que había junto a su cama. "Al fin y al cabo, eso es lo que quieres de todos formas." Sin embargo, él estaba en contra de eso; ella lo oyó por la fiereza rabia de su voz.

"Ya no", murmuró ella.

Los dos hombres no reaccionaron, quizás ni siquiera la habían oído.

Enzo se apartó del alféizar. "Entonces está aclarado. Vayamos, por fin, a dormir. Mañana le diré a Rita que aceleré los preparativos. Y quién sabe... Quizás sí haya una boda doble. Le pediré a de Guisa que levante el arresto de Dario para ello."

“¿Y si no lo consiente?”

“No te preocupes, niña. Tú tendrás a tu marido.”

Mirella se atrevió a contestar recién cuando ambos ya habían salido. “Este, pero, ya no lo quiero.”

Martes, 18 de febrero de 1648

La reconstrucción de la casa de Varese había comenzado. En el sótano de los Scandore había algunos muebles pesados de los vecinos, que solo estaban flameados en la superficie o simplemente manchados de hollín. Varese quería hacerlos restaurar, pues su esposa los había heredado de su familia. Esa tarde, llegó con un carpintero que quería ver las piezas antes de decidir si aceptaba el encargo.

Dario trajo la llave del sótano.

"¡El joven Scandore!" El carpintero agitó su gorra. "Me alegra sinceramente a verlo todavía bien. Le rezamos a la *Madonna*, que continúe protegiéndolo."

"¡No tengo nadie a quien temerle!" En el rostro de Dario había desprecio.

"Pero se dice…"

"Y el chismerío no me interesa."

Mientras Dario salía al patio, Mirella detuvo al carpintero. "¿Qué ha oído?"

"Que el joven Scandore se vea arrastrado a la caída de su bienhechor."

Gina golpeó la hacha de cocinero en el plato de madera donde yacía un pollo recién sacrificado para ser desplumado. "¡Un bienhechor! Eso sería bueno!" Empezó a desplumar. "Entonces tendríamos algo mejor que esto duro pollo para la sopa!"

"¿Acaso el conde de Módena no jugaba al billar con el

joven Scandore y con ella, *signorina?*" El carpintero inclinó la cabeza ante Mirella.

"Eso no lo convierte en nuestro bienhechor. Y fue hace mucho, cuando tenía tiempo para jugar." Mirella se puso a barrer las plumas de pollo gallina que volaban aquí y allá y a recogerlas cuidadosamente en un balde.

"Ahora ya no tiene ninguno. O infinitamente muchos." Eso seguía sonando a chisme, pero quizás tuviera él, después de todo, algo para contar.

Mirella dejó estar las plumas, cogió rápido el jarrón de vino de la despensa y le puso un vaso en la mesa.

"¿A qué se refiere?"

"El dux lo sospecha de haberse unido al príncipe de Saboya."

Gina trozó il pollo. "¿Y? Él también es un príncipe francés, ¿o no?" Tomó un cuchillo mas pequeño del cajón y quitó los menudos. Puso a un lado corazón, pulmones e hígado y el resto no comestible en un plato.

"¡Ya!" Se oyó al carpintero sentirse repentinamente importante. "Pero, solo uno puede ser dux!"

Chismes. Encogiéndose de hombros, Mirella salió a poner el plato para los gatos.

"...se llevará a de Módena ante el tribunal."

Escandalizada, se detuvo en la puerta.

El carpintero le sonrió entre dientes. "Como su hermano. Supongo que el dux quiere demostrar que la misma ley se aplica a todos."

"¿Pero de qué se lo acusaría?"

"¿De qué iba a ser? De lo usual." El carpintero dudó un momento; bebió un trago, probablemente para disimular que, en realidad, no lo sabía todo. "Traición, supongo. Como con su hermano."

"¡Dario no ha traicionado a nadie!" Mirella volvió a tomar el escobillón. "Y yo tampoco lo creo. De Módena es el maestre de campo de de Guisa; nunca lo traicionaría."

"Quizás de Guisa le envidia su popularidad", interpuso Gina. "Mientras tanto, muchos son ahora ambivalentes sobre el dux: Está resentido por no poder llegar a un acuerdo con Annese."

"Pero, Gina, eso es culpa de Annese. Él debería obedecer." Mirella intentó atrapar un par de plumones que se arremolinaban frente a ella. "Si pelearan lado a lado, tendríamos tantos pollos en la mesa como deseásemos."

"¡Annese no piensa en eso, *signorina*! Ya no, ahora que los españoles han recuperado media ciudad."

Mirella miró furiosa al carpintero, como si él fuera culpable de lo que estaba informando. "¿Y por qué nadie se opone? ¿Se ha olvidado ya la gente de cómo fueron desplumados por los españoles?"

"¿No está prometida con un español?"

¿Se estaba riendo de ella el carpintero? Mirella alargó el cuello. "Aun así, no he olvidado lo que está bien y lo que está mal. Las gabelas son mal porque el dinero se ha llevado a España. Los impuestos de de Guisa, en cambio..."

"...prolongan la guerra. Que ya no puede ganar."

"Cuando vengan los buques de Mazarino..."

"...será demasiado tarde. Y si, como en diciembre, se ponen simplemente a jugar al gato y al ratón con la flota de Don Juan, Filomarino tampoco logrará coronar al príncipe de Saboya, que nos quiere imponer Mazarino. *Signorina*, no debería intentar comprender los caminos de la política. Cásese con su grande; eso le garantizará un futuro seguro." Se levantó e inclinó la cabeza a Gina. "Le agradezco. Si alguna vez desea hacer reparar este armario."

"¿Qué tiene mi armario?"

Abrió una puerta. "¿No ve eso? El borde está astillado." Sonrió con alegría, mientras abandonaba la cocina.

"¡Qué tipo!" Gina lo observaba irse con una mirada en la que parecía haber admiración.

"¡Qué parlanchín!"

"¿Te parece?" Gina la contempló por tanto tiempo que Mirella se acaloró. "¿Y que te conmueve tanto de esta historia con el mariscal de de Guisa?"

"Maestre de campo." Había pensado que sus preguntas habían sonado suficientemente casuales; pero Gina la conocía, en verdad, demasiado bien. "Es completamente imposible." Sin el maestre de campo del dux, Nápoles no podía ganar la guerra.

Dario regresó en la casa junto con el carpintero y lo despidió tan afablemente como si acabaran de convertirse en mejores amigos. Luego llevó a Mirella a el cuarto de ella. El carpintero le había contado también a él con lujo de detalles sobre el arresto de de Módena.

"Ve al *palazzo*", le dijo a Mirella. "Deja que de Guisa entienda que yo sería un buen testigo en este asunto. Quizás eso me libre finalmente de este miserable arresto."

Ella entendía bien que le urgía casarse; ya era hora para Stefania. ¿Pero cómo podía planear algo tan mezquino? A Mirella se le retorcía el estómago en vista del entusiasmo de Dario ante su propia idea. Pese a ello, era mejor que le contara lo que se le había ocurrido. "¿Testigo de qué?"

"Dile a de Guisa que yo sé quién le pagó a los soldados que huyeron de los españoles la semana pasada en Nocera. Módena habría tenido una sospecha; por eso se retiró. Él presentía, que no tendría ninguna posibilidad. No, debe haberlo sabido, pero no puede probarlo."

¿Quería ayudar a de Módena? Apenas podía creerlo; y era por completo inimaginable que estuviera en posición de hacerlo. "¡Pero de eso no sabes nada!"

Dario sonrió. "Sé mucho." Mirella esperó la continuación. Pero de repente buscaba pretextos. "¿Eso es, entonces, lo que de Guisa le achaca? ¿Cobardía."

"Traición."

"Lo que en este caso es lo mismo."

"¿Y tu puedes proporcionar la prueba que le falta al conde de Módena?" Estaba mintiendo. Sin duda. Pero si con eso ayudaba a Nápoles, lo usaría con gusto. "¿Qué debo contar? Tengo que darle algo a de Guisa, si él va a dejarte salir del arresto domiciliario." Dario se se frotó los dientes sobre el labio inferior.

"Debes revelarle algo. ¡Cualquier cosa!"

"Os comprometería."

Mirella torció el gesto. "Eso nunca te impidió actuar hasta ahora." Pero si él ahora empezara a tener recaudos, ella solo podía aprobarlo. "Preguntémosle a padre qué deberíamos hacer."

Dario levantó las manos de rechazo. "¿Estás loco? Padre no lo aguantaría."

Ella lo miró con los ojos bien abiertos. "...si lo apresaran a padre..." Susurraba. "Lo que declara solo tiene que coincidir con aquello que tú afirmas." Mirella miró abajo, hacia la casa del vecino, donde estaba Varese junto con su maestro de obras. "Él también sabe que tú has estado ausente. Seguramente le preguntarán."

"Y su lealtad... quién sabe exactamente hasta dónde llegará." Dario le dio una palmada en el hombro. "Deja que me encargue de esto, hermanita."

Ella parpadeó con desconfianza. "Esto te lo has inventado ahora mismo." Que él se riera de eso, confirmaba sus sospechas; se enojó. "No tiene ningún sentido que vaya a ver a de Guisa."

"Escucha." Bajó la voz y la empujó a la cama. Su aliento le hacía cosquillas en la oreja. "El duque de Caffaro ha caído ayer en combate en Torre Annunziata. Por ende, es perfectamente apropiado como chivo expiatorio."

"¡Un muerto! Eso no te lo creerá nadie."

"Entonces tomemos a uno que esté aún con vida. Tal y como están las cosas, este hombre está a salvo. Así que no hace ningún daño mencionarlo."

"Dime el nombre."

"¡El padre de Stefania!"

"¡Dario, estás mintiendo!" Se desplomó. "No, eso no lo creo. El *marchese* nunca cometería semejante traición."

"Pienso como tú. Pero es creíble si señalas que quiere el fin de las luchas a cualquier precio."

"No puedes hacerle eso a Stefania."

Dario curvó los labios burlonamente. "Me ama, ¿lo has olvidado?"

"¿Y por eso está dispuesta a entregar a su padre al verdugo?"

"El amor verdadero... Además, estoy convencido de que él lo entenderá una vez que termine la guerra."

Como si la hubieran golpeado en la cabeza, Mirella se quedó mirando la puerta durante unos minutos después de que Dario se marchara.

¿Podía, en verdad, seguir confiando en él?"

Debía preguntarle a Stefania.

✳✳✳

Esa noche Mirella durmió miserablemente. Se dijo a sí misma que la tormenta la mantenía despierta, azotando la lluvia contra la ventana. En algún momento escuchó crujir la escalera. Todavía estaba completamente oscuro cuando decidió levantarse.

Sacó dos vestidos interiores del armario, luego rebuscó sus medias, luego un corpiño. Pero este último volvió a guardarlo; sin Gina no lo conseguiría atado lo suficientemente apretado para echarse arriba un vestido. Tomó una blusa y se la puso; luego, la falda verde oscuro que se cerraba con cintas. Con sus botas de cordones en la mano bajó las escaleras.

Gina estaba arrodillada en bata en la cocina y echaba madera en el hogar. Se puso en marcha, asustada. "¿Qué hacés tú aquí?"

"Dile a *mamma*, que estaré de vuelta para el almuerzo."

Aún continuaba lloviendo. Ensilló el caballo pío que Dario usaba a veces para cabalgar. Desde el pajar sobre el establo llegó una maldición; probablemente había despertado a Cesare. El pío resopló contrariado cuando montó y, cuando se inclinó para abrir la puerta del patio, su melena húmeda le barrió el rostro.

Estaba contraviniendo el toque de queda, pero no le harían nada a una mujer. Aun así, se asustaba con cada sonido; el traqueteo del caballo pío resonaba demasiado fuerte en el empedrado. Dobló en un callejón que tenía una banquina de grava. Pero no era menos ruidoso: Las casas, muy próximas entre sí, reverberaban el sonido.

Mirella hizo que el caballo avanzara al marcha, deteniéndose una y otra vez para escuchar si había ruido de otros jinetes. Anteriormente, a esta hora del día, los pescadores habían bajado al puerto, pero ahora el barrio estaba envuelto en silencio. Quién no había escondido su bote en una de las pequeñas bahías en las afueras de Nápoles, no podía salir a pescar.

La lluvia se hizo más fina, pero el frío de la noche penetraba a través de la capa mojada. Resistió el impulso de quitársela de los hombros y, en vez de eso, siguió cabalgando aún más rápido. Ahora que había alcanzado el fin del centro de la ciudad, se sentía más segura.

El primer gallo cantó de prueba cuando aparecía la casa urbana de los Oliveto. Mirella detuvo el caballo pío a la entrada del patio. El portón estaba cerrado y aún no ardía ninguna luz en la casa. Debía atar el caballo afuera y tomar el camino que había utilizado en sus años de escuela, cada vez cuando Stefania había sido puesta en arresto domiciliario otra vez.

Mirella sonrió para sí al recordarlo mientras se recogía las faldas y se las anudaba alrededor del talle. La capa, la dejó junto al caballo; tampoco se secaría tan pronto en el cuarto de Stefania, en contra dejaría allí un charco feo. Trepó a las riostras del portón y se balanceó al otro lado. Desde allí bajó de un salto al patio y dobló la esquina de la casa, hacia la espaldera de rosas que llegaba hasta la ventana de Stefania.

Trepó lentamente. La espaldera crujió preocupantemente; ya no era tan liviana como en la niñez. Pero esta había sostenido siempre también a Dario. ¿Habría sido en una ocasión así que Stefania había acudido al niño en su panza?

Pese al mal tiempo, la ventana estaba solo arrimada, así que pudo entrar en silencio. Al imaginarse que la ventana abierta pudiera estar destinada a Dario, Mirella rió por lo bajo. En tal caso, Stefania se maravillaría de inmediato enormemente.

Mirella se quitó los guantes, los zapatos y las medias mojadas y anduvo de puntillas a través del cuarto oscuro hacia la esquina en que estaba la cama de Stefania. Sus ojos se acostumbraron entretanto a la oscuridad, por lo que pudo adivinar aproximadamente qué parte del cuerpo de Stefania estaba bajo qué parte de la montaña en la cama.

Se sentó y buscó la cabeza. Encontró el mechón de rizos de Stafanía, apoyó su mano entera sobre ella y la sacudió un poco.

Stefania emitió un gruñido y se volvió de costado. Mirella soltó una carcajada y Stefania se levantó bruscamente.

"¿Qué estás haciendo aquí?"

"Tengo que hablar contigo."

Por un momento hubo silencio; luego Stefania tanteó más allá de Mirella sobre la mesita de noche y en seguida encendió su vela. Se apoyó contra el respaldo de la cama y tiró la colcha por sobre las rodillas. Luego la levantó. "¡Ven aquí! Estás completamente mojada."

Mirella se quitó la sobrefalda empapada y se deslizó en la cama; Stefania enrolló su colcha alrededor de ella.

Un atisbo de canela subió hasta la nariz de Mirella y la recordaba la velada de Navidad sin Dario. "¿Estuvo Dario aquí esta noche?"

"¿Por qué piensas eso? ¿Porque la ventana estaba solo arrimada?"

Mirella suspiró. "Creo que estuvo otra vez afuera y solo volvió de madrugada. Si no ha estado aquí, entonces verdaderamente debemos preocuparnos por él."

Stefania apretó su mano. "Sabes más de lo que cuentas."

"Continúa conspirando. Lo ha admitido. En cierto modo."

"Ah, Mirella; pero él solo quiere que termine todo esto."

"Esta guerra terminará aún sin él." Retiró sus dedos de la mano de Stefania con suavidad y los puso en su panza. Solo estaba un poco más redonda de lo habitual. "Háblale del niño; entonces se volverá razonable."

"¡Mirella!"

"¿Cómo lo sé? Me pregunto cómo es que tu madre no te ha dado aún un sermón."

"No debe enterarse."

Mirella asintió, aunque Stefania no podía verlo en absoluto. "Pienso lo mismo. Por eso es más urgente que Dario acabe de rondar por las noches. Estoy segura de que no hay otra mujer detrás de esto." Se apartó un poco de Stefania. "Se lo diré, si tú no lo haces."

Stefania tragó saliva; en su voz sonaron lágrimas. "Debe enterarse por mí."

"¿Y cuándo? ¿La próxima vez que esté encadenado a una pared?"

"¡Me haces tener miedo!"

De nuevo Mirella asintió. "Esa es exactamente mi intención. No sé qué se trae entre manos. Aún no. Pero lo averiguaré. Y tú debes ayudarme a impedírselo."

"En caso de que Dario trabaje verdaderamente para los barones... entonces Annese tiene ahora toda la razón para dejarlo en paz. Sin la protección de los barones, Annese está perdido."

Stefania se sacudió y Mirella se apartó un poco de ella, para no molestarla con el frío del propio cuerpo. Alcanzó por los pies bajo la colcha: estaban helados. "No estoy tan segura." Pensativa se masajeó los fríos dedos. Parecía tan inútil razonar con Stefania. Ella simplemente no quería preocuparse; más que entendible. Pero era erróneo e ingenuo. "Fue Annese el que lo hizo arrestar."

"¿Y por eso vienes tan temprano, cuando aún hay toque de queda? Eso podría haber esperado hasta la mañana."

"No, no es por eso." Le contó a Stefania del arresto de de Módena y el plan de Dario para salir del arresto domiciliario ofreciéndose como testigo para exonerarlo. Se acercó de nuevo a Stefania y puso su brazo alrededor de ella, para que soportara mejor el inevitable choque. "Quiere contarle a de Guisa quién ha comprado a los soldados." Cerró los ojos. "Tu padre."

Stefania no se movió. Como después de un rato aún no decía nada, Mirella la miró de reojo.

Stefania se roía el labio inferior con los dientes. Cuando se dio cuenta de que Mirella la estaba mirando le acarició la mejilla. "En el amor y en la guerra todo está permitido. Y ahora los dos coinciden."

Lo había temido: Stefania no le sería de ninguna ayuda. ¡Pero que estuviera dispuesta a poner en peligro a su propio padre! Realmente, había venido en vano. "El caballo pío está bajo la lluvia, ante el portón." Mirella salió de la cama. "Mejor debería volver a casa."

Stefania rió. "No se mojará más de lo que ya está." Tomó la vela y fue hacia el armario. "Pero tú." De uno de los amplios cajones sacó una capa clara. "Si te apuras, permanecerás seca debajo de ella."

"Gracias." Una fina piel de cabra envolvía el cuello de Mirella cuando Stefania se la colocó sobre sus hombros y enganchó los cierres de plata.

También tenía medias secas y luego la tomó de la mano y la acompañó a ver a la *marchesa*.

"Madre, Mirella está preocupada por padre." Le explicó el plan de Dario.

La *marchesa* no vaciló. "Orazio no está en la ciudad. Y recién volverá cuando esta guerra haya terminado definitivamente." Suspiró. "Ya no hay nada que negociar."

Mirella tardó más en recuperar el habla. "¿Entonces él estaba de acuerdo con que vuestra casa de campo servía por Dario como base de operaciones?"

"¡Sirve!" Stefania se burló. "¿Crees que todo tipo de gente puede entrar y salir de allí sin que él se entere en algún momento? Eres ridículamente ingenua."

Probablemente Stefania tenía razón. Pese a ello, no podía dejar de preguntar. "¿Y el *marchese* estaría de acuerdo, si supiera que yo afirmo...?" Sacudió la cabeza. "Dario tiene que encontrar algo que no sea una mentira. – Porque eso es una mentira, ¿o no?" El descuido de Stefania comenzó a enfurecerla. "Oh, no, no a causa de tu padre. Sino porque las mentiras son demasiado complicadas. Una sigue a la otra y luego otra y luego otra – y al final..."

"Solo se debe hacer después algo que haga parecer cierta la mentira. Como con el supuesto encargo de tu vestido de bodas. Tu padre lo retira la semana que viene, ¿no es así?" Stefania la abrazó. "Nos casaremos juntas, ya lo verás. Una vez que Dario pueda moverse libremente de nuevo..."

Mirella esperaba que el dux lo niegue.

Empezó a alborear y sobre el cuadrilátero del patio se mostraban los primeros huecos en la cubierta de nubes. Pero seguía lloviendo y Mirella se apretó más la capa. Sus botas estaban tan mojadas, que el cuero rechinaba a cada paso. El caballo pío se quedó junto a la valla con la cabeza gacha, moviendo la cola nerviosamente mientras ella montó.

Los postigos fueron abiertos; un perro aulló largo y sostenido. Dos hombres con sacos al hombro cruzaron la calle; justo después, una mujer iba al encuentro de ella con una cesta de mercado. El toque de queda había terminado. Delante de la panadería en la *piazza della Reggia* había una larga fila de niños y mujeres jóvenes que esperaban la apertura de la tienda.

La ciudad despertaba y Mirella se relajó, pese a las miradas curiosas que más de uno le arrojaba.

"*¡Signorina!*" La voz le resultaba familiar, pero no lo suficiente como para que se sintiera aludida y mirara a su alrededor en busca de la persona que llamaba.

"¡Mirella!" Eso estaba destinado a ella.

La voz de Varese. Ella miró alrededor. Varese y Cesare, de pie junto a un pozo, al lado de dos jóvenes pescadores, miraron hacia ella.

Levantó la mano para un saludo breve; luego siguió cabalgando apurada. Seguramente le contarían a Enzo sobre el encuentro; era mejor que llegara a casa antes que ellos.

Un perro saltó hacia ella ladrando. El caballo se desbocó, pero Mirella lo tuvo rápidamente de nuevo bajo control. El perro corrió ladrando junto a ellos. Con una imprecación, Mirella le empujó con el pie; pero él no se dejaba ahuyentar.

De nuevo llovía más y pronto corrían dos arroyuelos a derecha e izquierda del camino de grava.

Mirella se metió la capucha más en la frente.

Tras cambiarse de ropa con la ayuda de Gina, Enzo la recibió en el salón, temblando de furia. "¿Es que te has vuelto loca, que te escapas de la casa por la noche y vagabundeas sóla por la calle durante horas?"

"Estaba en lo de Stefania – como antes. Estuvimos sentadas juntas en su cama y charlamos."

Él levantó la mano contra ella, pero Mirella no se echó atrás; simplemente mantuvo la respiración y se tensó.

"¡Estás mintiendo! Varese te ha visto. En medio de la *piazza di San Lorenzo.*"

"Pero eso fue ya de día, ¿o no?"

Enzo tomó aire, luego bajó la mano. "Niña, es peligroso. Ya sabes que el toque de queda aún no ha sido levantado."

"¿Pero por qué le harían algo a una muchacha?"

Enzo entrecerró los ojos. "Cualquiera puede ser un espía de los españoles. Incluso un niño."

Mirella suspiró. "Ya sé bien que de Guisa, mientras tanto, huele la traición en todas partes. Pero no de nuestra parte. Él viste a sus soldados."

"Eso no le importó a la milicia de Annese, ¿lo has olvidado?"

"¿Cómo podría?" Mirella se sacudió. El recuerdo de

Dario en esa mazmorra se mezclaba con el del rostro de Alexandre, mientras ella hacía su falso juramento.

"Así que en el futuro quédate en casa por la noche." Por un momento pareció inexplicablemente indeciso. "Y durante el día, hazte acompañar."

Ella levantó la cabeza, para rebelarse, pero la expresión de Enzo presagiaba poco bueno. Ella volvió a bajar la cabeza. "Como lo desee, padre."

***

De Guisa continuaba residiendo en el *Palazzo Reale*. Hacía dos meses que ella no iba hasta allí. Lo primero que le resultó extraño fue que la acompañara uno de los guardias. Casi más extraño era que el soldado se detuviera y pareciera reflexionar cuál era el camino que debía tomar. Mirella conocía mejor el lugar que él, pero no quiso decírselo. Él la condujo al ala donde de Guisa había alojado la administración de la república. Varios salones, bibliotecas y los cuartos de los escribientes y consejeros.

En uno de los escritorios la recibió Albert realmente entusiasmado. "Mirella, sé muy bien por qué os habéis mantenido alejada. Pero era por completo innecesario. Nadie os relaciona con la acusación en contra de vuestro hermano. Y yo... yo ni siquiera creo que sea fundada."

"Me alegra, Albert." Se sentó en el sillón junto a la chimenea. Cuando miró el fuego, vio ante sí el rostro de Alexandre en esa tarde en que Enzo llevó a cabo el acuerdo con el dux. Todo había resultado diferente de lo que habían imaginado. "¿Pero qué os hace estar tan seguro?"

"No arriesgaré ningún juicio sobre la moral de vuestro hermano; para eso no lo conozco lo suficientemente bien. Pero bien tengo una opinión sobre Annese. Lo que viene de él es malo." Él pensaba entonces como Alexandre. Pero si los franceses ya no confiaban en Annese, ¿por qué le dejaron continuar? Política – nunca lo entendería.

"¿Entonces?" Se sentó frente a ella. "Sin embargo, no puedo ayudaros."

"No he venido para eso. Sino..." Era miserable, pero no solo había malas razones. "Todo el mundo está hablando de que el conde de Módena esté ahora también bajo acusación. De seguro, es aún menos culpable de traición que Dario."

Albert se quedó mirándola por un momento; luego se paró y fue hacia la ventana, parecía mirar afuera con tensión.

"¿No tenéis permitido hablar de eso conmigo?"

"Es mucho peor aún." Su voz se bajó en un susurro. "De Guisa – ya no parece poder distinguir entre amigos y enemigos."

"Eso pensé. De lo contrario, no hubiera dejado arrestar a su propio maestre de campo."

"No solo a él. También a Alexandre."

"¿Qué?" Mirella clavaba la mirada en la espalda de Albert. Él se dio vuelta, pero no dijo nada.

"¿Quién... quién lo ha arrestado?" Su voz apenas le obedecía. ¿Habrían encadenado a Alexandre en un calabozo lleno de ratas como a Dario? ¿Qué le estarían haciendo? "¿Annese?"

La mirada de Albert se ensombreció. "Yo. Por orden de de Guisa."

"¡Alexandre es vuestro amigo!"

"Es también el pupilo de de Guisa. Pero se atrevió a poner en duda la sabiduría del duque." Con un largo suspiro volvió a sentarse junto a ella. "No os preocupéis. No sufrirá ningún daño serio." Una fina sonrisa apareció en sus comisuras. "Sé bien lo que sentís por él."

El rostro de Mirella comenzó a arder. "Estoy prometida."

Albert rió; pero sin alegría. "Vuestro corazón no sabe nada de eso. Y Alexandre probablemente tampoco. Sin embargo..." Paró de reírse y se volvió de nuevo.

"¿Hay algo que pueda hacer?"

"No lo sé."

"Dario... Podría exonerar al conde de Módena." Quería creerlo; para eso había venido. Quizás eso ayudaría también a Alexandre.

"¿Cómo?"

"No lo sé." Por mucho que odiara mostrarse ignorante; Dario debía contar por sí mismo su mentira.

Se quedó mirando largo rato a Albert. Cuando sus miradas se encontraron, la vieja familiaridad estaba ahí otra vez. Entonces, bruscamente, ambos estallaron en carcajadas. "Como mi hermano." La sombra en sus ojos le decía que lo prefería diferente. Pero había surgido tal confianza entre ellos, que se sentía, de hecho, tan protegida como con Dario. Como con el Dario de antes. "Él está convencido de que puede decir algo. Entran y salen tantas personas de la oficina." Le hubiera gustado confesarle que Dario se escapaba de la casa.

Albert ya estaba otra vez de pie y caminaba de un lado a otro. "¡Verdaderamente os preocupáis!"

Mirella cerró los ojos. Inesperadamente Albert la agarró por el hombro. Probablemente le hubiera gustado sacudirla.

"¡Mirella! ¿Hay algo que debierais decirme?"

Se atrevió a mirarlo. "¿Qué queréis decir con eso?" Enrojeció de vergüenza por su hipocresía.

Nuevamente se deslizó una sonrisa en su rostro. "No vuestros sentimientos por Alexandre. – Pero quizás haya algo que convendría que yo supiera: ¿Por qué estáis tan preocupada?"

Mirella amasaba sus dedos. "¿Cómo podría saber algo?" Suspiró. "He visto a Dario en el *Torrione* y me pregunto..." Un escalofrío corrió por su espalda; se sacudió.

"Él lo sobrevivirá." Albert sonaba de pronto impaciente. "Al fin y al cabo, no ha hecho nada malo." La examinó con recelo. "¿O sí?"

Mirella resopló. Albert la agarró con ambas manos y la levantó. Ahora sí la estaba sacudiendo. "¡Mirella! ¡Alexandre es mi amigo! Sea lo que sea... No haré ningún uso malo de lo que me contéis."

"¿Pero de qué se lo acusa?" Su voz temblaba. "Si él es leal." Tragó con dificultad. "Él se lo toma tan serio como vos con su defensa de nuestra república."

"Y sin embargo, se le acusa de traición. Parece que hay alguien, que sabía algo que decir..." Él la miró inquisitivo.

"¡No es posible!"

Albert levantó una ceja. "¡Entonces es cierto! Vos sabéis algo."

Ella alejó las manos de Albert de sus hombros. "No puede haber ningún... Nadie puede testificar algo en contra de él." El posadero; Alexandre sí le había pagado. ¿No había sido suficiente? O... Se le hizo un nudo en la garganta. ¿Había cometido una doble traición? La había entregado a ella a los franceses para conseguir capciosamente la confianza de ellos. En realidad, todavía era un hombre de los barones – o de los españoles.

"Pérfido", murmuró. "Quizás el posadero me vio después..." En algún lugar, sin que ella lo hubiera notado... y entonces sabía que Alexandre la había dejado ir. ¿Pero podía saber que Alexandre la había favorecido? ¿No podía pensar simplemente que ella lo había convencido?

El rostro de Albert expresaba su confusión. No podía seguir sus palabras; por supuesto que no. ¿Qué había dicho Dario sobre Annese? ¡Un complot! ¿Cómo consigue un espía enemigo la confianza del duque? Demuestra su lealtad entregando a alguien. Exactamente eso estaba haciendo ella misma ahora. ¿Pero de qué otro modo podía ayudar ahora a Alexandre?

"¿Qué estáis diciendo?"

"¿Sabéis de la acción en el *Gallo bianco* de Pizzofalcone? Alexandre tenía el mando, ¿no es cierto?"

"Fue bastante en vano. Se apresó a dos campesinos desprevenidos."

"Yo estuve allí." Se frenó al ver la mirada estupefacta de él. "Es decir, ese día había ido a visitar a alguien. Y luego fui a buscar vino a la posada." Ahora se trataba de no decir algo erróneo. "A falta de otros espías, el posadero me acusó."

"¿Y Alexandre no os arrestó?"

"No... sí..." Se le humedecieron las manos y su cabeza estaba cada vez más vacía. "Es decir, por supuesto que me ha arrestado." Resopló. "Incluso le pagó una recompensa al posadero."

"Sin embargo, luego os dejó ir."

"¿Quizás no debería haberlo hecho?" Por supuesto que no debería haberlo hecho; su voz se quebró. "¿Es por eso que ahora está bajo acusación?" El sudor se estaba formando en la línea del pelo. Así no lo había planeado Dario.

"¿Por qué? ¿Sois acaso una espía?" Albert rió divertido con tal desparpajo, que Mirella hubiera querido salir corriendo de vergüenza. "Vosotros, los Scandore, sois una familia verdaderamente peligrosa."

Tragó, para darle seguridad a su voz. "Tan peligrosos como todos los napolitanos."

Albert cesó de reír. "Si vos fueseis una espía, los españoles serían aún más tontos de que yo creía. Y eso vale también para Dario. – La prometida de un grande español, ¿dónde podría colarse?"

"¿Lo veis?" No debía revelar nada sobre el *Gallo bianco*. ¿Pero podría él ayudar a Alexandre ahora?

"No os preocupéis. Alexandre ha soportado cosas peores."

Se quedó mirándolo espantada. "Pero…" Sería su culpa; eso no podía permitirlo. Debía decirle a Albert… En ese momento encontró su mirada desconfiada. ¿La estaba acechando? No, era mejor que no le confiara todo. Pese a su promesa, él debía actuar. Ella se pasó la lengua por los labios. "¿Cómo puede de Guisa, a uno de sus oficiales…?"

"Dos", la interrumpió bruscamente Albert. "¿Habéis olvidado al conde de Módena?"

Bajó la mirada. Nadie podía obligarla a elegir entre Dario y Alexandre. Seguramente, tampoco tenía que hacerlo; el dux necesitaba a sus oficiales más que nunca.

"¡Permitidme hablar con de Guisa!"

"¿Para decirle qué?" Albert sacudió la cabeza. "Venid de nuevo, cuando tengáis algo para ofrecerle. Si no os estáis poniendo en…"

"¿…ridícula?"

Volvió a sacudir la cabeza. "Tenéis una única oportunidad – si tenéis alguna."

La sospecha se surgió en ella de que Albert tampoco estaba contando todo. ¿ No debía saber ya que Alexandre la había encontrado en el *Gallo bianco*? ¿Si lo habían arrestado porque la había dejado ir? "Probablemente tenéis razón."

"Si saliera mal…" De pronto, parecía ser él quien estaba preocupado.

Se puso las manos en la cadera. "¿Me lleváis ahora con el dux o no?"

Él levantó las cejas, sorprendido ante su exabrupto. "Me preocupo por Alexandre tanto como vos." ¿Cómo había podido olvidarlo?

Luego caminaba con las rodillas flojas junto a él por los

corredores hasta la antecámara de de Guisa. Aun si ayudaba a Alexandre, igualmente era una mentirosa. Y quizás también una conspiradora. ¿Cómo podía presentarse fidedigna enfrente del dux?

"¿Qué queréis contarle, Mirella?"

"¿Por qué preguntáis? No lo sé", se la escapó.

Albert se detuvo. "¿Qué significa eso? ¿No tenéis nada para decir, en verdad?"

"¡Pues sí!" Mirella sonrió con un parpadeo forzadamente inocente. "Simplemente no sé..."

"... ¿cómo deberíais presentarse?"Albert suspiró aliviado, con una sonrisa austera.

Cómo haría para mentir con credibilidad. "Tengo miedo. Involucra a la familia de Stefania."

"No responsabilidad colectiva por parentela; ¡eso ya lo sabéis!" Albert abrió la siguiente puerta "Aquí a lo largo; aquí no os ve nadie."

Ahora le tocaba a Mirella estar sorprendida.

"En caso de que la conversación entre el dux y vos deba permanecer secreta."

"¿No deberá declarar Dario en un proceso?"

"Este proceso no será público. Revelaríamos secretos de guerra a los españoles."

"La ciudad entera sabe que el maestre de campo de de Guisa fue encarcelado."

"Seguro. Pero también se deja en libertad a un prisionero si se descubre su inocencia."

"¿Por qué entonces sigue estando Dario bajo arresto?"

"Vos habéis, por cierto, exonerado a vuestro hermano. Pero quizás hayáis mentido por él."

Enrique de Guisa entró en el cuarto; a su lado un hombre de mediana edad. "¿Qué hace aquí? ¿Hay algún problema con la entrega de los uniformes de verano?"

Mirella automáticamente hizo una reverencia. "No, Su Alteza. Hasta donde yo sé... Quería..." Se mostraba verdaderamente tan torpe como Albert había temido.

"La *signorina* no ha venido a causa de los uniformes."

"Entonces que espere a que tenga tiempo para ella."

Él dejó abierta la puerta a su estudio; pero el francés que hablaban los dos hombres le sonaba tan extraño a Mirella,, que apenas pudo entender una palabra. Solo el nombre del rey y el del príncipe de Saboya eran inconfundibles.

"No sabía que vosotros también teníais dialectos." Mirella ni siquiera intentó ocultar a Albert que estaba prestando orejas.

Albert cerró la puerta. "Los Scandore son siempre un poco demasiado curiosos. Uno de estos días os pondréis en peligro por ello."Mirella torció el gesto. "Yo quizás ya lo esté. Y Dario, desde luego."

"Eso no fue curiosidad; eso fue..." Albert parecía buscar una palabra. "En todo caso, solo puede culparse a sí mismo."

"¿Debemos sentarnos en casa y apostar si primero una bala de cañón nos destruirá la casa, como al vecino, o si primero terminará esta guerra?"

"No estabais bien refugiados en la casa de campo de los Oliveto?"

"¿Y padre? ¿Y el depósito en el puerto?"

"No habéis podido impedir que lo incendiaran. Aunque estabais en la ciudad."

"Por lo menos hemos podido rescatar algo." ¿Por qué de pronto mentía sin necesidad?

Albert simplemente levantó las cejas.

"La casa de campo…" Su espíritu de contradicción estaba incitado; casi se había tendido una trampa.

"¿Qué hay con eso?"

Suspiró como si se rindiera. "Está entre las cosas que quiero contarle al dux."

"Si lo hacéis tan incontroladamente como ahora... Sois poco convincente de esa manera."

Él se sentó en una de las sillas frente a la chimenea y cruzó las piernas. "Podría ensayar con vos."

"¡Me estáis tomando el pelo!" Fue hacia la puerta del estudio. "Y hay prisa, aun cuando el dux lo vea de otra manera."

Él esbozó una sonrisa. "¡Adelante! Intentad molestarlo cuando un emisario del rey está con él."

"¿Un emisario? – ¿Cómo es que ha llegado a la ciudad?"

"¿Cómo llegan los demás a la ciudad?"

"¿Y qué está haciendo aquí?"

"Mazarino se preocupa por Nápoles y el rey por de Guisa. Quieren ayudar con grano."

"Podemos ayudarnos nosotros mismos. Una vez que hayamos expulsado a los españoles."

"No parece que vayáis a tener éxito."

"¡Pero a vosotros tampoco!" Oh, qué torpe era.

"Si ofendéis a de Guisa, no llegaréis muy lejos. Y no os olvidéis de que está en juego la traición."

"Precisamente ese es también nuestro problema."

"¿También?"

"¿Debéis hacer permanentemente el eco?"

Albert estaba visiblemente divertido. "Querida Mirella, estáis enojada. Pero vuestro enojo está dirigido a la persona equivocada.

"De eso no estoy tan segura. Al fin y al cabo, es el mismo dux quien no mantiene sus filas bien cerradas."

"¿Queréis indicar con ello que verdaderamente hay un traidor?"

Mirella buscó aire. "¡No!" El sudor se acumulaba en su nuca. Una vez más, había conseguido dar un giro a la conversación que la metió en líos. "Eso no es lo que quise decir." La mirada alerta de Albert terminó por hacerla tartamudear. "Los mercenarios italianos..."

"Han abandonado la batalla en lugar de luchar por sus propios intereses."

"Lo han hecho sin duda por su propio interés." Mirella se dio por vencida. "No todos están de acuerdo con la república."

"Y aún menos están de acuerdo con la gestión de de Guisa. ¡Eso lo sabemos bien!" Albert comenzó a pasearse de un lado a otro. "No confiáis en mí; ¿tengo razón? Y sin embargo..." En su mirada apareció una luz melancólica.

"Pues bien, vos obedecéis, por cierto, las órdenes de de Guisa. Todas sus órdenes."

Él se puso pálido.

El énfasis insinuante de las últimas palabras había sido involuntario. Pero ahora estaba extremadamente satisfecha con el efecto. ¿Por qué habría de ser ella la única que se sintiera culpable por Alexandre? "Aun cuando sabéis que es injusto y afecta a vuestro mejor amigo."

Albert se quedó parado frente a ella. "Mientras tanto, estoy convencido de que es más culpa de los Scandore que mía si le ocurre algún daño."

Cuánta razón tenía. Pero ella lo repararía. Después de todo, incluso la madre de Stefania estaba de acuerdo. También ayudaba a Dario con eso. Y en verdad no le hacía daño a nadie. "¿Creéis que los españoles vencerán?"

Albert volvió a estar alerta. "¿Cómo llegáis ahora a esa pregunta? ¿Depende de eso lo que le contaréis al dux?" Le tomó las manos, que ella había entrelazado en su regazo, y las presionó con suavidad. "Ninguna táctica, Mirella. Ya tenemos demasiados tácticos a nuestro alrededor. Nos hacen difícil vencer."

De la angustia de responder a su última pregunta, la libró el mismo de Guisa. Sin embargo, así como despidió al emisario del rey, parecía estar enfurecido y Mirella temió haber pescado un instante poco favorable.

Tras una inclinación sumamente escueta ante el dux, el emisario salió con una mirada picante hacia ella.

De Guisa sonrió tras él. "Le he recordado que no se debe hacer esperar a una dama." Le tendió la mano a Mirella y cuando le tendió la suya, él le agarró el hombro en un gesto amistoso. "¿Qué puedo hacer por ella, *signorina?*" Su italiano era más melódico de lo que ella recordaba. Había aprendido más.

Ella miró a Albert suplicante.

De Guisa malentendió la mirada. "¿Quisiera hablar conmigo a solas?" Le hizo un guiño. "Será un honor – a menos que tenga escondido un cuchillo."

"No, yo..." Incluso delante de la madre superiora en el convento, nunca había titubeado así. "Su Alteza, mi hermano le envía su agradecimiento por el cuidado que le ha mostrado."

De Guisa resopló. "Los ahorcamientos me repugnan. Los considero un acto de cobardía."

"Oh." Por un momento Mirella permaneció muda. "En todo caso, como..." pero qué difícil fue para ella decir esa palabra mentirosa "...como fiel ciudadano de Nápoles quiere informarle que cree saber con seguridad por qué los italianos han abandonado sus tropas en el combate de Nocera. Los han comprado."

"¿Ah, sí?"

Mirella casi no podía respirar; trató de aflojar su cuello. "Yo no entiendo nada de estas cosas..."

Una sonrisa pasó por la cara del dux. "¿Es decir que me habrían informado mal sobre ella?"

"Quería decir..." El dedo enguantado quedó atrapado en un gancho del cuello. Con cuidado movió dos dedos para liberarlo. "Solo puedo transmitir lo poco que Dario me ha dicho. Debe contarle los detalles él mismo."

"¿Cómo podría su hermano saber más que mis hombres?"

Mirella respiró hondo; por fin una respuesta que le era fácil. "Viene tanta gente de la provincia a nuestra oficina." El guante estaba libre; sonrió con timidez. "No hay nada que uno no pueda averiguar allí."

"¿Ha averiguado también su hermano quién habría comprado a los soldados?"

Mirella apretó los labios; el duque debería creer que ella quiere negarle la respuesta.

"¿No lo sabe?"

"Pues sí... pero..." Bajó la mirada. "Si hablara con mi hermano..."

"Para qué, si podéis decírmelo." El hecho de que cambiara al francés probablemente significaba que estaba perdiendo la paciencia.

Ella luchaba con las lágrimas; lágrimas verdaderas. Era tan mezquino; quién sabía, en verdad, si el *marchese* efectivamente iba a salir sin ser molestado? Incluso las tropas de Annese se animaban aún a salir en la provincia.

Súbitamente la mano de de Guisa estaba bajo su mentón y la obligó a mirarlo a los ojos. Ella moqueó.

"¿Angustia? ¿Cómo es eso?" La soltó. "No estáis segura, en todo caso, dado que vais a casaros con este español?"

"No, Su Alteza."

La mirada de de Guisa se volvió aún más alerta que antes.

"No es eso, iba a decir."

Una pronunciada arruga apareció entre sus cejas. 'Solo

esta única oportunidad', había dicho Albert. Ella estaba a punto de arruinarla.

"¡Me estáis quitando tiempo!"

"Ciertamente no quiero eso." Casi susurraba, poniendo un tono de súplica en su voz. "Stefania es mi amiga."

"Os doy diez segundos más."

Su voz temblaba. "El *marchese* d'Oliveto habría pagado a los hombres. Afirma Dario."

"Vuestro hermano está prometido con la muchacha. ¿Y nos entrega a su padre?" Se dirigió hacia su estudio. "No os creo."

"¡Simplemente digo lo que Dario me ha encargado!" La desesperación por el fracaso hizo sollozar a Mirella.

El dux cerró la puerta tras de sí.

Un instante después, Albert estaba junto a ella y le alcanzaba su pañuelo. "Que nadie os vea así."

"Lo he arruinado." Mecánicamente tomó el paño y se limpió las lágrimas del rostro. "Hará ahorcar a Alexandre."

"¡No se ahorca a un marqués!"

Mirella se estremeció: el padre de Alexandre había sido decapitado.

Albert le pasó un brazo por los hombros y la atrajo hacia sí. El gesto confidencial la reconfortó enormemente y cesó de sollozar.

"¿Qué debería hacer ahora?"

"Nada, Mirella. Idos a casa. Yo me ocuparé de ello." Sonrió ante su mirada dubitativa. "¿No os he dicho ya que Alexandre es mi amigo?" La soltó y abrió la puerta hacia el corredor. "Hubiera sido más fácil, si me hubierais dicho antes que Dario sospechaba del *marchese*. Podría haber hecho más."

Sobrecogida por una mala intuición, Mirella se detuvo. "¿Cómo? ¿Qué, pues? El *marchese* no está en Nápoles."

"¿No? – ¡Pero qué práctico!"

"No os comprendo, Albert."

"Denunciar a alguien a quien no tenemos acceso."

Seguramente había visto a través de ella. Ahora solo le quedaba la confrontación. "¡Vos tampoco me creéis!"

"No, en absoluto. Pero quizás ayude a Alexandre igualmente."

La acompañó hasta la salida. "Los Scandore son realmente una familia peligrosa. ¡Cuidaos! Os vigilaré a partir de ahora."

Ella levantó la cabeza altiva. "¡Por mí! Si eso ayuda a Alexandre."

Él sonrió conciliadoramente. Le hubiera gustado preguntar qué iba a hacer ahora, pero los guardias en la escalera los estaban mirando. Tal vez incluso estaban escuchando.

***

Dario estaba en el sótano cuando Mirella retornó a casa. Así que tenía un buen pretexto para no hablar con él inmediatamente. Luego Rita la llamó y Mirella huyó hacia ella en el dormitorio. En un arcón cerca de la cama yacía el vestido de bodas traído de Caivano.

Mirella quería huir nuevamente, pero Rita la detuvo. "A diferencia de los anillos y el ajuar, el vestido no lleva ningún nombre. Y no pasará tan pronto de moda." Le dio la vuelta y empezó a deshacer los lazos en la espalda del vestido de Mirella. "Te deseo de corazón que lo lleves para el hombre a quien amas."

"¡Ay, *mamma*!" Mirella apartó las cálidas manos de Rita de sus hombros.

Rita llamó a Gina y a Concetta. Juntas ayudaron a Mirella a ponerse el pesado vestido bordado con perlas.

Gina tenía lágrimas en los ojos. "Mi pequeña ha crecido definitivamente." Trajo el espejo del vestidor, pero Mirella lo rechazó.

"Te ves maravillosa, niña. ¿Acaso no quieres verte?"

"No." Mirella estiró la mano hacia los lazos de la espalda. "No ahora. Seguramente traerá mala suerte."

"En un par de semanas la ciudad entera pertenecerá a los españoles. Ahora mismo un barrio tras otro se está poniendo bajo el reinado del virrey. Tu boda ya no está en peligro."

"Excepto..."

Mirella hubo debido parecer desesperada, pues Rita la miró de repente preocupada, dejó de destrenzarle el cabello y envió a Gina y a Concetta fuera.

"Tu Felipe espera el final en las naves, como todos los nobles. Los príncipes españoles no se exponen innecesariamente al peligro."

"Por Felipe no me preocupo en absoluto." Intentó imaginarse a Felipe armado y en batalla. No lo consiguió; la esbelta figura de Alexandre se entrometía. Pero tampoco Alexandre estaba en un campo de batalla. Una muerte más deshonrosa le amenazaba todavía.

"Los franceses han perdido esta guerra."

"¡*Nosotros* la hemos perdido, *mamma*! ¡Es nuestra república!"

Mirella cerró los ojos. El vestido de Rita crujió suavemente, luego hubo silencio. Ella esperaba probablemente —por primera vez desde hacía mucho tiempo, tenía paciencia. "¡Ya no quiero casarme con Felipe, *mamma*!" La miró; Rita devolvió la mirada con una expresión impasible. Mirella no sabía qué más podía decir.

"Estoy segura, no es eso. Tienes otra cosa que decirme." Con cuidado, Rita la atrajo hacia sí, atenta a no arrugar demasiado el vestido. Le quitó un rizo de la cara. "Los tiempos son duros. Si quieres mi consejo..."

El pesado olor del perfume dejaba a Mirella sin aliento, pero cuando se resistía al abrazo, Rita la apretaba más. Otro olor se mezclaba con el del perfume: ¿*Armagnac*? Mirella parpadeó y aspiró más profundo. Rita había bebido. A la mañana temprano. ¡La madre!

Con la conmoción, Mirella se distendió. "No hay otra cosa. Dario quiere salir finalmente del arresto. Sin ponernos ya en peligro."

"Eso es entendible. Y tiene razón." La voz de Rita sonaba acechante; aún no había terminado con ella. "Has ido a la corte de de Guisa. Gina me lo ha contado."

"¿Gina?"

"Lo ha sabido por Fabrizio."

Así fue como se difundieron las noticias. Al fin y al cabo, ella lo sabía; ¿por qué no había pensado en ello? "Quizás haya una oportunidad."

"¡Esta guerra no durará mucho más!"

De pronto, a Mirella le surgió una risa. "*Mamma*, ¿desde cuando se interesa por la política?"

"Desde que Gina solo sirve gansos duros y viejos."

Mirella descubrió un brillo pícaro en los ojos de Ritas; de repente se veía como una jovencita. Justo de la edad adecuada para una amiga.

"Hace ya largo tiempo que no hablamos realmente entre nosotras." Rita parecía haber leído sus pensamientos. "A veces pienso que confías más en tu padre que en mí. Quizás sea hora de que eso cambie." Volvió a apretarla contra sí. "¿Puedo ayudarte?"

Con el rostro apoyado en el hombro de Rita, sacudió muda la cabeza. Pero puso los brazos alrededor de su talle y se dejó apretar.

Los pasos de Dario resonaron en la escalera y Mirella se enderezó. ¿Por qué debía tener miedo de decirle a Dario que había fracasado? Él debería encontrar su propia manera para salir del arresto domiciliario. Al fin y al cabo, era todo mentira. Y quizás realmente peligroso para el padre de Stefania. Pero, ¿en caso de que fuera verdad?

Dario abrió la puerta. "Así que he oído bien que has regresado." Se sorprendió y se detuvo. "No te ves muy feliz."

"¡Deja en paz a tu hermana!" Rita se enderezó y apoyó su mano en el hombro de Mirella. "¿En qué la has metido?"

Gina llamó a comer y le ahorró a Dario una respuesta. Pero también le quitó la oportunidad de interrogar a Mirella.

Desacostumbradamente para un simple día de semana, había una botella de vino sobre la mesa. Enzo llenó cuatro copas con el noble *Greco di Tufo*. "¡Te ves encantadora, amor mío!"

Rita sonrió. "¡Te has acordado! ¡En medio de este merengue!" Se acercó a Enzo y él la tomó en sus brazos sin ningún pudor. Luego le ofreció una copa.

Dario se quedó mirándolos con la boca abierta, pero a Mirella se le encendió una luz. Tomó una de las copas. "¡Por ustedes dos!"

Rita se soltó de Enzo. "Bebamos mejor por vuestro futuro." Le sonrió con ternura a Mirella. "Que mi pequeña encuentre la misma felicidad."

A Mirella le corrían nuevamente las lágrimas por el rostro; ¿no podían usarse y gastarse todas de una vez?

Gina trajo en la bandeja de plata un ave de gran tamaño.

"¿Un ganso?" Mirella hizo un guiño a Rita mientras daba cuidadosamente un sorbo a su copa. El vino era quizás un poco seco para este asado, ¿pero quién podía preocuparse por semejante cosa? Y Gina misma no entendía nada de vinos.

Un golpe seco en la puerta principal hizo sobresaltar a todos. Gina se persignó precipitadamente.

Enzo tomó la mano de Rita y la apretó. "Va a abrir, Gina." Se sentó y tendió la cesta de pan a Rita, hasta que también ella se sentó y la tomó. Pero de inmediato la empujó hacia Dario.

Enzo arrancó un pedazo de su fragante *panino*. ¿Dónde habría conseguido Gina la harina?

Unas espadas tintinearon suavemente.

Mirella contuvo la respiración y no se atrevió a girar la cabeza para mirar a los soldados. Miraba fijamente a Enzo. En su rostro, tras un momento de enojo, apareció una fina sonrisa.

"¿Así manda de Guisa, por una vez, a controlar si mi hijo está en casa?" Su sonrisa se ensanchó. "Gina, trae dos copas para los señores oficiales."

"Si hubiéramos sabido..." ¿La voz de Albert? El italiano le daba un tinte extraño. Mirella se volteó y cruzó su mirada; él asintió a ella.

"Lamentamos molestarlos durante el almuerzo", dijo el otro soldado. "De Guisa ordena que el joven *signor* Scandore se presente ante él."

"Es urgente", agregó Albert.

"¿Qué se supone que haya hecho ahora, pues?" Rita era por completo la gallina peleadora que defendía a su pequeño. "Es difícil poner una comida decente en la mesa. Y bastante raro."

Dario echó a Mirella una mirada interrogante, pero ella no sabía qué señal debía hacerle. Al menos que hubiera venido Albert... Aunque también había obedecido sus órdenes cuando había arrestado a Alexandre.

"*Signora*", el segundo soldado levantó la mano a la defensiva. "Estoy seguro de que el cocinero del dux lo compensará."

Para gusto de Mirella, el rostro de Gina enrojeció. "¿Es

esta la persona que cada vez compra los gordos gansos en mis narices?"

Mirella soltó una risilla aliviada. "Ya lo creo."

Dario vació su copa de un largo trago. "Guárdame una pierna para la cena. Quizás en verdad tu ganso sea el mejor." Al pasar, le dio una palmadita en el hombro a Gina.

Enzo se quedó mirando la puerta cerrada. Luego soltó la mano de Rita. "Eso no sonó a arresto. Creo que no debes preocuparte."

"¿Pero qué quiere de él el dux?"

"Quizás levantar el arresto, *mamma*."

Enzo echó una mirada sorprendida a Mirella. "¿Qué sabes tú de eso, niña?"

"Estuve con el dux esta mañana."

"¿Y justo después manda a buscar a Dario?" Había recelo en la voz y en la mirada de Enzo.

Rita se pasó la lengua por los labios. "Nada de política en la mesa, por favor. Y mucho menos en mi aniversario de bodas." Su voz carecía de la acostumbrada firmeza pero. Seguramente quería solo ahuyentar los pensamientos angustiosos que traería consigo la siguiente conversación. En un minuto ella hablaría del tiempo.

Dario no llegó a su pierna. En su lugar mandó avisar por un lacayo de los Oliveto que se quedaría a cenar en lo de Stefania e iría luego con ella a ver la nueva obra que una compañía francesa presentaba en el *teatro San Bartolomeo*.

Enzo mandó entonces a Gina que trajera una segunda botella de *Greco* de la bodega. "Ha olvidado comunicarnos si ya han fijado la fecha para el casamiento", dijo una vez que hubo abierto la botella.

Mirella, que acababa de agitar exuberantemente su copa, se puso pálida. "No es lo único que ha olvidado", murmuró.

Enzo la miró preocupada. "Qué te pasa? ¿Temes que ellos se casen antes que tú? ¿O ya has bebido demasiado vino hoy al mediodía?" Hizo una mueca irónica. "Habrá aún más alcohol cuando se festeje una boda."

"Entonces debemos esperar que falte bastante tiempo para eso. Si no nuestra pequeña no podrá ejercitar lo suficiente." Enzo probablemente debería tomárselo a broma; pero la mirada seria de Rita no correspondía con eso.

Entonces, Dario estaba libre. ¿Y Alexandre?

***

Al día siguiente un mensajero del dux trajo a Enzo una invitación al baile de máscaras de *mardi gras*. Cuando se sentaron juntos para la cena, les puso el billete en la mesa.

Dario rió con ironía. "De Guisa tiene coraje."

Mirella lo miró sorprendida "¿Por qué coraje? Después de todo, es carnaval." ¿Podría averiguar por fin algo sobre Alexandre?

"Solo que esta vez el ayuno vino por adelantado." Obviamente, Rita seguía molesta por lo del ganso.

Dario no se enganchó en eso. "No se corresponde para nada con lo que se dice de que se siente perseguido y rodeado de enemigos."

"A falta de vestidos y máscaras, probablemente no se colará nadie desconocido." El sarcasmo de Rita era esta noche verdaderamente insuperable.

"Ponte ellos del año pasado, amor mío; los franceses aún no los conocen."

"¡Pero sí los napolitanos!" Mirella hizo una mueca. "Estoy segura de que Stefania llevará un vestido nuevo."

"Los Oliveto no están quemados." Enzo se rascó detrás de la oreja y miró a Dario con desconfianza. "Todavía no."

¿Qué quería decir eso? ¿De pronto Enzo sabía algo? Por cierto; entraba y salía de todas partes.

Gina y Fabrizio trajeron del altillo los arcones con los viejos disfraces. Mirella desplegaba malhumorada un vestido detrás del otro sobre la cama de Rita: un disfraz de gato, varias batas elegantes que estaban hechos a la moda medieval, el traje de una campesina, un pantalón abultado de brocado dorado con turbante para hacer de turca, un atuendo chino. Luego una chaqueta de piel de invierno, en la que al bailar sudaría hasta la muerte. Las máscaras eran mayormente venecianas y cubrían el rostro entero. Nada de eso cumplía con sus ideas.

Gina le tendió una máscara frente a la cara, que tenía incluso una fina trenza negra, que probablemente se entrelazaba con el propio pelo. "China. Así seguramente no te reconocerá nadie."

"¿Y si sí quiero ser reconocida?"

Rita rió. "¿Para qué entonces un baile de máscaras? ¡Entonces el vestido da lo mismo!"

Un pensamiento interesante. Después de eso, Mirella corrió hacia su propio cuarto y abrió de golpe el armario. Sacó el vestido de fiesta lila, con el que había bailado tras la coronación de de Guisa. Pero no podía usar eso; no podía aparecer así en un baile de máscaras. "El rojo." Se sentó en la cama y trató de recordar. "¡Gina!"

Gina entró en la habitación con un vestido a rayas lila y blanco.

"¿Qué llevaba sobre el vestido el día de la coronación de de Guisa?"

"¡La capa!" Gina la sacó del armario. "Pero ya no está lo suficientemente buena. Deja pasar la niebla."

"¿Quién dice que la voy a llevar afuera?"

Gina se quedó mirándola sin habla, luego sacudió la cabeza. "La niña está chiflada", murmuró mientras volvía hacia el cuarto de Rita.

Mirella la siguió. "¡Voy de viajera!"

"¿De qué?"

Mirella corrió de vuelta y tomó el vestido rojo y la capa. "Esto me pondré. Siempre puedo quitarme la capa en caso de que haga mucho calor."

Rita le tendió el vestido rayado. "Ponte este debajo. El rojo no pega con una viajera."

"No." Casi se pega un pisotón. "Me da lo mismo..."

"¡La niña está chiflada!", repitió Gina.

Mirella le echó una mirada y Rita entendió. Tomó el vestido rojo de Mirella y lo giró. "¿Qué tiene de particular?"

Mirella miró al techo. Era plenamente consciente de que debía tener un centelleo nostálgico en los ojos. "No quisiera disfrazarme hasta ser irreconocible."

Rita sonrió. "¿Quieres que alguien te reconozca, al acordarse del vestido? ¿O de la capa?"

Mirella asintió.

"¿Y cómo vas a saber si ese que te reconoce es el correcto?" Sonrió con picardía y le devolvió el vestido a Mirella. "Has adelgazado en los últimos meses; haz que Gina lo ajuste. – Trae el costurero."

Sacudiendo la cabeza Gina obedeció en lugar de indicar que era completamente innecesario, como lo hubiera hecho en otra ocasión.

Martes, 25 de febrero de 1648

Mirella temblaba no solo de frío, cuando se bajó del coche y caminó, detrás de Enzo y Dario, los pocos pasos hasta los escalones del *Palazzo Reale*. Rita la atrajo hacia sí; su familiar olor a lavanda la envolvía. ¿De qué había tenido miedo hace un momento?

En el vestíbulo de entrada, todos los candeleros portaban velas, como si no hubiera ninguna carestía. Los sirvientes llevaban pesadas bandejas con *vin brulé* para dar la bienvenida a los invitados: una costumbre del virrey, que el dux ya no había adoptado antes. ¿Qué lo había impulsado a hacerlo ahora?

Pero los sirvientes ya no llevaban librea, sino ropas de calle, si eran napolitanos. O uniformes, si eran soldados de la provincia. Dos soldados de la guardia pasaron por delante de ellos. Tenían enmascarados no solo los rostros, sino también los distintivos de rango.

"¡Astuto!" Dario silbó entre los dientes con aprecio. "Pero igualmente deberían ser reconocibles." Estos dos tenían, sin embargo, el cabello claro; ninguno de ellos podía ser Alexandre.

Andrea Falconieri, el nuevo maestro de capilla pasó ante ellos en traje de trovador. De repente, se detuvo y se dio vuelta una vez más. Examinaba a Mirella, mientras ella se dirigía hacia la escalera. "Empezaré con una *tammuriata, signorina.*" Así que incluso él la había reconocido; qué tranquilizador.

Mirella lo saludó con un movimiento de abanico. ¡Una

tammuriata! Cómo no se le había ocurrido. Cualquiera que ya la hubiera visto bailar la reconocería. También Alexandre la había visto y así le había llamado la atención.

Se colgó de brazo de Dario. "¿Bailarás conmigo esta noche?"

Él rió. "¿En una mascarada? Innecesario." ¿Se acordaba también él del último baile del virrey?

"Una sola danza." Pero él no podía ver la expresión suplicante de su rostro detrás de la máscara. Así que tomó su mano y la llevó sin más ni más para subir la escalera junto a ella.

"Pues bien; una. Pero el resto de la noche debes permitirme disfrutar de mi nueva libertad con Stefania."

"Si puedes encontrarla."

Dario rió de pura alegría. "¿Crees que no me ha revelado lo que llevaría puesto?"

Justo después una Melusina se acercó a ellos. "¿Quiere ser mi caballero, noble señor?"

"De ninguna manera. Entonces desaparecería para siempre."

"Solo si él descubre mi secreto."

Stefania se colgó de su brazo. "Las hadas del agua no se sienten cómodas en la sequía."

Dos turcas de complexión ancha se empujaron delante de Mirella y le obstruyeron la vista de Dario y Stefania. Entonces los dos hubieron desaparecido entre la multitud.

Lentamente Mirella avanzó en dirección al salón de baile. Si Dario quería bailar con ella la primera danza, deberían haber ido hacia allí. Pero ahí no había ninguna hada del agua.

Los flautistas se ubicaron; el primer violín se levantó para acordarse con ellos. Esta noche eran rápidos – o no se lo tomaban tan en serio como con Trabaci.

Mirella se detuvo malhumorada. Quizás aún podía pedirle a Falconieri que no tocara primero la *tammuriata*.

Alguien le tocó el hombro. El segundo toque, más firme, le dejó en claro que no se trataba de una inadvertencia. El alguien gruñía a su lado. Un oso; no solo la máscara, sino un disfraz entero.

"Si está buscando la miel; está por allí." Indicó con el abanico hacia una de las puertas laterales, donde presumía que estaba el buffet.

"Aquí hay algo más dulce que la miel", sonó sordo a través de la máscara.

Escuchando, ella inclinó la cabeza. No era un napolitano; eso era italiano y además, con un acento pesado. "¿En serio?"

Una risa fue la respuesta.

"¡Albert! ¿Cómo me habéis reconocido?"

Nuevamente una risa. "¿Por qué piensa que sabía quién es?"

"¿No me toméis el pelo! ¿Me habéis reconocido o no?"

"Pues, sí." Cambió al francés. "¿Me concedéis la primera danza?"

Mirella dudó; miró una vez más alrededor en busca de Dario. Había perdido el momento de dirigirse a Falconieri. Ahora él ya estaba en el podio y golpeaba con la batuta pidiendo atención.

"¿Ya la habéis prometido?" Albert gruñó amenazante. "No os lo aconsejaría."

"Me parece demasiado peligroso. Quisiera poder usar mis pies un rato más esta noche."

"Os juro que no os pisaré."

Dario seguía sin aparecer. "Pues bien, mantendré un poco de distancia."

Con un gruñido amenazador, Albert abrió el camino hacia la pista de baile. Mirella examinaba a los invitados que estaban en la pared de enfrente. Alexandre no bailaba, ¿Qué buscaba entonces allí? Pese a ello, la decepcionó no descubrir a nadie tras cuya máscara pudiera haberlo adivinado.

"Queridísimo oso, la *signorina* me ha prometido esta danza." De pronto se dejó oír la voz de Dario dos pasos detrás de ella.

"Entonces debería haber pastoreado mejor a la dama, para conservar su derecho." Albert tomó la mano de Mirella.

"No hay por qué ponerse celoso. Solo soy el hermano." Se apretó junto a ellos. "¿Pero no debería decidir la *signorina* por sí misma?"

Mirella señaló a la orquesta. "Esto es poco bueno para un francés. Pero debo hablar con vos, Albert."

"¿Albert?" Dario dio un paso atrás y cambio al napolitano. "Seguro tiene algo que contarte."

La *tammuriata* empezó con unos lentos sonidos de cuerdas. Dos mujeres entraron sólas a la pista y miraron en busca de sus acompañantes. Aparentemente dudaron – así que también eran francesas. Albert en cambio entró con paso firme junto a Mirella en el medio. No, dio intencionalmente pisotones, haciendo el papel de oso.

"Espero, que no me piséis los pies con el mismo ímpetu."

Él se inclinó ante ella y un instante después no le apremiaba tanto a Mirella que tenía de preguntarle tanto. Los otros bailarines se apartaron de ellos; entonces el círculo a su alrededor se hizo más grande y finalmente Mirella tuvo el espacio al que estaba acostumbrada. Se recogió el dobladillo de la falda; también Albert se retiró un paso y luego paró de bailar.

Cuando la pieza terminó, aplaudieron los presentes y las risas corrieron por el salón.

Albert volvió a acercarse a ella. "Entonces, el maestro de capilla también está complotando."

Mirella se colocó otra vez el pañuelo sobre los hombros. "¿Qué queréis decir?"

"Ahora todos saben quién sois."

"Vos ya me habíais reconocido antes; así que hubiera sido bastante superfluo."

"Pero no estabais segura de si vuestro disfraz era lo suficientemente escaso."

La orquesta comenzó una *pavana* y Albert condujo a Mirella al final de la fila. Un maestro de ceremonias apareció como de la nada y empezó a anunciar las figuras.

Ahora estaba demasiado alejada de él como para hablarle. Luego un giro, un cambio de lugar y otro giro. "Albert, no he oído nada sobre la acusación..."

Albert dio un paso atrás y el siguiente caballero se inclinó ante ella. Otro giro y un segundo la tomó del brazo para atravesar con ella la calle hasta el otro extremo de la fila.

¡Cómo odiaba esos afectados bailes cortesanos! ¿Cuánto faltaba para que volviera a tener a Albert como pareja?

"Os he dicho que no habrá ningún proceso público. No en este caso."

De la impaciencia pisó torpemente al próximo caballero.

"Más vale que practique", llegó la pronta respuesta en napolitano pesado.

"¡Pues no me ponga el pie en el camino!"

El hombre simplemente la soltó; ella miraba sorprendida a su máscara. Luego se dio la vuelta. ¡Que bailara quien quisiera!

Albert, ahora sin pareja, seguramente la seguiría. Mirella fue lentamente hacia una puerta lateral. Allí se detuvo y miró a su alrededor buscándolo. Debería haberle preguntado directamente si Alexandre estaba libre. Pero Albert seguía bailando; una señora mayor en traje de pescadora había tomado su lugar con asombrosa agilidad.

Siguió caminando lentamente. Detrás de su máscara podía examinar descaradamente a los hombres que pasaban junto a ella. Si Alexandre no traía igualmente un disfraz tan completo como el de este oso, entonces lo reconocería. Si es que estuvo aquí.

Un hombre con botas altas y un sombrero prominente en su ondeada peluca negra se detuvo frente a ella. "¡Ofrecéis una vista verdaderamente encantadora, *signorina!*"

Mirella se hundió en sus faldas con una reverencia; el hombre la levantó rápidamente. "Pero no. ¡Hoy estamos todos de incógnito!"

El pícaro la venció. "¡Pero habéis mostrado que me reconocisteis!"

"Vos habéis contado con ello."

Eso era cierto. La mirada de Mirella voló alrededor. Alexandre no podía estar lejos, si este era efectivamente el dux. En caso de que estuviera libre. Pero ninguno de los que estaban a su alrededor tenía pelo negro.

De Guisa le tendió el brazo y Mirella se vio obligada a agarrarlo. "Es una buena oportunidad de conversar sin llamar la atención."

"¿*Sire*?"

"Quiero agradeceros haber encontrado el camino hacia mí. Vuestro hermano ha tenido mucho menos escrúpulos que vos en denunciar al padre de su futura esposa."

"Él estaba seguro." Esa era un comentario innecesario; estaba mintiendo de nuevo sin razón. "Pero yo simplemente no lo creo. El *marchese...*"

"...está fuera de nuestro alcance. Eso lo sabéis probablemente."

"No, cuando hayáis ganado la guerra."

"Esta guerra ya no puede ganarse." La furia resonó en la voz del dux. "Francia ha traicionado a los de Guisa una vez más."

"Pero Mazarino ..."

"Eso quería saber. A pesar de todo, vos entendéis algo de política."

Bajo la máscara Mirella se acaloró de vergüenza. "No, *Sire*."

El duque levantó la mano, para detenerla ante este título y porque ella ya estaba a punto de hacer otra reverencia. "Venid un poco al costado."

"En casa no se habla mucho de política. Yo solo acudí a Vos... Veo, pues, que tenéis buenas intenciones con la gente. Pero, por qué me agradecéis, pese a que no me habéis creído?"

"Fue suficiente. También he agradecido a vuestro hermano. Pero lo que habéis dicho fue mucho más significativo para mí, que conocer el nombre de un traidor más."

Mirella tragó con fuerza. "No soy digna de vuestra confianza." Eso lo decía sinceramente; ya no quería tener que mentir. Su mirada seguía errando por los alrededores en busca de Alexandre. O de Módena – él sí bailaba. Si estuviera aquí, sabría que también Alexandre estaba libre.

"Pero, por qué no? Porque vinisteis por interés propio y no porque estáis convencida del éxito de mis empresas?"

Mirella se sentía cada vez más confundida por las insinuaciones de de Guisa. "¿De qué os ha aprovechado?" La pregunta era insolente, pero en su confusión le parecía la mejor de todas.

"Lo mismo que os ha aprovechado a vos también." La voz de de Guisa sonaba como si estuviera divirtiéndose. "Habéis pensado que no sabía lo que sentís por vuestros compañeros de billar?"

El rostro de Mirella ardía y estaba más que agradecida de llevar una máscara.

"Yo necesito aún a mis hombres – más que antes." Tomó sus dedos entre ambas manos. "Y por eso, *mademoiselle*, necesito os también."

Asustada, Mirella le retiró la mano. Pero ella llevaba una máscara y el duque no podía verle la cara en absoluto; aliviada, exhaló.

"Albert está enfadado."

¿Albert? Otra vez la estaba confundiendo; Albert no había dicho nada de una discordia con el dux.

"Y aparentemente ha olvidado por qué estamos aquí. Deberíais recordarle."

"¿Yo?"

"Recordadle que os debe a vos y a Nápoles aceptar el mando de las tropas."

De pronto se preguntó si de Guisa abandonado su falsa sospecha. "¿No habéis dicho hace un momento que esta guerra no se podía ganar?"

De Guisa se tensó. "Precisamente por eso lo necesito aún más."

"Dudo que el *chevalier* de Grignoire escuché a una jovencita. Seguramente importa mucho más lo que penséis de él."

"Eso lo sabe." Sacudió la cabeza. "No razonaré con vos. Conocéis ahora mi... deseo." Se dio la vuelta sobre el tacón.

Mirella estaba segura de que había querido decir "orden". En ella surgió la ira. "Cómo podéis esperar algo de mí, si al mismo tiempo me tratáis como una niña pequeña?"

Él la había oído y se reía. Reía tan fuerte que llamó la atención y varios invitados se volvieron curiosos. De Guisa se quitó el sombrero y lo agitó como si los saludara.

"*Sire...*", un anciano *arlecchino* dijo con asombro.

De Guisa agitó su sombrero una vez más. "Se está divirtiendo, ¿no? Yo lo hago – aunque lamento que parezca tomarme por el dux." Se acercó un paso más al hombre. "Espero que no tenga ninguna daga consigo."

El hombre se inclinó apresuradamente. De Guisa le palmeó el hombro. Entonces hizo un gesto a uno de los lacayos y se hizo alcanzar dos vasos. Le dio uno al hombre. "Brinde conmigo por el dux."

El hombre dudó un momento. "A vuestra salud, *Sire.*"

De Guisa se quitó la máscara. "No se bebe bien con ella; y ya que insistís *partout...*"

Los que estaban cerca rieron. Ellos que tenían un vaso en la mano, lo levantaron hacia de Guisa.

Alguien se acercó a Mirella por detrás y le alcanzó igualmente un vaso. El perfume del jabón de Marsella. "*Signorina...*"

Un sonido cálido y suave. Le recorría hasta el último rincón del cuerpo y hacía que su sangre circulara más rápido. Se le cerró la garganta; muy lentamente, se dio vuelta.

Ojos ardientes bajo la máscara de un tigre; una peluca empolvada, que ocultaba los cabellos negros. Alexandre solo llevaba una máscara; ningún disfraz, sino una chaqueta de seda celeste y un fajín blanco, en el que estaba su espada.

"¿Por qué no lleváis uniforme?", se le escapó. ¿Había él también abandonado el servicio? ¿Pero estaría entonces allí?

Él brindó a ella. "Este es un baile de máscaras, ¿no es cierto?" La tomó del codo. "¿Me concedéis el honor?"

"El placer es mío." Lo que fuera que quisiera, a donde fuera que quisiera ir con ella.

Alexandre la condujo pasando por delante de de Guisa; el dux hizo sonar su copa contra la de Alexandre. Así que al menos estos dos se habían reconciliado.

Mirella observaba a Alexandre de reojo; intentaba evaluar sus movimientos. No logró adivinar si le habían hecho algo mientras estaba atrapado. Aun así, no se animaba a preguntar.

Albert golpeó su garra sobre el hombro de Mirella y

gruñó complacido. "Ahora no podré tener ningún baile más con vos esta noche."

Bailar, ¿qué haría ahora con eso? ¿Acaso Alexandre la había reconocido, como de Guisa, por la *tammuriata*? Él la condujo entre la multitud hasta el salón de baile. A dos pasos de la puerta él se detuvo y giró la cabeza a uno y otro lado, como si estuviera buscando algo.

La orquesta acabó de terminar un *rondeau*; Alexandre puso una mano en el brazo del hombre frente a sí. "*Pardon, scusi, signore.*"

El hombre miró hacia atrás, y luego dio complaciente un paso a un lado.

"Así os reveláis como francés", susurró Mirella. "Decid '*permesso*', cuando queréis que alguien os ceda el paso."

Alexandre hizo un gesto a un sirviente y le murmuró algo al oído; el sirviente se apuró hacia la orquesta. Allí se detuvo, miró de vuelta hacia ellos y luego intentó hacerse notar por el maestro de capilla.

A juzgar por un movimiento indignado de Falconieri, lo consiguió. Pero este continuó dirigiendo; evidentemente, en un tiempo un poco más lento pero.

Mirella rió por lo bajo.

Alexandre apretó su codo un poco más firmemente. "¿Qué os divierte?"

"Falconieri; se ha molestado. ¿Qué habéis encargado al lacayo?"

"¿Cómo llegáis a eso?"

"Pues ha ido hasta allí según vuestra indicación."

"¿Por qué pensáis que el mastro de capilla se ha molestado?"

Volvió a reír por lo bajo; ahora realmente se divertía. "Hace tocar intencionalmente más lento, para que el hombre tenga que esperar."

"Lo lamento." Pero Alexandre no sonaba verdaderamente como si lo apenara; antes bien, como si también se estuviera divirtiendo ahora.

Entonces terminó el *rondeau* y el lacayo se deshizo de su encargo. Falconieri miró a lo largo de las filas de invitados, que desde su posición elevada podía ver a todos.

Encontró a Mirella y le hizo un gesto con la cabeza. Con una amplia sonrisa. Sorprendida, ella miró a Alexandre, que permanecía inmóvil a su lado.

Falconieri hizo una seña al primer violinista para que se acercara. Uno de los flautistas puso su instrumento sobre las rodillas y cambió las páginas en su atril.

Una modificación en el programa; asombrada, seguía los movimientos de Falconieri. Él empujó los puños de un palmo más alto y golpeó la batuta con dos movimientos bien rápidos contra su mano izquierda – otra vez tocarían una *tammuriata*.

Alexandre puso un brazo por su talle, ella siguió la presión de su mano y avanzó con él en la pista de baile. Todas las velas parecían haberse encendido en sus ojos.

La orquesta tocó primero una anacrusa muy corta; Mirella se deshizo de su agarre y bailó. Otras parejas ni siquiera habían entrado a la pista de baile. Ella no le quitó la mirada a Alexandre, y él tampoco y él tampoco se la quitó a ella. Tras diez compases, estiró la mano y la atrajo hacia sí.

¿Este hombre no bailaba nunca? ¡Bailaba la *tammuriata* como un napolitano!

Mirella volaba.

Entonces él la agarró en un giro cerrado.

"¿Dónde habéis aprendido eso?", murmuró ella.

"Os he observado", susurró él en su oído.

Intencionalmente, ella le pisó el pie. "No puedo creerlo."

Él la soltó; después la recogió. "Me parece, que puedo

hacerlo mejor que vos; al menos no piso a nadie." Sus ojos chispeaban de placer.

Era ágil como un gato; no había ningún paso que le resultara difícil. No le habían hecho nada. Dario había necesitado apoyo una y otra vez durante semanas.

Era un placer puro y refulgente. El calor de sus brazos alrededor de sus caderas le recordó esa tarde en el Pizzofalcone; y cómo aquella vez deseaba que él nunca más la soltara.

Ella le agarró las manos. Pero él probablemente malinterpretó su movimiento y la dejó ir de inmediato. Rápidamente ella se apoyó con la espalda en su hombro y estiró la cabeza hasta la altura de su cuello.

Él se paró por un momento.

"El paso aún no lo conocíais."

"Uhm." La giró hacia él y la miró a los ojos. ¿Qué podría leer en ellos?

La pieza terminó, la música se apagó con una nota alta de flauta. Alexandre dio un paso atrás y le agradeció con una media inclinación.

"Albert había afirmado que vos no bailaríais jamás."

"Él sabrá por qué lo dijo." Por un momento, una sombra oscureció la luz chispeante en sus ojos. ¿O solo se lo había imaginado? Pero su voz sonaba divertida. "Albert me lo perdonará." La condujo hacia la fila de los bailarines, que se disponían para la gallarda.

Dos veces equivocó un paso, porque su mirada estaba permanentemente pendiente de sus movimientos. Albert le había mentido, a todas luces. Por otro lado, hasta este día Alexandre efectivamente nunca había bailado. ¿Por qué sería?

La gallarda terminó en el brazo de él, que la rodea fuertemente. "Tengo que agradeceros."

Ella buscó su mirada, cuidando de no soltarse ni un dedo de él. "Bailáis maravillosamente."

"No me refiero a eso." Volviéndose serio de nuevo, la dirigió al buffet. Dejó que le entregaran dos copas. "Venid afuera, al parque. Está sorprendentemente cálido esta noche."

"Es más largo el invierno en la Champaña, ¿verdad?"

"Mucho más largo. Seguramente no os gustaría."

Eso no fue un desaire, ¿o sí? "No depende del tiempo, si uno se siente o no en casa. ¿Lamentáis haber venido a Nápoles?"

"No, Mirella. Fue lo correcto – pasó lo que pasase."

"De Guisa ya no cree en una victoria."

"¿Él ha dicho eso?" Alexandre la tiró a un banco de piedra, sobre el que había blandos almohadones. "Probablemente tenga razón."

"¿Pero cómo se sigue entonces?" Aspiraba el perfume del jabón de Marsella, con el que se mezclaba el aroma de las buganvillas a su alrededor.

"Eso debéis decidirlo vosotros mismos. Esta es vuestra tierra."

"Estamos hartos del hambre y de los cañonazos. Cada vez son más los que están dispuestos a la paz a cualquier precio."

"Eso suena como si no fuera tan importante para vosotros como debería."

Ella solo comprendió a medias el sentido de sus palabras. "¿Qué queréis decir?"

"¿No habéis debido posponer vuestra boda a causa de la guerra?"

Su corazón latía más fuerte. Se armó de todo el coraje y buscó su mirada, curiosa por la expresión de sus ojos ante sus siguientes palabras. "Si de mí dependiera, esta boda jamás tendría lugar." Inconscientemente contuvo la respiración.

"¿Por qué?" Su voz sonaba impasible, como si preguntara por convención; una pregunta desinteresada a una novia que declaraba que ya no quería casarse.

"Era joven y estúpida cuando acepté la propuesta de Felipe."

"Ha sido hace apenas un año."

"¿Lo sabéis eso?"

Rió contenido; esta risa le quitaba la respiración una y otra vez. "¿Y ahora sois anciana y sabia?"

"Más sabia, seguro." Enderezó la cabeza "Ya no soy una niña pequeña."

"No. Sois una mujer valiente que tiene un objetivo."

El corazón le dio un vuelco. "¿Así me consideráis?"

Refunfuñó enojado. "Os elogio, Mirella. Y al fin y al cabo..." Volvió la vista al iluminado castillo. "Soy libre, porque habéis mentido a Henri. Debo agradecéroslo. Pero no teníais ningún motivo honorable."

"¡*Monsieur*!"

Él se anticipó a su movimiento y la retuvo en el banco. "Permaneced sentada, Mirella. Haríais mejor en no causar sensación. – Excepto con vuestra danza."

"Alexandre, ¿qué queréis decir?"

"¡Tened cuidado! - Vosotros, los Scandore sois una familia peligrosa." Ahora él mismo se puso de pie. "Y decid a vuestro hermano, que no todos confían en él."

Una vez sola, Mirella tiritaba de frío – y no solo porque le faltaba el calor de él. ¿Así que Alexandre seguía creyendo en la participación de Dario en una conspiración? ¿Por qué entonces no hacía algo al respecto?

Se levantó de un salto y se apresuró a regresar. Pero él ya había desaparecido entre la multitud de invitados del baile; no descubrió por ninguna parte su máscara de tigre.

Albert apareció gruñendo divertido. "¡Ya no volveréis a escaparos de mí!" Apoyó su garra en el hombro de Mirella y a ella se le puso la piel de gallina. De pronto, sus palabras tenían un significado más profundo.

Pero el baile le venía oportuno; así podría hablar con él sin llamar la atención. Hizo una somera reverencia. "Si solo no me devora, el oso."

El disfraz lo entorpecía; ¿o eso solo le parecía a ella, porque lo comparaba ahora con Alexandre? ¿Siempre bailaba tan más tosco como este? "Me habéis mentido, Albert."

"¿En qué materia, Mirella?"

"Que Alexandre nunca baila. Lo hace demasiado bien."

"Yo no hablaba de su pasado, sino del presente."

"Aha. ¿Y desde cuando se da este presente?"

"No es preciso que sepáis todo. Mirella, sois demasiado curiosa." La soltó para que hiciera sola un giro. "Esa no es una virtud."

"Tampoco mentir." Se creyó inteligente con su respuesta, pero no por mucho tiempo.

"¿Por qué lo hacéis entonces?" Acercó bien la boca a su oreja. "Mirella, tened cuidado. Los españoles no han ganado aún."

Indignada, le piso un pie. "¿Qué hago pero ?"

"Si lo supiera, me iría mejor. Pero aún más si supiera lo que se trae vuestro hermano. ¿Por qué ha denunciado al *marchese*?"

"Está seguro de que la casa de campo es un punto de encuentro."

"Eso difícilmente se lo haya revelado la *principessa* – aunque se su prometida."

"Cuando realmente se ama a alguien..."

"Seguro; ¿pero dónde está el beneficio? ¿En este caso?"

"Eso es tan claro como el sol: el dux ha levantado el arresto de Dario. Puede moverse libremente y casarse, como ellos desean desde hace tiempo."

"No soy consciente de que Filomarino haya leído las amonestaciones."

"Sólo ha pasado una semana..." Se justificó, aunque sabía que era imprudente. Cuanto más discutiera con él, más grande era el peligro de que dijera algo equivocado. "Quiero bailar esta noche, no razonar."

"Vos habéis preguntado."

"Y vos habéis contestado." Era impertinente, pero le daba lo mismo. "¿Habéis visto a mi amiga?" Mirella miró alrededor cuando el baile hubo terminado. Pero en verdad estaba buscando a Alexandre.

"La bella hada está allí." Albert dirigió la mirada de ella a Stefania, que estaba sola, mientras Dario charlaba con algunos hombres mayores.

"¿Ya queréis marcharos? No falta mucho para medianoche."

"Seguramente nos quedaremos hasta entonces." ¿Qué hacía Dario allí, apartado de Stefania? ¿Quiénes eran esos hombres? Ahora también ella le desconfiaba. Quería volver a encontrar a Alexandre. "Estoy curiosa por ver a quién ha invitado de Guisa."

"A nadie. Su secretario se ha hecho aconsejar para elaborar la lista. Por Genoino."

"Entonces es aún más interesante ver quién no está aquí."

Albert gruñó. "Sois una muchacha astuta."

No era Alexandre quien estaba al lado de de Guisa, cuando se quitaron las máscaras, sino el enviado del rey francés, el mariscal Duplessis-Besançon. Y todos los presentes le fueron presentados.

"¿Por qué hace eso?" Mirella estaba perpleja.

Dario rió entre dientes. "Pregúntale. Ya has estado conversando con él esta noche."

"¡De Guisa quería hablar conmigo!"

Ahora le tocaba a Dario estar sorprendido. "¿Qué quería?"

Se encogió de hombros. "Agradecer." De pronto, tuvo la sensación de era mejor no decir nada sobre la desavenencia con Albert. Máxime porque había dejado pasar la oportunidad de averiguar algo más. Tras la conversación con Alexandre sencillamente lo había olvidado. Suspiró. "Creo... De Guisa le ha mostrado esta noche a los napolitanos que no ve ningún motivo para preocuparse."

Su mirada escudriñó las filas de franceses. De Módena no estaba entre ellos; no había pensado en él en toda la noche. Pero tampoco veía a Alexandre. Pero, en todo caso, él sí había estado allí.

"O mejor – que seguirá adelante, pase lo que pase."

¿Así como Alexandre? Entonces los dos hombres eran más parecidos de lo que había sospechado hasta ese momento. La mirada despectiva de Dario le molestaba más que nunca; los pusilánimes napolitanos no se merecían en absoluto a este dux.

Medio borracho y malhumorado, Enzo entonces ordenó el regreso a casa.

En la escalinata Albert los detuvo. "*Signor* Scandore, ¿las costumbres napolitanas permiten jugar durante la cuaresma?"

Enzo dudó con la respuesta.

Entonces ya fue demasiado tarde; Dario aprovechó la oportunidad: "No es como la lotería, el billar. Aceptamos con gusto la invitación."

La mirada de Enzo se tornó aún más malhumorada, pero no dijo nada.

Recién en el coche habló. "Dario, aclárame una cosa. ¿Cómo concuerda que juegues al billar con la gente de dux pero que no lo quieras perdonar?"

"Me he dejado convencer, padre. Ahora cambiará todo."

Eso era una mentira tan evidente que dejó a Mirella sin aliento.

En casa, ella siguió a Dario a su dormitorio. "¡No puedes engañar a todos! Detente, es peligroso."

Dario se quitó la armadura de cuero y la arrojó al piso. "De Guisa. Tengo toda su confianza total."

"¿Y qué vas a hacer con eso?" Lo ayudó a desatarse la camisa.

"Acompañarte al billar." Dejó caer la camisa con descuido al piso.

"¡Pero te traes algo entre manos!"

"Es necesario."

"¡Te estás poniendo en peligro! No todos confían en ti o en nosotros. Alexandre..." ¿Pero de qué estaba hablando él ahora? ¿Qué significaba eso? Se le quedó mirando atónita. "¿Qué quieres decir con *necesario*?"

Él rió entre dientes. "Te he visto bailar con él; muy bien. Hazme saber lo que averigüe. Si averigua algo."

"¿De qué? ¿Qué es necesario?."

Él tomó sus manos y pasó por el dedo en el que había llevado el anillo de Felipe. "Esta guerra se ha vuelto obsoleta. Lo es hace ya mucho. Hay que ponerle un fin." La miró atentamente. "La queja de mamá sobre los gansos; y aun así, a nosotros nos va bien. ¿No ves tú misma cuánta miseria trae?"

"¿Quién se podrá permitir aún un ganso, si los españoles vuelven a reinar con sus gabelas?"

"Algunos más que ahora." Él debió ver en su rostro que le parecía ridículo. "¡Piensa en nosotros! ¿De qué nos sirve si los napolitanos se encerraran ante el campo circundante? Padre necesita el libre comercio."

"Y crees que eso solo es posible bajo la protección de los españoles?"

"¿Has visto su cara esta noche? De Guisa no es bueno para él."

"Lo odiás." Se enfureció.

"Sí. Sí, lo hago. Es un pavo, que por vanidad ha rechazado la alianza con Annese."

"Pues ponte contento; de lo contrario ahora estarías muerto."

"No podían probar nada en mi contra." Dario sonrió ampliamente. "Y así seguirá siendo."

"¡Dario!"

"Porque te vas a asegurar de eso. Y mañana iremos a jugar billar como tres meses atrás." "¡Dario!"

Se lanzó fuera de la habitación.

***

Pero por nada del mundo Mirella hubiera renunciado al juego de billar; sin importar por qué propósito Dario quisiera abusarlo. Además, había el deseo del dux; quizás se diera una oportunidad, más allá del juego, de hablar con Albert. Por amor a Dario había engañado a todos. Por eso, le debía esto ahora a de Guisa.

Pero cuando fue a buscar a Rita, se asustó de su propia imagen en el espejo. La noche en vela la hacía ver aún más pálida de lo que ya estaba tras este invierno. ¿Cómo iba a impresionar así a Albert? Que pudiera llevar una máscara también esta mañana. "Me veo como un cadáver."

"Los cadáveres tienen el rostro verdoso." Rita sonreía. "La palidez te sienta, niña. Pero el vestido te cuelga como una saco. No deberías salir así." Tomó un amplio pañuelo de seda de la cómoda. "Prueba con esto."

Mirella se ató el pañuelo alrededor del talle. "¡Así me veo aun más flaca!"

"No necesitás corpiño." Rita le acarició la cadera. "Esto también se toca mejor. Despides más calidez, más vivacidad, cuando puedes moverte libremente." Soltó, sin embargo, el pañuelo y se lo puso, para sorpresa de Mirella, sobre los hombros, como un echarpe. "No está de moda, pero es efectivo." En el talle le ató un magnífico lazo, en el que colocó dos magnolias blancas. "Distraen la atención de tu cara; así parecerás menos pálida."

Edoardo la recibió en el vestíbulo de entrada, como si no hubiera pasado un solo día desde la última partida. A Dario lo saludó con particular amabilidad; pero Dario reaccionó tan fríamente, que Edoardo enrojeció. "El *chevalier* de Grignoire ya lo está esperando, *Signor* Scandore. Y su prometida también está ahí."

Con ella eran cuatro. ¿Significaba eso que Alexandre no participaría? Los ojos se le llenaron de lágrimas por la decepción.

Dario se lanzó literalmente a la sala. "Stefania, amor mío, no me dijiste nada."

Albert rió divertido. "No podía hacerlo; vosotros os fuisteis antes que ella."

"¿Dónde está Alexandre?" Aunque solo había ido para hablar con Albert; debía preguntarlo.

"Con de Guisa." A diferencia de lo que hubiera esperado, Albert no respondió a su pregunta con una sonrisa conspiradora. Eso le recordó a la última partida y un frío helado le corrió por la espalda."

Dario alzó las cejas; luego mandó a Edoardo que le diera un palo. "Dejadme ver cuán bien puedo seguir jugando." Haciendo una seña con la mano, indicó a Edoardo que ubicara las bolas. "¿Hoy no tiene el *marquis* de Montmorency ninguna tropa que inspeccionar?" Apretó el brazo izquierdo a su costado y apuntó una bola.

"Sabes bien..."

Parecía tenso y concentrado antes de dar el golpe de salida con una sola mano. "¿Qué debería saber?"

"Que esa nunca fue su tarea."

Las bolas golpearon contra la banda, dos rodaron a lo largo de la orilla lateral.

"Qué lista eres, hermana." Dario le hecho una mirada corta; luego apuntó a las dos bolas que yacían una al lado de la otra en la banda. "¿Pero no necesita el dux un nuevo maestre de campo?"

"Ya debería tenerlo hace rato." La respuesta de Mirella le ganó una mirada sorpendida por parte de Albert.

"De Guisa ha mandado él mismo un ejército más de una vez; no necesita ningún maestre de campo." Albert sonó tan sarcástico, que incluso Dario lo miró atónito.

Mirella respiró profundo; entonces aventuró su avance. "Pero para gobernar Nápoles, debe hacer mucho más que librar unas cuantas batallas. No puede hacer todo solo. ¿Por qué no queréis mandar vos las tropas, Albert? Seguramente, también podríais hacerlo."

A Albert se le cayó la mandíbula. "Mirella, habéis cambiado. Desde cuándo no habláis de vestidos, sino de ejércitos?"

"Desde que es el ejército de los napolitanos." Lo miró fijamente. "¿Nos estáis abandonando?"

"No, Mirella." Ella respiró aliviada, pero él añadió. "Vosotros mismos os estáis abandonando unos a otros." Giró hacia Dario. "¿No es así, Dario? ¿No hay cada vez más que apuestan por el regreso de los españoles? ¿Y más de uno que hace algo para que eso suceda?"

"Las tropas españolas han reconquistado más de la mitad de la ciudad." Dario parecía concentrarse en el billar, pero había un brillo en sus ojos. ¿Triunfo? ¿Malicia? Fuera lo que fuera, seguramente no era bueno.

Albert asintió. "Porque la población les ha abierto las puertas."

"Si creéis eso, Albert", se dejó oír Stefania, "¿no deberíais preguntaros por qué es así?"

"Lo hago, Stefania; estad segura." Su mirada volvió hacia Mirella. "De Guisa tiene muchos buenos soldados; puede renunciar a mí."

Inconscientemente, ella soltó un gemido. "En verdad, no me interesa particularmente cómo lo ve de Guisa. Pero sé cómo han luchado los soldados, cuando de Módena los mandaba. Y entiendo la diferencia que hace que estén ahora por su propia cuenta."

"Mirella, los hombres están desanimados y desmoralizados. Y lo seguirían estando, si yo los mandara. Han cambiado tantas cosas en las últimas semanas."

"¡Pero Albert! ¿También creéis que ya no tenemos perspectiva alguna contra los españoles?" A esta pregunta, en realidad, no quería oír ninguna respuesta. "¿Quién juega hoy contra quién? ¿Y por qué jugamos?"

"¿Por qué?" Albert sonrió divertido. "¿Creéis que hoy vais a ganar?"

"Todo depende de quién sea mi compañero. Igual que en la guerra." Ella se puso en posición, mientras Edoardo alineaba las bolas sobre el fieltro.

La mirada de Stefania iba de ella a Dario, pero luego se volvió hacia Albert. "¿Quieres ser el mío?"

Albert asintió. "Nosotros contra los Scandore. Pero no puedo quedarme mucho tiempo." Albert echó una mirada a Mirella. "Pero quizás haya alguien que pueda tomar mi lugar."

"Lo dudo." Mirella hizo una pausa, para generar efecto. "Algunos hombres son irreemplazables."

"¿Mirella, no estáis tratando de persuadirme?" Albert sonrió. "¿Quizás deberíamos jugar por ello?"

"¿Lo haríais?" Mirella lo miró atónita. Luego vio la expresión del rostro de Dario. Tenía un gesto malicioso en las comisuras. Ella tragó nerviosa. ¿Se encargaría él de que Albert ganara?

Albert le tendió la mano. "¡Choca esos cinco!"

Su mirada se movía insegura entre Dario, Stefania y él una y otra vez. Albert sonrió animoso; Stefania asintió cuando se encontraron sus miradas.

"Que así sea. No tengo nada que perder."

Albert sonrió aun más divertido. "Pero Mirella, si yo ganara, entonces vos me deberíais algo."

"¿Qué podría apostar?" Se le secó la boca. No podía estar refiriéndose a lo que parecía indicar su mirada.

"¿Tenéis coraje?"

Asintió – intimidada.

"Pues jugad a ciegas."

"Confío en vos, Albert." Como un tratante de caballos, se escupió en la mano y aceptó.

Mientras Stefania preparaba su primer golpe, Albert le susurró al oído. "Verdaderamente tenéis coraje, Mirella."

Le sacó una sonrisa. "No será nada indecoroso."

"Y tampoco probablemente hay ningún peligro de que pueda exigirlo." Señaló las bolas que zumbaban por la mesa en completo desorden.

Mirella tembló cuando le tocó su turno. Colocó el palo y una vez que hubo golpeado, cerró un momento los ojos. Su bola rodó a través de la puerta. Apuntó a la siguiente bola; pero ésta falló.

"Aun así, no estuvo mal", murmuró Albert.

Albert era el siguiente en jugar; y jugaba bien. Dio una vuelta alrededor de la mesa; luego se puso en posición. Su mirada encontró la de Mirella. "Difícil." Volvió a enderezarse y fue hacia el otro lado de la mesa.

Dario se hizo a un costado, para no entorpecer a Albert en su golpe. "¡Esa de ahí está bien!"

"Lo intentaré con esta." Un golpe arriesgado; tenía que hacer dos bandas. Pero lo logró. Triunfante, miró a Mirella. Que él se la quisiera hacer fácil, tampoco lo hubiera esperado. Giró su palo entre los dedos; una aspereza en la madera le raspó la piel. "¿Alguna insinuación, Albert?"

Levantó la cabeza. "¿Sobre qué?" Sonrió burlonamente, antes de prepararse para el siguiente golpe. Una bola difícil, pero no imposible. Con despreocupación, la empujó; golpeó con precisión y la bola rodó directamente hacia aquella que pensaba pasar sobre el siguiente obstáculo. La golpeó con un sonido seco. Pero no había puesto la suficiente fuerza en el golpe; el impulso no alcanzó para el movimiento de ambas bolas y así se detuvieron a dos dedos de distancia de la loma.

Stefania rió. "Eso será fácil para ti."

Para Dario había muy cerca de ambas una bola que podía jugar; Stefania sonrió burlona a Mirella. Pero Dario envió su bola justo en medio de ambas; ni siquiera las tocó.

"También ese puede considerarse un golpe maestro." Albert apretó los labios sacudiendo la cabeza.

Dario enrojeció y, como Stefania lo mirara furiosa, tartamudeó una disculpa.

"No lo arruines", cuchicheó ella en la más tosca jerga napolitana.

Mirella suspiró aliviada cuando Stefania, de las próximas dos bolas, falló igualmente una. Stefania le apretó el brazo. "No te pongas nerviosa."

Mirella pidió a Edoardo que le alcanzara otro palo. Edoardo los clasificó con movimientos erráticos y miraba de reojo una y otra vez a Dario. Este parecía ignorarlo, como se suele pasar por alto a un sirviente. Pero a ella le pareció forzado. Y la forma casi familiar con que Edoardo había saludado a Dario tampoco concordaba. No había sido solo la alegría de verlo en libertad.

Ella se concentró en su golpe.

"¡Magistral!" Stefania brillaba, como si deseara la victoria de Mirella. "Con eso has compensado la burrada de Dario."

"Con tal de que no haga una nueva." Mirella lo miraba enojada. Otro golpe tan equivocado a propósito y estaría segura de que quería dejar ganar a Albert.

Albert tenía un rayo de burla alrededor la boca mientras inspeccionaba el campo de juego. Ninguna de las bolas que quedaban era fácil; o bien necesitaba una segunda, para lograr el efecto deseado, o tenía que jugar otra vez a través de la banda. En sus ojos brillaba una luz como Mirella ya le había observado en él antes, cuando esperaba el resultado de una travesura especial. Arruinaría ese golpe y nadie podría reprochárselo.

Albert parecía buscar la confirmación de Stefania; ella asintió con una fina sonrisa en la comisura de los labios. Entonces él se puso casi de rodillas y apuntó a una bola, que estaba justo en la orilla y para él, siendo zurdo, era particularmente difícil de jugar. Movió el palo, probando, de un lado a otro unos cuantos dedos de ancho. Luego se enderezó. "¡Dadme otro!"

No pudo hacerlo más excitante; a Mirella le dio hipo de la emoción. Con eso podía declarar el juego perdido de inmediato.

En dos pasos, Albert estaba junto a Edoardo y le tendía el palo de billar. De prisa Edoardo le alcanzó otro. Al pasar, Albert le hizo un guiño a Mirella, como si quisiera decirle que él también podía hacer lo que estaba haciendo Dario.

Se fue al otro lado estrecho, desde donde podía jugar

más fácilmente. Una minúscula rotación antes del golpe y entonces la bola bailaba un poquito en vez de correr en línea recta sobre el fieltro. Pero chocó con la bola que estaba junto a la banda con la suficiente firmeza como para que se moviera. Esta rodó lentamente por la siguiente puerta.

Decepcionada, Mirella se mordió los labios y echó una mirada furiosa a Dario. Él debía saber bien que ella le retorcería el cuello si perdían.

El próximo golpe de Albert condujo la bola jugada solo hasta delante de la puerta asignada. Ahora la partida estaba otra vez abierta.

Dario caminó alrededor de la mesa. No podía desperdiciar esa bola; no se lo hubiera podido explicar a nadie. Se encogió de hombros y la hizo rodar a través d la puerta. Pero su rostro se oscureció notablemente.

Stefania reaccionó a eso con una mirada desafiante. Estaba lista, a arriesgarse a pelear con él, para respaldar a Mirella. En este momento su mejor amiga significaba más para ella que un novio pasajeramente ofendido. A solo dos palmos de distancia había otra bola, pero el ángulo hacia la puerta era desfavorable. No obstante, Stefania se decidió por esta. Antes de jugarla, levantó una vez más la cabeza y miró a Dario, que estaba Dario, que estaba frente a ella con el ceño fruncido y los ojos entrecerrados. "Alguna vez tengo que aprenderlo." Dirigió la bola junto a un obstáculo, bien lejos de su objetivo. "Pese a ello, el juego sigue siendo nuestro, Albert."

Mirella debió ayudarse con los dedos para sacar la cuenta. Stefania tenía razón, en efecto.

Se apretó la mano contra la panza; entretanto, le dolía el diafragma a causa del violento hipo. Pero ahora todo dependía de ella. Y de Dario.

Un temblor la recorrió cuando aceptó el palo de billar. De pronto, ya no le importaba tanto que Albert tomara el mando, como estropear las intenciones de Dario. No era íntegro qué se traía entre manos. ¿Cuándo había cambiado tanto – sólo en el calabozo o ya había sido así antes? ¿Qué simplemente ella no lo había querido ver?

Apoyó la mano, se inclinó hacia adelante y buscó el ángulo que necesitaría.

Detrás de ella, se abrió la puerta de la sala; pasos de botas sonaron en el mármol.

Mirella contuvo la respiración, para dominar mejor el hipo, mientras esto paso se acercaba. Si se diera vuelta ahora, perdería la serenidad y el juego.

Pero quitó la vista de la bola y encontró la sonrisa alentadora de Albert.

"Vuestra posición no es la mejor." Alexandre había comprendido al instante la situación del juego. "Tomad la bola más de costado."

Albert, a quien seguía mirando, asintió de manera apenas perceptible. Por tanto, ella hizo el paso sugerido.

La bola rodó sin esfuerzo a través de la puerta y golpeó otra; esta rodó solo dos dedos y quedó en una posición muy conveniente para el próximo escollo.

Mirella se dio vuelta a medias hacia Alexandre, mientras se ubicaba para el siguiente golpe. "Vuestro consejo fue bueno." No se animaba a mirarlo directamente, pues temía traicionarse. En vez de ello, puso la mira en la segunda bola.

"¿Quién gana?"

"¡Mirella!", exclamó Stefania. "Si dejara de tener hipo ahora."

Mirella levantó la mirada. Los ojos de Stefania refulgían; la sonrisa de Albert se había vuelto aún más grande.

El calor de Alexandre la abrazó y entonces, por un instante, su mano se apoyó con firmeza sobre sus dedos. "No es difícil."

"¡Si supiérais por lo que jugamos!" Dario rió sarcásticamente.

Mirella apretó los músculos del abdómen y se tensionó; algún día le arrancaría a Dario los ojos con las uñas. Pero Alexandre no preguntó por la puesta.

Ella exhaló lentamente y esperó que pasara el próximo hipo; luego jugó rápido. Con la excitación, tras el golpe, la imagen de la mesa de juego se desdibujó ante ella; pero el sonido seco era suficiente para saber que había tenido éxito en el golpe. Volvió a hipar.

"¿Stefania?"

Stefania asintió. "Ya no tenemos posibilidad de dar vuelta el juego."

Albert hizo un guiño a Mirella. "Ahora debo ver primero a de Guisa."

Los ojos de Alexandre se agrandaron, pero todavía no preguntó nada.

Albert le tendió su palo de billar. "¿Juegas tú con nuestros amigos?"

Alexandre lo tomó y le sonrió a Stefania. "¿Me concedéis el honor?"

"Vais a perder." A Mirella ya no le gustaba contener su exuberancia. Había conseguido lo que de Guisa le había pedido; si Dario lo supiera.

Dario dejo su palo de billar sobre la mesa. "Lo lamento, *monsieur le marquis*. Se espera a las damas en casa antes de que irrumpa la oscuridad." De nuevo intercambió una mirada rápida con Edoardo.

Stefania le tiró enérgicamente de la manga a Mirella, cuando abría la boca para protestar. Así que ella se dio por satisfecha con lo que había logrado en este día. Stefania no debería tener aún más pena porque tuviera que disputar con Dario.

Alexandre no mandó a Edoardo a llamar a la guardia; sino que los acompañó él mismo al portal. Llovía a cántaros y Fabrizio no estaba sentado en el pescante, esperaba en cambio apartado bajo un alero. Por eso Alexandre mismo abrió la puertecilla y ayudó a subir primero a Stefania, luego tendió la mano a Mirella.

Gotas de lluvia habían quedado atrapadas en sus pestañas oscuras y Mirella hubiera estirado con gusto la mano para secarlas.

"Cuidáos Mirella." Su mirada se dirigió a Dario.

"Os agradezco, *monsieur le marquis*."

Un respingo recorrió su rostro ante este tratamiento tan formal. Pero otra vez no dijo nada. Siempre mantenía sus pensamientos para sí. Muy diferente a Albert o al eternamente burlón de Módena. Pese a ello, él le había parecido más familiar que estos dos. Probablemente, solo se lo hubiera imaginado.

Alexandre se hizo a un lado para dejar subir a Dario. Pero este cerró la puerta. "Yo no debo estar en casa para cenar. Iré a pie."

"Está lloviendo; ¿adónde quieres ir?" Stefania sonaba sorprendentemente alarmada; ojalá que Alexandre no se haya dado cuenta.

Dario esbozó una sonrisa. "Aprovecho mi nueva libertad. – Nos vemos mañana, amor mío."

Fabrizio puso en marcha el coche y Mirella se recostó en el respaldo. "No está haciendo nada malo."

Stefania se enderezó, ahora enteramente asustada. "¿Por qué lo dices?"

"Dado que no ha querido ocultar su paseo de Alexandre, debe ser inofensivo."

Stefania la miró penetrantemente, luego se colocó junto a ella y miró por la ventana trasera a Dario. "Va en la misma dirección que nosotras. Para eso, podría haber venido también en el coche, en vez de empaparse." Su voz sonaba más tensa de lo que sus palabras hubieran sugerido.

Por eso también Mirella miró hacia afuera. Dario andaba lentamente, como como uno sin meta. O esperaba a alguien.

Mirella golpeó contra la madera, para llamar la atención de Fabrizio. Con precaución, sacó la cabeza un poco afuera. "¡Detente! Dario lo ha pensado mejor."

Fabrizio paró los caballos con una imprecación. "Los rocines cogerán una neumonía."

"También Dario", exclamó Stefania.

Mirella lo observaba por la ventana trasera. Parecía andar aún más lento que antes. Solo ahora había llegado al final de la fachada del castillo. En este momento, incluso se detuvo.

Del costado apareció un hombre con una capa negra, con la capucha baja sobre la cara. El hombre se le acercó. Dario pareció extenderle una mano, pero las capas ocultaban lo que hacían exactamente.

Cuando el hombre se dio la vuelta, el perfil mostró por un instante la inconfundible nariz aguileña de Edoardo. Efectivamente, ambos tenían mucho más que ver entre ellos de lo que querían hacer saber.

Edoardo volvió a entrar en el callejón y Dario continuó caminando en la dirección de ellas. Cuando casi había llegado al coche, Mirella se inclinó hacia afuera. "¿Vienes ahora con nosotras?"

"Pero si ya te he dicho que tengo aún algo que hacer."

"¿No lo has hecho recién?"

"¿A qué te refieres?"

"Edoardo, ¿qué quería él de ti?"

"Alcanzarme los guantes que me había olvidado."

"Pero si no tenías ninguno", exclamó Stefania confundida.

"Aun así. Los había dejado aquí en nuestro último juego." Dario hizo una seña levantando el brazo. "Fabrizio, lleva a las señoritas a casa."

Fabrizio se puso en marcha, mientras Dario parecía esperar que desaparecieran de su campo visual.

Después de dejar de verlo, Mirella dijo: "Ha mentido. Y ha esperado a Edoardo; de eso estoy segura."

"¿Pero por qué?"

"Eso debemos averiguarlo. Me temo que se está poniendo en grave peligro."

"Parece no haber aprendido nada." A Stefania se le llenaron los ojos de lágrimas. Quizás ahora empezaba a entender después de todo que debía refrenar a Dario.

Mirella la tomó en brazos. "Ya será tuyo al final; no te preocupes demasiado."

"Pero tú también te preocupas."

Mirella suspiró. "Muy cierto.. Es evidente que está tramando algo. Disuádelo; tú puedes hacerlo."

"Me pregunto, qué será de esta ciudad si los franceses deben retirarse."

Mirella refunfuñó. "Habrá paz de nuevo; pero de qué clase. Padre está lleno de ira. Los españoles nos harán pagar por la afrenta."

"*Cara*, a ti te protegerá el matrimonio con Felipe.

Mirella miró por la ventanilla, hacia los los silos de grano destruidos en la *Porta Reale*. "Hace rato que no lo quiero." Se dio vuelta hacia Stefania, dudó, sin embargo, aún un momento. "No lo amo."

"¿Pero por qué entonces querías casarte con él?"

"Estaba encantada por su amor. Y por el brillo que traía a mi monótona vida."

"¿Y eso te era suficiente?"

Mirella rió de pronto por el rostro aterrado de Stefania. "Me parecía lo mejor que podía obtener."

"¿Qué dicen tus padres de eso? ¿Lo saben?"

"Padre no lo sabe. Y madre – uno pensaría que no es posible, pero está de acuerdo."

"Eso es lo decisivo."

"Nunca hubiera esperado que ella, en ese aspecto, se pareciera a la tuya."

"Todas las buenas madres se parecen unas a otras – al menos en este sentido."

Stefania miraba afuera, a la lluvia. Las nubes se habían descendido más bajas y ocultaban la cima del Vesubio. Las luces lejanas en las laderas dibujaban líneas bizarras en ellas y las hacían parecer vivas. "¿Has oído el retumbar en los últimos días?"

"No era la montaña; eran los cañones."

"No estoy tan segura."

Mirella sacudió la cabeza. "La última erupción no ha sido hace mucho; no habrá una nueva tan pronto."

"Qué tenemos ya en nuestras manos; nada más que nuestra volición. A la montaña no le importa." El coche se detuvo y ella alcanzó el picaporte. "Y algunos otros tampoco." Inclinó la cabeza para recibir un beso de Mirella; luego salió de un salto, antes de que Fabrizio hubiera bajado del pescante.

***

Mirella se despertó hacia la mañana. La escalera crujía bajo un paso suave. Se deslizó fuera de la cama, se echó encima la capa y entreabrió la puerta.

La luz de una vela flameante dibujaba los contornos de

la baranda ante ella sobre el piso. Dario venía en medias; la vela en una mano, las botas en la otra.

Mirella esperó hasta que hubo alcanzado el rellano; luego abrió completamente la puerta. "Ven a mi cuarto. O hablaré tan alto, que *mamma* se despertará."

"*Mamma* no se despierta nunca." Rió irónicamente, pero igualmente la siguió.

Mirella le quitó la vela y encendió con ella su lámpara de aceite.

Él se quitó la capa de los hombros; estaba prácticamente seco.

"¿Dónde estabas? ¿Quién te trajo a casa?"

"¿De dónde sacas eso?"

Señaló su capa. "Debería estar completamente mojada; pero tuvo tiempo para secarse y desde entonces permaneció seca."

"¡Sabihondo!" La miró insistentemente. "¿Me andas espiando?"

"¡Nos preocupamos!" Golpeó con el puño el poste de la cama. "¡A Stefania le gustaría tener un padre para su hijo!"

Él la miró perplejo.

"¿Todavía no te lo ha dicho?"

Dario se quedó con la boca abierta. "¡No puede ser!" Exhaló jadeando.

"¿Por qué? Vosotros no habéis... Quiero decir..." ¿Cómo se le preguntaba a un hombre si ya había consumado el matrimonio antes de la boda?

En los ojos de Dario empezó a brillar. "No me ha dicho nada, ¿por qué sí a ti?"

"A mí tampoco me ha dicho nada – pero toda mujer puede vérselo, incluso yo."

"Por eso insiste tanto con no esperar al final de la guerra." La voz de Dario se tornó áspera. "Ya debe... Fue hace tanto tiempo..."

Mirella contó con los dedos cuánto tiempo había pasado desde el arresto de Dario en Aversa. "No puedo creer que no te hayas visto", dijo ella finalmente. "Decididamente, ya es hora de que os caséis." Apretó su mano. "Y que pares de ponerte en peligro."

"Mirella, hay que acabar con esta guerra lo antes posible. Y hay pocos medios de lograrlo." Le quitó un rizo de la frente. "Tus franceses no pueden ganarla – solo pueden retardar la inevitable derrota. ¿Para qué serviría?"

"Sí, ¿para qué?" Alexandre podía caer; incluso si de Guisa lo mantenía aquí en la ciudad.

"Y, sin embargo, hoy has jugado para que Albert tomara el mando de las tropas. ¿Por qué?"

"¿Quién podría dirigirlas mejor, en tanto que de Guisa mantenga cautivo a su maestre de campo."

"Ya no puede ganar."

"No lo creo así." De repente, rompió en llanto. "Habría sido todo en vano y sin sentido. Y con los españoles volverían los impuestos."

"El pueblo tiene más hambre ahora que antes."

Cerró los puños. "¡De eso tienen la culpa los barones, que bloquean los caminos en la ciudad! Arruinan a sus propios campesinos, pues estos ya no tienen más mercado." Se levantó de un salto. "Deben estar locos; después de todo es también su daño."

"Hay cosas más importantes que un par de *carlini*."

Mirella andaba de aquí para allá. "Sí, las hay. La libertad." Poder ir a donde uno quería. Y con quien quería.

Dario le sonrío burlonamente. "¿Ya no te gusta la jaula de oro que te espera en Madrid?"

"Me casaré con Felipe por ti. Y para que Stefania consiga al hombre que ama tanto que..." En los últimos meses, Dario se le había vuelto un desconocido. No siquiera parecía darse cuenta del sacrificio que ella estaba haciendo por él.

"Eres la hermana más genial que uno podría desear."
La atrajo hacia sí y la besó en la frente. "Siempre lo supe; y
ahora más que nunca. El domingo serán leídas las amonestaciones." Sonrió socarrón. "El sastre en Caivano coserá un
vestido más que apropiado para Stefania." Fue hacia la puerta
y la abrió silenciosamente. "Continúa durmiendo. Aún no han
cantado siquiera los gallos."

"Has esperado a Edoardo, ¿por qué?"

"Las batallas deben tener un fin."

En eso estaba de acuerdo – ¿pero tenía él el camino correcto para lograrlo?

Domingo, 22 de marzo de 1648

Por cierto los españoles tuvieron éxitos militares, pero las decisiones políticas de Don Juan pusieron a los napolitanos más y más en su contra, en lugar de proporcionar la paz. Por lo tanto, el rey español había nombrado virrey al siguiente de sus grandes.

A comienzos de marzo, el conde d'Oñate Iñigo Vélez de Guevara había llegado a la bahía de Nápoles. Se rumoreaba que no solo el cardenal Filomarino se había puesto en contacto con él, sino también Gennaro Annese.

Mazarino despachó nuevamente una media docena de buques de guerra a Nápoles y Luis XIV había comprado trigo para los napolitanos hambrientos. Esto, sin embargo, ellos no lo sabían.

Gina estaba parada junto al hogar y fregaba las ollas, con el rostro enrojecido por el esfuerzo. Ni siquiera levantó la vista cuando Mirella entró en la cocina. "¿Quieres desayunar?"

"Sí, Gina; eso me gustaría."

"Queda aún un trozo de *foccaccia* con cebollas." Fue hacia la puerta trasera, vertió la arena grasienta en un balde y paleó arena limpia en la olla.

Mirella abrió la puerta de la despensa. El aroma seductor de bacon ahumada le subió a la nariz. Miró hacia arriba. La pieza que colgaba del techo de la despensa era enorme. Seguramente pesaba cuatro o cinco kilos. "¡Bacon! ¿Cómo la conseguiste?"

"Me la dio uno de los señores que están sentados abajo con Dario."

El sótano siguió sirviendo como oficina; en el nuevo depósito del muelle estaban solo los registros de las mercancías disponibles allí en un momento dado. Eso significaba, por cierto, que los libros, en parte, debían ser llevados dos veces, pero Enzo no quería perder de vista los documentos más importantes.

"Impresionante." Mirella se sentó a la mesa con la *foccaccia* en la mano y le dio un mordisco. "¿Qué tipo de gente es?"

"No lo sé." Gina dejó de fregar y se quitó el sudor de la frente con la manga. "No me los han presentado."

"Ah, vamos, Gina. ¿Por qué padre se sienta en el salón y Dario con ellos en la oficina?"

"Porque no tienen nada que ver con tu padre."

Si no tenían nada que ver con los negocios de Enzo, entonces no era lógico. ¿Y desde cuándo se encontraba Dario con extraños en casa y no en una posada?

Mirella comió el último bocado de *foccaccia*; luego tomó la cafetera del armario. "Por el bacon, los señores se merecen al menos un café."

Gina la miró recelosa durante un momento; luego siguió restregando con mayor esfuerzo.

Mirella colocó el café y atizó el fuego en el hogar. Nuevamente se ganó una mirada desconfiada. Le sonrió a Gina. "Yo me ocuparé; quédate con tus ollas."

En el salón, buscó el azucarero; pero no había nada que hacer: el miserable resto ni siquiera era suficiente para una cuchara pequeña. Así que bajó a la oficina solamente con las tazas.

Dos hombres con jubónes, que estaban decorados con brocado estaban sentados a la mesa frente a Dario.

Cuando ella abrió la puerta, uno de los hombres contuvo un gesto, como si hubiera dejado de hablar en medio de una frase. Ella asintió a ellos.

"¿Quisieran los señores leche para el café?"

"Azúcar, por favor, *signorina*." El hombre de jubón azul colombino la miró interrogativamente. "En caso de que tenga azúcar."

"Lo lamento."

"Pronto volverá a haber azúcar; y todo lo demás también."

"¿Verdaderamente lo cree?" Mirella abrió los ojos de par en par, fingiendo ingenuidad. Ojalá que Dario no quede perplejo. "De nuevo un buen trozo de torta, por fin; eso sería como un regalo del cielo."

El hombre sonrió. "Si lo hubiera sabido, le habría traído torta en lugar de bacon, ¿*signorina*...?"

"Mirella, mi hermana." Dario quería deshacerse de ella, sin duda.

El hombre se levantó a medias de su sillón. "Marotti de Nocera. Es un placer, *signorina*."

Mirella le tendió la mano como una gran dama y luego dio un paso hacia el otro hombre.

Este igualmente se levantó y ella volvió a tender su mano. "Michele Petrarca de Taranto."

"En seguida les traigo el café."

Con sus faldas columpiándose subió a la cocina. El café burbujeaba con sonidos suaves. "Los señores son de Nocera y Taranto. Y parecen estar en posición de conseguir incluso torta." Tomó el trapo de fieltro, que colgaba junto al hogar, y bajó con cuidado la cafetera. "Solo que hablan un poco extraño para serlo."

Gina contuvo una risa. "Eso lo noté enseguida, son extranjeros."

"Quizás pueda averiguar de dónde."

"Españoles, qué si no."

Mirella sacudió la cabeza mientras salía. "Hubiera reconocido el acento." Volvió la mirada a Gina. "Y tú también, de seguro."

"Probablemente sea cierto." El rostro de Gina se oscureció. "Dario nos traerá a todos a la miseria. Y tu padre está cerrando los ojos recientemente."

Esa era la verdadera cuestión: ¿por qué Enzo no hacía nada? ¿Creía, acaso, que de esta manera protegía a Dario y a la familia? ¿Simplemente porque tenía a Dario bajo sus ojos? Pensativa, Mirella llevaba el café abajo, a la oficina. En los últimos escalones cuidó de que sus tacones no resonaran sobre la piedra y frente a la puerta se quedó un momento para escuchar. Pero los hombres ya debían haber discutido que algo se filtraría afuera.

Bajó suavemente el picaporte.

Habían extendido un mapa sobre la mesa y el dedo de Dario estaba tumbado sobre el centro de la ciudad. Era un mapa que consistía parcialmente en imágenes y en el que no estaban trazadas solamente las calles, sino también edificios y muros; en una esquina el blasón de la ciudad de Nápoles.

Marotti levantó la cabeza; luego enrolló rápidamente el mapa. "Hagamos lugar primero para el café."

Mirella colocó la bandeja con las tazas en el medio de la mesa. Cuando estiró la mano hacia la cafetera, Dario alzó una mano rechazando. "¡Yo lo hago, Mirella!"

Ella asintió y se retiró un paso. Con el rabillo del ojo, bizqueó el mapa enrollado. ¿Cómo haría para echarle otra mirada discretamente?

Se dio vuelta hacia la puerta con tanto impulso, que sus faldas volaron ampliamente. Con esto consiguió rozar el mapa; pero èl no se cayó y aún menos se desenrolló.

Mirella se agachó igualmente y rápidamente lo cogió. "Por poco no le causaba un daño." Lo tomó por un borde, así que se desenrolló un poco. "Mejor lo dejo en el escritorio hasta que los señores hayan bebido su café."

Dario refunfuñó enojado y se puso de pie. Pero antes de que pudiera quitárselo, ella ya lo había puesto en el escritorio y lo había desplegado. El dedo de Dario había estado echado sobre Formiello.

"¡Trae aquí!"

Le echó una mirada llena de reproche. "¿Pero qué te sucede? Estoy siendo muy cuidadosa."

Él la fulminó con la mirada, pero no se atrevió a decir más frente a los demás.

Con movimientos rápidos volvió a enrollar el mapa y lo ató con una cinta de seda.

"¿Llevas la vajilla también tú a la cocina?" Se dio vuelta una vez más, como esperando una respuesta. Dario acaba de poner el mapa en la estantería. Con una sonrisa hueca y encogiéndose enojada de hombros, salió del cuarto.

"¿Y?"

"¿Y qué?" Mirella se asombró un poco del repentino interés de Gina. En realidad, no quería contarle nada.

"De pronto no eres tan conversadora."

"Tampoco hay nada que decir." Mirella buscó un cuchillo y se puso a pelar las naba para el almuerzo.

De nuevo se ganó una mirada sorprendida de Gina, pero la ignoró. "¿Qué comeremos, además de estas nabas ?"

Gina estaba distraída. "Todavía tenemos dos huevos. Junto con la leche y el bacon, eso hace una buena cacerola."

"¿Leche? Debo ir a buscarla." Mirella pelaba más rápido. "Llevé la jarra entera a la oficina."

"Tampoco diluirán su café con ella." Pero Gina necesitaría la jarra antes de poner el gratén en el horno.

Gina sacó la cesta para la madera de debajo del hogar. "Es casi agotada." Añadió lo poco que quedaba. Se puso de pie con un gemido.

Mirella se levantó de un salto. "Deja que lo haga yo, cuida tus huesos." Antes de que Gina pudiera objetar algo, le quitó la cesta y corrió hacia afuera. Repiqueteando con los tacones, saltó los escalones hacia el patio. Luego, con pasos suaves, hizo una curva y pasó por la oficina, en lugar de dirigirse directamente al depósito de madera.

La ventana estaba cerrada, pero la cortina estaba abierta una rendija revelando la vista de la mitad de la habitación. Las tazas ya no estaban en la mesa; allí había en su lugar papeles y Petrarca se humedecía el índice, para hojearlos más rápido. Dario entró al campo visual con una pluma y un tintero.

Mirella caminó silenciosamente los pocos pasos hasta la mitad del patio, luego taconeó hacia el depósito de madera.

Fabrizio salió del establo. "¿Es esa madera para la cocina?" Le quitó la cesta.

Mirella fue de vuelta hasta la oficina. Dario estaba ahora sentado a la mesa y escribía. Marotti apareció en su campo visual y volvió a desaparecer.

Con pasos silenciosos bajó la escalera y abrió.

"...sería una ventaja si vuestros hombres ..." Un movimiento de Petrarca hacia la puerta hizo que Marotti se detuviera y se volviera. "...se encontraran al aterdecer en el lugar usual. ¿Lo tiene?" La tonada lánguida del hombre se asemejaba ciertamente a la manera relajada de hablar de los de Salerno; pero pronunciaba algunas palabras con un acento extraño. El napolitano no era, sin duda, su lengua materna; ningún hombre del sur.

Dario asintió y continuó escribiendo un momento más.

"¿Qué desea?"

"La cocinera necesita la leche, *signore*."

"Allí está."

Mirella fue hacia el alféizar y levantó al pasar la tapa de la cafetera. Estaba vacía. "¿Quisieran los señores tomar otro café?" Marotti devolvió su sonrisa. "¿O alguna otra cosa?"

"No tenéis tanto, que podáis prescindir de ello. Pero le agradezco su amabilidad."

Cuando Mirella entró en la cocina con la jarra, apareció Enzo de la penumbra del pasillo.

"¿Padre, quiénes son esos? ¿Cómo se atreve Dario a recibirlos en la oficina de él?"

"¿Preferirías que fuera en el salón?" Observaba a Gina, que salía de la despensa con la pieza de bacon y luego afilaba su gran cuchillo.

"Claro que no. Así pueden pasar por clientes o proveedores."

Pero Enzo puso cara de tener otra opinión. "Gina, ¿de dónde viene el bacon?"

Con los dientes apretados contra el labio inferior, Gina empezó a cortar finas tajadas y dispersarlas con cuidado sobre el tablero de mesa. "De la visita de Dario, *padrone*."

Mirella volvió a tomar en la mano el cuchillo para pelar las nabas. "Gina hará una cazuela de nabas para el almuerzo. Así que al menos una cosa buena saldrá de esta visita."

El rostro de Enzo se puso rojo. "Gina, yo no comeré hoy al mediodía."

Gina levantó la vista. "¿*Padrone*?" Se encogió de hombros al ver la furia en el rostro de Enzo, pero siguió cortando. "Al bacon le da lo mismo de dónde viene." Murmuró aún un poco más, pero tan bajo, que él seguramente no podía entenderlo cuando abandonó la cocina.

"Tienes toda la razón." Mirella terminó de pelar y tomó de la pared la cazuela más grande que tenían. "Y seguramente no irá malo."

"¿Pero qué tenías que decirle para que está para el almuerzo?"

"¡Pero Gina! Debería mentirle a padre?"

"¿No lo haces últimamente de todos modos?" Gina cortaba con movimientos más impetuosos. "Podrías haber cerrado, sencillamente, la boca."

"Con eso no había contado."

"El buen Dios no te ha dado la cabeza para que lleves de paseo tus sombreros."

Mirella rió hasta quedarse sin aire. "Si fuera por mí... ¿Quién insiste siempre con que no salga de la casa sin sombrero?"

Gina parecía no querer alegrarse en este día. Bostezando, Mirella se puso de pie. "¿Necesitas algo más?"

Y nuevamente una mirada recelosa de Gina. "¿Quieres decir, de afuera? Quizás encuentres aun un huevo en algún lugar entre la paja."

Mirella corrió hacia el pajar; no se animó a entrar una vez más en la oficina. Con cuidado revolvió la paja, arrojando entretanto de vez en cuando una mirada abajo.

En el ángulo entre dos vigas, descubrió por fin uno. En seguida encontró otro junto a la pared trasera del pajar.

Desde abajo la alcanzaron voces. Dario salía con los dos hombres al patio.

"No comparto su opinión", decía Petrarca. " No habrá ningún daño permanente. Pero quizás haga reflexionar a los napolitanos."

"Debería vivir en la ciudad durante una semana y enviar a su sirviente a la *piazza del Mercato* cuando se agoten sus provisiones." Dario bajó la voz y Mirella no entendió nada más.

De camino al portón del patio, sin embargo, pasaron más cerca del pajar.

"¿Es seguro?", preguntaba Dario.

"¿No sabe que tenemos una fuente confiable?" Marotti, aparentemente, no se dejaba contagiar por la excitación de los otros dos.

Dario asintió. "Sin embargo..."

" ...debe arribar. Con los carros pasará sin trabas..."

Mirella estaba sentada sobre los talones en la trampa y golpeaba los huevos nerviosamente uno contra otro. Cuando Dario acompañaba entonces a los hombres al portón, bajó la escalera.

"¡Dario!" Corrió hacia él. "¿Quiénes eran esos dos?"

Él le aplastó ligeramente la nariz. "Lleva tus huevos a la cocina."

Hizo su mueca.

"Tu curiosidad es peligrosa, hermanita. ¿No has descubierto suficiente con tus permanentes apariciones en la oficina?" Como ella torciera el gesto, rió. "Entonces eres menos astuta de lo que esperaba.

"Padre está enojado, ¿lo sabes?"

"Un motivo más, para no hablar de los dos. Simplemente olvida que han estado aquí."

Trotó a su lado. "Creo que a mí tampoco me gusta esto."

Él asintió, calmado. "Lo ves."

Ella moderó su voz. "Que simplemente vengan aquí, quiero decir."

"Les pareció que era lo menos comprometedor."

"¿No sabían que otra vez puedes ir a cualquier lugar?"

"Es mejor que no muestre mi cara en todas partes."

"¿Ah, sí? ¿Y adónde vas por la noche?"

Dario abrió la puerta de la cocina y así por el momento pudo escapar de la respuesta. Pero Mirella puso la canastilla con huevos rápidamente sobre la mesa y lo siguió al corredor.

Él le dirigió una mirada burlona. "No seas tan curiosa. ¿De qué te serviría si te lo contara?"

Mirella lo tomó de la manga. "¡No te pongas otra vez

en peligro! Por fin..." Se frenó con una mirada a la cocina. "Podemos seguir hablando esta noche."

"Esta noche salgo. Stefania tiene billetes para el teatro."

"¡Eso no es cierto!"

"¡Pues sí!"

A Mirella le corrió un escalofrío; casi le falló la voz. "Que tú me estás mintiendo también, eso no lo hubiera creído posible. Después de todo lo que yo..." Lo soltó y subió huyendo las escaleras.

Se quedó parada delante de la puerta del cuarto de Rita. Pero no estaba de humor para discusiones sobre ropa. Entró en su propia habitación y se sentó en la cama. Fabrizio había dejado que se apagara el fuego. Tiritando encogió las piernas y se envolvió los pies con el edredón.

Pero eso tampoco la calentó más.

Fue al de Rita; su cuarto seguramente estaba calentada.

Rita estaba sentada con un libro en la mano enfrente de la chimenea y leía, con los impertinentes pinzados en la nariz.

"Hace frío en mi cuarto."

"Si esa es la única razón por la que acudes a mí..." Sonaba triste.

Mirella tragó saliva; había olvidado, efectivamente, lo bien que le había hecho la conversación íntima de la última vez. Y que había decidido hacía poco ver a Rita como su confidente. Al menos, en las cuestiones del corazón.

Se sentó sobre la piel delante de sus pies. "Al contrario, apreciaría mucho su consejo."

"Para eso estoy aquí, niña mia." Rita colocó el libro a su lado en el suelo, con la página abierta hacia arriba. Le acarició el pelo a Mirella. "¿Entonces?"

"No sé bien cómo..." Mirella apoyó su cabeza en las piernas de Rita.

"A veces, los pensamientos se vuelven más claros, cuando se los dice en voz alta."

"Tengo miedo por Dario."

"Como todos. Desde..." Rita la seguía acariciando. "Pero ahora debería haber terminado." Se inclinó hacia adelante, para mirar a Mirella en el rostro. Pensativa, estudiaba sus gestos. "No lo crees así. ¿Por qué?"

"Ha visto a los hombres que vinieron a la oficina esta mañana?"

Rita asintió. "Por cómo reaccionó tu padre, no se trata de comerciantes."

"No son de por aquí, aunque pretendían serlo..."

Rita sonrió débilmente. "Por obligación, tuvieron que presentarse conmigo."

"¿No tiene miedo de que Dario nos pueda poner a todos en peligro?"

"No mientras este dux tenga el poder. ¿Y no es mejor que vengan aquí, en lugar de que Dario se encuentre de nuevo con ellos en alguna posada sospechosa?"

"Creo que igualmente lo hace. Y el poder de de Guisa..."

Rita se recostó hacia atrás. "Lo sé. Los españoles ya han avanzado mucho." Naturalmente, ella también debía saberlo; pese a ello era sorprendente que Rita obviamente lo ponderara.

"¿Por qué siempre nos hizo creer que no le interesaba la política?"

"¡Para no dejar entrar la suciedad en casa!"

"Pero padre..."

"...hace lo que debe hacer para que el negocio prospere."

"A menudo, Dario llega a casa solo por la mañana. Ciertamente no está con Stefania tanto tiempo."

"Y hace poco tú has salido a caballo. – Los dos sois igualmente imprudentes."

"Ninguna patrulla le dispara a una muchacha."

"Pero, ¿eras reconocible como mujer? ¿En la oscuridad? ¿En la lluvia?"

Mirella bajo la cabeza. En eso no había pensado. Pero aún más la sorprendió, que Rita fuera más lista que Enzo: él había aceptado su reparo sin reflexionar. Ella sonrió por un instante. "Solo quería..."

"¿Averiguaste algo?"

"Estuve en lo de Stefania. La ventana estaba abierta; me trepé hasta su ventana como lo hacía antes – como Dario." Cansada, Mirella se frotó los ojos y bostezó por lo bajo.

Rita sonrió. "Se aman, Mirella. Para eso no es necesaria la bendición de la iglesia."

"Pero hacerse bendecir ciertamente sería sabio. Porque..."

"¿Qué, mi niña?"

"No es un castigo para el pecado, ...pues así el pecado se hará evidente..." ¿Cómo debería decírselo a Rita? ¿Se le permitía decírselo?

"No es ningún pecado yacer juntos, si verdaderamente se aman. Si no, Dios no hubiera dispuesto que encontráramos placer unos con otros." Rita observaba el fuego con una sonrisa absorta.

¿La había entendido mal, acaso? Mirella se mordisqueaba los labios.

"Por supuesto, muchos esperan a que su unión sea reconocida públicamente. Por el bien de los niños." La mirada de Rita se volvió hacia ella. "Cuán fácilmente puede ocurrir, que un niño deba crecer sin el reconocimiento oficial de la familia. Una mujer debería estar segura, de que nada le pase al padre del niño. O asegúrese de no quedar embarazada; de cualquier manera."

Mirella se sobresaltó. "*Mamma*, ¿qué quiere decir?"

"¿Qué crees por qué tenemos solo a vosotros dos?"

Si estuviera pensando, hacía tiempo se habría dado cuenta de que Rita regularmente ni siquiera dejaba a Enzo entrar en su cuarto. Mirella resopló. "¿Dario sabe eso?"

"Eso es cosa de mujeres."

Por fin tenía la conversación en el lugar correcto. "Stefania no lo ha hecho." ¿Se le había permitido decir eso? Tuvo que hacerlo para que Rita la ayudara a hacer entrar en razón a Dario.

Ella miró hacia arriba. La luz movediza de las llamas hacía que Rita se viera joven. "Qué pena, que vosotros no hayáis querido tener más de dos hijos. Me hubiera gustado tener una hermana."

"¿Stefania no puede reemplazarla?"

"Stefania se casará pronto..."

"Eso hacen todas las hermanas."

Los pensamientos de Mirella ya se habían vuelto a confundir. "Han pasado la noche juntos; y eso ya hace meses."

"Por eso, Dario se ha apurado a hacer leer las amonestaciones. Y por eso estuviste con el dux. Para que él estuviera libre para casarse antes de que el *marchese* se entere de que su hija espera un niño."

"O la *marchesa*."

Rita sonrió. "Ella seguramente lo sabe. Lo ve tan bien como tú. Pero si no estamos obligados a hablar de ello, podemos fingir que no pasa nada."

"Entonces depende ahora de Dario – y eso me da miedo."

"Él aprenderá a ser más considerado. La familia viene siempre en primer lugar."

"Pues no se comporta así."

"¿Ya lo sabe entonces?"

Mirella asintió. "Se lo he dicho. Pero Stefania misma no ve ninguna razón para moderarlo. No es suficiente, pero, que ella pueda darle su nombre al niño. Si es arrestado de nuevo..." Se mordisqueó la mejilla. "He hecho todo, y él.."

"Hay que saber que lo aprecia. No hará nada irreflexivo."

"¡Pues sí! No; seguramente reflexionó sobre lo que hace. Y llegó a la conclusión, de seguir pactando con los barones." Era seguro que seguían siendo los barones; los españoles no lo necesitaban. "¿Y si hablara con él?"

"Tu hermano es un testarudo; habla con tu padre de ello."

"Creo que eso lo pondrá aún más terco. Además justo ahora debe estar furioso – los dos están furiosos."

Rita rió. "Eso no es nuevo en los últimos meses. Pero eso no cambia el hecho de que se aprecian mutuamente y se cubren las espaldas."

"Pero padre no quiere comer con nosotros hoy al mediodía."

"¿A causa de Dario?" Ahora sonaba algo como pánico en su voz."

"A causa del bacon que servirá Gina. Es un regalo de los dos extranjeros."

Esa había sido la respuesta errónea; Rita se relajó visiblemente. "Yo no puedo aconsejar a Dario. Él tiene sus propias ideas de lo que es bueno para la ciudad."

"¡*Mamma*! Quizás no sea tan difícil. Dario parece no estar de acuerdo con todo ahora mismo. Quizás solo haga falta apoyar sus dudas para que se retire de todo eso."

"¿Cómo lo sabes?"

"Han discutido cuando salían. Están planeando algo y

Dario no está de acuerdo. Al fin y al cabo, no quiere que se haga aún otro daño a Nápoles."

"Puedo aclararle, cuál es su responsabilidad con Stefania y su hijo. Pero él dirá, que precisamente esa es la razón para terminar con esta guerra a cualquier precio. Y seguro me contestará que Stefania y el niño valen más para él que todos los ciudadanos de Nápoles juntos." Extendió los brazos. "¿Qué puedes oponer a eso?"

"Que él no es necesario para que termine la guerra. Que no escaparía del verdugo por segunda vez, si le ponían las manos encima. ¡Annese solo está esperando eso!"

"Annese está buscando una manera para ganarse el perdón de los españoles en caso de que regrese el virrey." Rita se levantó. "Gina presentará su dimisión si ninguno de nosotros se presenta a la mesa."

***

El almuerzo inusualmente opíparo dejó a Mirella somnolienta, y ya estaba dormitando delante del plato cuando Gina empezó a despejar.

Se sobresaltó cuando Dario dobló su servilleta y la dejó sobre la mesa. "*Mamma*, tengo que trabajar."

Pero Rita lo retuvo. "Tienes, pese a ello, un momento para tu madre."

"Por supuesto, *mamma*. Tal y como desee."

Ella envió a Gina afuera con un movimiento de cabeza. "Ahora no nos escucha nadie. Ni siquiera vuestro padre."

"¿De qué...?"

"Dario, ¿para qué día habéis fijado la boda?"

"Para el 15 de abril. Pero eso lo sabe."

Rita asintió. "Antes bien, la pregunta es si tú lo recuerdas. Y si sabes lo que significa."

"¿A qué se refiere?"

"El bienestar de una familia depende del hombre." Sonrió un poco burlona. "Aunque sin la mujer la casa no funcionaría."

Dario seguramente habría puesto los ojos en blanco ahora, si Rita no hubiera tenido la mirada fija en él.

"Somos responsables de las consecuencias de nuestras acciones."

Dario apretó los labios.

"Stefania está esperando a tu hijo; y si Mirella no hubiera sido tan brava, este habría nacido en el deshonor. Evidentemente, lo habríamos reconocido como nuestro nieto. Pero habría sido marcado por siempre como el hijo de un traidor."

"Lo que se considera traición, aún debe ser demostrado." Se resistió a la chispa de enojo de Rita. "No he hecho nada que deba reprocharme. O lo que Stefania critica." Se puso de pie; con eso pensó probablemente que la conversación había terminado.

"¿Y qué fue lo de hoy a la mañana?" Mirella ya no podía permanecer en silencio. "Tomas parte en un plan que tú mismo encuentras erróneo."

Dario entrecerró los ojos furioso.

Ella triunfó. "Soy en efecto tan lista como esperas que sea. Os escuché discutir."

"Entonces has oído también que se tomaron en consideración mi objeción."

"¿Estás seguro?"

"Si me ayudas."

"¿Qué?" Rita miró atónita a Mirella. Ahora salía a la luz, lo que había querido ocultarle. "¿Quieres involucrar a tu hermana?"

"Puedo confiar en Mirella." Le apoyó sus manos en los hombros. "Precisamente porque ella también dice con qué no está de acuerdo." La apretó más fuerte. "Además... ¡no es la primera vez que ella me – nos – hace de mensajera!"

"¡Mirella!"

Mirella bajó la cabeza. "Pensamos que sería menos peligroso, en última instancia, si iba yo... Dado que no podía impedírselo..."

"¿Por qué sería menos peligroso?"

"Pues..." La mirada significativa de Dario se mantenía fija en ella. "¡Sé que es así!" Estaba perfectamente claro a qué se refería.

El recuerdo del desprecio en la voz de Alexandre le oprimió el corazón. "Aún no has dicho de qué se trataba esta mañana."

Dario encogió los hombros. "¿De qué iba a tratarse? De que se debe terminar con esta guerra."

"¡Para eso no nos necesitan!"

Para sorpresa de Mirella, asintió. "Seguro que no; pero con nuestra ayuda quizás sea más rápido. Si el pueblo ya no quiere al dux..."

"¡Vosotros queréis azuzar a la gente contra él!" Mirella ya no podía mantenerse en su lugar. Tras un par de pasos nerviosos, se quedó parada delante de Dario. "Vino por pedido nuestro. Y arriesga su vida por nosotros." Tragó saliva. "¡Al menos, la de sus hombres!"

"Ya sabía que se le vendría encima una guerra."

"Ni siquiera subió los impuestos para financiar la guerra. ¿Has olvidado que le paga los uniformes a padre de su propio bolsillo? A la gente le va mucho mejor."

"Los napolitanos sufren de hambre." Los ojos de Dario centelleaban burlonamente, mientras señalaba el gratén. "Esto bacon no viene de de Guisa."

"La gente es libre... También tú, Dario."

La sorna desapareció de sus ojos; quizás ella llegaría a él

después de todo y le haría entrar en razón. "Eso te lo agradezco a ti, no a de Guisa."

Sacudió con ímpetu la cabeza. "El juramento falso no era necesario. De Módena tenía una orden del dux para el tribunal sobre cómo deberían tratar contigo. Y Alex..." Las lágrimas le corrían por las mejillas. "Montmorency estaba allí para mantener un ojo en ellos y asegurarse de que obedecieran."

Con eso volvió la sorna a la mirada de Dario. "Sé bien a qué el bonito marqués le había echado el ojo."

"¡Dario!" Rita golpeó con la palma de la mano en la mesa y Mirella se estremeció asustada. "¿Qué están tramando estos hombres?"

"Han prometido... Se encargarán de que los próximos envíos de cereal de Mazarino lleguen a la ciudad."

Mirella buscó aire. "¿Mazarino finalmente nos ayuda?"

"El cereal es bueno; pero mejor haría en enviar soldados." Otra vez sorprendió a Mirella que de la boca de Rita saliera un comentario que se podía tomar como una opinión política.

"No se le ocurre, *mamma*. Pero no entiende nada de eso."

Mirella rió por lo bajo. "Subestimas a nuestra madre." Se colocó lentamente en la silla junto a ella. Había algo malo con lo que había respondido Dario. "Si vuestro objetivo es poner al pueblo en contra del dux, ¿por qué dejan entrar los cereales en la ciudad?"

Dario se puso pálido. "Porque... Pensé que habías estado escuchando y sabrías lo que dije. Nadie debe hacerse daño."

"¿Y para qué necesitáis ahora la ayuda de Mirella?"

"La necesitamos como mensajera; ya lo he dicho."

Rita sacudió la cabeza. "Puede ser. Pero no tiene ningún sentido. Tus visitantes se van de Nápoles otra vez¿ Qué les impide que ellos mismos dan la orden de no atacar más a los carruajes?"

"¿De dónde saben siquiera de los envíos de Mazarino? Hasta ahora no estaba claro..." De Guisa no había anunciado los envíos precisamente para el caso de que no llegaran. No quería despertar falsas esperanzas. ¿Entonces, ¿cómo lo habían sabido los dos hombres?"

"Deberían saltar a la vista. El camino es largo."

Dario mentía. O les estaba ocultando algo. Rita tenía razón; no tenía sentido.

Martes, 24 de marzo de 1648

El posadero era la clave de todos los problemas. No necesitaba traicionar a Dario, si fue desenmascarado. ¿Pero cómo, en caso de que los conjurados ya no utilizaran el *Gallo bianco*?

No obstante, a falta de otra idea, dos días después Mirella se hizo conducir nuevamente al Pizzofalcone. Como ya no podía descartar – e incluso esperaba – que el *Gallo bianco* estuviera bajo vigilancia, dejó detener el coche justo enfrente. A partir de ahora ya no quería hacer nada en secreto.

Se bajó y señaló la puerta de la posada. "Fabrizio, no me esperes aquí fuera." Le dio dos *carlini* de plata. Ahora tenía una buena razón para entrar en la posada antes de volver a casa.

Se recogió las faldas y pasó sobre los charcos hacia el otro lado de la calle. Aún no había llegado frente a la casa, cuando Cristina abrió la ventana. "Ya voy, mi niña." Gritó sus palabras tan fuerte que que media calle tuvo que oírla; solo que con esta lluvia estaba vacía.

La ventana volvió a cerrarse e, instantes después, Mirella estaba en el salón. "Le he traído chocolate." Se quitó la capa de los hombros y sacó un paquetito de la falda. "Pues probablemente he acabado todas sus provisiones muy pronto."

"Hace tanto que no vienes..." Cristina vertió leche en la olla, luego la puso sobre el hogar.

"Veo que, entretanto, ha sido capaz de aprovisionarse mejor." En la chimenea ardía un pequeño fuego sin nada de humo; Mirella se paró frente a él y estiró las manos hacia el calor. Al costado, en la cesta, había leños de haya. ¿De dónde habría sacado Cristina la costosa madera?

Una tapa de porcelana tintineaba bajo; también seguía teniendo azúcar. Cristina lo cocinó esta vez junto con la leche. Su cuchara resonó en la olla de leche; luego revolvió rascando suavemente. Su propia receta; Mirella sonrió. El olor del cacao cocinándose se extendió por el salón.

"No te has dejado ver por bastante tiempo", repitió Cristina. "Estaba preocupada." Puso la olla en la orilla del hogar y trajo tazas y el azucarero. "Al comienzo pensé incluso que esto francese..."

Para disimular su vergüenza ante la mención de Alexandre, Mirella le quitó las tazas de la mano y fue a buscar las cucharas al cajón del armario.

"Te has acordado." Había una sonrisa en la voz de Cristina, pero Mirella aún no se atrevió a voltearse.

"Pensé que me había creído; pero luego... Y como no volviste a venir..."

Mirella dejó las cucharas sobre la mesa. "Era peligroso moverse por la ciudad. Y quizás aún más dejarme ver acquí."

"¿Y por qué has venido ahora? ¿Por qué los franceses pronto ya no tendrán nada más que decir ?"

"No." Al fin y al cabo, Mirella dudaba ahora. "El posadero..." No sabía bien cómo debería seguir. "El posadero es todavía más peligroso que los cañones de los españoles. Pero no puedo demostrarlo."

"¿Así que aún estás en peligro?"

Casi automáticamente, sacudió la cabeza. "Quizás... El oficial francés mismo fue considerado un traidor, porque me dejó ir."

Cristina sacó la olla del hogar. Mientras ellas habían charlado, se había formado una fina película sobre el cacao. Mirella se tensó, para no estremecerse de desgana.

Con una de las cucharas, Cristina juntó la película y la levantó. "¡La capa dulce!" La deslizó de la cuchara en la taza de Mirella antes de que ella pudiera protestar. Luego volvió a poner la olla y se sentó a su lado. Con la cuchara, señaló la ventana. "¿Qué has dicho recién? El posadero... sí... Algún día hará volar por los aires la calle entera."

Mirella se levantó automáticamente y fue hacia la ventana. "¿Pues cómo?"

Cristina miró el reloj sobre la chimenea. "Si te quedas aún una media hora, lo verás. – Pero despide a tu cochero." Sacudió la mano. "Ah, no, quédate aquí. Mejor que no te vean."

Mirella sonreía. "Con gusto me quedo un rato más con ella." El comentario de Cristinas sobre el posadero sonaba muy prometedor. Además, seguía siendo una buena excusa para dar en casa que los españoles cesaran su tiroteo en la oscuridad. "Pero no entiendo..."

"Cuéntame del joven oficial."

A Mirella le subió el calor a las mejillas. "Lo conozco desde el día de la coronación. Mi amiga Stefania y yo – hemos jugado a menudo al billar con los hombres de de Guisa."

"Billar – ¿qué es eso?"

"Se juega con pequeñas bolas sobre una mesa."

"¿Con pequeñas bolas? ¿Machos adultos?"

Mirella rió a carcajadas; nunca antes lo había visto de esa manera. "Se necesita una mano firme, un buen ojo y saber de geometría."

"¿Y tú sabes todo eso?" De repente, Cristina tuvo una expresión de nostalgia en sus ojos. "Las cosas que vosotras chicas aprendéis hoy."

Por primera vez se preguntó quién era en realidad Cristina. Esta mujer había estado incondicionalmente de su lado y todavía no sabía de ella más que su nombre. " La escuela del monasterio ya ha existido antes."

"Pero solo eran para las de familias nobles." Despejó la mesa con movimientos vehementes. "Hoy alcanza con que la familia tenga dinero."

"El dinero también alcanzaba antes", se le escapó a Mirella. "Se puede comprar el título, pues, si uno lo necesita."

Cristina se apoyó sobre la mesa y la contempló. "Pero tu padre no ha hecho eso. ¿Por qué?"

"Creo..."

"Un buen ciudadano no está del lado de los barones, que saquean a los campesinos."

Mirella encogió los hombros; en verdad nunca se había puesto a pensar sobre ello. "Nos va bien. ¿Para qué necesitaría un título de nobleza?" ¿Para qué lo necesitaba ella, entonces? ¿Por qué sus padres la habían respaldado en su elección? Originalmente – antes de la revuelta.

"Abre más de una puerta.."

"¿Es necesario abrir todas las puertas que haya?"

Cristina le pasó la mano por el pelo. "¡Eres una niña astuta! Hay puertas que es mejor que queden cerradas; detrás de ellas solo hay basura."

Mirella tomó la mano de Cristina y la apretó de pura vergüenza. ¿Qué pensaría si supiera que ella estaba prometida con un grande español? "La media hora acaba de cumplirse. Allí no hay nadie."

"Ya lo habrá."

En efecto, poco después traqueteaban pesadas ruedas sobre el pavimento. Luego un carruaje se detuvo detrás de su coche y dos hombres bajaron del pescante, mientras que un tercero, más joven, permanecía sentado entre los barriles.

Cristina cerró las cortinas hasta una rendija.

Fabrizio salió junto con el posadero. Este señalaba el final de la calle y agitó tan impetuosamente las manos, que uno de los caballos sacudió la cabeza nervioso. Fabrizio montó.

Lanzó una mirada buscadora a su alrededor; luego condujo hacia el final del callejón y se volteó. Frenó, volvió a mirar alrededor y se mantuvo entonces a un trecho de la casa. Así Mirella tenía incluso una mejor vista que antes.

Uno de los hombres salió con un cuenco de estaño en la mano, bebió un trago y luego subió al carro. El cuenco se lo alcanzó al joven que estaba entre los barriles.

Mirella corrió la cortina un par de dedos más y estiró la cabeza. "¡Vino!" Los barriles traían el blasón de Avellino. "Sigue recibiendo los envíos de vino de la provincia." Se dio vuelta. "¿Y qu´hay con eso?"

"Presta atención cuando carguen los viejos barriles que sacan de la posada."

Pero Mirella se sentó a la mesa. "Los franceses no se interesan por los contrabandistas."

"Todo depende de lo que se contrabandee."

Mirella se sorprendió y se volvió a parar. "¿Quiere decir que no es vino lo que le entregaron?"

"Lo que le entregan, sí."

El hombre sobre el carro hizo rodar un barril tras otro a la orilla y los otros dos los cargaron en sus espaldas con su ayuda y los portaron en la posada. Después de que hubieron traído una media docena de barriles, uno de los hombres, con el posadero, sacó un barril parecido, aunque más pequeño. Juntos lo subieron al carro.

Mirella no encontraba nada extraño en ello. Por supuesto, los barriles vacíos se devolvían a los vinicultores. Dejó caer nuevamente la cortina. "Los barriles son demasiado pequeños para esconder arcabuces en ellos."

"Pero los barriles que sacaron son demasiado pesados para estar vacíos."

"¿Cómo puede darse cuenta?"

"Se necesitan dos hombres para subirlos al carro."

Mirella encogió los hombros. "Hacia arriba es siempre más cansador."

Pero Cristina parecía haberlo observado muy detenidamente; Mirella miró afuera otra vez. El joven remolcaba los barriles cargados con mayor esfuerzo que los llenos. Pensativa, seguía sus movimientos.

"¡Pólvora!" Se dio vuelta de golpe. "Cargan barriles de pólvora. ¿Para qué lo traen aquí si es para los españoles? Si fuera para los franceses, no habría razón para hacerlo en secreto." Las palmas de sus manos se le humedecieron por la excitación. Quizás esa era la prueba que necesitaba. "¿Desde cuándo sucede esto?"

"¿Una semana?" Cristina alzó las manos. "Al principio, no le di mucha importancia."

"Es decir, la pólvora se ha vuelto escasa. ¿Quizás haga negocios con eso? ¿Quizás tenga miedo de que la confisquen y por eso lo hace así?"

"Seguro que hace negocios con ello. Tantos..." La vieja recontaba con los dedos. "Veinte barriles son en total, probablemente. Como mínimo."

Mordisqueándose una uña quebrada, Mirella continuaba siguiendo la acción en el exterior. "Si pudiéramos averiguar..."

"...adónde van." Cristina abrió la ventana. "Muchacho – ¿te dejan bajo la lluvia?"

El joven en el carro se dio vuelta hacia ella. "No tengo frío."

Se inclinó un poco más hacia afuera. "¿Es la primera vez que estás ahí, verdad? Atiende, ellos arreglan ahora adentro sus negocios. Eso dura. Yo tengo todavía un chocolate caliente y fuego en la chimenea..." Señaló la puerta de la casa con con un gesto invitante de la mano. "Solo ven; desde aquí puedes vigilar igual de bien los viejos barriles."

El joven echó un vistazo a la posada, y de nuevo hacia ellas. Ahora Mirella se inclinó también hacia afuera, como si le hubiera entrado la curiosidad.

Dejó resbalar el pañuelo de uno de sus hombros. "El chocolate de la tía es delicioso."

Se sopló sobre sus dedos y luego se frotó las manos, mientras la miraba. "Los otros tienen su grappa." Saltó abajo y aseguró las correas de la yunta. Mientras cruzaba la calle, Cristina fue a abrir la puerta de la casa. Mirella cerró la ventana y empujó una silla justo delante de la chimenea. Cuando se secara al fuego, estaría sentado junto a él.

Cristina se apoyaba sobre los hombros del joven, para asombro de Mirella, y gemía bajo. "Tampoco yo me estoy volviendo más joven. Estos escalones..." Quitó su mano y se reclinó contra la cómoda que estaba junto a la puerta. "Siéntate tranquilamente. Puedo arreglármelas sola en la habitación."

Se arrastró hacia el hogar, mientras él miraba con curiosidad alrededor.

Mirella le asintió. "Soy Mirella."

"Giovanni." Avanzó hacia el fuego, luego giró a medias hacia la ventana.

Mirella amplió su sonrisa "¿Tiene miedo por los viejos barriles? ¿A quién podrían interesarle?"

"No quiero tener problemas." Los miró aún un instante, luego fue hacia la ventana y corrió la cortina hacia un costado.

Mirella pasó bien cerca de él, para buscar taza y cuchara del armario. Sus dedos se abrieron y se cerraron nerviosamente en la tela de la cortina.

Ella puso la taza sobre la mesa, volvió a sentarse y se estiró la falda, para que cubriera las puntas de sus zapatos. La mirada de él se detuvo en el dobladillo. Ella levantó la vista y le sonrió. Su rostro era muy terso; de seguro, era incluso más joven que Cesare. ¿Sería, pese a ello, susceptible a sus encantos? Se apretó aún más el amplio pañuelo, para que su busto se dibujara claramente debajo.

Cristina vino con la olla. Seguía arrastrando los pies; se apoyó en el umbral de la puerta incluso por un momento contra el marco. Se le había ocurrido algo para hacer hablar a Giovanni.

"El *Gallo bianco* tiene, por lo visto, un nuevo proveedor." Le sirvió. "¿De dónde viene?"

"¿Yo?" Alzó la vista un poco confundido.

"Vuestro vino." Entrecerró los ojos. "No puedo leer la inscripción en los barriles; mis ojos mis ojos han estado fallando en los últimos años."

Giovanni asintió. "Conozco de eso; padre apenas continúa viendo lo suficiente como para cortar las vides. Malo." Finalmente, se sentó; mantuvo, sin embargo, la vista clavada en la ventana. Pero como mucho podía ver la cabeza de su caballo desde la mesa.

"Yo podría hacerlo aún, probablemente. Pero el viñedo de nuestra familia quedó sepultado bajo la lava durante la última erupción."

Giovanni abrió grandes los ojos. "¿No le han dado ningún reemplazo?"

Ella se encogió de hombros. "¿Quién debería hacerlo?"

"¡Nuestro señor ha proporcionado nuevos campos a todos los arrendatarios!"

"El abuelo era un labriego independiente." De pronto, en la voz de Cristina había orgullo. Así que había visto muy bien de dónde venían los barriles. Mirella se divertía con la provocación y estaba expectante por ver qué efecto tenía.

El joven resopló. "Nosotros los arrendatarios no dependemos de nadie."

"Pero las deudas los atan al dueño de la tierra", comentó Mirella.

"¿Qué sabe de eso?"

"¡Sé contar!" Mirella enderezó la cabeza.

Giovanni se puso rojo. "No quería ponerlo en duda. Pero es, después de todo, una chica de ciudad." Su mirada volvió a la ventana.

"Por supuesto."

Como hiciera un movimiento para levantarse, Cristina lo retuvo. "Esta es una calle honorable. Aquí nadie hurta barriles vacíos."

"¡No están vacíos!"

Qué bueno que Giovanni no podía ver el rostro de Cristina detrás de él. "¡Tía, hasta yo lo noté! Quién sabe, quién más lo ha observado." Se dio vuelta hacia Giovanni. "¿Pero qué hay en ellos entonces?"

Giovanni volvió a ponerse rojo. "Disculped, pero..."

Ella se echó hacia atrás. "Por supuesto, no es asunto mío." Puso un tono malcriado en su voz. "Solo me llamó la atención el esfuerzo que le costó cargarlos."

"Perdóneme, no quisiera ser descortés..."

Sonaba muy apocado; la anciana le dio una palmadita en el hombro. "Está bien, muchacho. – ¿Otro chocolate?" Volvió a servirle; luego vertió el resto en la taza de Mirella. "No queremos ponerte en apuros."

"La pregunta cruzó mis labios por sí sola." Mirella los frunció y luego dejó sonreír una de las comisuras de su boca. "Mi curiosidad..."

Cristina le acarició la mejilla a él. Mirella bajó la cabeza hacia su taza, para ocultar una risotada. "Salude a su padre; quizás se acuerde aún de Morandi y su nieta pelirroja." Lo dejó. "¡Esa era yo, en efecto!"

El joven frunció el ceño. ¿Quizás ahora se dio cuenta de que no había contestado la pregunta y, pese a ello, Cristina sabía de dónde venía?

Cristina parecía haberlo notado ella misma recién, pues volvió a provocarlo. "¡Ojalá que su padre no haya perdido aún la memoria!"

"No, pero quizás sea yo quien lo olvide: hoy solo vamos hasta Formiello."

Mirella se clavaba las uñas en las palmas de las manos de la excitación. El acueducto — o llevaban la pólvora a las cavernas bajo la ciudad. "Un lugar incómodo para pasar la noche en esta época del año." Se le contrajo el estómago; ¿era eso lo que planeaban los visitantes extranjeros? Y Dario les había mostrado adónde debían ir.

Giovanni se encogió de hombros. "Pero ha llovido tan poco." Su cabeza iba en dirección a la ventana. "Salvo precisamente hoy. — Si no, sería más que incómodo."

Mirella sonrió. "Si vuelve mañana, la tía tiene seguro un poco más de chocolate."

Sus ojos brillaron. "¿Estará ella también aquí?"

Ella todavía detestaba mentir; así que prefirió no contestar en absoluto. Pero dejó su mano un momento más de lo decente en la de él, cuando se despedía justo después.

Luego esperaron a que partieran los tres hombres con sus barriles. Cuando el traqueteo de las ruedas se había desvanecido, Mirella se levantó. "Ya es hora."

"Van a rconocer tu coche. Y Giovanni se acordará de ti."

"Seguramente no me delatará. Si no también saldría a la luz que abandonó su puesto." Le ofreció a Cristina su mejilla para que la besara. "Además no los voy a seguir, sino que los esperaré en Formiello. En un lugar por el que deben pasar sí o sí." Sin embargo, ella necesitaba efectivamente otro vehículo.

Antes de la cena, Mirella se sentó con su costurero en los escalones de la puerta de la cocina. Nadie se asombró de ello. Ahora estaba pagando que en las últimas semanas había seguido la petición de Rita de utilizar el resto de la luz diurna y ahorrar aceite de lámpara. También una de las cosas que eran cada vez más escasas y caras.

Cesare trajo los caballos de Varese del establo y los unció al coche. De mientras, echaba un vistazo a Mirella.

Ella le saludó con una sonrisa. "Una bella tarde, Cesare. Llevas al *padrone* de vuelta a la *Reggia*?" Se recogió las faldas y se corrió un poco al costado, aunque de todos modos había lugar para dos en el escalón.

Cesare entendió la invitación que había en ese gesto y se sentó con una sonrisa refulgente junto a ella, una vez que hubo terminado con su trabajo. "La *signorina* es demasiado aplicada. Se arruinará los ojos con las puntadas minuciosas."

"Honestamente," alejó la tela un poco de sí, "también preferiría hacer otra cosa. Pero hay que terminarse."

"Eso es..." Jugueteó con su cinturón; el brillo en sus ojos se apagó. "Se dice que se casará pronto con el príncipe español."

"Estamos en guerra con los españoles."

"Por eso..." ¿No podía hoy decir una frase hasta el final? "Pero está de nuestro lado."

"A no ser que suceda un milagro, perderemos la guerra."

"Porque hay muchos a quienes les da lo mismo quien gane, si tan solo se termine." Cerró los puños. "Ya han olvidado lo mucho que nos costó."

Mirella dejó el costurero sobre la rodilla y puso su mano en el brazo de Cesare. "¿Has perdido a alguien?"

"Si tan solo pudiera..."

"No podemos hacer nada." Retiró la mano y permaneció un rato con la mirada perdida. "Pero si hubiera algo que pudieras hacer," su voz se hizo más y más baja, "para que el dux ganara la guerra..." Resopló; ahora ella también hablaba con medias frases.

Los labios de Cesare temblaron y eso le recordó a su beso. Era quizás un poco mezquino, engancharlo así. Pero si nadie más la ayudaba...

"Cesare, me temo que hay gente para los que todo es justo a fin de terminar la guerra. Incluso la injusticia."

Los ojos de él colgaban de sus labios; acercó su rostro un poco más hacia ella. Ojalá no se atrevería a besarla de nuevo; aquí a la vista de todos.

"Tengo que averiguar algo. ¿Me ayudarás a hacerlo?"

"¿Cómo, pues?"

El portón del patio se abrió y él se levantó de un salto. "¡El *padrone*!"

"Llévame contigo mañana a la tarde, cuando lleves al *padrone*." No llegó a aclararle más; Varese podía oírlos.

Cesare tragó; ahora se había quedado completamente sin palabras.

"¡Cesare!" El vecino meneaba el bastón de paseo con una mueca, como si tomara impulso para dar un golpe. "¿La distrajo de su trabajo, Mirella?"

"Me he dejado distraer con gusto."

Seguramente no era el sol poniente lo que hacía brillar en rojo el rostro de Cesare, mientras se subía al pescante.

***

Siguiendo una intuición, Mirella se puso zapatos curtidos cuando se preparaba la tarde siguiente para viajar a Formiello. Se puso la falda bien baja en las caderas y la dejó resbalar por las escaleras mientras bajaba, para que Rita no viera los zapatos. La madre era más lista de lo que solía dejar entrever. Por supuesto, si fuera de otro modo, seguramente

Enzo no la seguiría apreciando y amando así después de todos estos años.

Varese miró sorprendido cuando ella le pidió que la llevaran durante un tramo del viaje. "¿Cómo sabe que tomaremos el mismo camino?"

Echó una mirada avergonzada a Cesare.

"La *signorina* puede pensarlo después de nuestra conversación de ayer a la tarde."

De nuevo Varese levantó el bastón como si amenazara; pero esta vez, su rostro permaneció serio – pensativo. "Muchacho, deberías pensar mejor lo que cuentas."

"Pero... por qué no podría saberlo la *signorina* .."

"La *signorina* sí; pero quítate la costumbre de andar contando lo que hago. Los negocios de tu patrón no te incumben."

"Sí, *padrone*." Apocado Cesare subió al pescante, mientras Varese ayudaba a Mirella a entrar al coche.

"¿Adónde quiere ir?"

"A lo de la *principessa* d'Oliveto."

Varese calló un momento. "No paso por allí."

"El último tramo lo puedo caminar."

"A su padre no le gustaría."

Mirella sonrió con descaro. "¿Debe enterarse?"

"¡Oh, vosotros los jóvenes! ¿Cómo creéis que podéis ocultarle algo a vuestros padres?"

Mirella se asustó un poco. Entonces si Enzo en la próxima oportunidad dejara escapar un comentario frente al *marchese*. Era bien cierto lo que le habían enseñado las monjas: una mentira trae a la otra tras de sí. ¡Y qué agotador que era tener que estar inventando siempre una nueva! Cerró los ojos; de pronto entendió también que cada vez más gente añorase los tiempos tranquilos antes de la asonada.

Un toque la sobresaltó. El coche se había parado.

"Se ha quedado dormida. Quizás mejor debería quedarse en su cama que andar saliendo a la tarde."

Mirella se empujó desde la esquina en posición recta. "Perdóneme. ¿Dónde estamos?"

"En la *vía Toledo.*"

Ella se incorporó, pero como había esperado, Varese la empujó devuelta en su asiento. "Tengo para rato. Cesare la llevará entretanto a lo de su amiga. Enzo se enfadaría conmigo, si la dejara andando sola por la ciudad."

Cesare abrió la portezuela.

"¿Cómo volverá después a su casa?"

"El cochero del *marchese* me llevará mañana temprano." Una mentira más; y una persona más enredada en su red. Ahora debería ir, de hecho, de vuelta a lo de Stefania. "Padre prefiere que pase la noche en lo de los Oliveto." Eso, al menos, era verdad.

Cesare permaneció con la puerta abierta, hasta que Varese hubo llegado a los escalones de la *Reggia.* "¿Adónde debo llevarla, *signorina*?"

"No lo sé exactamente. Conduce hacia Formiello y detente en el cruce que desciende del Pizzofalcone."

"¿Y entonces?"

"Esperamos. ¿Cuándo debes pasar a buscar al *padrone*?"

"Tarde." El rostro de Cesare brillaba de excitación. "Seguro tenemos tiempo suficiente."

Un cuarto de hora después se detuvo en el cruce y se acercó a Mirella. "¿Qué estamos esperando?"

"Un carruaje con barriles de grappa y vino."

"¿Con barriles?" Un poco perplejo, tomó aire, pero no se atrevió a preguntarle cuál era el sentido de todo eso.

"Estoy segura de que no demorará siquiera media hora hasta que el carruaje pase por aquí. Y luego, síguelo; pero de una manera que no despierte las sospechas del otro."

"¿Para qué todo esto?" Cesare parecía aun más perplejo. Después de todo, no había podido contener su curiosidad.

"Porque estoy segura de que en los barriles no hay vino. En verdad, deberían estar vacíos, pues vienen del depósito de una *trattoria*."

Cesare se inclinó hacia adelante y apoyó los codos en el piso del coche. Miró con rapidez izquierda y derecha antes de seguir preguntando en voz baja. "¿Por eso ha preguntado ayer a la tarde?"

Mirella asintió. "Se han conjurado en contra de nuestra república. O contra el dux. Pero si no lo puedo probar, de Guisa no me creerá." Cesare miraba tan dubitativo que ella rió. "O cualquier otro. Como tú."

Cesare enrojeció. "Le creo; ¿estaría aquí de otra forma?"

"Entonces esperemos."

"Los barriles no están vacíos, dice. ¿Cómo lo averiguó?"

"Puede verse si alguien lleva un barril pesado o uno ligero."

Él enrojeció aún más. Tras lo cual, ella palpó avergonzada su falda. No estaba bien actuar tan arrogante enfrente de Cesare. Ciertamente ella no lo habría notado, si Cristina no le hubiera llamado la atención sobre eso.

"Eso se me podría haber ocurrido también." Miraba a los pies de Mirella. "¿Y ahora quiere averiguar qué hay dentro de ellos? ¿O adónde son llevados?"

"Puedo imaginarme qué hay dentro."

"Yo también. Hasta ahí llega mi mente. El contrabando común y corriente interesa a los señores ahora menos que antes."

Se acercó un ruido de ruedas y Cesare se echó un tramo para atrás. Luego se quitó la gorra e se inclinó. Mirella miró por la ventana del otro lado. Solo el coche de un alto funcionario. "Ese no es."

Cesare sonrió alegre. "Lo que pensaba. En un coche no se saca a pasear la pólvora."

"No lo creas. Pero tienes razón; esperamos un carro."

El sol doraba ya los techos de la *Chiesetta di San Lorenzo* en la colina frente a ellos, cuando el carruaje finalmente llegó.

Mirella se echó rápidamente hacia atrás en las sombras del coche para no ser vista por Giovanni. "Síguelo, pero mantén la distancia."

"¿Y si lo pierdo de vista?"

"Sigue el sonido. ¿No puedes distinguirlo de los otros?"

Cesare murmuró algo, luego se apresuró a subirse al pescante e hizo trotar los caballos.

Tan pronto como la calle hizo una curva, Mirella tuvo el carruaje a la vista. Esta vez había cinco pequeños barriles entre los grandes de vino. Era llamativo que estos barriles pequeños estuvieran bien amarrados, en cambio, los otros no.

La calle se estrechó y el tránsito se hacía más escaso a medida que descendían hacia Formiello. Mirella había esperado que Giovanni entregara los barriles en algún lugar solitario, pero se dirigía al viejo centro.

Poco después se paró frente a la casa de un tonelero.

Cesare se detuvo enfrente, un trecho alejado, y se acercó a Mirella. "No está mal. Llevar barriles a la casa de un tonelero, no le resultaría sospechoso a nadie."

Ella asintió y atisbó por sobre su hombro. Giovanni desató uno de los pequeños barriles y lo empujó hacia la orilla del carro. Luego se bajó y golpeó la puerta del tonelero. Dos hombres salieron y lo ayudaron a descargar.

Cuando todos habían desaparecido junto con los cinco

barriles dentro de la casa del tonelero, Cesare se giró hacia ella. "¿Qué hacemos ahora?"

"Yo me bajo."

"¿Y luego?"

Se encogió de hombros. "No lo sé."

Él abrió el portaequipaje en la parte trasera del coche. "Puede necesitarlo." Le tendió yesca y una lámpara y echó un vistazo a la vuelta de la esquina. "Siguen estando todos en casa del tonelero."

"Bien." Tomó la yesca y la lámpara. "Ahora regresa."

"¿Ahora mismo?" Cesare sacudió la cabeza. "No sé qué es lo que se trae. Pero si estos hombres... Podría ponerse peligroso."

"¡Nadie le hará nada a una jovencita!" Sin embargo, no estaba bien convencida de lo que decía. Estos hombres sabrían impedir que alguien se pusiera en su camino. "Pues bien. Espérame aquí. Regresaré pronto."

Se recogió las faldas y cruzó la calle. Temerosa, golpeó a la puerta. Pero nadie abrió. Probablemente debían primero esconder los barriles.

Mirella dio un paso hacia atrás. Ante todas las ventanas colgaban pesadas cortinas. No salía ni un poco de luz; qué raro que recién ahora lo notara. Apoyó la oreja en la madera, pero no le llegaba ningún ruido.

Golpeó de nuevo, y luego empujó el picaporte hacia abajo. La puerta se abrió sin ruido. Detrás estaba oscuro.

Por un largo momento Mirella se quedó allí de pie con la boca abierta; luego salió al umbral. Sus ojos se acostumbraron a la oscuridad, que en realidad no era tan oscura, ya que desde la calle un poco de luz de luna marcaba el rectángulo de la puerta frente a sus pies. A la izquierda había una puerta amplia, que permanecía entreabierta. Pero también allí estaba oscuro. En la habitación misma había varios barriles en la pared; pero todos más grandes que los barriles de grappa de la *trattoria*. La mesa delante de ella era demasiado baja para esconder algo; además, había dos escabeles debajo.

Pasos sonaron en el empedrado detrás de ella y luego apareció Cesare. "¿Acaso quiere entrar ahí?"

"No me queda otra cosa que hacer, probablemente." Dejó la lámpara sobre el piso y raspó la yesca contra la pared. No hubo siquiera una chispa.

Cesare se lo quitó. Un movimiento rápido y la yesca flameaba. Encendió la lámpara y se la alcanzó. "Mejor la acompaño."

"Quizás no sea tan seguro después de todo."

"Precisamente."

"Por eso debes encargarte de que podamos desaparecer rápido. Quédate aquí."

Entró y levantó más alto la lámpara para iluminar el cuarto.

Junto a la mesa había una trampilla cuyos bordes estaban libres de polvo en varios lados. Apoyó la lámpara un poco alejada sobre el piso y levantó con cuidado la trampilla por un palmo. Desde allí le llegaba menos oscuridad de lo que debería, efectivamente. "Están allí abajo, en alguna parte."

Cesare se acercó a ella y tomó la lámpara. "Las cavernas. No la dejaré bajar allí sola. Podría perderse."

"¿Y tú no?"

"De niño jugaba allí abajo."

"No obstante, bajaré sola."

"Debe ir sin luz. La lámpara puede delatarla." La miraba suplicante. "Por favor, *signorina*." La sujetó por el brazo mientras ella alcanzaba la lámpara. "No vaya sola."

Quizás no fuera un error, después de todo, llevarlo consigo. "Sostén la lámpara más alto, mientras bajo la escalera." Se recogió las faldas y las ató en su talle antes de descender.

Cesare miró hacia el costado. "Quieto", siseó, cuando crujió un peldaño.

Mirella misma estaba asustada. Pero la escalera debía soportarla, si era capaz de resistir el peso de los hombres con los barriles. ¿Cómo lo habían logrado, en realidad? Probablemente los barriles habían sido pasados de mano en mano.

Pronto la luz de Cesare ya no llegaba a sus pies y ella colocó sus pasos con mayor lentitud, tanteando individualmente cada peldaño. Siseó bajo, para hacerle saber que ya había llegado abajo. La luz de Cesare osciló. Antes de que apagara la lámpara, ella se separó de la escalera. La pared contra la que estaba era de piedra de toba, pero la de enfrente parecía como si fuera, al menos en parte, tapiado de ladrillo.

Luego se volvió oscuro. Las ropas de Cesare raspaban suavemente contra la escalera mientras bajaba.

Mirella tanteó la pared cercana. Estaba fría y húmeda; no era un buen lugar, por cierto, para almacenar pólvora. Seguramente no sería por mucho tiempo; y quizás tenían tanta, que no importaba si se estropeaba alguna parte.

El calor del cuerpo de Cesare llegó a ella. Estiró la mano y lo atrajo más cerca suyo. "¿Qué hacemos si regresan?" De repente, parecía increíblemente imprudente.

"Desaparecemos en un pasillo lateral; hay bastantes de ellos."

"¿Y si alguien cierra la puerta de arriba, tomamos otra salida, sí?"

"Ve que fue astuto no venir sola."

Ella lo soltó y dio con precaución un paso después del otro, con la mano contra la pared. El piso estaba en partes resbaloso; una vez pisó un charco profundo y el agua le entró por los costados del calzado.

Entonces, su mano a tientas no agarró nada; se detuvo.

El vacío le parecía aún más oscuro que la oscuridad a su alrededor. "¿Un pasillo lateral?"

"Sí", susurró Cesare detrás de ella. "Desciende hasta el puerto."

Parpadeó en sus esfuerzos por penetrar la oscuridad, pero luego volvió a concentrarse en el camino. No era totalmente tenebroso; las luces, que llevaban los hombres delante de ellos, la ayudaban. Lo que significaba, pero, que estaban tan cerca de ellos que tenían peligro de ser descubiertos. De pronto vio los contornos de un barril delante suyo, junto a este, un segundo.

"A partir de aquí, le será penoso." Cesare movió uno de los barriles. "En realidad, no son pesados, pero el pasillo se hace muy angosto." Tomó la mano de ella y estiró su brazo hasta al otro lado para que ella tocara las dos paredes al mismo tiempo. Se sentían diferente; uno podía orientarse con eso, para encontrar la dirección.

"Entonces ellos volverán a pasar por aquí, en cualquier caso."

"Correcto; debemos prepararnos para desaparecer velozmente. Pero se traicionarán sí mismos por su luz; esa es nuestra ventaja. Encenderemos nuestra lámpara recién cuando estemos solos."

¿Y si igualmente los descubrieran? El corazón de Mirella dio un brinco y empezó a acelerarse. Jadeó y se apoyó contra la pared, antes de poder marearse. "Solo un momento."

"¿No está bien?"

Disimuló su jadeo en una risa baja. "Las mujeres estamos vestidas inadecuadamente para tales aventuras."

"Si lo permite, le desajusto el corpiño."

Mirella buscó aire atónita.

"Quizás tenga que correr." La tomó por el hombro. "Aquí."

Un par de pasos adelante la llevó a un pasillo lateral. "Aquí no nos sorprenderán de repente." Buscó a tientas el acordonado de su vestido y lo aflojó. Pese a la oscuridad, sus dedos eran rápidos y hábiles; incluso Gina no podría hacerlo mejor. Ella sonrió; probablemente, había tenido práctica.

Sintiéndose incómoda, se movió bajo sus manos. "Apúrate, pues." Cesare soltó los ganchos centrales del corpiño y volvió a atar los lazos de su vestido. Mirella respiró con la panza y se relajó. Cesare la precedió de vuelta al pasillo principal. Aún no habían llegado completamente a la esquina; en eso, él la empujó contra la pared y se inclinó junto a ella.

Su figura le había ocultado que se había vuelto más luminoso: los hombres regresaban. Los descubrirían si iluminan el pasillo, eso era seguro. Mirella no se animó a preguntar si este pasillo conducía a alguna parte por donde pudieran escaparse.

Las voces se hicieron más fuertes.

"...de regreso." Esa era la de Giovanni.

"Sí, muchacho; vete sin preocuparte. No debe asombrar a nadie qué hace tu carro detenido tanto tiempo frente a mi casa."

Mirella cerró los ojos, como si así pudiera esconderse mejor. Pero luego volvió a abrirlos por completo. Era imprudente no ver nada cuando el peligro amenazaba.

Luego los tres pasaron de largo frente a su pasillo. Mirella se apretó la boca con la mano, para que no se la oyera exhalar de alivio.

"Eso puede pensarlo cualquiera, sin despertar recelos. Pero sería mejor si mañana algún otro trajera el resto de los barriles. Siempre el mismo carruaje, eso sí que es extraño."

El resplandor ya no se movía, posiblemente se hubieran detenido frente a los dos barriles. Uno de los hombre gimió, como si el peso le fuera demasiado.

Cesare empujó a Mirella y ella entendió. Suavemente

caminaron más adentro del pasillo lateral y entonces se apretaron de vuelta contra la pared. Algo le goteó a Mirella por la nuca. Estiró la mano; era cálido y pegajoso. ¿De qué tipo de animal podría provenir? Se sacudió del asco.

"No importa." Ese era de nuevo el tonelero. Las voces eran ahora claramente más bajas. "Nadie averiguará nada, sin embargo. Los franceses no tienen idea de los pasajes subterráneos."

"Si no te equivocas con eso. Mejor ten cuidado."

La luz regresó y pasó de largo frente a su pasillo. Los dos hombres cargaban los barriles sobre los hombros y cada uno tenía una antorcha en la mano libre.

"Mejor esperemos aquí", susurró Cesare en su oído.

"Pero..."

Él le tapó la boca con la mano. "¡Bajo! Echaremos un vistazo cuando se hayan ido." Mantuvo la mano sobre su boca. Con un dedo, la acarició suavemente en la mejilla. "No pueden estar muy lejos, tan pronto como hayan vuelto." Dejó caer la mano.

Esperaron un tiempo aparentemente interminable. Pero los dos hombres no regresaron.

"Voy a la esquina." Mirella se incorporó de la pared con el trasero. "Lo veremos a tiempo cuando se hace más claro." Tanteando regresó lentamente. Después de dos pasos sintió los movimientos de Cesare detrás suyo. La tranquilizaba enormemente que él la siguiera.

Atisbó con cuidado por la esquina. El final del pasillo estaba en completa oscuridad. "Ya no hay luz. Han ido en la otra dirección."

La respiración de Cesare le rozaba la oreja. "Tanto mejor."

"¿Por qué? Así no sabemos si se han ido."

"Pero así tampoco notarán el coche."

La tomó de la mano y la condujo lentamente a lo largo del túnel. El camino se hacía otra vez más ancho y pronto parecía ir hacia abajo.

Entonces Cesare la retuvo abruptamente. "¡Atención!"

Había dos escalones. Si aún le hubieran quedado dudas de que él conocía bien el lugar, ahora las habría puesto definitivamente de lado.

"¿Cómo hemos podido ver el brillo de la luz pese a que esta parte es más profunda?"

"El techo es más alto."

Justo después llegaron a una bifurcación. Cesare se detuvo.

"¿No sabes cómo seguir?"

"¿Qué cree, por cuál de los túneles venía la luz?"

"¿Cómo podría saberlo yo? ¿Dónde estamos en verdad?"

"Bajo la *piazza del Mercato*."

"¿Tan lejos ya?"

Él no contestó; quizás asintiera porque había olvidado que ella no podía verlo.

"Sea cual sea el túnel que han usado; no pueden haber ido muy lejos. Si no, realmente no habríamos visto nada."

"Correcto. Podríamos simplemente probar ambos. O reflexionar. Uno lleva al puerto; el otro bajo la catedral."

"¿Una caverna bajo la catedral?"

"Seguro. ¿Qué creía, en qué consisten las catacumbas? La cripta es una parte de ellas."

Este joven la sorprendía cada vez más. Poseía más conocimientos de los que cabía a un doméstico.

"¿Dónde depositaría la pólvora si estuviera planeando hacer algo con ella?"

"Bajo los muros de una fortaleza, por supuesto." Se le cortó la respiración. "El *Palazzo Reale* entonces."

"Ninguno de estos caminos conduce hacia allí."

"Entonces..." Recién mismo lo había dicho. "No lo creo. Ningún cristiano haría algo así."

"Los españoles disparan también sobre nuestras iglesias, ¿o no?"

"Pero..."

"Si ella misma no estuviera convencida, que se han conjurado en contra del pueblo y del dux – ¿estaríamos entonces aquí?"

El corazón de Mirella dio un brinco y empezó a latir violentamente. Se apretó las manos contra el pecho y esperó a que pasara.

"¿*Signorina*?"

"Tomemos el pasillo que va hacia la catedral."

Este iba en pendiente; luego de nuevo había escalones que llevaban aún más abajo y, a continuación, atravesaron agua. Mirella comenzó a castañetear los dientes y pronto ya no sabía si era por el frío o por el miedo.

Se quedó quieta. "Un napolitano nunca haría volar por el aire la catedral. ¡Cesare! Piénsalo pues. ¡Toda la gente!"

"No hará que se derrumbe toda la iglesia; eso lo considero imposible."

"No conduce la caverna por debajo de toda la iglesia?"

"Pues sí, pero ellos seguramente encenderán la pólvora en un solo lugar, para que tenga su efecto. Bajo la cripta."

"Así que hay un acceso."

"Quizás hasta no quieran hacer volar nada. Desde la cripta, pasando por la sacristía, se llega a la capilla mayor. Quizás se planea solamente un ataque directo con arcabuces y pistolas. Sin embargo, por la cantidad de pólvora..."

Mirella buscaba aire. "¡Solamente!" El lugar del dux estaba allí arriba. Y Alexandre a su lado: él lo defendería con su propia vida. "Eso no debe ocurrir."

"Los españoles... Probablemente Annese les entregue la llave de Nápoles con su propia mano para salvar su cabeza."

"Avancemos." Se tropezó con un escalón; Cesare la cogió por el vestido antes de que se cayera. "¿Esto va aquí para arriba?"

"Creo, ahora ya es seguro." Un chasquido, luego centelleó la yesca y Cesare volvió a encender la lámpara. "La he visto con los oficiales franceses. Los conoce bien, ¿no es cierto?"

"Algunos."

Cesare la tomó del brazo. "Entonces le creerán."

Con respecto a eso, ella tenía sus dudas. Alexandre y Albert sabían demasiado bien que no siempre decía la verdad. "No tienen que creerme. Pueden verlo ellos mismos."

"No conocen el camino."

"Debes guiarlos, Cesare."

Los escalones giraban en un pozo que se se estrechaba hacia arriba. Eran desiguales en altura y a veces tan estrechos, que solo podía pisar con el tenar.

Mirella se apoyaba en ambas paredes. A cada paso, tanteaba primero con un pie en busca de apoyo seguro antes de subir y luego levantaba el otro. De pronto se detuvo y pasó las palmas de las manos por las paredes, tan alto como podía.

"Cesare, aquí no hay en ninguna parte un sostén para antorchas. No pueden haber pasado esta escalera tan angosta con fuego en una mano y pólvora en la otra." Se reclinó contra la pared, indecisa si este descubrimiento debería alegrarla o decepcionarla. "Nos hemos equivocado; han ido al puerto."

"Eso lo veremos cuando estemos arriba. Hay aún otro acceso." Por eso consideraba que este camino no era peligroso.

Ella, pero, hubiera preferido que se hubieran equivocado. Aún podía tener esperanzas.

La escalera terminaba abruptamente; iba dos pasos derecho y luego ella estaba parada frente a una pared.

Cesare llegó a su lado y sus dedos rozaron varias veces la superficie a la altura de la cabeza. "¡Aquí!" Su voz sonaba triunfante. "Pronto estaremos afuera." Hizo a un lado a Mirella y se reclinó contra la pared.

Una bisagra rechinó por lo bajo; luego él apagó la lámpara y ya no se movió.

"¿Qué hay?"

"Creo, si bien, que nadie conoce este acceso. Pero mejor tengamos cuidado."

Una piedra raspó con otra piedra. La pared delante de Cesare se movió y se arrastró en alguna parte. Cesare debía tener ojos de gato; ella solo veía negro y azabache. Él dio un jadeo reprimido. Luego buscó a tientas la mano de ella; sus dedos estaban ya más helados que los de ella. "¡Adelante!" La empujó hacia adelante y luego volvió a poner la pared e nuevo en su abertura.

El pasillo se hacía más amplio y desembocaba en un cuarto, cuyo inmenso tamaño adivinaba al eco de su siguiente paso.

Se asustó por el sonido y apoyó sus pies con más cuidado.

"¡A no preocuparse! Si hubiera alguien aquí..." Se quedó quieto un momento. "Al menos debería haber traído un cuchillo. Pero me ha cogido por sorpresa." Agarró su mano con mayor firmeza e estiró el brazo a un costado. "Si viene alguien, será por allí. Y nos daremos cuenta antes de que nos vean."

"¿Y entonces?"

"Entonces tenemos que correr, tan rápido como podamos. O inventarnos una buena excusa." La condujo un par de pasos hacia el costado y estiró la mano libre tanteando hacia arriba. Cuando el techo se hizo más bajo, se detuvo. "Mejor espere aquí."

¿Y si viene alguien?, le hubiera gustado preguntar. Su corazón latía ferozmente. "¿Adónde vas?" Su voz sonó tensa.

Cesare rió a media voz. "Solo los pocos pasos hacia la pared. Quisiera evitar que se golpeara la cabeza contra el techo."

"¿Y si alguien nos encuentra aquí?"

Por un momento, Cesare no reaccionó. "Entonces..." Pareció no querer decir más. "Depende de quién sea. – No se preocupe."

Inmediatamente después golpeó madera; era un sonido ahogado, pesado. "Aquí están."

"Necesitamos luz para poder ver qué más hay aquí."

"Quizás haya también aún antorchas." Bajo los pasos de Cesare, crujía arena. "¿Tiene todavía un resto de yesca?"

Mirella hundió las manos húmedas en los bolsillos de su falda. "¿Sabes incluso dónde hay antorchas aquí?"

La yesca chirrió sobre la piedra e inmediatamente después ardía una antorcha de brea en la mano de Cesare. La levantó bien alto sobre su cabeza y señaló un anillo de hierro en la pared. "Ese es el lugar habitual para ella." Volvió a encender también la lámpara y se la dio.

La caverna se abría a una amplia habitación oval. La pared lateral a la derecha de ella se curvaba en dos grandes salientes hacia el techo. Delante de la segunda saliente la había detenido Cesare. Aquí colgaba el techo aún sobre su cabeza, pero tres palmos más allá llegaba hasta su cuello. Directamente contra la pared estaban los barriles.

Mirella se encorvó y se acercó para contarlos. "¡Veinte!"

Se dio vuelta hacia Cesare levantando al momento demasiado la cabeza. La arena le llovió en el pelo y en la cara.

Con más cuidado se retiró y miró alrededor, tanto como la luz lo permitía. "No hay nada más que estos barriles."

"Traerán con ellos las mechas, para asegurarse de que estén secas."

"No sabemos con certeza que en los barriles haya pólvora."

Impaciente, atravesó el aire con la antorcha; al punto de que la brisa casi la extinguió. "¿Qué almacenarían aquí? ¿Pescado en salmuera?"

"¡Tienes razón! Aún no quiero creerlo."

Él se le acercó lentamente. "Debe advertir al dux. Desde luego..."

"No encontraré el camino. Tú debes guiar a los franceses aquí."

"Le mostraré cómo se llega desde aquí hasta afuera; solo debe memorizar este acceso." La tomó de la mano y la condujo hasta el otro extremo del cuarto.

En un nicho colgaba una estrecha escalera de cuerda. "¿Ve ahora por qué los barriles atravesaron el largo camino hasta aquí? ¿Y por qué este lugar es perfecto para esconderlos hasta que sean utilizados?"

Enderezó el cuello, pero en la oscuridad en lo alto sobre ella no podía ver el final de la escalera. "¿Debemos subir allí?" Tragó nerviosa.

"Yo sostengo firme la escalera hasta que llegue arriba."

"¿Qué hay allí arriba?" Le corrió un escalofrío helado.

"Nos encontramos aproximadamente bajo *San Giorgio Maggiore*. Como ve, la pólvora ha de ser utilizada dentro de la ciudad."

Mirella vacilaba. "¿No hay ningún otro camino hacia arriba?"

"Sí. Por supuesto."

"Entonces... Si ahí arriba hay alguien..."

Cesare se frotó la frente. "Dudo que desde cualquier otro lugar pueda guiar a los soldados."

"Entonces debes hacerlo tú." De ninguna manera iba a trepar por esa escalera de cuerda. "Puedes mostrarme este acceso mañana desde afuera. O a los franceses."

Cesare miró hacia arriba, luego volvió la vista hacia ella. "Por esta escalera estaríamos afuera mucho más rápido. Se resfriará, si nos quedamos aquí abajo más tiempo."

Automáticamente se miró. Ya casi no sentía los dedos de los pies, sus pantorrillas estaban heladas. Cesare tenía razón. "Entonces no deberíamos quedarnos aquí por más tiempo."

Cesare agarró la escalera de cuerda y la tensó. "Por favor, *signorina*."

Mirella pataleó. "¡Pero no por aquí!"

Suspirando, Cesare soltó la escalera y la tomó de la mano. Pero no la condujo alejos. "No podemos subir en cualquier lugar que se nos antoje. ¿Acaso sabe a quién apoyan los respectivos habitantes?

"Tú seguramente lo sabés." Estaba de mal humor, tenía unas ganas crecientes de discutir.

Entonces él la condujo finalmente de vuelta a la entrada de la caverna. "A un par de pasos de aquí, hay un pasaje hacia el patio de un mercader de pescado. Desde allí llegaremos fácilmente al aire libre, aun si nos descubren."

Aliviada tomó junto a él el camino señalado. "¿Qué temes?"

"No estoy seguro... Si los traidores se enteran demasiado pronto de que su pólvora ha sido descubierta, podrían cambiar su plan. Renunciar a él, seguro que no."

"Entonces es preciso que no tengan tiempo de cambiarlo. Iré bien temprano a ver al *chevalier* de Grignoire. Él sabrá dar consejo." Preferiría ir con Alexandre – pero no podría ocultar lo que la impulsaba.

Bostezó; esto se veía como una noche más en la que no lograría dormir.

Entraron en un estrecho pasillo lateral. De algún lugar llegó de repente una corriente de aire, que la hizo tiritar. Se envolvió en la capa aún más.

Inmediatamente después Cesare la apretó de súbito contra la pared y apagó la luz. "¡Silencio!"

Algo crujía lentamente cerca de ella; debía ser una rata o algún otro animalito. La arena chirrió bajo su pie cuando se puso en una posición más cómoda. Le pareció que esperaban eternamente – ¿pero qué?

"¿Qué hay?", susurró finalmente en la oreja de Cesare. Él le puso la mano sobre la boca.

Suspiró resignada. Entretanto, ya no sentía en absoluto los dedos de los pies y los zapatos, completamente empapados por la humedad, le colgaban pesadamente de sus pies. Pero sus ojos se acostumbraron de nuevo a la oscuridad y ya podía distinguir la pared más clara, contra la que se apoyaba, del oscuro agujero del túnel. Solo hasta el techo no alcanzaba su mirada.

Finalmente Cesare le tocó el hombro. "¡Con cuidado!"

Cesare se detenía tras cada paso y apoyaba los pies casi sin ruido. Mirella trató de igualarlo, aunque hubiera preferido urgirlo impacientemente hacia adelante. Fuera de ellos y los animales, allí no había nadie. Mirella castañeteaba los dientes convulsivamente. El intento de reprimirlo le hacía doler la mandíbula. Para distraerse, empezó a contar sus pasos.

Cuando llegó a quinientos sesenta y cuatro, Cesare se detuvo de nuevo. Se dio vuelta y tanteó en busca de su mano. "Escalones. Diez hacia abajo, luego un par de pasos a la izquierda; luego hacia arriba. Estese quieta, por el amor de Dios."

Con la mano libre apoyada contra la pared, Mirella

tanteaba escalón por escalón. Los más bajos estaban húmedos y pringosos. En uno se resbaló, pero Cesare la sostuvo seguro y atajó su caída. Por un momento la retuvo en sus brazos y apretó su rostro contra su frente. "Ya casi lo hemos logrado."

Un escalón más bajo pisó el agua. Era sólo el octavo. En el próximo le entraría otra vez en los zapatos. "¿No podríamos ir más rápido?"

Cesare la atrajo más hacia si, obligándola a someterse a su ritmo. "Si se cae, no serán solo los pies los que estén mojados." Pero cuando alcanzaron el final de la escalera, caminó más rápido.

El agua le llegaba hasta las pantorrillas; demasiado tarde se había atado el borde de las faldas en el talle. Ahora la tela mojada le golpeaba las piernas.

La escalera hacia arriba era significativamente más larga que la anterior. Al comienzo contaba los escalones. Paro para el onceavo o doceavo se confundió; y entonces se apoyó solo pesadamente sobre el brazo de Cesare y esperó a llegar a la salida.

También Cesare debía haber contado los escalones, pues la detuvo cuando la cabeza de ella estaba a solo un dedo del techo. De nuevo la apretó contra la pared y le tapó la boca con la mano.

Ella estiró una mano hacia este techo encima de si. Era de un material más cálido que las paredes – una puerta trampa de madera. ¿Y si había algo sobre ella?

Hasta ellos llegó el ladrido ahogado de un perro; después se hizo silencio.

Cesare esperó de nuevo un rato; luego presionó con cuidado contra la puerta trampa. Esta se abrió una rendija sin hacer ruido y la luz gris de la noche pareció casí clara tras la oscuridad de la caverna.

Cesare esperaba inmóvil y Mirella enderezó la cabeza,

escuchando. Él subió otro escalón y levantó la puerta trampa hasta la mitad. Con precaución, se asomó al borde, luego estiró la mano hacia ella.

Mirella se incorporó de la pared y trepó, mientras Cesare sostenía firme la puerta trampa.

Se encontraban en un patio vallado; la salida justo al lado de un cobertizo. Hasta la casa habría unos veinte pasos. Allí no ardía ninguna luz; pero el carro en medio del patio los ocultaría, en todo caso, a la vista de los moradores.

Un gato se acercó a ella maullando. Automáticamente, Mirella estiró la mano para acariciarlo. Fue entonces que el gato se abalanzó sobre ella con un bufido iracundo. Asustada, Mirella se retiró un paso hacia atrás y cayó contra Cesare.

Él soltó la puerta para atraparla. Con un fuerte estruendo, esta se cerró. Cesare logró apuntalarse contra la pared y frenar la caída.

El perro comenzó a ladrar.

"¡Maldición!"

"¡El gato!" Mirella gimoteó. "Me ha atacado."

"Vamos." Cesare abrió la puerta trampa sin preocuparse ya por el ruido que hacían.

Una lámpara se encendió en la casa; la luz se movió.

Él señaló el muro cerca del cobertizo. "¡Allí!"

Mirella recogió sus faldas mojadas y salió corriendo.

"¿Quién anda ahí?" A la voz del hombre le siguieron unos pasos desde la escalera de la casa; los pasos de varios hombres.

Mirella alcanzó el muro. El borde estaba casi una cabeza por sobre ella. Lo asió con ambas manos y trató de elevarse con una flexión. Pero no podía aguantar; estaba demasiado cansada y dura por el frío. Sus rodillas se rozaron con la pared cuando se deslizó. Debería intentarlo con un poco de arranque, pero para eso ya no tenía la fuerza.

Miró hacia atrás. Cesare estaba cerca detrás de ella; tres hombres corrían hacia ellos rugiendo y ondeando cuchillos.

Cesare la alcanzó y, medio encorvado, le tendió las manos cruzadas para que le sirvieran de escalera de mano. "¡Rápido!"

Ella trepó a sus manos con un pie y se aferró a la coronación del muro. Él la levantó y la ayudó a subirse del todo.

Ella se dejó resbalar en el oscuro callejón.

El rostro de Cesare apareció sobre el muro.

"¡Quédate aquí, muchacho!"

Cesare parecía patalear contra alguien; luego gimió. Mirella tomó sus manos y las sostuvo con fuerza. Tiró y Cesare vino a yacer sobre el muro.

Estiró una mano defendiéndose en dirección al patio; luego se retorció gimiendo y se dejó caer hacia Mirella.

Detrás del muro, un hombre maldecía.

Mirella miró asustada a Cesare; luego se encorvó. "¿Estás herido?"

Estaba demasiado oscuro para verlo mejor. Y no había tiempo. Lo ayudó a ponerse en pie.

Cesare jadeó. "¡Vamos!" Se tambaleó hacia adelante y apretó una mano contra el lado derecho. "¡Por allí!"

Mirella lo tomó por debajo de la axila, para darle apoyo y él le pasó el brazo sobre el hombro.

"¿Dónde estamos?"

"*Vico 'e fasule*." La dirigió en un callejón aún más angosto en el que apenas tenían espacio para caminar uno al lado del otro.

Al final del callejón, Mirella se detuvo. "¿Cómo llegamos a casa?"

"A pie." Cesare soltaba las palabras entre los dientes apretados.

"Tenemos que hacer algo con tu herida."

"Era solo un cuchillo; ya pasará."

Mirella le quitó la mano de la cadera. Lo que brillaba oscuro en los dedos de él era sangre. Tironeó de su camisa; pero antes de que la sacara de sus pantalones, él la contuvo.

"¡Ya habrá tiempo!"

Ella lo dudaba, pero seguro era bueno cubrir el largo camino por etapas.

De *Santa Maria del Carmine* sonaron las dos, cuando salían a la *piazza Sant'Eligio*. Aquí la noche era menos oscura y Mirella se detuvo.

"Ahora hemos avanzado lo suficiente como para que pueda vendar tu herida." Se quitó una de sus enaguas. Escurrió el extremo mojado y luego envolvió la parte seca firmemente como torniquete alrededor del talle de Cesare y la anudó.

Él gruñó, pero se dejó hacer.

Media hora más tarde ella se dejó caer exhausta en los escalones de la *San Giovanni a Mare*. "Tengo frío y estoy cansada. Así no llegaremos nunca a casa."

"A mí me vendría bien una patrulla, aun si nos encerraran."

Mirella apoyó la cabeza sobre la rodilla. "¿Qué les diremos? Ambos debemos decir lo mismo."

"Que fuimos atacados por traidores al descubrirlos."

"¿Qué traidores?" Suspiró.

"Eso depende de si es una patrulla de Annese o del dux."

"Cesare, ¿cuántos años tienes, en verdad?"

Cesare carraspeó. "En abril cumpliré diecisiete. Mi cumpleaños es el mismo día que el de nuestro dux." En su voz había orgullo.

Un reloj dio las tres. "Continuemos. Tenemos al menos una hora más, hasta que salgan los primeros pescadores."

"Ya nadie sale a pescar en estos días."

"¿Y de dónde viene el pescado del mercado? Un par de hombres han dejado sus botes en los puertos de Marechiaro y Torre del Greco; a esta hora se ponen en marcha."

Mirella sonrió sin querer. "Cesare, me parece que tú tampoco te tomas muy en serio el toque de queda." Se alisó la sobrefalda y se levantó. "Andemos un trecho más."

Cesare se levantó con su ayuda; entonces ella volvió a engancharlo y avanzaron lentamente bordeando las casas hasta el extremo opuesto de la *piazza*.

Justo cuando querían cruzar la próxima calle, sonó detrás de ellos el traqueteo de ruedas. Se apretujaron en las sombras de una entrada.

Un pequeño carro sin lámpara, ante el que había uncido un asno, rodaba lentamente por la *piazza*. Una figura delgada con un sombrero de ala ancha se dibujó contra el cielo; parecía estar sentada directamente sobre el carro.

"De seguro es inofensivo." Ella soltó a Cesare y se adelantó un par de pasos a la *piazza*. "¡*Signore*!" Tomó sus faldas y las mantuvo bien extendidas, para que su silueta la mostrara indudablemente como mujer.

El carro siguió andando.

"*Signore*." Mirella hizo señas y corrió hacia él. "¡Por favor! Ayúdenos."

El carro se detuvo, poco antes de que Mirella lo alcanzara. La figura se quitó el sombrero de la cabeza y un pelo claro y largo cayó sobre sus hombros. Un rostro joven la miraba, probablemente incluso más joven que ella.

Mirella se acercó al asno y aferró la brida. "*Signorina*, hemos sido emboscados. Mi lacayo pudo defenderme; pero ahora morirá si no llega pronto a manos de un médico."

La muchacha la examinó de arriba abajo. "¿Cómo es que anda a pie?"

"El caballo de tiro está muerto." No se asombraría si la muchacha no le creía. Ella tampoco lo haría, pero ¿qué otra cosa iba a decirle? "No será su desventaja si nos lleva a casa."

"¿Me veo como si aceptara dinero?"

Mirella bajó la mirada. "¡No quería ofenderla!"

"¿Y dónde ha dejado a su sirviente?"

Tímidamente indicó hacia la bocacalle.

"Tráigalo a la *piazza*. Quiero ver que no sea una trampa."

***

Cuando Mirella, agotada y completamente helada, se coló en la cocina de su casa, Gina estaba en camisón frente al hogar y apiló leña en él. Se la quedó mirando un instante, luego sacudió la cabeza y la empujó a una silla.

En lugar de seguir ocupándose del fuego, Gina corrió afuera y volvió en seguida con una gruesa manta de su propia cama. "No quiero saber para nada dónde andabas ahora. Envuélvete hasta que el fuego arda." Le echó la manta a Mirella sobre los hombros. "No, quítate primero estos horribles vestidos."

Encendió el fuego mientras Mirella se desprendía de los zapatos y las medias y luego se sacaba las faldas.

Con el rabillo del ojo, Gina seguía sus movimientos. "¡Ayer a la noche traías puesta una falda más!"

"Pero ahora quieres saber dónde estaba."

"Quiero saber con quién has dejado la falda. ¡Si tu madre se entera!"

"La tiene ahora el cochero de Varese. Y el precisa tu ayuda mucho más que yo. Ve; yo me ocupo de hogar y me caliento el agua."

Gina se dejó caer en una silla y la miró con la boca abierta. Luego carraspeó dos veces – sonaba como el ladrido

334

accidentado de un perro debilitado por los años. "Esta guerra no termina lo suficientemente pronto; primero os matará."

Mirella retiró un brazo de la manta y apoyó su mano en el hombro de Gina. "Cesare está herido; no sé cuán malamente. Ve y no le digas una palabra a nadie."

"¿Crees que puede permanecer secreto?"

"Varese se creerá el cuento de hadas de las peleas de amor que la muchacha le ha contado."

"¿Qué muchacha?"

Mirella alzó los hombros. "¿La muchacha de Cesare quizás?"

"¿Por qué Varese no manda a buscar un médico?" Gina la miró furiosa. "Allí el chico estará mejor cuidado."

"Le hemos pedido que no lo hiciera."

"¡*Santa Madonna*!" Gina dirigió una mirada suplicante al techo de la cocina. "Pero primero me ocuparé de ti. Para eso me pagan." Tan velozmente, pues Mirella hubiera despertado a todos si hubiera querido contradecir, Gina volvió a salir.

Trajo la grappa del comedor y llenó una taza de café. "¡Bébetelo entero!"

Mirella metió cautelosa la lengua en el líquido y se sacudió. La mirada de Gina se oscureció, cuando ella movió su mano con la taza en dirección a la mesa. Cuanto más rápido bebiera, más pronto estaría Gina con Cesare. Así que vació obediente la taza.

La grappa le quemaba en su garganta, como si hubiera tragado fuego y sus ojos lagrimeaban. ¿Cómo podían los hombres beber algo así? Tosió ahogadamente.

Pero luego un calor agradable flameó en su estómago y finalmente tuvo la sensación de que se descongelaba. Encantada le tendió la taza a Gina y la recibió efectivamente otra vez llena.

"Si no te vas pronto a tu cuarto, ya no vas a poder subir sola las escaleras."

Mirella hipó fuertemente y se apretó el diafragma. "¿Tan rápido uno se emborracha?"

"Tú no estás acostumbrada."

Gina tomó su pañoleta de lana del gancho y se la colgó sobre los hombros; luego abandonó la cocina por la puerta del patio.

Pronto los otros sirvientes se pondrían a trabajar. No era prudente quedarse sentada en la cocina.

Mirella fue a buscar un jarro para llevar agua caliente a su cuarto. A la vez, descubrió en la despensa un plato lleno de panceta feteada; se metió dos fetas en la boca. Luego se coló por el pasillo hacia la escalera.

El hipo se hizo más intenso y empezó a doler. Se aferró al pasamanos de la escalera mientras subía. ¿Cuántos escalones habían sido quizás en esta noche?

Se tropezó y solo la mano en el pasamano la protegió de la caída. Pero el agua caliente se derramó en la escalera.

"¡*Santa Madonna*!" Mirella se sentó. Estaba mareada; ¿era ya el efecto de la grappa? Tras una honda bocanada de aire, volvió a pararse y se arrastró adelante escalón tras escalón.

Llegada al primer piso, se apoyó exhausta contra el pasamano. Otra vez se sentía helada; temblando se apretó el jarro con el lastimoso resto de agua caliente y se quedó mirando la puerta del cuarto, que estaba a cinco pasos. Cinco pasos, que de pronto estaban infinitamente lejos.

Contempló el jarro; con tan poca agua no podía hacer nada. Lo dejó sobre el escalón más alto; luego tambaleó por el pasillo.

Se estrelló junto con la puerta en la habitación y se arrojó sobre la cama. La puerta se cerró ruidosamente; pero ahora le daba igual.

Mirella se puso la almohada sobre la espalda, pero como no la calentaba bien, tironeó a medias también el cubrecama sobre de ella. Fabrizio había dejado que el fuego se extinguiera – otra vez. Era ciertamente demasiado ahorrativo. ¿No podían todavía hacer talar madera en los bosques del padre de Stefania, tanta como necesitaran?

Estornudó y un escalofrío le corrió por la espalda.

Quizás el agua era suficiente después de todo. Se deslizó fuera de la cama y se arrastró afuera, a buscar el jarro de la escalera. Luego colocó la jofaina delante de la cama y metió los pies. Lentamente vertió dentro el agua aún tibia. Mejor que nada; al menos ya volvía a sentir los pies. Se inclinó hacia adelante y se calentó allí también las manos.

El agua se enfriaba, pero no podía decidirse a hacer algún movimiento.

Sin golpear, Dario entró en su cuarto. "Mirella, ¿dónde estabas?" Se acercó a ella y le levantó la cabeza. "¡*Madre de Dio*! ¡Cómo te ves!"

"¡Alcánzame una toalla!"

Dario tomó una del cajón de la mesa del lavabo, se encorvó y le frotó los pies para secarlos. Mirella cerró los ojos y disfrutó la atención. Quizás verdaderamente estaría de nuevo todo bien.

"Dario, ¿qué estáis tramando?"

Él dejó de restregar el pie izquierdo y levantó la vista. "¿De qué hablas?"

"De la pólvora en las catacumbas bajo la *San Giorgio Maggiore*."

Dario se quedó de piedra. "¿Qué estás diciendo?" Pero se recompuso rápidamente. "¡Estás delirando! No hay ningún acceso a las catacumbas allí."

Ella lo agarró. "Dario, ¡basta! ¡No me mientas! ¡He visto los barriles!"

"¿Y ahora crees en una conjuración?"

"¿Cómo lo llamarías? Le tironeó. "Dario, ¡eso es traición! ¡Os colgarán a todos!"

Él asintió lentamente. "En caso de que el dux se entere. Y conozca a los conjurados. Nunca lo sabrá, si mantienes la boca cerrada."

"Tú mismo le has dado ya un nombre."

Sacudió la cabeza. "El *marchese* no es del grupo."

"¿Cómo puedes esperar que calle cuando planeáis un asesinato? Un asesinato en masa, de hecho, si hacen volar la iglesia."

"Asesinato – eso es esta guerra. Cada día mueren docenas de mujeres y niños en nuestras calles."

"¿Así que pensáis que es lo mismo? Napolitanos matando a napolitanos."

Él tomó la mano de ella de su brazo y la sujetó con ambas manos. "¿No has oído lo que me prometieron el otro día? No morirá ningún napolitano – solo quizás el cardenal, que es un traidor."

"¿Y les crees?" La furia le daba fuerza; se levantó de un salto. De pronto, el cuarto giró. Jadeando, exhaló.

Dario la atrapó.

"¡Dario, debes detenerlos!" La sangre rugía en sus oídos.

El la depositó suavemente en la cama y la cubrió. "Te has resfriado, Mirella. Y no has dormido."

Ella intentó mantener los ojos abiertos, pero sus párpados le pesaban demasiado. Nunca más volvería a haber dormido lo suficiente. "Dario..." También sus labios eran demasiado pesados para abrirlos una vez más.

Sábado 28 de marzo de 1648

Estaba oscuro cuando Mirella se despertó de nuevo. La lámpara de aceite ardía junto a la cama. Rita estaba sentada en la orilla, por una vez sin su labor entre las manos.

En la chimenea llameaba un gran fuego y el camisón sudado se pegaba bajo las axilas de Mirella. "¿Qué?" Se apoyó en los codos, pero estaba demasiado débil para enderezarse.

"Quédate acostada, niña. Una pulmonía es una cosa seria. Podrías provocarte la muerte."

Podría provocársela de una manera completamente diferente que a través de una pulmonía. ¿Si casualmente estuviera en el lugar donde estaba planeado el atentado? ¿O, como en lo de Varese, una bala española se estampara contra la casa? "No estoy enferma, *mamma*." No recordaba cuándo se había sentido tan miserable por última vez. "Tengo sed."

Rita tomó un jarro que estaba detrás de la lámpara y llenó una taza con un líquido verdusco.

Mirella enroscó la cara de disgusto. "No estoy enferma. Solo tengo sed." Se empujó arriba a lo largo del respaldo de la cama. Estaba un poco mareada; lentamente recogió las piernas. "No puedo permanecer el día entero en la cama."

Rita le acarició el brazo. "¿Tienes miedo de perderte algo? Todavía es de madrugada." La obligó a acostarse de nuevo en la cama. "Estamos solas en la casa."

"¿Gina aún no volvió?"

Su rostro se ensombreció. "¿Pero en qué os habéis metido?"

Mirella se tomó las sienes; un dolor martilleante le hacía difícil pensar. "Está en juego todo aquello por lo que hemos luchado en los últimos meses. Eso no se puede permitir."

Rita le acarició la mejilla. "¡Mi niña valiente! ¿Pero qué podemos hacer contra los españoles? ¿Qué influencia tenemos?"

"Tenemos al menos influencia sobre Dario. Ojalá."

"Tu hermano ha cambiado en los últimos meses. Desde que estuvo en este calabozo..." Apretó los labios.

Mirella se frotaba con los puños las sienes doloridas. "Por eso mismo. Lo he visto allí; ella, no. Le debe a de Guisa que siga vivo. Sola y únicamente al dux."

"Querían golpear a Enzo con este arresto. Eso no lo entendió."

"Porque fue uno de sus compinches traidores quien lo delató. Este posadero de Pizzofalcone..."

Rita abrió grandes los ojos y recordó con esto a Mirella que no sabía todo lo que ella había hecho. ¿Debería confiárselo? Necesitaba tanto a alguien con quien pudiera hablar.

"¿Quisieras contármelo, niña?"

Sacudió la cabeza. Rita la atrajo hacia sí y le acarició la espalda. "Quizás deberías al menos decirme quién ha matado a Cesare."

Mirella gimió aterrada. "¿Matado?"

Rita la apretó más fuerte. "No han podido salvarlo. Cuando llegó el médico, ya era demasiado tarde. Ha muerto ayer."

"¿Ayer?" *¡Santa Madonna!* ¿Cuánto tiempo había dormido? "Entonces está todo perdido." Nunca encontraría el camino hacia la pólvora. ¿Quién le creería entonces? "Él ha..." La angustia la ahogaba.

"Como sea... no volvió a recobrar la consciencia. No ha sufrido."

Mirella cerró los ojos y dejó que las lágrimas corrieran en silencio.

"Excepto Gina, nadie sabe que tú estabas con él. No te preocupes."

El sentido práctico de Rita la trajo de vuelta a lo más cercano. "¿No se asombraron pues cuando apareció Gina?"

"A ti no llegarán. Y Varese dejó hace rato de hacer preguntas. Él está aún agradecido que lo hemos ayudado aquella vez."

Una cuchara tintineó en la porcelana y Mirella abrió los ojos. Rita revolvía azúcar en la siguiente taza de té para la fiebre.

"No lo quiero." Mirella se sentó decidida. "Y tampoco me quedaré en la cama."

Rita le puso la taza bajo la nariz. "Bebe. Al menos esto."

Mirella se arrastró de debajo del *plumeau* y se sentó junto a Rita en el borde de la cama. De nuevo se sintió mareada y se sostuvo con ambas manos. Rita se acercó con la taza; Mirella la tomó con un suspiro.

"De pronto te has puesto completamente pálida. Bebe."

No podía hacerle daño y haría a Rita más generosa. Así que bebió con labios retorcidos por el asco.

"Ayúdeme a vestirme, *mamma*. No quiero esperar a Gina." Mirella se deslizó de la orilla de la cama, dio un paso, con rodillas tambaleantes, hasta el armario y aferró la puerta.

Mientras movía los vestidos en la pértiga de aquí para allá, vio todo negro por un momento. Cuidadosamente se dio vuelta, con un sobrio vestido azul plomo sobre el brazo.

"No puedes salir en tanto tengas fiebre."

"No tengo que caminar, ¿no?"

"¿Quieres decir, que si me preocupo por ti, entonces sería mejor que te ayudara; si no, harás lo que quieras?" Para alivio de Mirella, había una sonrisa en sus comisuras.

Mirella se inclinó y besó la sonrisa. "Gracias, *mamma*." Realmente le salió del corazón.

Se pasó una enagua y luego el vestido por la cabeza. ¿Podrían las madres convertirse en amigas para sus hijas? Stefania ya no le era suficiente; imperceptiblemente había comenzado a distanciarse de ella. No desconfiaba realmente de ella, ¿pero acaso Stefania no debía estar inevitablemente del lado de Dario – y de ese modo convertirse igualmente en una traidora? Como hija de un noble, debía serle fácil. Había sido tan poco crítica cuando había estado con ella.

"Pareces pensativa, niña."

Mirella buscó los cierres por encima del hombro; entonces Rita se levantó y comenzó a engancharle el vestido. Los movimientos suaves de Rita la acariciaron y Mirella se apoyó automáticamente.

"¡Se la tienen jurada al dux!"

"Eso, ya hace mucho." Rita cerró el último gancho y luego giró a Mirella hacia sí. ¿Qué quieres decirme con eso?"

"Dario está equivocado: hay gente que no tiene miedo de hacer volar una iglesia llena de napolitanos para matar a de Guisa."

"¿Por eso ha muerto Cesare?"

Otra vez sus ojos se llenaron de lágrimas. "Sin él..."

"Si puedes probarlo, ¿para qué lo necesitas?"

"Para poder explicar cómo es que sé del depósito de pólvora... No soy yo quien debe haberlo econtrado, sino Cesare. No caería ninguna sospecha más sobre Dario."

"¿Por qué debes ponerlo en juego?" Rita se sentó en la orilla de la cama. Sus dedos se contraían como si buscara el neceser de costura que siempre la ayudaba a pensar. "Módena y Montmorency se preocupan por los napolitanos."

Mirella se sintió arder al pensar en Alexandre. Se dio vuelta y tomó el cepillo de la cómoda.

"Con ellos podrías hablar."

"Módena sigue en el calabozo. Pero de Guisa tiene afecto a mí; ciertamente podría ir directamente a él." No a Alexandre; él entendería de inmediato que Dario tenía algo que ver con eso.

"¿Por qué te preocupas entonces?" Rita sacudía asombrada la cabeza. Luego se levantó. "Le diré a Fabrizio que prepare el coche."

Diez minutos después, Rita despedía a Mirella con un beso en la mejilla y un fuerte abrazo.

Alexandre mandaba la guardia esa mañana. La visión de él la intimidaba y dudó en salir del coche cuando Fabrizio le abrió la portezuela.

Un soldado napolitano bajó los escalones. "*Signorina*, no puede dejar que su cochero se detenga aquí." Su mirada, bajo las cejas contraídas, se quedó en la pintura de la puerta. "¿Su padre es nuestro proveedor?" El orgullo de Enzo, que lo había llevado a adornar las puertas con las insignias de su gremio, servía para algo, después de todo.

"Así es, *signore*." Este hombre le era extraño; se decidió por una sonrisa. Y por la sinceridad. "Pero mi padre no tiene nada que ver con esta visita. Quisiera hablar con el dux, por una razón propia."

El joven soldado giró los hombros incómodo. "La audiencia de hoy aún no ha comenzado."

"No peticiones. Intereses del Estado." ¿Por qué hablaba tanto, en verdad? ¿Para poder tener un testigo, en caso de que Alexandre la rechazara? Alexandre no la rechazaría.

¿Cómo había sido eso con el éxito de la apariencia arrogante? Le extendió la mano al guardia. "¿Si tuviera la amabilidad de dejarme descender? El marqués de Montmorency me acompañará seguramente a ver al dux."

Por reflejo le ayudó a bajar el estribo y antes de que se diera cuenta, ella pasaba de largo hacia las escaleras.

Los ojos de Alexandre refulgían mientras se acercó a él. Parecía divertirse. "¿Estáis ya otra vez citada con Albert para jugar al billar?"

La pregunta la sorprendió y la desconcertó. "¿Está de nuevo en la ciudad?"

"No se había ido."

"Bien." El alivio debía notársele, pues Alexandre arrugó la frente, señal de que lo había confuso.

"No, no estamos citados para jugar al billar. Tengo que hablar con el dux."

De nuevo siguió un movimiento de confusión de Alexandre, pero luego la invitó a entrar con un gesto y el perfumne familiar del jabón de Marsella la rodeó.

Mientras recorría a su ladolos pasillos hasta la antesala del dux, el insistente silencio de Alexandre se le hacía sentir cada vez más incómoda. ¿Pero no le correspondía a ella empezar una conversación? ¿Sobre qué?

"Marqués..."

Alexandre se quedó quieto y por un momento había calor en su mirada. "¿*Mademoiselle*?"

¿Por qué no se animaba, verdaderamente, a contarle de la conjuración? Entonces se detuvieron delante de una puerta y Alexandre la abrió sin golpear.

El calor en la habitación la hizo comenzar a sudar instantáneamente.

Albert estaba sentado leyendo frente al fuego ardiente de la chimenea.

"La *signorina* Scandore tiene apuro en hablar con el dux." Alexandre sonaba divertido.

"En efecto." Mirella estuvo tentada de agregar aún un comentario punzante. Pero podría dar una mala impresión; eso no podía usar.

Albert se puso de pie, dejó a un lado sus papeles y la

saludó con un firme apretón de manos. "No está presente. ¿Qué puedo hacer por vos, Mirella?"

"Por mí, nada; por el dux, todo." ¿Por qué no mandaba a Alexandre de vuelta a su puesto?

Albert rió divertido. "¿Qué os ha encargado esta vez de Guisa?"

Alexandre seguía de pie junto a la puerta. Evidentemente no tenía intención de irse y Albert parecía estar de acuerdo con eso.

Mirella parpadeó en un breve momento de confusión. "¿De Guisa?" Tragó saliva y su mirada se desvió hacia Alexandre. "Quieren asesinarlo."

"Eso no me sorprende." Albert gruñó. "Siempre tuvo enemigos y aquí hasta los propios aliados le retorcerían con gusto el cuello." Señaló una segunda silla.

Ella se sentó casi agradecida. Sus piernas no la hubieran podido llevar más lejos.

"Yo he..." Su mirada fue de nuevo hacia Alexandre. "Hace tres días he visitado a mi tía en el Pizzofalcone. Por su ventana se ve exactamente, quién entra y sale del *Gallo bianco...*" Tosió para aclarar la voz.

La mirada de Alexandre se oscureció; el miedo la invadió. ¿Qué pasaría si ahora él le dijera a Albert que ella no tenía ninguna tía? Otra vez había empezado mal. "La tía Cristina y yo... La tía se sienta a menudo a la ventana." La mirada de Alexandre la hacía sudar y buscaba completamente en vano un pensamiento claro en su mente. "Observamos un carro con barriles de vino... La tía dijo que ya habían venido unos días seguidos..."

Alexandre levantó una ceja irónicamente. "...lo que uno no esperaría en una posada."

"¡Sé bien que tenéis tratos con el posadero!" Se puso en pie enfurecido y se adelantó dos pasos hacia él. "¡El posadero es un traidor!"

Alexandre asintió impasible. "Seguro. Por eso vuestro hermano fue arrestado en Averna por la gente de Annese."

"¡Mirad!"

Albert, de pronto, estaba parado junto a ella. "No le encuentro sentido a lo que contáis, Mirella."

Ella tampoco lo hizo; resopló. "¡Los barriles que sacaban de la posada eran claramente más pesados que aquellos que entraban!"

"Y deberían haber estado vacíos." Albert rió con ironía. "La mitad de Nápoles vive del contrabando. ¿No era vuestro Masaniello un contrabandista también?"

"¿Pero quién escondería los bienes de contrabando bajo la *San Giorgio Maggiore*? En estos barriles se transporta pólvora negra."

"¿De dónde lo sacáis? Habéis mirado dentro?" En la voz de Alexandre había burla. "¿Quién os ha dado la oportunidad?"

Mirella lo miró fijo; luego se encogió de hombros y volvió a su silla. "Oh, no necesitais creerme. Vedlo por vosotros mismos."

"¿Bajo la iglesia? Cómo se llega allí?" Albert sonaba al menos como si quisiera saber más.

"Hay una conexión desde las cavernas."

"¿Que vos conocéis?"

Mirella sacudió la cabeza. "Estuve allí, pero no sé si podré encontrar el camino por allí. Nosotros hemos seguido a los hombres en secreto."

"¿Nosotros?" Alexandre se adelantó hacia ella desde la puerta. "Ya he constado en otra ocasión que sois imprudente. Pero que espiáis a hombres con barriles de pólvora..." Ya no había burla en sus ojos. Él se preocupaba.

"Pero tenía que averiguarlo. Eso no puede ser, que..." Tragó saliva, se imaginó a Alexandre pálido y ensangrentado delante de ella. "No os pueden..."

Alexandre miró por sobre su cabeza a Albert. "Si vos no podéis guiarnos, ¿quién os acompañaba?"

"Cesare... el cochero de un vecino..." Un sollozo le subió a la garganta, pero logró contenerlo. "Ha muerto."

"No ha de ser el único que conozca el acceso." Albert miró inquisitivo a Mirella y ella asintió. "Pero nadie debe saber anticipadamente de nuestra búsqueda."

A Mirella se le retorcía el estómago. "No lo sé... No sé en quién se puede confiar. Entre aquellos que puedan conocer el camino."

"¿Dario?"

Mirella sacudió la cabeza.

"¿No confiáis en vuestro propio hermano?" Alexandre cerró los puños. "Entonces debéis tener una razón para ello."

"¡Él no conoce el camino en las cavernas!" Gotas de sudor le caían por las sienes; se tironeó del cuello del vestido. "Siempre nos estaban prohibidas como lugar de juego cuando éramos niños"

"¿Y él fue obediente a la prohibición?" Un hoyuelo apareció junto a la comisura derecha de Alexandre. "Todo adolescente obedece las prohibiciones, solo si teme ser descubierto." Probablemente él sabía con exactitud, de lo que hablaba.

"Preguntémosle." Otra vez el sentido de lo más cercano de Albert quitó los explosivos de la situación.

Pero Mirella se asustó; anudó los dedos y se armó de todo su valor. "Es mejor que Dario no sepa nada de eso... Se preocuparía..." Intentó una sonrisa y trató de lucir avergonzada. "Como vos, Alexandre."

Pareció funcionar; Alexandre gruñó severo. "Deberían cuidaros mejor."

Lo miró radiante. "¿Os preocupáis por mí? Pero no me ha sucedido nada."

"¡Habéis tenido suerte!"

Eso probablemente fuera cierto. Pensar en Cesare le constriñó la garganta; con dificultad ganó la lucha contra las lágrimas que le subían. "Madre me espera." Se puso de pie.

Hacía un calor insoportable en esa habitación. Aquí tenían leña disponible en abundancia. Con el antebrazo se pasó por el rostro, sin pensar mucho en este movimiento. Cuando bajó el brazo, sus ojos se encontraron de nuevo con una mirada alarmada de Alexandre. "En nuestra casa no se calenta tanto en esta época del año."

"¿No os sentís bien, Mirella?" Albert sonaba ahora casi tan preocupado como Alexandre. "Alexandre, ocúpate de que Mirella llegue bien a su casa. Yo me encargaré de este asunto."

Mirella negó con la mano. "El cochero tiene órdenes de esperar."

Alexandre le tendió la mano para ayudarla a levantarse. Ella se tensó para que no notara cuán débil se sentía. Pero él no la soltó y fuera de la puerta le puso también la otra mano en sus dedos. "Tenéis fiebre, Mirella. ¿Por qué vuestra madre no os metió en la cama?"

"Lo intentó."

Gruñó enervado. "Parece que realmente no hay nadie que se preocupe por vos."

¡Ojalá él lo hiciera!

Después de que ella se subiera al coche, Alexandre pidió el caballo de un soldado de guardia y cabalgó adelante de ellos. La mayor parte del camino iba al galope y Fabrizio maldecía una y otra vez por el esfuerzo de seguirle el ritmo.

Finalmente, Mirella encontraba ridícula esta cacería. Se asomó por la ventanilla. "Fabrizio, tú ya conoces el camino a casa. Así que tómate tu tiempo y mejor que no atropelles a nadie."

Fabrizio maldijo aún más fuerte. "El francés sabe mejor que yo cómo sortear los postes españoles."

"¿Cómo puedes saberlo?" ¡Qué disputa! "Solo llévame lo más rápido que puedas a casa, Fabrizio." Refrescó su rostro caliente contra el vidrio de la ventana.

A continuación, Fabrizio moderó los caballos. Pero justo después se apagó la resonancia de los cascos del caballo de Alexandre; él la esperaba.

Por dos pasos trotó junto a ellos; luego tomó las riendas de la mano de Fabrizio. "¡Cochero, yo conduzco!" Se subió al pescante. Las riendas restallaron con ímpetu sobre el lomo de los caballos y estos corrieron otra vez más rápido. Alexandre los dirigía con mano firme y les dejaba solo el espacio suficiente para caer en un trote rápido.

Mirella rió por lo bajo. Mucho le hubiera gustado ver ahora el rostro de Fabrizio, sobre todo porque no decía ni mu.

Un fuerte siseo en el aire y Alexandre detuvo tan bruscamente los caballos, que uno se empinó. Les habló a los animales en francés; luego los condujo en un ángulo agudo en una calle lateral. El coche dio bandazos y pasó a un palmo de la esquina.

Un par de bocacalles después, Alexandre frenó, le dio las riendas de vuelta a Fabrizio y volvió a montar en su caballo. "Aquí estáis fuera de peligro."

¿No quería acaso acompañarla hasta la casa? "¿Cómo podéis estar seguro?"

Alexandre sonrió divertido. "¿No habíais rechazado de plano mi acompañamiento antes?"

Mirella se retiró al interior del coche, para que él no pudiera ver que que se sonrojaba. "En ese momento no me había caído ninguna bomba delante de los pies. Y había olvidado que la artillería de los españoles había volado la casa del vecino."

Alexandre rió abiertamente. "Olvidáis algunas cosas…"

Cuando Fabrizio arrancó, ella se dio vuelta y observó a través de la ventana trasera la figura oscura que, sentada inmóvil sobre el caballo, esperaba. ¿Pero qué? Si solo pudiera ser sincera con él.

Rita estaba sentada a la ventana; la cortina entreabierta. Como el libro en su regazo estaba dado vuelta, probablemente la hubiera estado esperando. Le tendió los brazos a Mirella cuando entró en el salón y Mirella se apoyó en ella exhausta. Rita la abrazó, pero le ahorró la pregunta de cómo estaba. Probablemente tampoco necesitaba preguntar.

Mandó a Gina a preparar un nuevo té para la fiebre y, esta vez, Mirella no protestó. Mientras tomaba valientemente dos tazas de té, le contó a Rita de la conversación con Albert.

"Si el *chevalier* no encuentra la pólvora lo suficientemente rápido…" Las manos de Rita se movían inquietas de un lado a otro: le faltaba la labor. Se levantó y abrió la cesta con los hilos de ganchillo. Mientras enhebraba un hilo de seda iridiscente de color verde claro, continuó hablando. "No sabemos ni cuándo tendría lugar el atentado ni dónde. Si Dario tuvo algo que ver con esto…"

"*Mamma*, ¿Dario salió de la casa ayer por la noche?"

Rita se encogió de hombros. "No creo. – Pero sí durante el día, mientras tú dormías. ¿Podía saber lo que habías hecho a la noche?"

"¡Discutimos a causa eso! Él sigue confiando en los barones."

"¿Y trabaja para ellos?"

Mirella suspiró. "En todo caso, mantiene la conexión con ellos; si no, los dos hombres no hubieran venido aquí. Como sea se van a enterar de la búsqueda. Dario es el intermediario de Edoardo…"

"¿Quién es Edoardo?"

"Uno de los lacayos que de Guisa ha mantenido. Hace poco nos siguió después del billar y le dio un mensaje a Dario. Afuera, para que nadie lo notara."

"Es lógico que Annese tenga su propia gente en el castillo."

"O los barones. – Pues Dario no ayudaría nunca a Annese. Annese quiso matarlo."

"Y de Guisa lo ha salvado: pese a ello, está conspirando contra él." Rita apretó los labios. "Dario perdió todo parámetro. No me sorprendería."

"Creo que en realidad son los barones para quienes Edoardo trabaja. El vino viene de una de las fincas en el Vesubio."

Rita tomó una aguja de ganchillo t y una de los manteles beige para tejer una puntilla en él. Le mostró a Mirella el diseño de ganchillo que había escogido: estilizadas hojas de roble, la planta emblemática de los León.

Mirella sacudió la cabeza. "Es demasiado rústico."

Rita rio. "¿Cómo quedaría con retoños más nobles – una flor de lis?"

"Nos recordarían por siempre al tiempo de los franceses."

"¿Quisieras olvidarlo?" Rita levantó el mentón de Mirella, para mirarla a los ojos. "También trajo cosas buenas."

Domingo de Ramos, 29 de marzo de 1648

Como siempre habían erigido un altar frente a la catedral. Pero no en el medio de la plaza; el podio de Masaniello había obligado a la gente de la iglesia a colocarlo esta vez un poco al costado. Desde allí, Filomarino entraría festivamente en la iglesia, después de haber bendecido las ramas de oliva y las palmas. Los monjes mantenían una calleja libre hacia la entrada de la iglesia.

La *piazza* estaba llena de gente; pero a Mirella no le parecían tantos como en otros años. Muchos de los hombres de la milicia de Annese estaban entre ellos, pero solo unos pocos soldados con el uniforme del dux.

Mirella recibió su manojo de ramas de oliva y se unió a Rita y Enzo cerca el portal. Cuando entró en la catedral después de la entrada del cardenal y los sacerdotes, apareció por un momento en el rabillo de su ojo una figura, que le pareció la de Dario. Luego había desaparecido detrás de los pilares de la nave lateral. Encogiéndose de hombros, siguió a Rita y Enzo.

La *marchesa* d'Oliveto y su marido estaban de pie en el pasillo central, sin Stefania. ¿Ya no se animaba a presentarse públicamente por miedo a que se le notara el embarazo? Quizás se había encontrado con Dario. Eso explicaría por qué él había salido la casa por la mañana y ellos habían debido ir a misa sin él.

Mirella entrelazó los dedos y empezó a contar... ¡pues sí! Ya era verdaderamente hora de que los dos se casaran.

Mientras la *marchesa* abrazaba a Rita, la boca de ésta estaba en su oreja, no en su mejilla; estaba susurrando. La *marchesa* sacudió la cabeza.

Luego se dirigió a Enzo. "¡Un día magnífico!" Hablaba un poco más alto de lo que era apropiado en ese lugar. "Stefania llora como una marrana a causa de su inoportuno resfrío!"

Rita asintió. "Eso lo conozco. Las jovencitas quieren resplandecer y olvidan que es demasiado pronto para los delgados vestidos de verano. El sol nos engaña."

No solo el sol... Mirella luchaba con las lágrimas.

Un miliciano de Annese los exhortó bruscamente a librar el espacio.

"¿Cómo se atreve, jovencito?" La *marchesa* parecía querer apuñalarlo con su sombrilla. El hombre puso una cara tan perpleja, que Mirella soltó una carcajada; lo que le confundió aún más. Se retiró sin siquiera insistir con que la *marchesa* dejara el pasillo libre.

En la *piazza* se abrió la multitud ante una división de la guardia de de Guisa, Albert a la cabeza. Tras él cabalgaban soldados con los estandartes de de Guisa y de la ciudad.

A Mirella se le puso la piel de gallina al verlos y de nuevo los ojos se le llenaron de lágrimas. Ni siquiera seis meses habían pasado de la coronación del duque. Parecía ser otra era. En ese entonces tenía por delante una vida al lado de uno de los grandes españoles... ¿y hoy? Aquel día había visto por primera vez a Alexandre; ahora era probablemente la última vez. De Guisa ya no podía defender la ciudad. Solo era cuestión de días hasta que debiera rendirse.

Las trompetas anunciaban la llegada del dux. Los soldados con los estandartes desmontaron, entregaron las riendas a sus camaradas y flanquearon el portal. Como aquella vez en noviembre.

Seguramente Alexandre vendría junto con el dux; ahora que de nuevo confiaban el uno en el otro. Su mirada fue hacia el trono, que estaba no lejos del altar junto a la puerta de la sacristía. Alexandre se pararía allí otra vez. Si Cesare tenía razón... Cerró los ojos y vio delante suyo la nube de polvo que se había levantado delante de la casa de Varese después del impacto. Un atentado contra el dux que tuviera lugar aquí, inevitablemente arrastraría a Alexandre también.

Delante del portal se dieron órdenes en francés y luego de Guisa ingresó en la iglesia, Alexandre a su lado. Las conversaciones de los asistentes bajaron el tono hasta convertirse en un murmullo.

De Guisa depuso su espada; Alexandre mantuvo la suya. Como en noviembre examinaba vigilante la multitud. Detrás de ellos, les seguían los soldados que habían desembarcado con de Guisa en la costa amalfitana cinco meses y medio antes. Aquellos que aún vivían. Dos de ellos llevaban marcas visibles de heridas. Uno tenía el brazo izquierdo en una eslinga; el derecho, sin embargo, apretado firmemente alrededor de la empuñadura de su espada ropera. El otro cojeaba visiblemente y una cicatriz de color rojo fuego se estiraba a través de su.

"Tanto como para que el dux no envíe a sus propios hombres al fuego", susurró un hombre mayor a su esposa al oído. Una sonrisa se dibujó en el rostro de Mirella con estas palabras. Aún había napolitanos que estaban del parte de su dux.

El murmullo se apagó por completo y los pasos de los hombres en el pasillo central resonaron con fuerza por la nave de la iglesia. Se los debía oír hasta las profundidades debajo de la iglesia. Mirella se estremeció: Si alguien estuviera al acecho en la cripta... Se le cortó el aliento. No les había dicho que Cesare creía que se podía llegar a la cripta desde las cavernas. Lo había olvidado simplemente.

"Soy infantil", murmuró.

"¿Qué?" Rita se acercó a ella.

Mirella se inclinó hacia su oreja. "Perdone, *mamma*. Estaba pensando en voz alta."

Rita la atrajo hacia sí. "Estás preocupada... Yo también."

Asombrada, Mirella miró hacia ella. En ese momento le llamó la atención un movimiento junto a la estatua de María en la nave lateral. Una sombra que apareció brevemente a la luz de las velas y volvió a desaparecer, como alguien moviéndose muy rápido. Mirella enderezó la cabeza, pero ahí no había nada para ver.

Una manga la rozó. Pero cuando se dio vuelta, Alexandre ya había pasado de largo. Le gustaba creer que había sido intencionalmente. Su mirada se dirigió de nuevo hacia delante, donde de Guisa acababa de subir los escalones hacia el presbiterio. De nuevo percibió un movimiento rápido con el rabillo del ojo. Alguien se deslizaba a través de la puerta lateral en la sacristía. En ella creció el miedo.

Era Albert, que seguía al dux y se ubicaba junto a él, después de que de Guisa hubo tomado su asiento. Alexandre al contrario permaneció parado en los escalones. Se veía trasnochado; aún a la distancia se lo notaba tenso.

"Él también se preocupa", susurró Rita.

"¿Quién se preocupa?" La voz de Enzo era tan fuerte, que la *marchesa* se dio vuelta.

Acarició su brazo. "Nadie. Stefania está bien; Dario lo sabe."

La mirada conspirativa que le arrojó en ese momento a Rita, hizo que Enzo arrugara la frente. "Mujeres."

"Pero, ¿donde es él?" También el *marchese* se dio vuelta ahora. "Él puede moverse libremente, pues. ¿O no?"

Lamentablemente. Mirella tosió por lo bajo. "Disculpad." Se llevó la mano a la boca y volvió a toser; con gran esfuerzo tomó aire.

"Niña, ¿no acarrearás un daño permanente a partir de tu pulmonía?" Enzo le tocó la frente. "Estás sudando." Su mirada se dirigió a Rita. "La has vestido demasiado abrigada."

Mirella retrocedió. "Déjelo estar, padre." Apretando los labios, tosió a través de la nariz. Varias personas se dieron vuelta hacia ella. "Me resulta tan penoso."

La mirada errante de Alexandre se detuvo en ella y él arrugó la frente; luego sus ojos siguieron su camino. Atento, tenso: Rita tenia razón; estaba preocupado.

A Mirella le cortaba el aire; era imposible aguantar allí la misa entera. Carraspeó y volvió a toser. "Me temo que voy a perturbar la ceremonia. Además, ahora está más cálido afuera que aquí dentro."

Rita la miró dudosa, los ojos recelosamente entrecerrados. Enzo quería hacerle lugar, pero ella no quería ir por el pasillo central, donde todos la vieran. Mirella se abrió camino pasando junto a Rita; pasando por el lugar que estaba reservado para Dario, pasando delante de Fabrizio y de Gina. Gina intentó detenerla, pero ella se deshizo de ella y la amonestó en voz baja que se callara.

El pilar detrás de la que se paró un momento después le obstruía la vista de Alexandre. Y viceversa. Si había estado prestando atención a ella, ahora no podía verla.

Fue apretándose a lo largo de la pared hasta la sacristía. Tras un vistazo a la congregación, que le mostró que la atención de todos estaba dirigida al comienzo de la misa, se deslizó rápidamente por la puerta lateral. La sacristía había sido abandonada.

Mirella tomó una de las velas que estaban sobre una cómoda y le echó un trozo de yesca. Con la vista fija en el presbiterio, se fue hacia atrás hasta la escalera que conducía abajo, hacia la cripta.

"Nadie hace volar por el aire una iglesia completamente llena." Pero alguien que tuviera experiencia con la pólvora podría confiar probablemente en que su cargamento solo arrancara el piso del presbiterio. Después de todo, esa iglesia había sido construida con estabilidad, incluso había resistido los terremotos y los cañones de los españoles.

Bajó tan suavemente como le fue posible. Una vez que ya no podía más ser vista desde la sacristía, se detenía además en cada escalón y escuchaba por sonidos.

Un silbido, muy bajo, y se estremeció. Pero un conspirador no silbaría; solo un ratón. Con el corazón latiéndole violentamente, siguió adelante y alcanzó la cripta. Un escalofrío le corrió por la espalda a la vista de los sarcófagos, que en la oscuridad parecían obstruirle el camino.

Sacó la vela y la yesca del bolsillo de su abrigo y tanteó la pared, para hacer allí chispas. Como había aprendido de Cesare. Tenía ganas de llorar, cuando la yesca finalmente llameó. Tras un par de pasos encontró una antorcha a medio quemada en uno de los soportes; la tomó.

La vela parpadeaba; de alguna parte venía una corriente de aire. Mirella la sostuvo más alto para encontrar los escalones que debían conducirla al nivel bajo la cripta.

Había un silencio de muerte allí abajo; ¿o no? Desde arriba le llegaba el órgano y luego el canto. Tanto mejor, nadie oiría si ella descendiera ahora.

Sobre ella resonaron apagadas dos voces de hombre. Ahora ya no podía retroceder a la sacristía, aun cuando hubiera querido.

El miedo le hizo correr escalofríos helados por la espalda, mientras iniciaba el descenso. Ocultaba la luz entre sus manos, tanto como podía, para no llamar la atención de nadie antes de tiempo.

Pero tras unos pocos peldaños, fue más rápido; poco a poco se sintió ridícula. ¿Quién habría de estar allí abajo?

Cuando terminaron los escalones, la negrura de la caverna cayó sobre ella; una habitación alta con material flojo en el suelo de piedra que crujía bajo sus pies. La vela no le servía de nada aquí; encendió la antorcha con ella y la levantó por sobre la cabeza.

¡Cesare estaba en lo cierto! Mirella cerró los ojos. Cuando volvió a abrirlos, los barriles seguían estando allí. Estaban en medio del cuarto.

El frío empezó a treparle por debajo del vestido; se sacudió. Pero hasta que volviera a estar arriba...

Desde el lado llegó un ruido, no un crujido, más bien el arrastre de una tela pesada por una pared.

Mirella se agazapó detrás de las escaleras para que no pudieran verla desde el pasillo lateral. Un débil resplandor llegaba desde allí. Miró su propia antorcha, que la delataría.

Dudó aún un instante, luego salió y levantó en alto la antorcha. Deberían verla y saber que el depósito de pólvora no había permanecido en secreto.

La luz se hizo más clara. Tragó nerviosamente.

Entonces un hombre con botas pesadas entró en el cuarto, el rostro oculto por su capucha.

"¡Mirella!" Tres largos pasos y Dario estaba frente a ella. "¿Qué haces aquí?"

Asustada, ella dejó caer la antorcha; esta rodó un trecho en el polvo, pero no se apagó.

Dario la apartó rápidamente con el pie. "Ten cuidado, o nos harás volar por el aire."

Ella hizo un sonido lastimero antes de encontrar las palabras. "Dario, ¿qué haces tú aquí?"

Él levantó la antorcha más alto y le iluminó el rostro; ella cerró los ojos encandilada.

"¡No se contesta una pregunta con otra! Márchate de aquí, Mirella. Por allí." Señaló el pasillo del que acababa de salir.

"¿Y tú?"

"Te alcanzaré." La agarró por el hombro, pero ella se opuso a él y él solo pudo obligarla a dar un paso a trompicones; luego ella recobró la firmeza. La antorcha hizo brillar sus ojos. ¿O centelleaba enojado? "Vete, Mirella. Apúrate."

"No."

Él suspiró. "Pues bien, espera entonces."

Atónita, abrió sus ojos. Pero él parecía hablar en serio, pues la soltó.

Dario colocó su antorcha cuidadosamente en el suelo y sacó un largo cordón de su bolsillo.

Cuando empezó a desenrollarlo y se acercó con él a los barriles, ya no hubo dudas.

"¡Dario!" Lo que debería haber sido un grito, le falló a un graznido. Se arrojó sobre él y le atrapó el brazo. "¡Dario, no puedes hacerlo!"

Él la rechazó y sacó el tapón de madera de uno de los barriles delanteros.

Ella se arrojó de nuevo sobre él; él le dio un empujón y ella cayó al suelo.

Mirella jadeó. "Dijiste que ningún napolitano sería dañado por los planes de los barones." Empezó a llorar. "¿Y tú, qué haces?" Se puso en pie con dificultad; en su rodilla derecha se extendía el calor de la sangre y le dolió al pisar.

"Dario, no. Por favor." No podía hacer eso. ¡No su Dario!

Él se detuvo, en efecto, el tapón en una mano, la mecha en la otra. "Mirella, esta guerra debe terminar. Y para eso hay solo un camino."

Ella sollozó. "A de Guisa le debes tu vida."

"Y sin él y su guerra no hubiera ido a parar al calabozo."

"¿*Su* guerra?" Tomó su mano e intentó quitarle la mecha. "Dario, te atraparán. Piensa en Stefania y vuestro hijo; ¡no puedes hacerle esto!"

Él la empujó y ella se cayó de nuevo, chocó duramente con el codo, apenas protegido por la tela de su capa. El dolor punzante la paralizó; respiró lentamente por la boca para dominarlo.

Dario insertó la mecha considerablemente lejos dentro de la abertura, luego volvió a obturarla con el tapón. Cuando se dio vuelta, con el resplandor de la antorcha brillaba el puñal en su cinturón que le había regalado Felipe. Pasó por delante de Mirella, desenrollando más la mecha.

Se encorvó hacia su antorcha; ella volvió a ponerse de pie.

"¡Dario, por favor!" Mirella cojeaba detrás de él. Mataría a Alexandre, si prendiera fuego a los barriles. Se arrojó contra él, en su lado derecho, donde llevaba el puñal. Con una mano, él rechazó su ataque. Ella se cayó de rodillas junto a él, reprimiendo el sonido de dolor, y se concentró en sus movimientos.

Él se inclinó hacia adelante y acercó la antorcha a la mecha de la pólvora. Mirella estiró el brazo y le quitó con cuidado la daga del cinturón.

Hubo un chistido y un crujido cuando la mecha se encendió y luego una pequeña luz azul corrió a lo largo de ella.

Puso a Mirella en pie. "Apúrate." Le echó otra media mirada, mientras corría hacia el pasillo lateral por el que había venido.

Mirella corrió hacia un lugar donde la mecha aún no ardía. La agarró y comenzó a serrarla con el puñal. En el mismo instante en que Dario llegó al pasillo, logró cortarla por completo. Apartó lejos el extremo ardiente y se enderezó aliviada.

"¡Mirella!" Dario se había vuelto nuevamente hacia ella. "¡Mirella!" Su voz temblaba de ira. Volvió hacía ella y sostuvo más alta la antorcha en busca del final de la mecha.

Ella reculó hasta la pared, escondió por reflejo el puñal tras su espalda.

Sobre ellos, en la cripta, resonaban pasos de botas.

"¡Igual volveré a apagarla!"

"Nos matarás si cortás un pedazo cada vez." Dario hizo rechinar los dientes. "¿Con qué, además?"

Ambos giraron precipitadamente cuando los pasos se acercaron a la escalera.

Entonces, de la oscuridad de la escalera, llegó corriendo un hombre con la espada desenvainada. "¡Alto!" ¡La voz de Alexandre!

Mirella se tambaleó hacia él.

Alexandre debía haber sopesado la situación de un vistazo. Con el lado plano de su espada golpeó la antorcha de la mano a Dario.

Dario rugió y sacó su espada ropera. Alexandre retrocedió un paso y blandió su espada en contra de Dario.

Mirella levantó una de las antorchas caídas en el suelo, pero no se atrevió a acercarse a ellos.

Dario hacía retroceder a Alexandre. Los golpes de Alexandre eran planos; parecía estar más atento a rechazar de Dario que a luchar en serio.

Dario enseñaba los dientes, mientras atacaba. Erró el tiro. Alexandre era ágil y Dario estaba poco entrenado; cuando todavía se estaba retirando, le quitó a Dario el arma de la mano.

Mirella suspiró aliviada.

Alexandre apartó con el pie la espada ropera de Dario. "¡Desapareced!" Su mirada estaba dirigida a Mirella. ¿Pensaba quizás que ella estaba del lado de Dario? Se le acercó.

Dario se arrojó al suelo y alcanzó la segunda antorcha antes de que Alexandre pudiera agarrarla. Todavía tumbado, empujó hacia Alexandre y chamuscó su capa, que empezó a arder.

Como Alexandre quisiera arrebatarle la antorcha, él se apartó, se alejó rodando, llegó hasta su espada ropera y la recogió.

De nuevo asedió a Alexandre; ahora luchaba con fuego y espada al mismo tiempo. La manga de la camisa de Alexandre comenzó a arder. Él se distrajo y perdió el control de la situación al intentar apagarla. Dario lo golpeó en la mano de la espada con la antorcha.

Alexandre dejó escapar una maldición. Al menos, la antorcha cayó al suelo; él debió haber logrado rechazarla de un golpe. Se apagó chistando.

Allí donde los dos hombres estaban luchando, ahora estaba casi oscuro. La única luz que tenían era la incandescencia de la capa de Alexandre. El sólido fieltro de Enzo. Uno de los dos dio un grito de dolor. La risa, que respondió al grito venía de Dario.

Mirella no podía soportar más no poder ver lo que sucedía. Se acercó con su antorcha. Su luz ayudaba, por supuesto, a ambos en la misma medida.

Alexandre estaba parado con la espalda hacia la pared. Eso no significaba nada; pero todavía no parecía luchar con todo su potencial, más bien se defendía. Debería ser muy superior a Dario.

"Ríndete, Dario." Jadeaba, sin embargo, por el esfuerzo. "¿Qué quieres lograr con esto?"

"¡Idos al infierno! Todos vosotros!" Dario presionaba hacia adelante.

Mirella se acercó de puntillas lentamente hacia los luchadores.

Alexandre volvió a quitarle a Dario la espada ropera de la mano de un golpe, esta vez la envío lejos en la oscuridad. Pero entonces dejó caer también su espada y atacó a Dario con las manos desnudas. No quería matarlo; ¿acaso Dario no se daba cuenta?

Los dos hombres se alejaron rodando de su luz.

"¡Deteneos! ¡Deteneos pues!" Ella corría tras ellos sollozando. Se tropezó con algo, y cuando se le escapó de su patada, resonó contra la piedra: era una de las espadas.

Un momento después uno de los hombres golpeó contra sus piernas y ella luchó por mantener el equilibrio.

Dario encontró una de las armas y embistió contra Alexandre, que acababa a enderezarse. Blandió la espada sobre su cabeza.

"¡No!" Mirella dejó caer su antorcha y corrió hacia él.

Alexandre esquivó a un lado; la estocada de Dario le dio en el hombro.

Volvió a dar una estocada; de Alexandre salió un gritó prolongado.

Mirella se arrojó desde atrás sobre Dario.

La daga de Felipe se topó con un obstáculo; la tela se rasgó y un torrente de sangre se derramó entre sus dedos.

Se congeló.

Dario se arrodilló y al mismo tiempo volvió a golpear a Alexandre, esta vez en el brazo.

Mirella dejó caer la daga. "¡Dario, *Madonna*! ¡Dario!"

Dario levantó la cabeza y gimió.

"¡Te he herido!"

Él tosió y se encorvó hacia adelante.

"¡Te ayudaré!" Miró a su alrededor por la antorcha y fue a buscarla.

Cuando dejó caer la luz sobre Dario, Alexandre estaba a su lado. "¿Por qué pero, idiota?"

Mirella se arrodilló y ayudó a Dario a recostarse. "¡Todo estará bien!" Secó el reguero que le colaba de la boca. "¡Todo estará bien!" Levantó la vista hacia Alexandre. "He visto que te has puesto fácil con él. ¿No lo delatarás, verdad?"

Algo en la mirada de Alexandre le causó temor.

"Por favor. Él es solo..." Su mirada volvió hacia Dario, que tenía una expresión peculiar en su rostro. Lo limpió la sangre del mentón.

Alexandre se arrodilló junto a ella y estiró la mano. "¡Mirella!" Habló con voz ronca.

Su capa estaba destrozada donde Dario lo había herido; la camisa empapada de sangre. Ella buscó en su bolso, sacó un paño y se lo alcanzó. "Estás sangrando."

Él no lo tomó, sino que la atrajo hacia sí. "No puedes hacer nada más por él."

"¿Qué?"

"Sé cómo se ve un hombre que está muriendo." Su voz titubeó.

"Lo llevaremos a la sacristía. Decid que ha atacado a alguien que huía."

"Podemos hacer eso, sí." Alexandre la abrazó. "Tu amiga no debe sufrir por sus actos. No hay razón para ensuciar vuestra honra."

Dario gimió y él la soltó.

Mirella le quitó a Dario un mechón de la cara. Él respondió con una débil sonrisa.

"No te denunciará." De nuevo su mirada volvió a Alexandre; su rostro estaba lleno de... ¿compasión? ¿desesperación?

Ella se atragantó con sus lágrimas. Graznaba algo incomprensible en lo intento de hacerle una pregunta que ni siquiera sabía cuál debía ser.

Su mano yacía sobre el rostro de Dario. Un momento

atrás estaba empapado de sudor; ahora se había puesto frío. "Te llevaremos a la sacristía."

Dario agarró su mano. "No. Aún no." Movía la cabeza de un lado para el otro. "Ahora has salvado a tu dux, por cierto." Un ataque de tos le hizo salir un torrente de sangre de su boca. Miró a Alexandre. "Y a él. Que te merece tan poco como tu grande español."

Ella sonrió irónicamente. "Solo hay un Dario y ese es mi hermano."

"Era, hermanita." Gimió y tosió al mismo tiempo. "Dile a Stefania..."

In ese momento ella lo entendió: Dario moría. "¡No!" Aterrada retiró la mano y se quedó mirándola. Su sangre. Sus propias lágrimas goteaban sobre la camisa de él.

"Dile que ha de llamar Rita a nuestra hija. Y si es un varón... no, no Enzo. ¿O sí? Decide tú, Mirella, lo que le dirás."

"Eso deberéis aclararlo entre vosotros." Intentó una sonrisa pero sabía que no era más que una fea mueca.

Lentamente, Dario levantó una mano y le acarició el rostro. "Demasiado tarde, hermanita." Su voz era solo un suspiro; ella se inclinó hacia él.

Él cerró los ojos; su respiración era tan ruidosa que le retumbaba en los oídos.

"¡Precisa un médico!" Se enderezó a medias. "Habrá algunos entre los asistentes a la iglesia. Iré a buscar a uno de los que están en la misa." Pero no fue, sino que tomó la mano de Dario entre sus dedos y la apretó.

"Déjame en paz aquí." Así que él la había oído. "Ninguno de estos matasanos." Intentó toser, pero fue solo un débil aliento. "Y tampoco ningún monje."

Ella pasó su manga por la camisa de él, que estaba mojada por sus propias lágrimas.

"El papa nos ha metido en todo esto. Si no él..."

"Dario, ¿no quieres...?" Él sabía, pues, que estaba muriendo.

"Es culpa mía, Mirella. Pura y exclusivamente culpa mía. No te enfades."

Cerrando los ojos, volvió a ver el momento en que estaba a punto de matar a Alexandre. Se cubrió el rostro con las manos. "¿Qué debería haber hecho, pues?"

La presión de su mano sobre la rodilla de ella se tensó una vez más; luego abrió los dedos y la mano resbaló hacia su lado. Gimió; luego se puso rígido. "Dile que mi..."

"¡Dario!" Mirella sollozó.

Alexandre la atrajo hacia sí.

"¿Qué debería haber hecho, pues?", se lamentó suavemente después de un rato.

"Has salvado su alma de la condenación eterna."

Ella se incorporó. "¿Lo crees? ¿Crees realmente en eso?"

Alexandre suspiró. "No está en nuestra mano." Le pasó la mano por el cabello. "Pronto nos echarán de menos. Albert ha visto adónde iba."

"Qué bueno que Stefania no esté en la iglesia."

"Nadie preguntará cómo es que vosotros habéis bajado aquí."

Ella lo miró suplicante, pero no se animó a repetir su ruego. Ahora que Dario estaba muerto, ¿qué importancia tenía? "Quería matarte."

Alexandre se enderezó y la puso in pie mientras tanto. "¡Ven!" Luego, de repente, se apoyó fuertemente contra ella. Su frente brillaba sudorosa en la reverberación de la antorcha.

Se asustó. Dario le había dado varias veces; también él estaba gravemente herido. "Debes hacerte atender."

"Más tarde."

Pasó el brazo por su cadera y le sirvió de apoyo, mientras él tambaleaba hacia la escalera que conducía a la cripta. Allí se apoyó en la barandilla; respiraba jadeando. "Solo un instante."

Desde arriba llegaba el cántico del *Agnus Dei* hacia ellos. Mirella echó un vistazo atrás a la caverna; pero allí solo había oscuridad. Solo podía intuir dónde yacía Dario.

"¡Lo he matado!" Gimió. "He matado a mi propio hermano..." La mano de Alexandre sobre sus labios la detuvo.

"Nunca más hables de eso. Nadie más que tu confesor debe enterarse. Los arrojarías a todos en la desesperación... tus padres, tu amiga..." Apretó su mano aún más fuerte sobre su boca. "Nunca, pero nunca, vuelvas a pronunciar estas palabras."

La sacudió un llanto convulsivo. Él tenía razón; ella debía cargar sola ese lastre, aun cuando la rompiera.

Con el brazo ileso, él la apretaba contra sí. "Llora, ángel mío; llora hasta que no te queden más lágrimas."

Ese era todo el consuelo que le sería dado. Si tan solo él no volviera a soltarla, entonces podría soportarlo todo... Su único consuelo estaba en este instante, estaba en este brazo protector.

"Tu vida continúa."

Se tensó contrariada ante estas palabras, pero él la sostuvo con firmeza. "También eso le debes."

Mirella levantó finalmente la cabeza. "¿Verdaderamente lo crees?"

"Lo sé por experiencia." Volvió a resonar la antigua amargura en su voz. Ahora habría querido consolarle. Pero probablemente nunca llegaría a saber qué dolor ardía dentro de él.

Viernes, 3 de abril de 1648

El sol ardía en un cielo sin viento como en un día de pleno verano. Los españoles debían haber logrado suplir su provisión de pólvora, pues el trueno de sus cañones rugía incesantemente desde la dársena. Pero era más una demostración de poder que un ataque, pues los cañones llegaban, subiendo la ladera, apenas más lejos de la parte de la ciudad que ellos mismos ocupaban.

La víspera, los españoles habían bloqueado el último escondite por el que los pescadores traían aún su pesca en la ciudad. Ahora quedaba, para todo alimento, solo la ruta por tierra o un peligroso viaje en la noche. Pero las cocineras y las amas de casa intentaban preparar las pascuas como siempre.

Rita andaba de un lado a otro con expresión obstinada y ayudaba a Gina con los preparativos de la comida del funeral. Varias veces regañaba a la quejumbrosa criada, que se retorcía las manos más de lo que trabajaba. Enzo estaba sentado en el comedor, sin afeitar y con los ojos enrojecidos, con la mirada perdida en la calle.

Mirella se había escapado en el transcurso de la mañana a lo de Stefania; pero soportaba a duras penas su duelo sin palabras. Y mucho menos el orgullo del *marchese* por el heroísmo que ahora se le atribuía a Dario.

Finalmente, hizo uncir el coche a Fabrizio. "Quiero saber quién tiene la culpa", justificó el viaje al Pizzofalcone.

Y Rita, que de pronto parecía haber encontrado su sabiduría, cortaba de raíz la protesta de Enzo y la dejaba andar con una palabra de coraje. Después, Enzo parecía aún más desconcertado, pero Mirella no se asombraba en absoluto. La madre, eso había comprendido, no había nacido ayer. Que nunca llegue a sospechar lo que realmente había ocurrido.

Las estaciones del calvario se establecieron en el camino a la iglesia de la *Santa Maria degli Angeli*, inalcanzables para los cañones de los españoles en el puerto. A lo largo del camino para la procesión del Viernes Santo, los napolitanos adornaron como siempre sus casas con flores, crucifijos e íconos.

En esta parte alta de la ciudad, la gente se movía como si reinara la paz. Los primeros habían colocado sus bancos delante de las casas y estaban sentados al sol, charlando con los vecinos. Pero apenas había risas; solo los niños se divertían. Y las conversaciones giraban siempre en torno al asedio y la guerra, como demostraban las miradas al puerto y los gestos hacia el castillo fuerte de Nisida.

Mirella entró, tras una breve charla con Cristina en el *Gallo bianco*.

La *trattoria* estaba llena. Comerciantes y ciudadanos bien vestidos se apiñaban en las mesas y alrededor del mostrador. El humo de muchas pipas oscurecía el techo del comedor y mordía la nariz de Mirella, pues las ventanas estaban cerradas, pese al clima de verano.

En el mostrador se daba un acalorado debate entre un pescador y dos hombres. Estaban vestidos como comerciantes comunes, con abrigos de sólido cáñamo. Pero llevaban zapatos sin galochas y pañuelos al cuello que parecían atados con poca destreza. Evidentemente, querían dar la impresión de ser menos de lo que en realidad eran. Sin duda, ella ya había visto a la mayor antes.

El más joven agitó su copa de vino. "Pero sé de lo que hablo. De Guisa ha abandonado la ciudad hoy temprano."

El pescador bufó con desprecio. "Su estandarte sigue flameando sobre el castillo."

"Pero no por mucho más. De la batalla a la que va ahora, ya no volverá", dijo el mayor. Esa voz – le miró los dedos. Rayas más claras le decían que habitualmente él llevaba más anillos. Estaba en el lugar correcto; lo sabía hacía rato.

Sólo cuando estuvo tolerantemente cubierta por un grupo de obreros se aventuró al mostrador. "¡Posadero!" Sacó una delgada bolsa de dinero de su falda. "Deme un vino dulce para la tía para los días de pascua."

El posadero salió disparado de detrás de su mostrador y la miró sorprendido. Luego se recompuso y la saludó con una inclinación cortés, que ella tomó como una ironía. "Muy bien, *signorina*. Un *fiasco* de vino dulce para su tía." Se volvió hacia la puerta que daba al corredor.

"Me lo llevo en seguida." Lo siguió. "Él está ocupado, como veo." Abarcó la taberna con un ademán, les sonrió a varios de los parroquianos con cuya mirada se cruzó.

El posadero rechazó poco decidido, pero no se animó, probablemente en vista de los parroquianos, a objetar seriamente.

Cuando estuvieron en el corredor, cerró ella velozmente la puerta tras ellos.

"Él sabe que el atentado en la catedral ha fracasado."

El posadero gruñó. "¿Un atentado? ¿Contra quién?"

"No se haga el tonto. Los barriles de pólvora provenían de su bodega. Se ha visto cómo los cargaban."

Él enderezó la cabeza y la miró con descaro. "De eso no sé nada. Estuve una semana en el campo, para elegir los nuevos vinos."

"Podrá decirme, sin embargo, quién tenía acceso a sus

barriles." Sonrió y se esforzó por sonar amigable. "Es en su propio interés que no caiga ninguna sospecha sobre él."

"Ya no tiene ninguna importancia, *signorina*. Se ha acabado con el dux. De una forma u otra."

"Pero aún no está derrotado; y sus tropas dominan esta parte de la ciudad."

El posadero asintió. "Y yo estoy bien con ellos." Otra vez su mueca descarada. "Aunque no sé cómo ha conseguido..." De pronto, en su rostro había confusión, como si hubiera perdido el hilo. "¡Malvada de cria!" Enfurecido la agarró con ambas manos y la sacudió. "¡Nos traicionará como su hermano!"

"Dario ha hecho todo lo que pudo." Se atragantó porque las lágrimas le subían a los ojos. "Murió antes de poder hacer arder los barriles."

Él la sujetó aún con más fuerza. "¿Cómo sabe eso?"

Mirella contuvo la respiración por un instante. "Yo estaba allí. Lo que dicen de él es una mentira. Él quería explotar de Guisa. Y con él, media catedral."

El agarre del posadero se aflojó un poco. "¿Qué pretende ahora aquí?"

Mirella respiró tan calmamente como le fue posible, para dominar la excitación. "Hablar con el hombre de quién provenían los barriles."

El agarre se endureció otra vez, su mirada al acecho. "¿Para qué?"

Ella se esforzó por soltar una risita tonta. "Esos barriles bajo la cripta han sido requisados por los franceses. Pero habían más – quizás él tenga aún algún uso para ellos." Se sacudió por fin el agarre del posadero. "Podría ayudarlo a recuperarlos."

"Eso no se lo creo."

Ella se echó un paso atrás y se dio vuelta a medias.

"Como prefiera. Pero no se queje cuando le echen en cara que me dejó ir." Abrió la puerta del comedor y se detuvo en el marco. "El vino es verdaderamente bueno. Mejor que le lleve a la tía dos *fiaschi*. Seguramente lo preferirá al eterno chocolate."

Inmediatamente el posadero estaba justo detrás de ella.

Ella le chistó. "Ningún escándalo."

Había hablado bajo; pese a ello, los dos comerciantes se dieron vuelta hacia ella. Una vez que le hubo dejado al posadero el dinero sobre el mostrador, le sonrió al más joven. "*Signore*, estoy casi segura de que ya no hemos encontrado."

Él le echó una mirada rápida al otro, luego sacudió la cabeza e hizo una mueca. "Lo dudo. Una *signorina* tan encantadora como ella, seguramente no la olvidaría."

Ella se encogió de hombros. "Entonces fue en un día de mercado y yo lo he visto sin que él se percatara de mí." Su mirada se dirigió al otro. "¿O venís seguido a esta posada? En ese caso, probablemente os he visto desde la ventana de mi tía." Señaló a la calle.

"Eso lo explicaría." El más joven se mostró apasionado. "Y me siento honrado de su atención." Se arregló el pañuelo. "¿Si me permite? Soy Alcide Donati. Vendedor en Taranto." Otra vez uno de Taranto. Una ciudad tan lejana, la tomaban probablemente por una astuta cubierta.

"¿Qué hay aún para hacer para un comerciante en Nápoles? Pronto no tendremos absolutamente nada."

"No se desanime, *signorina*. Eso cambiará; más rápido de lo que pueda pensarlo."

"Tal consuelo es demasiado barato. Y además no lo necesito." Se enderezó. "Nosotras, las mujeres napolitanas, nos las sabemos arreglar."

Su mirada resbaló bajando por su cuerpo y de vuelta hasta su rostro. "De eso estoy convencido."

Se acercó a Donati. "Respeto vuestro optimismo, *signore*. Pero los españoles necesitan aún mucho respaldo, si quieren ganar más que esta sola batalla. Deberían darles los barriles que los franceses no han confiscado."

Ambos se sobresaltaron, pero luego se recompusieron de inmediato.

"¿De qué habla, *signorina*?", preguntó el mayor.

Ella sonrió. "Ya que está a menudo por aquí, lo sabe tan bien como yo: los barriles de pólvora en las cavernas."

Donati echó una mirada rápida alrededor y luego se apoyó un dedo en los labios. "Qué imprudencia, *signorina*."

Así que los había estimado correctamente. "¿Imprudencia? Sí, fue imprudente." La desesperación volvió a sobrecogerla; una lágrima le corrió por la mejilla. "A mí hermano le costó la vida."

Los dos intercambiaron una mirada sorprendida.

"¿Qué quiere aquí?"

"¿Qué podría ser? Estoy buscando aquel del que proceden los barriles." Miró alrededor. "El posadero hace como si no supiera nada. Pero no se los puede dejar sueltos en algún lugar, sin dueño."

El mayor asintió. "No está del todo equivocada."

"Pero nosotros no podemos ayudarla."

Ella sonrió. "Vosotros conocéis, en todo caso, al posadero. Podríais convencerlo de ayudarme." Hizo una mueca en dirección al posadero. "En realidad, yo no sé verdaderamente de qué lado está. Ha intentado entregarme como traidora a los franceses."

El mayor rió. "Por lo que veo, no le ha funcionado."

Mirella asintió, muy sobria esta vez. "Y él no sabe por qué." Bajó la voz. "Honestamente, los franceses no son tontos. Saben, por supuesto, quién soy. Y por eso no han creído ni por un instante que yo fuera una espía. Eso sería demasiado tonto de parte de los españoles. Después de todo, estoy", levantó el mentón, "prometida con Don Felipe Toledo d'Altamira y León."

La mirada antes divertida de Donati se tornó otra vez pensativa. Luego se encogió de hombros e hizo una seña al posadero. "Tráiganos otra garrafa de vino."

El posadero asintió, quisiendo permanecer a las distancias pero. Luego tomó una nueva garrafa de debajo del mostrador y la llenó. Luego de que la hubo dejado, quería volver a retirarse, pero Donati lo asió de la manga.

"Giacomo, ¿qué historia es esa con los barriles de pólvora?"

El posadero echó una mirada a Mirella. "La *signorina* ha ido demasiado al teatro. No sé nada de eso."

"No debería hablar así de la futura duquesa de Toledo d'Altamira y León. Y no delante de ella."

El posadero abrió la boca; luego estalló en una carcajada. "¿No está refiriendo acaso a esta mocosa? Es una sobrina de la vieja Cristina, que vive enfrente."

"El sobrino del viejo virrey está efectivamente prometido con una patricia de Nápoles." El mayor examinó a Mirella intensamente. "Por cierto, tan pálida y con estas ropas recuerda poco a la belleza que he visto bailar la *tammuriata* en lo del virrey."

Mirella se quitó el pañuelo del pelo. "El posadero debe traer más luz." Lo miró radiante, aunque el miedo le crispaba el estómago. El hombre atestiguaba su identidad y eso podía hacer más afable al posadero. ¿Pero qué más sabía él de ella? "Lamento sinceramente, *signore*, no poder acordarme de él."

Hizo un ademán de desdén. "Solo soy un simple comerciante. De mucha menor importancia que su padre." Se dirigió al posadero. "El viejo Scandore ha sabido hacerse imprescindible para el dux. Así sus hijos pudieron entrar y salir de allí libremente. Sin su ayuda, Edoardo no habría podido vender ni la mitad de sus averiguaciones. Sobre todo, teniendo en cuenta que es un verdadero cobarde."

¡Edoardo! También esta sospecha había sido correcta.

"Eso puedo confirmarlo." Mirella se apoyó con ardor en la digresión. Rió por lo bajo. "Deberíais haberlo visto. Una tarde, después de un juego de billar con los oficiales de de Guisa, Dario, en lugar de venir con nosotras a casa, debió esperarlo bajo una lluvia helada hasta que él salió a hurtadillas, sin ser visto, por una puerta lateral. Mientras tanto, Edoardo había tenido todas las oportunidades del mundo durante el juego para transmitir su mensaje."

"¿En presencia de los oficiales franceses?"

Ella resopló sonoramente. "¿Cree pues que el amor de ellos por Nápoles ha llegado al punto de que aprendieran nuestra lengua? En el mejor de los casos, conocen el italiano. — Y eso, no todos."

"En fin... Que no se puede ser suficientemente cuidadoso, ya se ha visto. Por cierto, alguien nos debe haber delatado a los franceses."

Donati resopló con desdén. "¡Lo que nos ha delatado fue la cobardía! Tan pocos se han atrevido…"

"¿Se ha atrevido él, pues?"

Donati le echó una mirada prácticamente punitiva. "*Signorina*, ¿qué entiende ella de eso?"

"¿Quiere decir que porque soy muchacha no sabría lo que es el coraje?" Tragó nerviosamente, luchó con esfuerzo contra las lágrimas.

Donati le acarició la mano. Luego sacó su pañuelo de la chaqueta y se lo alcanzó. "¡Pero no debe ponerse inmediatamente a llorar! No lo he dicho con maldad."

Debajo de sus lágrimas, lo fulminó con la mirada. "Sé distinguir el coraje de la cobardía. Mi hermano, finalmente..."

El mayor le cortó la palabra con un movimiento impetuoso. "¡Tranquilícese de una vez! ¿Conoce a la gente que está sentada aquí?"

Donati se distendió. "A eso se refería Marco con que no hemos sido suficientemente cuidadosos." Volvió a acariciarle la mano, incluso se le acercó. "Su hermano ha pagado el precio por el descuido de los otros. No lo tome a mal con el posadero, pues, si ahora mantiene la boca cerrada. Si bien ya es demasiado tarde."

Ella pataleo y buscó la mirada del posadero, que acto seguido se acercó un paso. "Dario fue arrestado en Navidad por la gente de Annese. Alguien lo había traicionado. ¿Dónde se ha hablado de su plan de viajar a Aversa? Aquí, ¿no es así? ¿Dónde, si no?" Una vez más, pensaba que el posadero debía haber llevado adelante un doble juego. Con ojos entrecerrados, miraba fijamente al mayor de los comerciantes. "¿A quién más a delatado a los franceses el posadero?" Estos dos vengarían a Dario, si ella jugaba bien sus cartas.

"Le llevaré el vino a su tía; ¿ me acompaña, pues?" El posadero tenía en las manos las dos *fiaschi*. Ella no había notado, que entretanto las había traído al comedor.

Ahora no le convenía; ¿con qué pretexto debería volver después? Sin embargo, finalmente asintió; ya se le ocurriría algo. Si no ella, entonces la buena Cristina encontraría algo que la ayudara; sonrió.

Para su sorpresa, el posadero no se dirigió a la puerta de la posada, sino de vuelta al corredor. "He olvidado algo", masculló.

"*Signorina*, espero que nos volvamos a ver." Donati tenía de pronto una mueca casi descarada en el rostro.

El posadero se atascó un *fiasco* bajo el brazo, el otro lo dejó en el piso cuando estuvieron en el corredor. Luego rebuscó torpemente en el bolsillo del pantalón; tintinearon llaves. Sacó dos sueltas, las miró y las volvió a meter. "Solo un momento, *signorina*." Empezó a rebuscar en el otro bolsillo.

Mirella refunfuñó de impaciencia. "Si la puerta del patio está con llave, ¿por qué no salimos entonces directamente a la calle?"

"La puerta del patio no tiene llave... ¿Pero dónde he puesto...?"

La curiosidad la hizo avanzar un paso hacia él.

"Por el amor de Dios, ¿qué busca entonces?"

La puerta detrás de ella se abrió.

"Ya nada." El posadero sacó un gran pañuelo grisáceo.

Asqueada, Mirella dio un paso atrás. Entonces recibió un golpe en la cabeza.

***

Con la garganta seca, Mirella se despertó en la oscuridad en un suelo amargamente frío. Tan fríos como tenía los pies, debía haber estado allí largo rato. Tanteó alrededor, encontró una pared y se incorporó contra ella.

Piernas de hielo – últimamente se le estaba haciendo costumbre. Intentó calentarles de nuevo, moviéndolas por turnos y meneando los dedos. Se apretó las manos bajo las axilas.

¡El posadero! Entonces había estado en lo cierto con su sospecha. ¿Pero cómo era que un hombre como este tabernero tenía un rol tan significativo? Por otro lado – Masaniello también había sido solo un pescador. Y un contrabandista como el posadero.

Mientras tanto, sus ojos se acostumbraron a la oscuridad, que al menos no era completa, gracias a una pequeña abertura bien lejos por sobre ella. En la otra mitad de la habitación, había barriles: la bodega del *Gallo bianco*.

Cuando se sintió un poco más calentita, se soltó de la pared protectora. Dio un paso y luego otro. Cuidadosamente se apoyaba con una mano. Al hacerlo, pasaba sus dedos por los desniveles. Esta pared estaba desnuda. Sentía cada resquicio, distinguía entre la argamasa y la piedra: a continuación fue tanteando mientras avanzaba parte por parte, tanto como alcanzaba con las manos.

No había llegado muy lejos cuando le llegaron ahogadas voces que discutían. Las tomó como punto de referencia y se movió con los brazos estirados en dirección a ellas. Efectivamente se topó con una superficie de madera, en cuyos bordes había una débil corriente de aire. La puerta.

Pensándolo bien, no tenía nada que perder. La golpeó con ambos puños y gritó pidiendo ayuda.

Las voces parecían alejarse; pero debían haberla oído.

Mirella se apoyó contra la puerta y se frotó los puños doloridos. La dejarían morir de hambre allí...

Si se rendía, estaba perdida, con seguridad. Pateó con bronca contra la pared. Luego se quitó una bota y continuó golpeando contra la puerta. Como el ruido afuera era ahora más bajo, quizás aumentaran las posibilidades de que alguien la oyera.

Golpeó y golpeó; en algún momento se salió el tacón. Dio vuelta la bota y continuó golpeando con la puntera, hasta que le dolió el brazo. Jadeando, se detuvo.

A través de la rendija en el techo, apenas le llegaba luz.

Pensó con amargura en su cálida cama en casa. ¿Qué tenía que buscar allí? Dario estaba muerto y nada lo haría revivir. Otra vez las lágrimas le llenaron los ojos y luego, a su primer sollozo, le siguió un hipo doloroso. Se apretó las manos contra el diafragma e intentó dominarlo conteniendo la respiración.

Entretanto, prácticamente ya no veía en absoluto. Sería

mejor que se prepare para pasar la noche allí abajo. Nadie la estaba buscando aquí.

Hipando tanteó el camino por entre los barriles sin una idea concreta de por qué un lugar no era tan bueno como otro. Pero de ninguna manera debía dormir en el suelo; tendría una recaída.

Chirriaba suavemente cada vez que rozaba un barril con la falda. Pero una o dos veces, chirriaba también cuando estaba quieta. ¿No mordían a veces las ratas a las personas mientras dormían? Necesitaba un lugar seguro y no debía quedarse dormida.

Con un silbido algo aterrizó sobre su hombro; unas garras perforaron la tela.

Mirella gritó aterrada y se sacudió con violencia. Algo la pinchó o la mordió en el cuello. Lo alcanzó y recibió un mordisco en la mano.

Respiró profundo y lo agarró también con la otra mano. Un pelaje suave arrimó cariñosamente en sus dedos; logró quitarse el animal.

El cuello le ardía, pero la herida no parecía siquiera sangrar. Se apretó el abrigo y se levantó el cuello. Luego siguió tanteando a lo largo de los barriles, hasta que llegó a algunos que eran notoriamente más bajos que los otros; lo suficientemente bajos como para subirse a ellos.

Agitó uno. El primero se bamboleaba demasiado; evidentemente vacío. El segundo incluso perdió completamente el equilibrio cuando lo pateó. Crujiendo se chocó con otro, que sonaba hueco. Y a su vez, bajo el impacto, se inclinó contra algo.

Algunos instantes después traqueteaba con mucho bullicio alrededor de ella; dos veces tintineó como metal o algo parecido. Este sótano debía ser mucho más grande de lo que ella había pensado.

Finalmente, su cerebro comenzó a funcionar de nuevo. Si fuera tan grande, un verdadero depósito, ¿no era también posible que entrara en parte en la profundidad de la montaña? El monte Echia era un laberinto de cavernas. Cesare lo había sabido.

Mirella gimió sonoramente al pensar en él. Un silbado le contestó, cerca de donde estaba.

Mirella agitó el siguiente barril; al principio, con cuidado, luego con firmeza: No se movía. Estable, entonces. Se balanceó alto y se sentó en él con las rodillas levantadas.

En algún momento, tras un tiempo interminable, tanteó el barril que estaba al lado y, como no se movía, se estiró transversalmente sobre ambos.

***

De afuera sonaba un llamado, una voz ronca; insistente. Luego un grito lleno de dolor y otro más.

Mirella intentó abrir los ojos; el derecho estaba pegoteado por las lágrimas. Con cuidado removió las costras hasta que logró abrirlos. A través de la rendija en el techo, se filtraba luz.

Las voces se acercaban y con ellas el tintineo de armas.

Allí parecía tener lugar una lucha. Volvió a gritar pidiendo ayuda, pero, por supuesto, su voz no era rival para el ruido.

Mirella saltó de su barril y buscó a los tambaleantes. Pateó dos de los vacíos, pero ninguno se volcó.

Primero se consoló con el pensamiento absurdo de que probablemente tampoco serviría de nada; pero luego se reprochó su pusilanimidad. Se apretó entre dos grandes barriles y se apoyó primero contra el derecho, después contra el izquierdo. El de la izquierda se movía. Parecía ser liviano. Se arrojó con todas sus fuerzas contra él y logró efectivamente tumbarlo. Pero ella también se cayó; un dolor punzante le corrió por el brazo cuando intentó frenar su caída.

El barril se estampó ruidosamente contra otro; pero eso fue todo en cuanto al ruido.

"No te rindas. No te rindas." Se levantó y lo intentó con el siguiente y con otro más. Luego encontró otra vez uno más liviano. ¿Cómo era que había barriles llenos y otros vacíos todos mezclados? Pero como fuera, ahora lo importante era cómo podía usarlos para hacer el mayor ruido posible.

Se apoyó con la espalda contra uno de los barriles llenos, para desplegar más fuerza. Tras la segunda patada, hizo bambolear el barril vacío de enfrente, después de eso se arrojó con toda fuerza contra él.

El barril volcó y esta vez ella no se cayó con él, sino que evitó su caída agarrándose del siguiente barril. Logró asir una de las duelas y se prendió de ella.

Mientras tanto, el barril se estampó contra otro y lo hizo volcar. Ahora realmente se estaba haciendo ruidoso. Al menos en este sótano los barriles volcandose ahogaban los ruidos de la lucha.

Mirella se sentó y escuchó los sonidos de afuera. Primero no era capaz de distinguir; pero justo después estuvo segura de que varios hombres se acercaban rechinando sus armas.

Se levantó y empezó otra vez a clamar por ayuda. ¡Alguien debía oírla, pues!

Intentó arrojar aún otro barril y tras tres intentos lo logró con uno de los más pequeños. Chocó con otro y la madera crujió; pero no se cayó y pronto se hizo otra vez silencio.

En lugar de eso, hubo otro ruido.

Cuando reconoció que era algo que escurría del barril, se sobresaltó. Si esto aquí era pólvora — ¿podía ser que se encendiera? No tenía idea de cuán peligroso podría ser.

Se echó hacia atrás, pasando por varios barriles, y se acuclilló con la cabeza alargada para escuchar. El ruido no se detenía.

Como no pasó nada más, respiró aliviada y empezó a gritar otra vez.

Entonces los hombres estaban bien cerca; un hombre farfullaba con voz quejumbrosa. Deseó que fuera el posadero quien se intimidara allí.

Abandonó su refugio y fue en dirección a las voces. Seguramente estaba allí la puerta que había palpado antes. Entretanto, había perdido la orientación.

Luego chirrió una bisagra e inmediatamente después la encandilaron dos antorchas. Fuera quien fuera, ahora todo podía solo mejorar.

"¡Gracias al cielo!"

Mirella se paró bruscamente. Estaba delirando; esa no podía ser la voz de Alexandre. Las corazas de dos soldados brillaban en la luz.

Uno de los soldados dio un paso al costado. Detrás de él, estaba el posadero. Más allá se veía la silueta de otro hombre.

Con los puños cerrados fue hacia ellos.

Casi había llegado a la puerta, cuando el posadero recibió un empujón y cayó de rodillas ante ella. Lloriqueaba de miedo y quizás – ojalá – también de dolor.

"¡Tú, perro traicionero! ¡Que el infierno se abra ante ti!" Mirella sabía apenas adónde ir con la rabia en la que se derramaba su miedo. Lo miró fijamente. Ahí pertenecía él verdaderamente, a sus pies.

"¡Mirella!" Únicamente esta sola palabra, solo una brisa. Un escalofrío recorrió su cuerpo que le hizo hormiguear el cuero cabelludo.

Levantó la cabeza.

Alexandre salió de la sombra del hombre, que había empujado al piso al posadero. En el cuello una tira de venda sobresalía de la capa; el brazo lo llevaba en un cabestrillo.

"Tú..." Miró a los soldados. "¿Cómo me habéis encontrado?"

El otro hombre le contestó. "Hemos tenido al posadero bajo sospecha desde que os intentó vender." Estiró la mano hacia ella. "Ya nos hemos visto una vez, *mademoiselle*. Soy el mariscal Duplessis-Besançon, el enviado del rey."

"¿El rey de Francia?" En su confusión, olvidaba todo lo demás.

Cuando él asintió, su amargura se abrió camino. "¿No es un poco tarde para que se preocupe por nosotros?"

Él volvió de hecho a asentir. "Me temo que tenéis razón. Demasiado tarde."

"Está aquí más por nosotros." Alexandre sonaba tan amargado como ella se sentía; por un instante le calentó el corazón. "Henri ha sido derrotado en Nisida."

Mirella se inclinó contra el marco de la puerta. Un cansancio plomífero se apoderó de ella; hubiera podido quedarse dormida parada en ese mismo instante. "Así que todo fue en vano. ¡Todo!"

"El duque de Guisa ha caído en manos de los españoles. Mi tarea era negociar las condiciones de la rendición... y de la retirada."

"¡La retirada!" Miraba fijamente a Alexandre y le dirigió sus palabras solo a él. "Así que nos dejáis a merced de los españoles." Cerró los puños. "Ellos se vengarán."

Duplessis-Besançon miró al posadero, que entretanto estaba sentado en el piso con las rodillas levantadas. "Pero antes de entregar Nápoles, haremos aún dos o tres cosas." Lo señaló con un movimiento de cabeza y los dos soldados agarraron al posadero y llevaron. El mariscal los siguió.

Alexandre esperaba a que Mirella entrara en el pasillo; le tendió su mano para conducirla afuera. Tras un par de pasos, le pasó el brazo ileso por los hombros y la atrajo hacia sí. "¡Niña insensata!"

"No os sirve de nada apresar al posadero. Tiene apoyos."

"Ya lo sabemos. Y en otras circunstancias..."

"Os rendís. ¿Es eso, verdad?" Apretó sus uñas contra la palma de la mano. "Dario... ¡Todo fue en vano!"

Él la apretó más fuerte. "Lo lamento." Y casi inaudiblemente: "Francia ha fallado."

De pronto, se detuvo. "Para vosotros no ha cambiado nada, Mirella. Los españoles nunca sabrán el papel que jugaron. Y si lo hicieran – posiblemente al duque de Toledo d'Altamira y León le dé igual. A una mujer como vos, no se renuncia."

"¡Pero vos lo hacéis!" Se liberó de su brazo.

Alexandre se congeló.

"Hemos perdido al mariscal. ¿Encontráis vos el camino en la oscuridad?"

"No solo el camino." Su voz estaba quebradiza.

"¡Tanto mejor!" Giró en la dirección hacia la que había desaparecido la luz.

El sonido de las botas de Alexandre quedó bien detrás de ella. Tras tres pasos, se tropezó con un desnivel; él la sostuvo inmediatamente.

En un arranque de coquetería, ella estuvo tentada sacudírselo. Pero eso no era propio de la muchacha que él apreciaba. "Gracias."

Él se puso junto a ella y volvió a pasarle el brazo por los hombros, guiándola con seguridad.

Justo después las antorchas brillaron hacia ellos; el mariscal los esperaba.

El pasillo desembocaba en el patio de la *trattoria*. En la calle esperaba una tropa de soldados napolitanos con el uniforme del dux.

"¡Así que seguís teniendo una parte de la ciudad!" Mirella empezó a indignarse. "¿Por qué os rendís entonces?"

"Los españoles nos permiten un salvoconducto, Mirella. Eso es todo."

"Si nos hubiéramos rendido, no os habríamos encontrado, *mademoiselle*."

Cristina se apiñaba entre la fila de soldados. "¡Mi pobre niña! ¡Lo que has pasado! ¡Tienes un aspecto terrible!"

Instintivamente, Mirella se miró. Su abrigo estaba lleno de manchas y le faltaba un cierre; eso era todo. Solamente se sentía infinitamente cansada.

Cristina la apretó contra sí; luego rebuscó su pañuelo del escote y comenzó a secarle la frente y la nariz. Se giró a medias hacia Alexandre. "¿Ve que yo tenía razón?"

Alexandre rió; su risa cálida, que penetraba profundamente en el alma de Mirella. "Eso es evidente, *signora*."

"He insistido en que debías estar en algún lugar con ese horrible posadero!" Desenredó los cabellos de Mirella y se puso una horquilla en la boca mientras volvía a trenzarlo.

"Nunca lo dudé, *signora*. Pero solo ella podía convencer al mariscal de continuar buscando. Tenemos que darle las gracias."

"¿Pero por qué me habéis buscado en un principio?"

La anciana tomó la trenza de Mirella a un costado y la aseguró. Mirella se mantuvo bien quieta; hacía tan bien sentirse mimada. Esta mujer sabía casi más de ella que incluso Rita; por no hablar de Enzo.

"Henri se enteró en el entierro de Dario de que estabais desaparecida." Y Alexandre sabía naturalmente lo suficiente como para intuir dónde debían buscarla.

"¡Entonces invíteme a la boda!" Cristina soltó a Mirella. "París era el sueño de mi niñez, como sabes." Miró incisivamente a Mirella. "No me queda mucho tiempo, como para realizarlo."

Mirella no sabía nada de eso; no podía recordar que la anciana le hubiera dicho algo de eso. "Sí, tía."

Alexandre, detrás de ella, volvía a reír. "Como tía, debemos invitarla, por supuesto."

Mirella se dio vuelta.

Alexandre reía aún; en sus ojos brillaba una alegría, que nunca antes había visto. Le hubiera gustado abrazarlo.

Pero luego dejó de reírse. "Solo que no sé si esta boda sucederá alguna vez."

Cristina resopló exasperada. "¿Sigue pensando que la niña se irá con este grande?"

Mirella combatía su agotamiento; luego puso tanta firmeza en su voz, como pudo reunir. "No soy una niña. Ya no."

Alexandre asintió. "¡Eso es cierto!" Su mirada seria se clavó en sus ojos. "Hasta mañana temprano, todos los franceses deben abandonar la ciudad."

Su ajuar llevaba el monograma equivocado; Rita comprendería que no pudiera llevárselo. "No tardaré ni una hora en estar lista para viajar."

FIN

***

Si les ha gustado esta novela, por favor, recomiéndela. Recomendaciones y recensiones ayudan a otros a encontrar libros que merezcan el tiempo de lerlos.

Nota histórica

La Real República Napolitana de 1647/48 solo existió medio año. Nápoles era una de las mayores ciudades de Europa en aquella época; el Reino de Nápoles abarcaba todo el sur de Italia.

Europa se encuentra cerca del fin de la Guerra de los Treinta Años. La guerra de fe oculta que Francia y España luchan por el dominio de Europa.

Militarmente y económicamente, España está acorralada. Las riquezas del Nuevo Mundo están consumidas, derrochadas en años de guerras. Se necesita nuevo dinero: el virrey español que gobierna Nápoles sigue aumentando drásticamente los impuestos. Tras haber instalado la *gabella* sobre la fruta – uno de los principales alimentos de los napolitanos en verano – la ciudad se levanta en julio de 1647.

La revuelta está capitaneada por el pescador y contrabandista Tommaso Aniello d'Amalfi, llamado Masaniello. Tras su asesinato, la asonada toma, bajo la conducción del armero Gennaro Annese, un eje de empuje anti-hispánica. En octubre de 1647, este declara a Nápoles república independiente; se le pide ayuda a Francia.

Enrique de Guisa, conde de Lorena, es un descendiente de los Anjou, que han reinado Nápoles desde mediados del siglo XIII hasta mediados del XV. Él acepta la invitación de los napolitanos de hacerse cargo del poder gubernamental. A mediados de noviembre de 1647 es coronado dux y recluta un ejército en contra de los españoles.

Pero la suerte en la guerra no dura mucho. Respaldada solo poco decidido por Francia, debilitada por las peleas entre de Guisa y Annese y traicionada por sus propios ciudadanos, Nápoles no puede resistir por mucho tiempo.

La República Real de Nápoles es derrotada ya en abril de 1648 y los españoles toman de nuevo el poder.

Mi novela empieza tras el asesinato de Masaniello, a mediados de julio de 1647 y termina a comienzos de abril de 1648 tras la captura de de Guisa a manos de los españoles.

***

No sólo los protagonistas de la Real República Napolitana - Giulio Genoino, Gennaro Annese, el duque Enrique de Lorena y su maestre de campo conde de Módena - son figuras históricas.
Los compositores y maestros de capilla Giovanni Trabaci y Andrea Falconieri también vivieron y trabajaron en Nápoles: Falconieri asumió la dirección de la orquesta de la corte tras la muerte de Trabaci a finales de 1647.
La ruptura del abogado Francesco Antonio Scacciavento con Annese y su paso al lado del dux también están documentados históricamente.

***

Sobre la autora:

Annemarie Nikolaus, nacida en Hesse, vivió durante 20 años en el norte de Italia. En el 2010 se mudó junto a su hija a Auvernia, en Francia.

Estudió Psicología, Publicidad, Política e Historia y trabajó, entre otras, como psicoterapeuta, educadora, periodista y consejera política. Desde el 2011, publica en forma independiente.

Blog: página en español https://bit.ly/33PnDlX

Si quiere permanecer en contacto:

Facebook: http://www.facebook.com/AnnemarieNikolaus
Twitter: http://twitter.com/AnneNikolaus

****

Publicaciones:

En español:

Aquitania: el final de una guerra. Colección *"Al borde del camino..."*. ISBN de la edición impresa 9782902412723

Silencio Forzado. Thriller breve. ISBN de la edición impresa 9782902412815

La nieta. Colección *Quick, quick, slow – Club de baile Liet-zensee.* ISBN de la edición impresa 9782902412716

Celoso de una estrella. Colección *Quick, quick, slow – Club de baile Lietzensee.* ISBN de la edición impresa 9782902412624

Difunto. Cuentos fatales. ISBN de la edición impresa 9782902412631

Crímenes del pasado. Breves relatos históricos.

Historias mágicas. Cuentos infantiles. ISBN de la edición impresa 9782902412778

Brillante Esperanza. Calendario de adviento.

En alemán:

Novelas y Cuentos

Históricas

Königliche Republik. Novela histórica. ISBN de la edición impresa 9782902412471.

Verjährt. Cuentos históricos de suspense. ISBN de la edición impresa 9782902412549.

Fantásticas

Die Piratin. Novela fantástica. ISBN de la edición impresa 9782902412495

Das Feuerpferd. Novela fantástica, en conjunto con Monique Lhoir y Sabine Abel. ISBN de la edición impresa 9782902412501.

Magische Geschichten. Cuentos no solo para niños. ISBN de la edición impresa 9782902412488

Renntag in Kruschar. Antología fantástica.

Leuchtende Hoffnung. Novela de ciencia ficción ilustrada. ISBN de la edición impresa 9782902412563

Policial

Ustica. Thriller breve. ISBN de la edición impresa 9782902412556.

Tot. Relatos cortos. ISBN de la edición impresa 9782902412587

Verjährt. (ver arriba)

Románticas

Die Enkelin. Colección "*Quick, quick, slow – Tanzclub Lietzensee*". ISBN de la edición impresa 9782902412518.

Flirt mit einem Star. Colección "*Quick, quick, slow – Tanzclub Lietzensee*". ISBN de la edición impresa 9782902412532

Zurück aufs Parkett. Colección "*Quick, quick, slow – Tanzclub Lietzensee*". ISBN de la edición impresa 9782902412525

Libros de no ficción

Turismo

Aquitanien: Das Ende eines Krieges. Colección "*Am Rande des Weges ...*". ISBN de la edición impresa 9782902412570

Colección sobre literatura y libros

Suche Reisebegleitung. Colección "*Fliegende Blätter*". ISBN de la edición impresa 9781499608427.

Junge Welten. Colección "*Fliegende Blätter*". ISBN de la edición impresa 9781500971991

www.ingramcontent.com/pod-product-compliance
Lightning Source LLC
La Vergne TN
LVHW091656190726
843493LV00001B/27